흘러라 내 눈물, 경관은 말했다

Flow My Tears, the Policeman Said

FLOW MY TEARS, THE POLICEMAN SAID

10

필립 K. 딕 걸작선

흘러라 내 눈물, 경관은 말했다

Flow My Tears, the Policeman Said

박중서 옮김

폴라북스

〈일러두기〉

0. 본문의 주석은 대본인 라이브러리 오브 아메리카 판의 편집자 주석을 토대로 하고, 더 자세한 설명이 필요한 경우에는 번역자가 임의로 내용을 보강했다.

이 소설에 담긴 사랑을 테사에게 전한다
내 안에 담긴 사랑 역시 그녀에게 전한다
그녀는 나의 작은 노래이므로

◐ 차례

1부

흘러라 내 눈물, 너의 샘에서 떨어져라!
영원히 유배된 나로 하여 애통하게 하라
밤의 검은 새가 추악한 울음을 우는 곳,
거기서 나로 하여 외로이 살게 하라*

---

*존 다울런드의 〈두 번째 노래집〉에 수록된 마드리갈 가운데 하나인 〈눈물〉의 첫 번째 연. ─원주

01

1988년 10월 11일 화요일, 〈제이슨 태버너 쇼〉는 평소보다 30초 분량이 모자랐다. 조정실의 플라스틱 덮개 너머로 바라보던 기술 담당자는 일단 비디오 섹션의 최종 크레디트를 잠시 멈추었다. 그리고 막 무대를 떠나려던 제이슨 태버너에게 손짓을 했다. 기술 담당자는 손가락으로 자기 손목을 톡톡 두들긴 다음, 자기 입을 가리켰다.

제이슨은 붐 마이크에 대고 자연스럽게 말했다. "앞으로도 많은 격려와 성원 부탁드립니다, 시청자 여러분. 잠시 후에 방영될 〈경이로운 개 스코티의 모험〉도 많은 시청 부탁드립니다."

기술 담당자는 미소를 지었다. 제이슨도 그를 보며 미소를 지었다. 곧이어 오디오와 비디오가 딸깍하고 모두 꺼졌다. 올해 최고의 TV 쇼 순위에서 두 번째로 올라있는 한 시간짜리 음악 및 버라이어티 프로그램이 드디어 끝난 것이다. 이번 방송도 무척이나 잘된 편이었다.

"그나저나 1분의 절반이 도대체 어디에서 달아나버린 거야?" 제이슨은 오늘 저녁의 특별 손님으로 출연한 헤더 하트에게 물었다. 그는 어리둥절해하고 있었다. 자기 쇼의 시간을 딱 맞추기를 좋아했기 때문이다.

헤더 하트가 말했다. "자기야, 괜찮으니까 걱정 마." 그녀는 서늘한 한 손을 약간 땀에 젖은 그의 이마에 갖다 대고, 모래 빛깔인 그의 머리카락 매무새를 애정 어린 손길로 어루만져주었다.

"자네가 지닌 힘이 어느 정도인지 깨달았나?" 두 사람의 에이전트인 앨 블리스가 이렇게 말하며 그에게 바짝—평소와 마찬가지로 너무 바짝—다가섰다. "무려 3000만 명이나 되는 사람들이 오늘 밤에 자네가 바지 지퍼 올리는 모습을 보았다니까. 이것도 일종의 기록이야."

"나야 매주 지퍼를 올리곤 하잖아." 제이슨이 말했다. "그게 내 트레이드마크라고. 자네 혹시 내 쇼를 전혀 안 봤던 건가?"

"하지만 무려 3000만 명이란 말이야." 블리스가 말했다. 그의 둥글고 불그레한 얼굴에는 땀이 송골송골 맺혀있었다. "생각을 해보라니까. 게다가 약간 오차residuals도 있을 수 있다고."

제이슨이 야멸차게 말했다. "이 쇼의 재방송료residusals를 받을 즈음이면 나는 이미 죽어서 이 세상에 없을 거니까 걱정 접어놓으라고. 이런 젠장."

"당신은 당장 오늘 밤에라도 죽을 수 있어." 헤더가 말했다. "당신 팬들이 저 밖에 잔뜩 모여있잖아. 당신 몸에서 아주 작은 일부분이라도 뜯어가려고 기다리고 있는 거지. 우표를 조각조각 뜯어내듯이 말이야."

"그중 일부는 당신 팬들이기도 하죠, 하트 양." 앨 블리스가 마치 개처럼 헐떡이는 목소리로 말했다.

"망할 녀석들 같으니." 헤더가 야멸차게 말했다. "그놈들은 왜 꺼지지도 않는 거지? 혹시 놈들이 법을 어긴 건 없나요? 무단 배회라든지, 아니면 다른 뭐라도?"

제이슨은 그녀의 한 손을 붙잡고 꽉 움켜쥐었다. 이쪽을 보라는 그의 행동에 그녀가 얼굴을 찡그리며 고개를 돌렸다. 그로선 그녀가 이처럼 팬을 싫어한다는 사실을 도무지 이해할 수 없었다. 그에게는 팬이야말로 자신의 공적 존재의 생혈이나 다름이 없었다. 그에게는 자신의 공적 존재, 세계적으로 유명한 연예인으로서 자신의 역할이야말로 존재 그 자체였다. "당신이 지금 느끼는 기분이 진심이라면, 당신은 연예인이 되지 말았어야 해." 그는 헤더에게 말했다. "차라리 이 업계를 떠나. 대신 강제노동수용소에 가서 사회사업가 일을 하는 거야."

"거기에도 어차피 사람들은 있을 거잖아." 헤더가 굳은 표정으로 말했다.

두 명의 특수 경찰 경호요원이 사람들 어깨를 밀쳐가면서 제이슨 태버너와 헤더에게 다가왔다. "우리가 나갈 쪽의 통로를 비워놓았습니다." 두 명의 경찰관 가운데 더 뚱뚱한 사람이 씨근거리며 말했다. "어서 가시죠, 태버너 씨. 스튜디오에 모인 관객들이 측면 비상구로 돌아 나오기 전에 말입니다." 그가 손짓을 하자 다른 세 명의 특수 경찰 경호요원이 앞장서서 걷기 시작했다. 공기가 후끈거리고 사람이 북적이는 복도를 지나가면 결국 밤의 거리로 나가게 될 것이었다. 바깥에는 호화스러운 외관을 자랑하는 롤스로이스 비행선이 주차되어있었다. 비행선의 꼬리 로켓이 공회전하며 박동하고 있었다. 마치 기계로 만든 심장 같군. 제이슨은 생각했다. 오로지 그를 위해, 즉 스타인 그를 위해 박동하는 심장 같다고 말이다. 물론 결과적으로는 헤더의 필요에 부응하기 위해 박동하는 것이기도 했지만.

그녀는 충분히 그럴 만한 가치가 있었다. 오늘 밤에는 노래를 무척 잘했으니까. 굳이 비교하자면―제이슨 본인만큼이나 잘했다고 할까. 그는 속으로 미소를 지었다. 젠장, 솔직히 인정해야지. 그는 생각했다. 사람들이 그 모든 3-D 컬러 TV 세트를 켜는 까닭은 특별 초대 손님을 보기 위해서가 아니었다. 특별 초대 손님으로 말하자면 지구상에만 해도 천여 명이 여기저기 흩어져있었고, 심지어 화성 식민지에도 몇 명이나 있었다.

사람들이 TV를 켜는 까닭은 바로 '나'를 보기 위해서야. 그리고 나는 항상 거기 나오지. 제이슨 태버너는 지금껏 단 한 번도 팬들을 실망시킨 적이 없고, 또한 앞으로도 마찬가지일 거야. 헤더가 자신의 팬들을 어떻게 평가하든지 간에 말이야.

"당신은 팬들을 좋아하지 않지." 제이슨이 말했다. 이들은 공기가 후끈거리고 땀 냄새가 지독한 복도를 이리 밀고 저리 밀리며 가까스로 나아갔다. "왜냐하면 당신은 스스로를 좋아하지 않으니까. 당신은 팬들의 취향이 저열하다고 은근히 생각하는 거야."

"그들은 멍청이들이야." 헤더가 투덜거렸다. 곧이어 그녀는 작은 목소리로 욕을 했다. 자기가 쓰고 있던 커다란 모자가 머리에서 벗겨져 나가더니, 바짝 다가선 팬들의 고래 같은 배 속 어딘가로 영영 사라져버렸기 때문이다.

"그들은 일반인일 뿐이야." 제이슨이 입술을 그녀의 귀에 바짝 갖다 대고 말했다. 그녀의 귀는 윤기 흐르는 붉은 머리카락의 커다란 다발 속에 부분적으로 가려져있었다. 그 유명한 머리카락의 폭포수로 말하자면, 지구 전역의 미용실에서 무척이나 널리, 그리고 솜씨 있게 모방되는 작품이었다.

헤더가 짜증을 냈다. "그 말만은 제발 하지 마."

"그들은 일반인일 뿐이라고." 제이슨이 말했다. "또한 그들은 또라이들이기도 하지. 왜냐하면—" 그는 그녀의 귓불을 깨물었다. "—일반인이 된다는 건 결국 그런 의미니까. 안 그래?"

그녀는 한숨을 쉬었다. "이런, 세상에. 비행선을 타고 진공 속을 날아다닐 수만 있다면 얼마나 좋을까. 내가 바라는 건 바로 그거야. 무한한 진공 말이야. 인간의 목소리라곤 전혀 없고, 인간의 냄새도 전혀 없고, 무려 아홉 가지 색깔로 바뀌는 플라스틱 껌을 질겅거리는 인간의 주둥이도 전혀 없는 곳 말이야."

"당신은 정말로 사람들이 싫은 모양이군." 그가 말했다.

"맞아." 그녀가 세차게 고개를 끄덕였다. "그건 당신도 마찬가지잖아." 그녀가 잠시 멈춰 서서 고개를 돌려 그를 바라보았다. "당신의 빌어먹을 목소리가 이미 가버렸다는 걸 당신은 알아. 좋은 시절은 끝물에 가까워졌고, 이제 다시는 그런 시절이 오지 않으리라는 것도 알고." 그녀는 그를 향해 미소를 지었다. 따뜻하게. "우리도 나이를 먹는 건가?" 웅얼거리고 소리 지르는 팬들의 목소리 너머로 그녀가 말했다. "둘이 함께? 가령 남편과 아내처럼?"

제이슨이 말했다. "식스six는 나이를 먹지 않아."

"오, 아니야." 헤더가 말했다. "오, 아니야. 식스 역시 나이를 먹어." 그녀는 위로 손을 뻗어서 그의 곱슬거리는 갈색 머리카락을 매만졌다. "이거 염색한 지 도대체 얼마나 됐어, 자기? 1년? 3년?"

"일단 비행선에 타기나 하라고." 그는 퉁명스레 대답하면서 그녀를 자기 앞으로 떠밀었다. 이제 이들은 건물에서 나와 할리우드 불러바드의 보도 위에 서 있었다.

"탈게." 헤더가 말했다. "만약 당신이 고음 B를 진성으로 낼 수 있다면 말이야. 기억해? 언제냐면 당신이—"

그는 그녀를 비행선 안으로 떠밀어 넣은 다음, 자기도 곧바로 따라 들어갔다. 그리고 뒤로 돌아서서 앨 블리스를 도와 출입문을 닫았다. 곧이어 두 사람은 비구름이 낀 밤하늘로 솟아올랐다. 거대하게 번뜩이는 로스앤젤레스의 하늘은 마치 정오처럼 밝았다. 이것이야말로 당신을 위한, 그리고 나를 위한 것이지. 그는 생각했다. 우리 둘 다를 위한 거야. 앞으로도 계속해서. 앞으로도 항상 지금과 같을 거야. 왜냐하면 우리는 식스니까. 우리 둘 다. '그들'이 그런 사실을 알거나 모르거나 간에.

그런 씁쓸한 유머가 즐겁지 않은 것은 아니야. 그는 굳은 표정으로 생각했다. 두 사람 모두가 지니고 있는 지식. 그러나 공유하지 않는 지식. 왜냐하면 그것은 그리 되어야만 마땅하므로. 그리고 항상 그래왔으므로…… 모든 것이 그토록 나쁘게 판명되고 난 지금에 와서도 마찬가지였다. 나쁘다는 건, 적어도 그 설계자들의 눈에는 그렇다는 거였다. 위대한 학자들은 추측을 내놓았고, 그것도 잘못된 추측을 내놓았다. 저 아름다웠던 49년 전에, 그러니까 이 세상이 더욱 젊었던 시절에, 그러니까 워싱턴 D.C.에서 지금은 사라진 일본산 벚나무에 작은 빗방울이 떨어지던 시절에 말이다. 그 새로운 실험 당시에는 봄의 향기가 맴돌았는데. 물론 아주 짧은 동안이기는 했지만.

"취리히로 가지." 그가 큰 목소리로 말했다.

"나는 너무 지쳤어." 헤더가 말했다. "게다가 그곳이 지루하기도 하고."

"집이?" 그는 믿을 수 없어 하며 물었다. 그 집으로 말하자면 두 사람을 위해 헤더가 직접 고른 곳이었고, 둘은 여러 해 동안이나 그곳을 일종의 피난처로 삼았다. 특히 헤더가 그토록 증오하는 팬들로부터의 피난처로 말이다.

헤더는 한숨을 푹 내쉬며 말했다. "집. 스위스 시계. 빵. 포

16

석. 언덕에 쌓인 눈."

"산." 그가 말했다. 여전히 기분이 상한 채였다. "이런 젠장." 그가 말했다. "그러면 당신을 두고 나 혼자 가겠어."

"그럼 다른 누구라도 데리고 갈 거야?"

그는 무슨 말인지 이해하지 못했다. "그럼 당신은 내가 다른 누구를 데리고 갔으면 하고 '바라는' 거야?"

"당신과 당신의 자력 같은 흡인력. 당신의 매력. 당신이라면 세상 어떤 여자라도 손쉽게 그 커다란 놋쇠 침대로 끌어들일 수 있잖아. 일단 목적을 달성하고 보면 당신은 그리 대단하지도 않지만 말이야."

"세상에." 그는 역겨운 듯 말했다. "또 시작이군. 항상 그렇게 똑같이 낡아빠진 불평이야. 그거야말로 당신의 상상에 불과해. 당신이 애써 매달리고 있는 환상에 불과하다고."

헤더는 그를 바라보고 정색하며 말했다. "당신은 자기 외모가 어떤지를 잘 알아. 지금 당신 나이에도 불구하고 말이야. 당신은 아름다워. 3000만 명이나 되는 사람들이 일주일에 한 시간씩 당신에게 추파를 던진다고. 사람들은 당신의 노래에 관심이 있는 게 아니라…… 다만 당신의 거부할 수 없는 신체적 아름다움에 관심이 있는 거야."

"당신에 대해서도 똑같은 말을 할 수 있지." 그는 빈정거리며 말했다. 그는 지쳐있었다. 따라서 취리히 교외에 있는 사생활과 은둔의 장소, 두 사람이 다시 한 번 돌아오기를 조용히 기다리는 그 장소에 가기를 열망하고 있었다. 마치 그 집은 두 사람

17

이 머물기를 바라는 것 같았다. 고작 하룻밤이나 일주일 밤이 아니라, 영원히.

"나는 내 나이를 드러내지는 않아." 헤더가 말했다.

그는 그녀를 흘끗 바라보았다. 그리고 이번에는 유심히 살펴 보았다. 풍성한 붉은색 머리카락, 창백하리만치 새하얀 피부에 주근깨 몇 개, 두드러진 매부리코. 움푹 들어간 커다란 보랏빛 눈. 그녀의 말이 맞았다. 그녀는 자기 나이를 드러내지 않았다. 물론 그가 하는 것처럼 전화 통신망 트랜섹스 네트워크에 접속 한 적도 없었다. 사실 그가 네트워크에 접속하는 경우도 극히 드물기는 했다. 덕분에 그는 중독되지 않았으며, 그래서인지 그의 경우에는 두뇌 손상이나 조로 현상이 일어나지 않았다.

"당신은 더럽게도 아름다워 보이는 사람이로군." 그는 마지 못해 말했다.

"그러는 당신은?" 헤더가 말했다.

이 말에도 그는 흔들리지 않았다. 그는 자신에게 여전히 카 리스마가 있음을 알았다. 지금으로부터 42년 전에 그들이 그의 염색체 안에 새겨 넣은 힘이 바로 그것이었다. 사실 그의 머리 카락은 대부분 회색으로 변했으며, 그는 염색을 하고 있었다. 그리고 여기저기 주름살이 몇 개 생기기도 했다. 하지만—

"내가 목소리를 가지고 있는 한, 나는 괜찮을 거야." 그가 말 했다. "내가 원하는 것을 가질 수 있을 거야. 당신은 나를 잘못 생각하고 있어. 그건 당신의 식스다운 냉담함이지. 당신이 고 이 간직한 이른바 독립성이라고. 좋아. 당신이 취리히에 있는 집까지 가고 싶지 않다면, 당신은 '도대체' 어디로 가고 싶은 거지? 당신 집? 내 집?"

"나는 당신하고 결혼하고 싶어." 헤더가 말했다. "그러고 나면 내 집과 당신 집이 아니라 우리 집이 될 테니까. 나는 노래 부르는 걸 그만두고 아이를 셋 낳을 거야. 하나같이 당신을 닮은 아이로."

"딸도 나를 닮으라고?"

헤더가 말했다. "전부 아들만 낳으면 되지."

그는 몸을 굽혀서 그녀의 콧등에 입을 맞추었다. 그녀는 미소를 지으며 그의 손을 잡더니 따뜻하게 토닥여주었다. "오늘 밤은 어디라도 갈 수 있어." 그녀에게 말하는 그의 목소리는 낮고, 확고하고, 잘 제어되고, 매우 뚜렷했다. 거의 아버지 같은 목소리였다. 이런 목소리가 헤더에게는 효과를 잘 발휘했다. 그 외의 다른 것은 별로 효과가 없었지만 말이다. 이게 안 먹혀들면 헤어져버려야지. 그는 생각했다.

그녀는 헤어지는 것을 두려워했다. 가끔은 둘이서 싸우고 나면—특히 어느 누구도 두 사람의 말을 듣거나 두 사람을 방해할 수 없는 취리히의 집에 있을 때면—그녀의 얼굴에는 두려운 기색이 비치곤 했다. 혼자가 된다는 생각만 해도 그녀는 질색했다. 그는 알았다. 그녀도 알았다. 그 두려움은 두 사람이 유지하는 공동생활의 현실 가운데 일부분이었다. 하지만 그들의 공적 생활까지는 아니었다. 진정한 프로페셔널 연예인인 그들은 공적 생활을 완전하고도 합리적으로 제어하고 있었다. 제아무리 서로에 대해 화가 나고 소원한 느낌이 들어도, 시청자들이며 팬레터를 보내오는 사람들이며 극성팬들로 이루어진 거대한 숭배의 세계 안에서 두 사람은 함께 움직이곤 했다. 제아무리 서로에 대해 노골적인 증오를 품게 된다 하더라도 여기에는 변화가 없을 터였다.

하지만 두 사람 사이에는 어쨌거나 아무런 증오가 없었다. 그들은 너무 닮은 곳이 많았다. 그들은 서로에게서 너무나도 많은 것을 얻었다. 심지어 이처럼 롤스 비행선 안에 나란히 앉아있는 신체적 접촉으로부터도 이들은 행복을 느꼈다. 어쨌거나 그 접촉이 지속되는 동안에는 말이다.

그는 맞춤 제작한 진짜 실크 정장—아마도 이 세상에 열 벌밖에 없을 법한 물건 가운데 하나—의 안주머니에 손을 집어넣었다. 그리고 정부에서 인증한 지폐를 한 다발 꺼냈다. 상당히 많은 지폐를 한 뭉치로 묶어서 두툼했다.

"뭐 하러 현금을 그렇게 많이 들고 다녀." 헤더가 잔소리하듯 말했다. 그가 무척이나 싫어하는 바로 그 어조였다. 고집스러운 어머니 같은 어조.

제이슨이 말했다. "이것만 있으면—" 그는 지폐 다발을 보여주었다. "—어디라도 들어갈 수가 있—"

"그건 어느 대학 캠퍼스의 은신처에서 슬그머니 빠져나온 어떤 미등록 학생이 어젯밤에 당신 손을 손목 근처에서 뚝 잘라내서 들고 도망치지 않았을 때의 이야기지. 당신 손이랑 당신의 번지르르한 돈하고 같이 말이야. 당신은 항상 번지르르해.

번지르르하고 요란하지. 당신이 맨 넥타이를 좀 봐. 그걸 좀 보라고!" 그녀는 이제 목소리를 높이고 있었다. 정말로 화가 난 것 같았다.

"인생은 짧아." 제이슨은 말했다. "그리고 성공은 그보다 더 짧지." 하지만 그는 지폐 다발을 다시 자신의 코트 안주머니에 집어넣은 다음, 완벽한 모습의 정장에 지폐 덩어리 때문에 생긴 불룩한 부분을 잘 펴서 없앴다. "이걸 가지고 당신한테 뭘 사주고 싶어서 그래." 그가 말했다. 사실 그런 생각은 지금에야 비로소 떠오른 것이었다. 원래 그가 이 돈을 가지고 하고 싶었던 일은 약간 다른 것이었다. 그는 이 돈을 가지고 라스베가스에 가고 싶었고, 그곳의 블랙잭 테이블에 앉고 싶었다. 식스인 그는 블랙잭에서 항상 이길 수 있었다(그리고 정말로 이기곤 했다). 그는 다른 사람들을 모두 능가했고, 딜러조차 능가했다. 심지어 현장 감독까지도 능가할 수 있지. 그는 흐뭇하게 생각했다.

"거짓말하지 마." 헤더가 말했다. "당신은 나한테 뭘 사줄 생각이라곤 없어. 당신은 한 번도 그런 적이 없으니까. 당신은 아주 이기적이고 항상 자기 자신만 생각해. 그건 화대겠지. 당신은 그걸 가지고 가슴이 커다란 금발 여자를 하나 사서는, 그 여자랑 같이 침대에 들어갈 거야. 어쩌면 취리히에 있는 우리 집에서 그럴 수도 있겠지. 당신도 알다시피 난 그 집을 벌써 넉 달째 구경도 못 하고 있으니까. 어쩌면 나는 임신을 했는지도 몰라."

그녀의 이런 말이 그에게는 무척이나 기이하게 느껴졌다. 지금처럼 자각 상태에서 말하는 그녀의 정신에 떠오른 여러 가지 말대꾸 중에서 왜 하필 그것이었을까. 하지만 헤더에게는 그가 차마 이해할 수 없는 부분이 상당히 많았다. 팬들에게뿐만 아니라 그에게도, 그녀는 많은 것을 자기 개인의 일로 간주해서 감춰두고 있었다.

하지만 여러 해가 지나는 동안 그는 그녀에 관해 많은 것을 알게 되었다. 가령 그는 그녀가 1982년에 낙태를 했다는 사실을 알고 있었다. 물론 그 사실은 철저히 비밀에 부쳐졌다. 그는 언젠가 그녀가 한 학생 코뮌 지도자와 불법으로 결혼했다는 사실도 알고 있었다. 그때 그녀는 컬럼비아 대학 안의 마치 토끼장처럼 좁아터진 구역에서 1년 동안 살았다. 그곳에는 냄새 고약하고 턱수염을 기른 학생 녀석들도 잔뜩 있었는데, 군경에 포위되어 평생 동안 음지에서 지내야 하는 녀석들이었다. 경찰과 방위군은 모든 대학 캠퍼스를 포위함으로써, 마치 물이 새는 배에서 빠져나오는 쥐새끼처럼 학생들이 사회로 흘러나오지 못하도록 막고 있었다.

그리고 그는 1년 전에 그녀가 약물 소지죄로 체포된 적이 있음을 알고 있었다. 부유하고 영향력 있는 그녀의 집안에서 돈을 써서 간신히 '그' 문제에서 벗어날 수 있었다. 경찰과 충돌을 빚을 때에는 그녀의 돈과 카리스마와 명성조차도 먹혀들지 않았다.

그가 알기로 헤더는 본인이 겪은 이 모든 일로부터 약간씩

상처를 입은 바 있지만 지금은 멀쩡했다. 다른 모든 식스들과 마찬가지로 그녀는 어마어마한 회복 능력을 지니고 있었다. 그런 능력은 이들 각자에게 신중하게 장착되었다. 그 외에도 많은, 정말 많은 것들이 있었다. 이제 42년째 살고 있는 그조차도 그것들을 다 알지는 못했다. 그리고 무척이나 많은 일들이 그에게 일어났다. 대부분은 죽은 시체의 형태를 취하고 있었다. 정상에 오르는 기나긴 여정 중에 그가 짓밟고 지나간 다른 연예인들의 잔해였다.

"이 '번지르르한' 넥타이는一"그가 말을 꺼낸 순간, 비행선의 전화가 울렸다. 그는 송수화기를 들고 대답했다. 아마도 오늘 밤에 방송된 쇼의 별점에 관해 앨 블리스가 연락한 것이겠지 싶었다.

하지만 그게 아니었다. 웬 젊은 여자의 목소리가 흘러나와서, 날카롭고도 거슬리게 그의 귀로 파고들었다. "제이슨?"그 여자가 커다란 목소리로 말했다.

"그래."그가 대꾸했다. 송화구를 한 손으로 덮은 채 그는 헤더에게 말했다. "매릴린 메이슨이야. 내가 도대체 무엇 때문에 이 여자한테 비행선의 전화번호를 알려줬을까?"

"매릴린 메이슨이 도대체 누군데?"헤더가 물었다.

"그건 나중에 이야기해줄게."그는 송화구에 갖다 댔던 손을 떼었다. "아, 당신이군. 나 진짜 제이슨이야. 사람의 몸을 하고 있는 진짜 말이야. 그나저나 무슨 일이지? 목소리가 안 좋은 것 같은데. 혹시 그놈들이 당신을 다시 내쫓기라도 했나?"그는

23

헤더를 향해 윙크를 하며 뒤틀린 미소를 지었다.

"얼른 끊어버려." 헤더가 말했다.

다시 송화구를 한 손으로 가리며 그가 그녀에게 말했다. "당연히 그래야지. 그러려고 노력하는 중인 거 당신 눈에는 안 보여?" 그는 송수화기에다 이렇게 말했다. "그래, 매릴린. 무슨 일인지 전부 얘기해봐. 나야 당신 이야기를 들어주려고 있는 사람이니까."

매릴린 메이슨은 2년 동안 그의 피보호자—굳이 말하자면—노릇을 했다. 어쨌거나 그녀도 그처럼 가수가 되고—즉 유명해지고, 부자가 되고, 사랑을 받고—싶어 했으니까. 어느 날 그녀는 리허설 도중에 스튜디오에 들어와서 돌아다녔고, 그는 그녀의 모습에 시선을 주었다. 굳은 표정에 약간 걱정스러워 보이는 얼굴, 짧은 다리, 너무 짧은 치마. 그는 평소의 실력대로 이 모두를 첫눈에 간파하고 말았다. 그리하여 일주일 뒤에 그는 그녀에게 오디션을 주선해주었다. 컬럼비아 음반사의 음반 제작 담당자를 만날 수 있도록 해준 것이다.

그때는 한 주 동안에 정말 많은 일이 벌어졌지만, 그 어느 것도 노래와는 아무 상관이 없었다.

매릴린이 마치 비명처럼 높은 목소리로 말했다. "당신을 만나고 싶어요. 안 만나주면 자살해버릴 테고, 그건 전부 당신 탓이 될 거예요. 남은 평생 동안 죄책감에 시달릴 거라고요. 그리고 헤더 하트라는 그 여자한테도 다 일러바칠 거예요. 우리 둘이서 줄곧 잠자리를 같이했다는 사실을요."

그는 속으로 한숨을 푹 내쉬었다. 빌어먹을. 그는 이미 지쳐 있었다. 한 시간이나 되는 쇼 내내 웃고, 웃고, 또 웃느라 지칠 대로 지쳐있었던 것이다. "나 지금 스위스로 가는 중이야. 오늘 밤은 거기서 보낼 거야." 그는 단호한 목소리로 말했다. 마치 투정을 부리는 아이를 타이르듯이 말이다. 평소에는 매릴린이 지금처럼 비난조로 나오면서 유사 편집증 증세를 보일 때마다 효과를 거둔 방법이었다. 하지만 당연히 지금은 그렇지가 않았다.

"앞으로 오 분 줄 테니까 그렇게 알아요. 그 수백만 달러짜리 롤스 비행선을 끌고 당장 이리로 날아오란 말이에요." 매릴린의 목소리가 그의 귀에 쩌렁쩌렁 울렸다. "단 오 초면 돼요. 당신을 직접 만나서 이야기하고 싶어서 그래요. 아주 중요한 이야기가 있단 말이에요."

아마도 임신을 한 모양이로군. 제이슨이 속으로 중얼거렸다. 어느 시점엔가 그녀가 고의적으로―또는 정말 깜박 잊고서― 피임약을 복용하지 않은 모양이었다.

"도대체 겨우 오 초 안에 내가 모르는 무슨 중요한 이야기를 할 수 있다는 거야?" 그가 날카롭게 말했다. "지금 당장 말해봐."

"당신이 여기 와서 내 옆에 있어야 돼요." 매릴린이 말했다. 남의 형편을 생각하지 않는 평소의 태도 그대로였다. "꼭 와야 돼요. 당신을 못 만난 지가 벌써 6개월이나 됐고, 그사이에 나는 우리 관계에 대해서 무척 많은 생각을 했단 말이에요. 특히 그 마지막 오디션에 대해서 말이에요."

"알았어." 그가 말했다. 씁쓸함과 짜증이 치밀었다. 그녀—재능이라고는 전혀 없는—의 경력을 만들어주려고 노력한 대가가 겨우 이거란 말인가. 그는 전화를 탁 하고 요란하게 내려놓은 다음, 헤더를 바라보며 말했다. "당신이 이 여자랑 직접 마주치지 않은 게 천만다행이야. 이 여자는 완전—"

"거짓말." 헤더가 말했다. "나야 당연히 그 여자랑 '직접 마주치지' 않을 수밖에 없지. 그런 일이 없게끔 당신이 철저하게 조심할 테니까."

"여하간에." 그는 이렇게 말하며 비행선을 오른쪽으로 선회시켰다. "내가 그 여자에게 오디션을 주선한 건 한 번도 아니고 무려 두 번이었다고. 그런데 그 여자는 두 번 모두 망쳐버렸지. 그래놓고 자존심을 지키기 위해서 도리어 나를 탓하는 거야. 내가 어찌어찌해서 자기를 나락으로 이끌었다는 거지. 어떻게 된 상황인지 당신도 알겠지."

"그 여자 혹시 가슴이 끝내주지 않아?" 헤더가 물었다.

"솔직히 말하면, 그래." 그가 씩 웃자 헤더도 웃음을 터트렸다. "내 약점이 뭔지는 당신도 잘 아는군. 하지만 그 거래에서는 나도 분명히 대가를 지불했다고. 오디션을 주선해주었단 말이지. 그것도 '두 번'이나. 마지막 오디션은 지금으로부터 6개월 전에 있었는데, 보아하니 뻔할 뻔 자야. 즉 그 여자는 아직까지도 그 일 때문에 화가 가라앉지 않았다는 거지. 도대체 나한테 무슨 말을 하려는 건지 궁금하군."

그는 조종장치에다가 매릴린의 아파트로 향하는 자동 조종

경로를 입력했다. 작지만 딱 알맞은 옥상 주차장이 있는 그 건물로 비행선은 향했다.

"그 여자는 아마 당신을 사랑하나봐." 헤더가 말했다. 그는 비행선을 꼬리부터 주차시킨 다음, 아래로 내려가는 계단을 내놓았다.

"다른 4000만 명과 마찬가지인 셈이지." 제이슨은 쾌활하게 대답했다.

헤더는 비행선의 접의자에 편안하게 앉은 채로 말했다. "너무 오래 있지는 마. 아니면 나 혼자 이거 끌고 갈 수 있게 도와주든가."

"그럼 내가 매릴린이랑 단둘이 있어도 된다는 뜻이야?" 그가 말했다. 두 사람 모두 웃고 말았다. "금방 돌아올게." 그는 주차장을 지나 엘리베이터로 다가가서는 단추를 눌렀다.

매릴린의 아파트에 들어서자마자 그는 단번에 그녀가 제정신이 아니라는 사실을 깨달았다. 그녀의 얼굴은 잔뜩 구겨지고 일그러져있었다. 몸도 잔뜩 수축되어 마치 속에서 스스로를 빨아들이는 것 같았다. 게다가 그녀의 눈은 또 어떤가. 여자에 관해서라면 그는 특별히 불편함을 느끼는 경우가 거의 없다시피 했지만, 이번에는 확실히 마음이 불편했다. 그녀의 눈은 완전히 휘둥그레진 상태였고, 동공이 무척이나 컸다. 그녀는 아무 말도 없이 팔짱만 긴 채 그를 뚫어져라 쳐다보고 있었다. 정말이지 단호하고도 고집스러워 보이는 모습이었다.

"어디, 이야기를 해봐." 제이슨이 말했다. 그는 지금 주도권을 잡기 위해서 슬그머니 손을 뻗어 더듬는 셈이었다. 평소 같으면—사실상은 항상—여자와 관련된 상황을 제어하는 것이야 그에게는 식은 죽 먹기였다. 실은 이야말로 그의 전공 분야나 다름없었다. 하지만 이번에는…… 어딘가 불편한 느낌이 들었다. 여전히 그녀는 아무 말이 없었다. 두껍게 화장한 그녀의 얼굴은 완전히 핏기가 없어서, 마치 살아 움직이는 시체 같았다. "혹시 오디션을 한 번 더 보고 싶은 거야?" 제이슨이 물었다. "그런 거야?"

매릴린은 고개를 저어서 아니라고 표시했다.

"좋아. 그럼 무슨 일인지 말해봐." 그는 피곤한 듯한 어조로, 내심 불편해하면서 말했다. 하지만 이런 불편함을 목소리에는 담아내지 않았다. 워낙 빈틈이 없는 데다가 경험이 많다 보니, 자신의 불안을 그녀에게 드러내지 않았던 것이다. 여자와 다툴 경우, 양쪽 모두 거의 90퍼센트가량은 허세이게 마련이었다. 무엇을 하느냐가 문제가 아니라, '어떻게' 하느냐가 문제인 것이다.

"당신한테 할 말이 있어요." 매릴린은 뒤로 돌아서서 부엌으로 들어가더니 그의 시야에서 사라져버렸다. 그는 그녀를 뒤따라갔다.

"두 번 모두 성공하지 못한 것 때문에 나를 탓하는—" 그가 말을 꺼냈다.

"이거 받아요." 매릴린이 말했다. 그녀는 싱크대에서 비닐봉

28

지를 하나 집어 들더니, 잠시 그대로 가만히 서있었다. 그녀의 얼굴은 여전히 핏기가 없고 굳은 상태였으며, 눈은 불룩 튀어나오고 전혀 깜박이지도 않았다. 곧이어 그녀는 비닐봉지를 잡아당겨 열더니, 그걸 휘두르며 재빨리 그에게 달려들었다.

워낙 순식간에 일어난 일이었다. 그는 본능적으로 뒤로 물러났지만, 너무 느렸고, 너무 늦어버렸다. 쉰 개의 급식관feeding tube이 달린 젤라틴 형질의 칼리스토 산産 흡착성 해면동물이 그에게 달려들어 그의 가슴에 파고들었다. 이미 급식관이 그의 몸속으로, 그의 가슴속으로 파고드는 느낌이 들었다.

그는 머리 위에 있는 부엌 찬장으로 손을 뻗어 반쯤 남아있는 스카치위스키 병을 꺼냈다. 그리고 서둘러 뚜껑을 열고 그 스카치위스키를 이 젤라틴 같은 생물에게 부었다. 그의 사고는 맑아졌고, 심지어 명석해졌다. 그는 당황하지 않았고, 그저 가만히 서서 스카치위스키를 그 생물에게 쏟아부을 따름이었다.

한동안은 아무 일도 벌어지지 않았다. 그는 여전히 침착했고, 당황해하며 도망치지 않았다. 곧이어 그 생물이 거품을 내뿜고 오그라들더니, 그의 가슴에서 떨어져 나와 부엌 바닥에 나뒹굴었다. 결국 죽어버린 것이다.

힘이 쭉 빠지면서 그는 부엌 식탁에 걸터앉았다. 이제 그는 무의식과 싸우고 있었다. 급식관 가운데 일부가 그의 체내에 여전히 남아있고, 또한 여전히 살아있는 모양이었다. "솜씨가 나쁘지 않은걸." 그는 간신히 말을 꺼냈다. "하마터면 나를 정말로 죽일 뻔했으니까. 이 좆 같은 부랑자 년아."

"아직 끝난 건 아니야." 매릴린은 태연하고도 덤덤하게 대답했다. "그 급식관 가운데 일부는 여전히 당신 안에 남아있어. 물론 당신도 그걸 알고 있겠지. 당신 얼굴을 보면 알 수 있어. 스카치위스키 한 병만으로는 그걸 도로 빼낼 수 없을걸. 세상 그 무엇도 '결코' 그걸 도로 빼낼 수 없어."

이 대목에서 그는 기절하고 말았다. 정신이 흐릿해지는 가운데 그는 녹색과 회색의 부엌 바닥이 솟아올라 자기에게 다가오는 모습을 보았다. 곧이어 모든 것이 텅 비어버렸다. 심지어 그 자신조차도 담고 있지 않은 진공만이 남았다.

고통이 느껴졌다. 그는 눈을 뜨면서 반사적으로 자기 가슴을 만져보았다. 수제 맞춤 실크 양복은 어디론가 사라지고 없었다. 그는 면으로 만든 환자복을 입고 바퀴 달린 침대에 누워있었다. "세상에." 그가 탄식을 내뱉었다. 두 명의 병원 직원들이 바퀴 달린 침대를 끌고 재빨리 병원 복도를 지나갔다.

헤더 하트가 몸을 숙여 그를 바라보았다. 걱정스럽고도 충격받은 듯한 얼굴이었지만, 그와 마찬가지로 그녀도 최대한 분별력을 유지하기 위해 애쓰고 있었다. "뭔가가 잘못되었다는 느낌이 들었어." 병원 직원들이 그를 끌고 어느 방으로 들어가는 동안, 그녀가 재빨리 말했다. "비행선에 앉아서 당신을 기다리고 있기가 싫더라고. 그래서 당신을 따라가봤지."

"아마 나랑 그 여자랑 침대에 들어갔을 거라고 의심했던 모양이지." 그는 힘없이 말했다.

"의사가 그러더라." 헤더가 말했다. "거기서 십오 초만 더 늦었더라도 당신은—그 양반 말마따나—신체강탈을 당했을 거라고. 그러니까 '그것'이 당신 안에 들어갔을 거라 그거지."

"난 '그것'을 해치웠어." 그가 말했다. "하지만 급식관을 모조리 제거한 건 아니야. 그러기엔 너무 늦었거든."

"나도 알아." 헤더가 말했다. "의사가 그러더라고. 최대한 서둘러 수술을 준비하고 있어. 만약 급식관이 그리 많이 들어가지 않은 상태라면, 의사들이 어떻게 할 수 있을 거라고 했어."

"나야 재난을 겪어도 운이 좋았지." 제이슨이 고통스럽게 중얼거렸다. 그는 눈을 감고 고통을 이겨냈다. "하지만 이번에는 운이 썩 좋지는 않군. 그저 그런 모양이네." 다시 눈을 뜨자 헤더가 울고 있었다. "그렇게 상황이 나쁜 거야?" 그가 물었다. 그는 손을 들어 올려 그녀의 손을 잡았다. 그의 손가락을 꽉 움켜쥐는 것으로 보아, 그녀의 사랑이 어느 정도인지 느낄 수 있었다. 곧이어 모든 것이 사라져버렸다. 오로지 고통뿐이었다. 그 외에는 아무것도 없었다. 헤더도 없었고, 병원도 없었고, 병원 직원도 없었고, 불빛도 없었다. 그리고 소리도 없었다. 그것이야말로 영원히 지속되는 순간이었으며, 그 순간은 그를 완전히 삼켜버렸다.

02

빛이 다시 스며들어와 그의 감은 눈을 번쩍이는 적색의 막으로 뒤덮었다. 그는 눈을 뜨고 고개를 들어 주위를 둘러보았다. 혹시 헤더가, 또는 의사가 있나 찾아볼 요량이었다.

방 안에는 그 혼자뿐이었다. 다른 사람은 없었다. 금이 간 화장 거울이 달린 옷장이 하나, 그리고 기름때가 배어든 벽에서 툭 튀어나온 흉하고 낡은 조명장치가 하나 있을 뿐이었다. 가까운 곳 어디선가 TV 세트에서 나는 소리가 들렸다.

그는 병원에 있는 것이 아니었다.

헤더와 함께 있는 것도 아니었다. 그녀의 부재가 느껴졌다. 세상이 완전히 텅 빈 것 같았다. 그녀 때문이었다.

세상에. 그는 생각했다. '도대체 무슨 일이 벌어진 거지?'

다른 여러 가지와 마찬가지로, 가슴의 통증도 이미 사라진

다음이었다. 그는 힘없이 낡은 울 담요를 걷고 자리에서 일어나 앉았다. 반사적으로 손을 들어 이마를 문지르며, 몸의 활력을 다시 한 번 모아보려고 했다.

이곳은 호텔이로군. 그는 문득 깨달았다. 지저분하고 빈대가 우글거리는 싸구려 호텔이었다. 커튼도 없고, 화장실도 없었다. 지금으로부터 여러 해 전, 그러니까 그가 경력을 쌓기 시작할 즈음에 살았던 곳과도 비슷했다. 그때만 해도 그는 무명이었고 돈도 없었으니까. 그 우울한 시절을 그는 항상 기억 속에서 지워버리려고 무척이나 애를 썼다.

돈. 그는 옷 위를 더듬어보았다. 이제는 병원용 환자복이 아니라 평소와 마찬가지로 수제 맞춤 실크 양복을 도로 입고 있었다. 옷이 약간 구겨지기는 했지만 말이다. 코트 주머니 안에는 고액권 지폐 다발이 들어있었다. 원래는 베가스로 가져가려던 돈이었다.

적어도 이건 갖고 있는 셈이었다.

그는 재빨리 주위를 돌아보며 전화를 찾았다. 그래, 물론 없겠지. 하지만 로비에 내려가면 분명히 있을 터였다. 그나저나 누구한테 전화를 걸어야 하지? 헤더한테? 에이전트인 앨 블리스한테? TV 쇼 프로듀서인 모리 맨한테? 변호사인 빌 울퍼한테? 어쩌면 그들 모두에게 걸어야 할지도 몰랐다. 그것도 최대한 빨리.

그는 비틀거리며 간신히 일어나서 똑바로 섰다. 몸이 휘청거렸다. 그는 몸을 휘청거리면서, 본인도 알 수 없는 무슨 이유에

선지 욕설을 내뱉었다. 동물적인 본능이 그를 사로잡았다. 그는 기꺼이 싸울 준비가 되어있었다. 식스 특유의 강인한 육체로. 하지만 그는 적이 누군지 식별할 수 없었고, 그 사실 때문에 겁이 났다. 그가 기억하는 한에서는 난생처음으로 공포를 느꼈다.

시간이 아주 많이 흘러버린 건가? 그는 자문했다. 가늠이 되지 않았다. 어떤 식으로건 그로선 감지할 수 없었다. 낮이라는 건 확실했다. 지저분한 유리창 너머 하늘에는 여러 대의 퀴블이 급상승하며 요란한 소리를 냈다. 그는 자기 시계를 들여다보았다. 10시 30분이었다. 그래서 뭐? 어쩌면 이미 천 년의 시간이 흐른 다음일 수도 있었다. 시계는 전혀 도움이 되지 않았다.

하지만 전화라면 도움이 될 터였다. 그는 먼지 수북한 복도를 지나 계단을 찾아낸 다음, 난간을 붙잡고 한 걸음 한 걸음 아래로 내려갔다. 잠시 후에 그는 지저분하고 낡은 데다가 쿠션이 너무 불룩한 의자가 여러 개 놓여있는 텅 비고 음산한 로비에 도착했다.

잔돈이 있어 다행이었다. 그는 1달러짜리 금화를 투입구에 넣고 다이얼로 앨 블리스의 전화번호를 돌렸다.

"블리스 탤런트 에이전시입니다." 곧바로 앨의 목소리가 들려왔다.

"나야." 제이슨이 말했다. "지금 어딘지 모르는 이상한 곳에 와있거든. 얼른 와서 나 좀 데리고 가게. 여기서 데리고 나가달라고. 어디든 다른 곳으로 말이야. 무슨 말인지 알겠나, 앨? 알겠냐고?"

수화기 저편에서는 침묵이 흘렀다. 잠시 후에 어딘가 냉랭하고도 무관심한 목소리로 앨 블리스가 대답했다. "실례지만 누구십니까?"

그는 상대방의 질문에 으르렁거리듯 자기 이름을 밝혔다.

"죄송합니다만 누구신지 모르겠군요, 제이슨 태버너 씨." 앨 블리스가 말했다. 역시나 아까처럼 무척이나 냉정하고도 무관심한 목소리였다. "혹시 전화를 잘못 거신 것은 아닙니까? 지금 누구와 통화하려고 전화하신 겁니까?"

"바로 자네지, 앨. 앨 블리스, 내 에이전트 말이야. 도대체 병원에서 무슨 일이 있었던 건가? 도대체 어떻게 해서 내가 거기서 나와 여기 있게 된 거지? 자네도 모르는 거야?" 최대한 감정을 억제하려 애쓰는 사이, 공포가 물밀 듯 밀려들었다. 그는 최대한 이성적인 말투로 이렇게 말했다. "그럼 나 대신에 헤더한테 연락 좀 해줄 수는 있나?"

"하트 양 말인가요?" 앨은 이렇게 말하더니 갑자기 쿡쿡 웃었다. 그러면서 그의 질문에는 아무 대답도 하지 않았다.

"자네." 제이슨이 거칠게 말했다. "내 에이전트 노릇은 오늘이 마지막이네. 끝이라고. 지금 상황이 어떻게 돌아가는 건지는 모르겠지만. 자네는 해고야."

그의 귀에는 앨 블리스가 다시 한 번 쿡쿡 웃는 소리가 들려왔다. 곧이어 딸각하는 소리와 함께 전화는 먹통이 되어버렸다. 앨 블리스가 전화를 끊어버린 것이다.

이 개자식을 반드시 죽여버리고 말겠어. 제이슨은 속으로 말했다. 저 돼지 같은 대머리 새끼를 갈기갈기 찢어서 난도질해버리겠다고.

그는 도대체 나한테 무슨 짓을 하려는 걸까? 도무지 이해할 수가 없군. 왜 갑자기 그가 나를 외면하고 돌아서게 된 거지? 도대체 내가 그에게 무슨 빌어먹을 짓을 했다고? 무려 19년 동안이나 그는 내 친구이며 에이전트였는데 말이다. 이런 일은 이제껏 단 한 번도 일어난 적이 없는데.

빌 울퍼에게 전화를 해봐야겠어. 그는 이렇게 결심했다. 그 친구야 항상 자기 사무실에 있거나, 그렇지 않더라도 연결이 되게 마련이니까. 그 친구에게 일단 연락을 취해보면, 도대체 이게 어찌 된 일인지 알아낼 수 있을 거야. 그는 두 번째 금화를 전화기 투입구에 집어넣고, 기억을 더듬어서 다시 한 번 다이얼을 돌렸다.

"울퍼 앤드 블레인 변호사 사무실입니다." 여성 안내원의 목소리가 귀에 들려왔다.

"빌한테 연결해줘요." 제이슨이 말했다. "나 제이슨 태버너입니다. 내가 누군지는 아시겠죠."

안내원이 말했다. "울퍼 씨께서는 지금 법원에서 외근 중이십니다. 괜찮으시다면 대신 블레인 씨를 바꿔드릴까요? 아니면 이따 오후에 울퍼 씨께서 사무실에 돌아오시면 다시 전화 드리라고 할까요?"

"혹시 내가 누군지 아십니까?" 제이슨이 물었다. "그러니까 제이슨 태버너가 누군지 아십니까? 혹시 TV 보시나요?" 이 시점에서 그는 자신의 목소리를 거의 통제할 수 없었다. 그의 귀에는 자기 목소리가 갈라지고 높아지는 것만 같았다. 그는 냉정을 유지하려고 최대한 애썼지만, 차마 손이 덜덜 떨리는 것까지 막을 수는 없었다. 사실은 그의 온몸이 덜덜 떨리고 있었다.

"정말 죄송합니다, 태버너 씨." 안내원이 말했다. "저는 잘 모르는 일이니, 일단 울퍼 씨나—"

"혹시 TV 보십니까?" 그가 물었다.

"예."

"그런데 내 이름을 한 번도 들어본 적이 없다는 겁니까? 화요일 밤 9시에 방영되는 〈제이슨 태버너 쇼〉도요?"

"정말 죄송합니다, 태버너 씨. 아마 울퍼 씨하고 직접 말씀을 나눠보셔야 할 것 같습니다. 지금 계신 곳의 전화번호를 알려주시면, 이따가 울퍼 씨께서 들어오시는 대로 오늘 안에 연락을 드릴 수 있도록 하겠습니다."

그는 전화를 끊었다.

내가 미쳐버린 걸까. 그는 생각했다. 아니면 그 여자가 미쳐버린 걸까. 그 여자와 앨 블리스, 그 개자식. 세상에. 그는 몸을 부들부들 떨면서 전화 있는 곳에서 물러나서는, 색이 바래고 쿠션이 불룩한 의자 가운데 하나에 털썩 주저앉았다. 그나마 앉으니까 좀 나았다. 그는 눈을 감고 숨을 천천히 깊게 쉬었다. 그리고 생각에 잠겼다.

지금 나한테는 정부에서 발행한 고액권 지폐가 5000달러나 있어. 그는 속으로 말했다. 그러니 나는 완전히 대책이 없는 상황은 아닌 거야. 그리고 '그것'이 일단 내 가슴에서 떨어져나간 데다가, 급식관도 마찬가지인 모양이니까. 아마도 병원에서 수술로 어찌어찌해서 처리할 수 있었던 모양이지. 그래서 최소한 나는 이렇게 살아있게 된 거야. 그 사실에 대해서만은 기뻐할 수 있어. 혹시 일종의 시간차 효과가 생겨난 걸까? 그는 자문했다. 신문이 어디 있지?

그는 가까운 소파 위에 놓여있는 《LA 타임스》의 날짜를 살펴보았다. 1988년 10월 12일. 시간차 효과는 전혀 없었다. 그의 쇼가 방영된 바로 다음 날이었다. 즉 매릴린 때문에 그가 졸지에 죽어가며 병원으로 실려 간 바로 다음 날이기도 했다.

그제야 한 가지 생각이 떠올랐다. 그는 신문의 이런저런 면을 뒤적이다가 마침내 연예 관련 칼럼을 찾아냈다. 현재 그는 매일 밤마다 할리우드 힐튼 호텔의 페르시아 룸에서 공연을 했다. 사실은 벌써 3주째나 되었는데, 물론 화요일은 쇼의 방영 때문에 공연이 없었다.

그런데 호텔 측에서 지난 3주 내내 실었던 광고가 지금 이 신문의 연예 면에서는 전혀 눈에 띄지 않았다. 어쩌면 다른 면으로 옮겨갔는지도 모른다고 생각하면서도 그는 어쩐지 휘청하는 느낌이었다. 그는 결국 신문을 처음부터 끝까지 샅샅이 뒤져보았다. 이런저런 연예인의 광고가 이어졌지만, 정작 그에 관한 언급은 전혀 없었다. 그의 얼굴로 말하자면 지난 10년 동안 이런저런 신문의 연예 면에 항상 실려있었다. 단 한 번도 빠진 적이 없었다.

한 번만 더 시도해봐야지. 그는 결심했다. 이번에는 모리 맨에게 연락해봐야겠어.

그는 지갑을 꺼낸 다음, 그 안에서 모리의 전화번호를 적어놓았던 쪽지를 찾아보았다.

그의 지갑은 아주 얇았다.

신분증이 모두 사라지고 없었다. 그가 계속 남아있게 해주었던 신분증이. 그가 총에 맞거나 강제수용소로 끌려가지 않은 채로 군경의 바리케이드 사이를 지나다닐 수 있게 해주었던 신분증이.

내 ID 카드 없이는 두 시간도 채 살아남지 못할 텐데. 그는 생각했다. 심지어 이 낡아빠진 호텔 로비에서 저 바깥의 보도 위로 걸어 나가지도 못할 거야. 사람들은 십중팔구 나를 캠퍼스 가운데 한 곳에서 도망친 학생이나 선생으로 간주할 테지. 어쩌면 남은 평생 동안 노예가 되어서 중노동을 하고 살아야 할지도 몰라. 사람들이 흔히 말하는 '비존재자'가 되는 거지.

그러니 내가 맨 먼저 해야 할 일은 일단 여기 남아있는 거야. 인기 연예인 제이슨 태버너는 엿이나 먹으라지. 그 문제는 나중에 고민해도 그만이야.

그의 두뇌 속에서 강력한 식스 특유의 결정 요소가 이미 초점을 맞추고 있는 것을 느낄 수 있었다. 나는 다른 누구와도 달라. 그는 속으로 말했다. 무슨 일이 벌어지고 있든지 간에, 나는 그 일에서 벗어날 거야. 어떻게 해서든지.

그는 문득 깨달았다. 가령 내가 지금 갖고 있는 돈이라면, 일단 와츠에 가서 가짜 ID 카드를 살 수도 있어. 지갑 하나를 꽉 채울 만큼. 내가 들은 이야기로만 미루어보아도, 그런 걸 만들어주는 소규모 중개상이 백 명은 있을 테니까. 하지만 내가 그중 하나를 이용하게 되리라고는 이제껏 한 번도 상상조차 해본 적이 없는데. 제이슨 태버너는 그러지 않으니까. 무려 3000만 명의 시청자를 거느린 인기 연예인은 그러지 않으니까.

그 3000만 명 가운데 지금 나를 기억해주는 사람이 단 한 명이라도 있지는 않을까? 그는 속으로 물었다. 혹시 '기억한다'는 말이 정확한 표현이라면 말이야. 그러고 보니 나는 마치 시간이 엄청나게 흐르고 난 것처럼 이야기하고 있군. 이제는 내가 마치 노인이라도, 과거의 영광을 되새기며 살아가는 퇴물이라도 되는 것처럼 말이야. 지금 벌어지고 있는 일은 그게 아닌데도 불구하고.

전화가 있는 곳으로 돌아간 그는 아이오와 주에 있는 출생등록제어센터의 전화번호를 찾아보았다. 금화 몇 개를 쓰고, 상당한 지연을 겪은 끝에, 그는 마침내 그곳 담당자와 통화할 수 있었다.

"제 이름은 제이슨 태버너라고 합니다." 그가 센터 직원에게 말했다. "1946년 12월 16일에 시카고 메모리얼 병원에서 태어났고요. 죄송합니다만 이 내용을 좀 확인해주시고, 출생증명서도 한 부 발급해주시겠습니까? 지금 일자리를 구하는 중이라서 회사에 제출해야 하거든요."

"예, 잠시만 기다리세요." 센터 직원은 통화를 대기 상태로 두었다. 제이슨은 가만 기다렸다.

딸깍 소리와 함께 센터 직원이 돌아왔다. "제이슨 태버너 씨. 1946년 12월 16일, 쿡 카운티 출생이시라고 하셨죠."

"예." 제이슨이 말했다.

"현재 저희가 갖고 있는 출생등록부에는 그 시간과 장소에 맞는 분이 안 계신데요. 방금 말씀하신 내용이 확실한 건가요, 선생님?"

"그러니까 저보고 지금 제가 태어난 시간과 장소를 제대로 알고 있느냐고 물어보시는 겁니까?" 그의 목소리가 다시 한 번 그의 통제를 벗어나려 했다. 하지만 이번에는 그도 굳이 침착 하려 애쓰지 않았다. 공포가 물결처럼 밀려들었다. "고맙습니 다." 그는 이렇게만 말하고 전화를 끊었다. 이제 그는 몸을 격 렬하게 떨고 있었다. 그의 육체뿐만 아니라 그의 정신도 덜덜 떨리고 있었다.

'나는 존재하지 않는 거야.' 그는 속으로 말했다. 제이슨 태 버너라는 사람은 이 세상에 없어. 이전에도 없었고 이후로도 없을 거야. 내 경력 따위는 엿이나 먹으라지. 이제는 그저 살아 있고 싶을 뿐이야. 만약 누군가가, 또는 무언가가 내 경력을 아 주 말소해버리고 싶어 한다면, 좋아. 얼마든지 그렇게 하라고. 하지만 지금 나는 아예 존재하는 것조차도 허락받지 못한 건 가? 나는 아예 태어나지도 않은 건가?

뭔가가 그의 가슴 속에서 꿈틀하고 움직였다. 그는 깜짝 놀

41

라 생각했다. 사람들이 급식관을 완전히 제거하지는 않은 모양이군. 그중 일부가 여전히 내 안에서 자라나며 양분을 빨아들이고 있는 거야. 재능이라곤 털끝만치도 없는 그 빌어먹을 거지 년 때문에 말이야. 제발이지 그년이 거리를 오가며 몇 푼에 몸을 파는 신세가 되었으면 소원이 없겠군.

내가 그년을 위해서 해준 일이 얼마나 되는데. 음반 제작 담당자들한테 두 번이나 오디션을 받게 해줬잖아. 그런데 빌어먹을―물론 그년을 자빠트리기도 많이 했었지. 그렇게 따지면 결국 피장파장이로군.

호텔 방으로 돌아온 그는 얼룩이 잔뜩 묻은 화장용 거울에 자기 모습을 한참 동안 비춰 보았다. 그의 외모는 전혀 변하지 않았지만 최소한 면도는 해야 할 것 같았다. 더 늙은 것도 아니었다. 주름살이 늘지도 않았고, 흰머리가 보이지도 않았다. 어깨와 이두근도 여전히 훌륭했다. 지금처럼 몸에 딱 맞는 남성 정장을 입을 수 있는, 군살이라고는 없는 허리도 마찬가지였다.

그거야말로 사람의 이미지를 좌우하지. 그는 속으로 말했다. 어떤 종류의 정장을 입을 수 있느냐 하는 것 말이야. 특히 저 허리가 잘록한 옷을 입을 수 있다는 건 중요해. 내가 가진 것만 쉰 벌은 될 거야. 그는 생각했다. 아니, 내가 가졌던 것이라고 해야 하려나. 그 옷들은 지금 어디 있을까? 그는 속으로 물었다. 새는 날아가버렸네. 이제는 어느 풀밭에서 노래하고 있을까?* 이런 시가 있었지, 아마. 이 기억은 과거의, 그러니까 그가 학교에 다니던 시절의 것이었다. 방금 전까지도 까맣게 잊어버리고 있었는데. 참으로 이상하다니까. 그는 생각했다. 뭔가 친숙하지 않고 불길한 상황에 놓여있을 경우, 사람이 머릿속에 떠올리는 것이 무엇인지를 생각해보면 말이야. 때로는 세상에서 가장 사소한 것들뿐이라니까.

소원이 말馬이라면, 거지도 하늘을 날겠지.[**] 이런 식의 이야기였다. 이것만 해도 사람을 미치게 만들기에는 충분하지.

문득 궁금한 생각이 들었다. 이 끔찍스러운 호텔에서 제일 가까운 와츠의 ID 위조업자 사이에 군경의 검문소가 얼마나 많이 있을까? 열 군데? 열세 군데? 두 군데? 지금 내 상황에서는 단 한 군데만 있어도 끝이야. 그는 생각했다. 순찰차에 올라탄 순찰대원 세 명한테 무작위로 한번 걸리면 그만이었다. 그 빌어먹을 무전장치를 이용해서 캔자스시티에 있는 군경 데이터센트럴에 연결하면 그만이겠지. 그들은 바로 거기에 모든 기록을 보관하니까.

그는 소매를 걷어붙이고 자기 팔뚝을 살펴보았다. 그래, 여기 있다. 그가 문신으로 새겨놓은 신분증 등록번호였다. 그의 신체에 새겨진 이 번호판은 그가 평생 동안 지니고 다니다가, 나중에 그가 간절히 바라마지 않는 무덤에 같이 묻히게 될 것

---

[*] 헨리 본의 「그들은 모두 빛의 세계로 가버렸네」(1655)의 다섯 번째 연과 비교하라. "새 새끼 있는 둥지를 찾아본 사람은 알리라/첫눈에 보아도, 새가 날아갔는지 아닌지를/하지만 어떤 멋진 샘이나 숲에서 새가 지금 우는지는/그도 전혀 알 수 없느니라" — 원주

[**] "소원이 말이라면, 거지도 말을 타겠지"라는 유명한 속담(소원을 비는 것이야 자유지만 다 이루어지는 법은 아니라는 의미)을 원용한 것이다.

이었다.

이동식 검문소에 있는 군경이라면 이 신분증 등록번호를 무전으로 캔자스시티에 조회해볼 수 있을 테고— 그러고 나면 어떻게 되지? 그의 기록이 아직 거기 남아있을 것인가? 아니면 그의 출생 기록과 마찬가지로 이미 사라져버렸을까? 만약 거기 남아있지 않다고 한다면, 군경 측의 관료들은 그게 무엇을 의미한다고 생각할까?

사무적인 착오라고 하겠지. 누군가가 기록을 허위로 꾸며낸 마이크로필름 더미를 잘못 넣어두었다고 생각할 거야. 나중에는 밝혀지겠지. 언젠가는. 그러니까 더 이상 그게 문제가 되지 않을 때에 가서야. 그러니까 내가 달에 있는 어느 채석장에서 곡괭이를 휘두르며 십 년은 족한 세월을 허비하고 났을 때에 가서야. 만약 기록이 거기 없다고 치면, 그들은 아마 내가 도망친 학생 녀석이라고 생각하고 말겠지. 그는 생각했다. 지금 군경의 기록에 올라있지 않은 건 오로지 학생뿐이니까. 심지어 학생 중에서도 일부 중요한 녀석들, 그러니까 지도자들만 해도 기록에 올라있을 정도니까.

나는 지금 인생의 밑바닥에 떨어져있는 거야. 그는 문득 깨달았다. 게다가 나는 단순히 물리적 존재만으로는 다시 위로 올라갈 수조차 없어. 나는 어제까지만 해도 3000만 명의 시청자를 거느리던 사람이었지. 언젠가, 어떻게 해서든, 나는 다시 그들에게 돌아가고야 말 거야. 하지만 지금 당장은 아니지. 먼저 처리해야 할 다른 일들이 있으니까. 이 세상에 태어난 사람이라면 누구나 갖고 있게 마련인 기본 요소들이란 게 있지. 지금 난 하다못해 그것조차도 갖고 있지 못해. 하지만 조만간 갖게 되겠지. 식스는 결코 일반인이 아니니까. 일반인이 지금 나한테 일어난 것과 같은 일—특히 이런 불확실성—을 겪는다면 신체적으로나 심리적으로나 결코 버텨내지 못할 거야.

식스는 어떤 외적 상황에 처한다 하더라도 항상 우세할 수밖에 없어. 왜냐하면 유전학적으로 우리의 정의가 바로 그러하니까.

그는 다시 호텔 방에서 나와 계단을 내려가서 데스크로 다가갔다. 얇은 콧수염을 기른 중년 남자가 《박스》 잡지를 읽고 있었다. 그는 고개조차 들지 않고 이렇게만 말했다. "예, 손님."

제이슨은 정부 발행 지폐 다발을 꺼낸 다음, 그중에서 오백 달러짜리 지폐를 한 장 꺼내서 호텔 직원 앞의 카운터에 올려놓았다. 호텔 직원은 돈 있는 쪽을 흘끗 한 번 바라보더니, 곧이어 휘둥그레진 눈으로 다시 한 번 바라보았다. 그는 조심스러운 표정으로 제이슨의 얼굴을 쳐다보았다. 무슨 일이냐고 물어보는 듯한 표정으로.

"내 신분증을 도둑맞았습니다." 제이슨이 말했다. "여기 오백 달러짜리 지폐를 드릴 테니, 신분증을 다시 만들어줄 수 있는 사람을 하나 찾아봐주세요. 그리고 이왕 할 수 있는 일이라면 지금 당장 그렇게 해주셨으면 좋겠군요. 마냥 기다리고 있을 수는 없으니 말입니다." 군인이나 경찰관이 불쑥 나타나서 나를 잡아갈 때까지 마냥 기다리고 있을 수는 없다는 이야기지. 그는 생각했다. 그것도 이렇게 다 쓰러져가는 지저분한 호텔에서는 말이야.

"아니면 출입구 앞의 보도에서 붙잡혀 갈 수도 있지요." 호텔 직원이 말했다. "저는 일종의 텔레파시능력자거든요. 우리 호텔이 썩 대단하지 않은 건 사실이에요. 그래도 빈대 같은 건 전혀 없다고요. 물론 한 번은 화성산 모래벼룩이 돌아다니기도 했죠. 하지만 지금은 아니거든요." 그는 오백 달러짜리 지폐를 얼른 챙겼다. "손님을 도와드릴 수 있을 만한 사람한테로 데려다 드리죠." 그가 말했다. 제이슨의 얼굴을 유심히 살펴보던 호텔 직원은 잠시 말을 멈추었다가 이렇게 덧붙였다. "손님께서는 지금 자신이 뭔가 세계적으로 유명한 사람이라고 생각하시는 모양이군요. 뭐, 우리 호텔에는 별의별 손님들이 다 오시니까요."

"얼른 가기나 하죠." 제이슨이 퉁명스레 말했다. "당장요."

"그럼 가시죠." 호텔 직원이 이렇게 말하며 번들거리는 자기 플라스틱 코트 쪽으로 손을 뻗었다.

03

구식 퀴블을 운전해서 느릿느릿 요란한 소리를 내며 거리를 지나가는 동안, 호텔 직원이 옆자리에 앉은 제이슨에게 불쑥 이런 말을 했다. "손님의 머릿속에서 상당히 야릇한 생각들이 무척 많이 감지되네요."

"내 머릿속에서 나가주시죠." 제이슨이 질색하면서 퉁명스레 대꾸했다. 이렇게 남을 흘끔거리기 좋아하고 호기심 왕성한 텔레파시능력자는 예전부터 정말 질색이었다. 지금도 물론 예외는 아니었다. "내 머릿속에서 나가달라 이겁니다." 그가 말했다. "그리고 나를 도와줄 수 있을 만한 사람한테나 얼른 데려다주면 고맙겠군요. 혹시나 군경 바리케이드에 딱 맞닥트리지 않게끔 조심하고요. 댁이 정말 이 상황을 헤쳐나갈 수 있는 실력이 있다면 말이지요."

호텔 직원은 친절하게 말했다. "그런 걱정일랑 붙들어 매셔도 됩니다. 혹시나 검문에 걸리기라도 하면 손님한테 무슨 일이 벌어지게 될지는 저도 잘 아니까요. 이런 일이야 예전에도 여러 번 했었죠. 학생들을 태우고서요. 하지만 손님은 학생이 아니잖습니까. 손님은 뭔가 유명한 분이고, 또 부유한 분이더군요. 하지만 동시에 손님은 실제로는 그렇지가 않아요. 손님은 이름 없는 사람이지요. 심지어 존재하지도 않아요. 법적으로 말하자면요." 그는 엷고도 나지막한 웃음을 터트렸다. 그의 눈은 전방의 차량 움직임을 줄곧 주시하고 있었다. 마치 할머니처럼 조심조심 운전하고 있군. 줄곧 운전대를 양손으로 꽉 붙잡고서 말이야. 제이슨은 상대방의 모습을 눈여겨보았다.

이제 두 사람은 와츠 중심부의 빈민굴로 들어서고 있었다. 작고 어둑어둑한 상점들이 양쪽으로 늘어선 거리는 지저분하기 짝이 없었다. 쓰레기통에는 내용물이 넘쳐나고, 보도에는 깨진 유리병 조각이 흩어져있고, 지저분한 간판에는 코카콜라 광고가 큰 글씨로 적혀있고 그 밑에 상점 이름이 작은 글씨로 적혀있었다. 어느 교차로에는 나이 많은 흑인이 쉬엄쉬엄 길을 건너고 있었는데, 마치 나이 먹어서 눈이 멀기라도 한 것처럼 길을 하나하나 더듬으며 가는 모습이었다. 그 사람의 모습을 보자 제이슨은 뭔가 야릇한 감정을 느꼈다. 아직까지 살아있는 흑인은 사실 많지 않았다. 반란이 일어났던 그 끔찍스러운 시기에 티드먼의 악명 높은 불임시술 법안이 국회를 통과했기 때문이다. 호텔 직원은 털털거리는 퀴블의 속도를 서서히 줄이더니 딱 멈춰 세웠다. 마치 구겨지고 솔기가 터진 갈색 양복을 입은 그 나이 많은 흑인을 괴롭히지 않으려고 작정한 듯이. 분명 호텔 직원 역시 제이슨과 비슷한 기분이 든 모양이었다.

"그거 아십니까." 호텔 직원이 제이슨에게 말했다. "제가 만약에 저 양반을 차로 치어버리면, 결국 저는 사형 판결을 받게 된답니다."

"당연히 그렇겠죠." 제이슨이 말했다.

"저 사람들은 마치 희귀종인 흰두루미의 마지막 무리하고 비슷하거든요." 호텔 직원이 말했다. 이제 흑인 노인이 건너편에 다다르자 그는 다시 차를 앞으로 출발시켰다. "덕분에 천여 가지의 법률에 의해서 보호를 받고 있죠. 가령 저 사람들을 조롱하는 것도 금지되어있어요. 저 사람들 중에 하나랑 주먹다짐을 했다가는 중범죄로 고발당할 위험이 있죠. 최소한 징역 10년이라고요. 그런데 사실은 우리가 저 사람들을 죽여 없앤 거거든요. 그게 바로 티드먼이 원하던 바였고, 제 생각에는 사일런서 가운데 다수가 원하던 바였던 것 같아요. 하지만—" 그는 운전대를 잡은 이후 처음으로 한 손을 떼고 뭔가 손짓을 했다. "—애들을 생각하면 정말 안타까워요. 제가 열 살 때만 해도, 저랑 같이 놀던 흑인 남자아이가 하나 있었죠…… 사실은 여기서 별로 멀지 않은 데 살았어요. 하지만 지금은 십중팔구 불임시술을 당했을 거예요."

"하지만 그때는 그 사람도 이미 아이를 하나 낳은 다음이었겠지요." 제이슨이 지적했다. "그 사람 부인이 첫째이자 외동아이를 낳자마자 출산 쿠폰을 반납해야 했을 테지만…… 어쨌거나 아이를 가진 다음이었겠지요. 법적으로 그렇게 정해져있으니까요. 게다가 그들의 안전을 보장하는 기타 법령이 백만 개나 더 있으니 말입니다."

"어른 둘에 아이 하나씩." 호텔 직원이 말했다. "그런 식으로 해서 흑인 인구는 세대를 거듭할 때마다 절반씩 줄어드는 거죠. 아주 영리한 방법이에요. 손님께서도 티드먼에게 그렇게 말할 수밖에 없을 거예요. 그런 식으로 결국 인종 문제를 해결했으니까요, 암요."

"어떻게든 해야만 하는 일이었으니까요." 제이슨이 말했다. 그는 좌석에 앉은 상태에서도 몸을 긴장시키고 전방의 거리를 유심히 살펴보며, 혹시 군경의 검문소나 바리케이드 흔적이 있는지 확인했다.

"이제 거의 다 왔습니다." 호텔 직원이 차분하게 말했다. 그는 잠시 고개를 돌려 제이슨을 마주 보았다. "그나저나 선생님의 인종차별적인 견해는 별로 마음에 들지 않는군요." 그가 말했다. "비록 선생 덕분에 오백 달러를 벌기는 했지만 말입니다."

"흑인이라면 내가 보기에는 충분할 정도로 아직 많이 살아남아 있는 것 같은데요." 제이슨이 말했다.

"그러다가 맨 마지막 한 명이 죽고 나면요?"

제이슨이 말했다. "댁은 내 머릿속을 읽을 수 있지 않습니까. 그러니 내 입으로 굳이 말할 필요도 없겠죠."

"세상에." 호텔 직원이 이렇게 말했다. 곧이어 그는 전방의 교통 상황에 도로 정신을 집중했다.

이들이 탄 차는 직각으로 우회전을 하더니, 골목을 한참 지나갔다. 골목 양쪽으로는 굳게 닫히고 잠긴 나무 문이 줄줄이 보였다. 이 동네에는 아예 간판조차도 없었다. 그저 쥐 죽은 듯한 침묵만 감돌았다. 게다가 오래된 쓰레기 더미가 가득했다.

"저런 문들 안에는 뭐가 있습니까?" 제이슨이 물어보았다.

"바로 손님 같은 사람들이죠. 바깥으로 나올 수 없는 사람들요. 하지만 저 사람들은 최소한 한 가지 면에서는 손님하고 달라요. 그러니까 손님은 무려 오백 달러짜리 지폐를…… 그리고 더 많은 돈을 어딘가에 갖고 있으니까요. 제가 제대로 읽었다면 말이죠."

"어쩌면 이번 일로 상당한 돈을 써야 할지도 모르죠." 제이슨이 냉랭하게 말했다. "ID 카드를 다시 만들려면 말입니다. 어쩌면 내가 가진 것을 모두 털어야 할지도 모르죠."

"그 여자가 손님에게 바가지를 씌우는 일이야 없을 겁니다." 이 말과 함께 호텔 직원은 골목의 딱 중간쯤에서 퀴블을 멈춰 세웠다. 제이슨은 바깥을 내다보았다. 폐업한 식당이 하나 있었다. 창문 유리가 깨지고 없어서 판자로 가려둔 곳이었다. 내부는 완전히 어두웠다. 혐오감이 들었지만, 아마 여기가 목적지인 모양이었다. 이 또한 감내해야 할 일이었다. 지금 그의 상황은 매우 다급했으니까. 그러니 까다롭게 굴 수가 없었다.

게다가— 그는 여기까지 오는 동안 검문소와 바리케이드를 모두 피해 왔다. 호텔 직원은 아주 좋은 경로를 알고 있었던 것이다. 그러니 전반적으로 보자면 그로선 불평할 만한 이유가 거의 없었다.

그는 호텔 직원과 함께 덜렁거리며 걸려있는 식당의 출입문 쪽으로 다가갔다. 둘 중 누구도 말이 없었다. 대신 창문을 보호하기 위해 덧대어놓은 듯한 합판이 떨어진 틈새로 들어가면서, 비죽 튀어나온 녹슨 못을 피하는 데에만 정신을 집중했다.

"제 손을 잡으세요." 주위를 둘러싼 그늘의 어둠 속에서 호텔 직원이 이렇게 말하면서 손을 뻗었다. "저야 길을 알지만, 이 안은 아주 어두우니까요. 이 블록에는 벌써 3년 전부터 전기가 끊겼습니다. 여기 있는 건물에 살던 사람들을 모두 내보내서, 이 블록을 완전히 태워버리려는 수작이었죠." 그가 덧붙였다. "하지만 사람들은 대부분 여전히 그대로 남아있답니다."

호텔 직원의 축축하고 차가운 손이 그를 인도하여, 아마도 의자와 식탁을 쌓아올린 것인 듯한 더미 옆을 지나갔다. 의자 다리와 식탁 표면이 들쑥날쑥하니 뭉쳐져있었고, 사이마다 거미줄과 회색 먼지 자국이 선명했다. 두 사람은 마침내 시커멓고 요지부동으로 보이는 어느 벽 앞에 서게 되었다. 호텔 직원은 이곳에서 멈춰 서더니 그의 손을 놓고는 어둠 속에서 뭔가를 만지작거렸다.

"이 문은 제가 열 수 없게 되어있죠." 그가 뭔가를 만지작거리며 말했다. "오로지 저쪽 편, 그러니까 '그 여자'가 있는 편에서만 열 수 있어요. 지금 제가 하는 건, 우리가 여기 와있다고 신호를 보내는 겁니다."

벽의 한쪽 부분이 신음 소리를 내며 옆으로 열렸다. 제이슨은 그 안을 흘끗 들여다보았지만, 또 다른 어둠이 펼쳐져있을 뿐이었다. 또 다른 폐업한 공간일 뿐이었다.

"이 안으로 들어가세요." 호텔 직원이 이렇게 말하며 그를 안으로 끌어당겼다. 벽은 잠시 후에 이들의 등 뒤에서 도로 닫혔다.

불이 번쩍하고 들어왔다. 순간적으로 앞이 보이지 않자 제이슨은 손을 들어서 눈을 가리고 그녀의 작업장 안을 자세히 둘러보았다.

아주 좁은 곳이었다. 하지만 복잡하면서도 뭔가 특수한 용도에만 쓰이는 것처럼 보이는 기계들이 상당수 갖춰져있었다. 저편에는 작업대가 하나 있었다. 연장도 수백 가지가 있었는데, 모두 벽에 깔끔하게 정리되어있었다. 작업대 밑에는 커다란 종이 상자들이 놓여있었다. 아마도 갖가지 종류의 종이가 담겨있는 듯했다. 발전기로 구동하는 소형 인쇄기도 한 대 있었다.

그리고 젊은 여자가 한 명 있었다. 그녀는 높은 걸상에 앉아 손으로 활자를 심고 있었다. 그가 보기에, 그 여자의 머리카락은 옅은 색이었다. 머리 타래는 길지만 가늘었으며, 그녀의 목 뒤로 해서 면 작업복 위로 늘어져있었다. 그녀는 청바지를 입고 있었으며, 작은 발은 맨발이었다. 그가 보기에는 아마도 열대여섯 살밖에는 되지 않은 것 같았다. 가슴이라 할 만한 것은 없었지만 다리는 길고도 늘씬했다. 그 모습이 그는 마음에 들었다. 그녀는 화장도 전혀 하지 않았으며, 얼굴에는 희고도 약간은 파스텔 톤을 띤 색채가 떠올라있었다.

"안녕하세요." 그녀가 말했다.

호텔 직원이 말했다. "저는 그만 가보겠습니다. 그리고 그 오백 달러를 한 장소에서 모조리 써버리지는 않도록 노력해보죠." 그가 어느 버튼을 누르자 벽의 한쪽 부분이 옆으로 열렸다. 그렇게 하자마자 작업장 안의 불이 꺼져버리면서 이들은 다시 한 번 완전한 어둠 속에 남겨졌다.

걸상에 앉아있던 여자가 말했다. "캐시라고 해요."

"제이슨이라고 합니다." 그가 말했다. 벽이 도로 닫히자 다시 불이 들어왔다. 아주 예쁜 얼굴까지는 아니군. 그는 생각했다. 다만 그녀에게서는 뭔가 활기가 없는 듯한, 마치 만사에 관심이 없는 듯한 느낌이 묻어났다. 이 여자는 세상 그 무엇에도 관심을 두지 않는 것처럼 보이는데. 그는 이렇게 생각했다. 냉담한 건가? 아니야. 그는 이렇게 결론을 내렸다. 이 여자는 수줍음이 많은 거야. 그게 올바른 설명이겠지.

"여기까지 데려다주는 대가로 저 사람한테 오백 달러나 줬다는 거예요?" 캐시가 놀라운 듯 물었다. 그녀는 그를 유심히 살펴보았다. 마치 외모에 근거해서 그에 대한 일종의 가치 평가를 내리려고 하는 사람처럼.

"평소에 내가 입는 정장은 이렇게 구겨져있지 않죠." 제이슨이 말했다.

"상당히 멋진 옷이네요. 실크인가요?"

"그래요." 그가 고개를 끄덕였다.

"혹시 학생인 거예요?" 캐시가 물어보았다. 그녀는 여전히 그를 면밀히 검사하는 중이었다. "아니, 그렇진 않겠군요. 학생이라면 누구나 보이게 마련인 흐늘흐늘하니 창백한 안색과는 거리가 머니까요. 걔들은 땅속에 살다보니 그렇잖아요. 음, 그렇다면 남은 가능성은 딱 하나뿐이네요."

"내가 범죄자라는 거겠죠." 제이슨이 말했다. "그러니까 군경에게 체포되기 전에 신분을 바꾸려는 거라고 말이죠."

"정말 그런가요?" 그녀가 물었다. 뭔가 불편해 보이는 기색은 전혀 없었다. 그저 단순하고도 평범한 질문에 불과했다.

"아니에요." 그는 굳이 강조해 말하지는 않았다. 적어도 지금 이 순간만은. 차라리 나중을 기약해야지.

캐시가 말했다. "아저씨 생각은 어때요? 저 군인들 가운데 상당수는 진짜 사람이 아니라 로봇이라던데요? 물론 다들 항상 방독면을 쓰고 있으니까 그게 사실인지 아닌지는 분간이 안 가지만요."

"나는 다만 군인들을 싫어하는 데에서 멈추고 싶군요." 제이슨이 말했다. "더 이상 자세한 것까지 캐고 들어가고 싶지는 않아요."

"그럼 어떤 ID가 필요하신 거예요? 운전면허증? 경찰 기록 신분증? 합법적인 직장이 있음을 보여주는 고용 확인증?"

그가 말했다. "그런 것 전부요. 그리고 제12지구 음악인 조합의 회원증도 필요해요."

"아, 음악 하시는 분인가 보네요." 그녀는 이제야 좀 더 관심을 보이며 그를 바라보았다.

"사실은 가수죠." 그가 말했다. "화요일 밤 9시마다 TV에서 한 시간짜리 버라이어티 쇼의 사회를 봅니다. 아마 보신 적이 있을 거예요. 〈제이슨 태버너 쇼〉라고요."

"저야 이제는 TV를 아예 갖고 있지도 않거든요." 여자가 말했다. "그래서 누구신지 제가 미처 못 알아봤나봐요. 그나저나 그 일 하면 재미있어요?"

"가끔은요. 쇼 비즈니스 쪽 사람들을 많이 만나게 되니까, 혹시나 그걸 좋아하는 사람한테는 딱 좋은 일자리인 셈이죠. 제가 알기로는 그쪽 사람들도 대개는 다른 대부분의 사람들과 마찬가지예요. 다들 나름의 두려움을 갖고 있죠. 그쪽 사람들도 완벽하지는 않아요. 그들 중 일부는 아주 재미있어요. 방송에 나갈 때나 안 나갈 때나 마찬가지로요."

"제 남편이 예전부터 하던 말이 하나 있죠. 저보고 유머 감각이 없다고 하더라고요." 여자가 말했다. "남편은 세상 모든 것이 재미있다고 생각했어요. 심지어 자기가 방위군에 징집되었을 때에도 재미있다고 생각했죠."

"남편 분이 제대할 때까지도 여전히 예전처럼 웃던가요?" 제이슨이 물었다.

"결국 제대는 하지도 못했어요. 학생들의 기습 공격 와중에 그만 사망하고 말았거든요. 물론 학생들의 잘못은 아니었어요. 동료 군인이 쏜 총에 맞은 거니까요."

제이슨이 말했다. "그나저나 ID를 모조리 다 갖추려면 비용이 어느 정도나 들까요? 작업하시기 전에 미리 말씀해주시면 좋겠군요."

"저는 돈을 낼 수 있는 손님한테만 수고비를 받아요." 캐시가 말했다. 그러면서 아까 하던 활자 심기를 다시 시작했다. "아저씨한테는 수고비를 많이 받을 거예요. 딱 봐도 돈이 많아 보이니까요. 일단 아저씨는 여기까지 데려다달라면서 에디한테 오백 달러나 췄다고 하고, 또 아저씨 정장을 봐도 부티가 나거든요. 아셨죠?" 그녀는 잠시 그가 있는 쪽을 흘끗 바라보았다. "혹시 제 말이 틀렸나요? 말씀해보세요."

"지금 내가 가진 돈은 오천 달러예요." 제이슨이 말했다. "아니, 거기서 오백 달러는 빼야 되겠군요. 나는 세계적으로 유명한 연예인이죠. 쇼 말고도 매년 한 달 동안은 샌즈에서도 일해요. 사실 일류 클럽에도 여러 군데 출연하거든요. 가뜩이나 빡빡한 스케줄에서 그나마 여유가 좀 있을 때에는 말이에요."

"우와." 캐시가 말했다. "이럴 줄 알았으면 진즉에 아저씨 소문을 좀 들어놓을 걸 그랬네요. 그러면 무척이나 감격스러워했을 테니까요."

그는 허허 웃었다.

"혹시 방금 제가 멍청한 말을 한 건가요?" 캐시는 소심하게 물었다.

"아니에요." 제이슨이 말했다. "캐시, 나이가 어떻게 되죠?"

"열아홉 살이에요. 생일은 12월이니까, 이제 거의 스무 살이 된 거죠. 아저씨가 보기에는 제가 몇 살쯤 된 것 같았는데요?"

"기껏해야 열여섯 정도." 그가 말했다.

그녀가 마치 어린아이처럼 입을 비쭉거렸다. "하여간 다들 그런 말을 한다니까요." 그녀는 목소리를 낮춰서 덧붙였다. "사실은 제 가슴이 전혀 없어서 그런 거예요. 가슴만 있었더라도 충분히 스물한 살처럼 보였을 텐데 말이죠. 그런데 아저씨는 연세가 어떻게 되세요?" 그녀는 활자를 만지작거리다 말고 그를 뚫어져라 쳐다보았다. "제가 보기엔 쉰 살은 되신 것 같은데."

그의 몸속에 분노가 스쳐 지나갔다. 아울러 측은함도.

"표정을 보니까 기분이 상하신 것 같네요." 캐시가 말했다.

"나는 마흔둘이에요." 제이슨이 딱딱하게 대꾸했다.

"음, 그러면 별 차이 없잖아요? 그러니까, 제 말은 마흔둘이나 쉰이나—"

"우리 일 이야기나 합시다." 제이슨이 상대방의 말을 잘랐다. "종이하고 펜을 줘봐요. 그러면 내가 필요로 하는 게 뭔지, 그리고 각각의 신분증에 뭐라고 써주면 좋을지를 적어줄 테니까. 이왕 하는 일이니 완벽하게 처리했으면 좋겠군요. 그게 당신한테도 좋을 겁니다."

"저 때문에 화나셨나봐요." 캐시가 말했다. "그러니까 쉰 살처럼 보인다고 말한 것 때문에요. 그런데 다시 잘 살펴보니까 사실은 그렇게 나이가 안 많아 보이거든요. 그냥 서른 살처럼 보여요." 그녀는 그에게 펜과 종이를 건네주며 수줍은 듯 미소를 지었다. 약간 미안한 듯이.

제이슨이 말했다. "난 괜찮으니까 신경 쓰지 마요." 그는 그녀의 등을 툭툭 토닥여주었다.

"근데 전 사람들이 제 몸에 손대는 걸 싫어해서요." 캐시가 말했다. 그러면서 얼른 몸을 뺐다.

마치 숲 속의 새끼 사슴처럼 구는군. 그는 생각했다. 참으로 이상해. 이 여자는 누가 자기 몸에 손대는 것을 이렇게 두려워하면서 정작 문서를 위조하는 것은 전혀 두려워하지 않으니 말이야. 걸렸다 하면 감옥에서 20년은 너끈히 썩을 수도 있는 중범죄인데. 어쩌면 이 일이 중범죄라는 사실을 어느 누구도 이 여자한테 말해주지 않은 모양이지. 어쩌면 이 여자는 전혀 모르고 있는지도 몰라.

그때 맞은편 벽에 걸린 밝고도 색깔이 화려한 뭔가가 그의 눈길을 끌었다. 그는 그쪽으로 다가가서 자세히 살펴보았다. 중세의 채색 필사본이로군. 그는 문득 깨달았다. 아니, 어쩌면 거기서 한 페이지를 떼어낸 것인지도 몰라. 지금까지 그런 책에 관한 글을 접한 적은 있어도, 직접 보는 것은 이번이 처음이었다.

"이거 혹시 값비싼 물건인가요?" 그가 물었다.

"그게 만약 진품이라면 아마 가격이 백 달러쯤 될 거예요." 캐시가 말했다. "하지만 아쉽게도 아니에요. 제가 몇 년 전에 만든 거죠. 북아메리카 항공에 있는 중학교에 다닐 때에요. 원본을 보고 그대로 복제한 거예요. 계속 실패하다가 열 번째에 가서야 겨우 성공했죠. 저는 멋진 캘리그래피를 좋아하거든요. 어렸을 때부터 그랬어요. 어쩌면 우리 아버지가 원래 책 표지

를 디자인하던 분이라서 그런 듯도 싶어요. 왜, 있잖아요, 책
싸는 겉표지요."

그가 말했다. "이 정도면 웬만한 박물관도 속지 않을까요?"

잠시 캐시는 그를 뚫어져라 바라보았다. 그러더니 맞다는 듯
고개를 끄덕였다.

그가 말했다. "그쪽에서 종이를 보고 알 수도 있을까요?"

"그건 종이가 아니라 양피지예요. 그리고 딱 그 시대에 제작
된 재료죠. 그러니까 옛날 우표를 위조하는 방법하고 비슷해
요. 옛날 우표 중에서도 별로 가치가 없는 걸 하나 가져다가,
거기 찍혀 있는 걸 지워버리고, 그다음에一"그녀는 말을 멈추
었다. "아저씨는 차라리 제가 얼른 ID 만드는 일을 시작했으면
싶겠죠." 그녀의 말이었다.

"맞아요." 제이슨이 말했다. 그는 자신의 정보를 적은 종이를
그녀에게 건네주었다. 그의 신분증 대부분에는 군경 표준 야간
통행 허가 표식이 붙고 엄지손가락 지문과 사진과 자필 서명
등이 들어가는 대신 유효기간이 짧을 것이었다. 앞으로는 석 달
에 한 번씩 그가 가진 신분증을 모조리 새로 위조해야만 했다.

"이천 달러예요." 캐시가 그의 목록을 살펴보고는 말했다.

그는 문득 이렇게 말해보고 싶었다. 거기엔 당신이 나와 함
께 침대에 들어가는 봉사료까지 포함되어있는 건가? 하지만 그
는 큰 목소리로 이렇게 말했다. "시간이 얼마나 걸릴까요? 몇
시간? 며칠? 만약 며칠씩 걸린다면 나는 과연 어디서一"

"몇 시간이면 돼요." 캐시의 말이었다.

그는 어마어마한 안도감을 느꼈다.

"거기 앉아계시면서 저랑 말벗이나 해주시면 돼요." 캐시는 이렇게 말하며 한쪽 옆에 놓아둔 다리 세 개짜리 걸상을 가리켰다. "그렇게 TV에서 연예인으로 성공한 과정에 대해서 좀 들려주세요. 정말 흥미진진할 것 같아요. 정상에 오르기 위해서는 다른 사람들의 시체를 밟고 넘어가야 했을 테니까요. 아, 근데 정상에 오르신 거는 맞죠?"

"그래요." 그는 짧게만 대답했다. "하지만 다른 사람들의 시체 따위는 없어요. 그건 어디까지나 뜬소문에 불과하죠. 당신도 재능만 있으면, 그리고 오로지 재능으로만 정상에 오를 수 있어요. 당신 위나 아래에 있는 다른 누군가에게 무슨 말이나 행동을 해서가 아니고요. 무엇보다도 일을 열심히 해야 하죠. 가령 NBC나 CBS와 계약을 맺는 것은 결코 손쉽게 되는 일이 아니니까요. 방송사 사람들은 상당히 만만찮고 숙련된 사업가들이거든요. A&R, 그러니까 음반 제작 쪽에 있는 사람들은 특히나 더 그렇죠. 누구랑 계약을 할지는 그 사람들이 결정을 해요. 지금 하는 이야기는 음반 제작에 관한 거예요. 전국 단위로 활동하려면 바로 거기서부터 시작해야 하죠. 물론 여기저기 있는 클럽 날짜에 맞춰서 일할 수도 있고요. 적어도—"

"퀴블 운전면허증은 여기 다 됐고요." 캐시가 말했다. 그녀는 작고 까만 카드를 조심스럽게 그에게 건네주었다. "이제는 아저씨의 병역증명서를 만들 거예요. 이건 조금 더 어려워요. 정면하고 옆면 사진이 들어가야 되거든요. 하지만 그건 저절로 어떻게 할 수 있을 거예요." 그녀는 방 한쪽의 흰색 스크린을 가리켰다. 그 앞에는 삼각대에 카메라가 하나 세워져있었고, 플래시 건도 옆에 올려져있었다.

"필요한 장비는 다 갖고 있군요." 제이슨은 흰색 스크린 앞에 뻣뻣하게 자리를 잡고 앉아서 말했다. 오랜 경력을 쌓아오는 동안 사진이야 워낙 많이 찍었기 때문에, 이제는 어디에 서서 어떤 표정을 지어야 할지 훤히 꿰뚫고 있었다.

하지만 이번에는 그가 뭔가를 단단히 잘못한 모양이었다. 캐시는 얼굴에 언짢은 표정을 띠고 그를 바라보았다.

"아주 만면에 웃음이 가득하시네요." 그녀는 절반쯤 혼잣말처럼 중얼거렸다. "엉터리로 꾸며낸 방식으로 미소를 짓고 있다고요."

"물론 촬영용 미소죠." 제이슨이 말했다. "가로 20에 세로 25센티미터짜리, 번쩍번쩍하는—"

"이건 그런 사진하고 달라요. 이제 남은 평생 동안 아저씨가 강제노동수용소로 끌려가지 않도록 보호해줄 물건이라고요. 그러니 쓸데없이 웃지는 마세요."

그는 웃지 않았다.

"좋아요." 캐시가 말했다. 그녀는 카메라에서 출력된 사진을 뽑아들더니 조심스레 자기 작업대로 가져가서 천천히 흔들며 말렸다. "병역증명서에는 꼭 저 빌어먹을 놈의 3-D 활동사진을 넣으라고 한다니까요. 저 카메라를 장만하느라 천 달러나 들였는데, 기껏해야 이거 만들 때를 제외하면 다른 용도로는 전혀 써먹을 수가 없고…… 그래도 필요는 하니까요." 그녀는 그를 주시했다. "결국 아저씨한테 카메라 값을 물리는 셈이네요."

"그래요." 그는 무감각하게 말했다. 그 사실이야 이미 알고 있는 바였다.

캐시는 한동안 꼼지락거리며 일에 몰두했다. 그러다가 갑자기 그를 돌아보며 말했다. "근데 아저씨는 '진짜로' 뭐 하는 분이세요? 포즈 취하는 건 많이 해보신 모양인데요. 제가 아저씨를 딱 봤을 때, 그러니까 제가 아저씨를 보자마자 벌써 입가며 두 눈에 특유의 미소가 떠올라있었다니까요."

"아까 말했잖아요. 나는 제이슨 태버너라고요. 연예인들이 나오는 TV 쇼 프로그램 진행자예요. 매주 화요일 밤에 방송되죠."

"아니에요." 캐시의 말이었다. 그녀는 고개를 저었다. "그거야 제가 상관할 바가 전혀 아니죠. 죄송해요. 애초에 물어보는 게 아닌데." 하지만 그녀는 계속해서 그를 주시했다. 마치 어딘가 화가 난 것처럼 말이다. "그나저나 아저씨는 완전히 잘못하고 있는 거예요. 아저씨는 진짜 뭔가 유명인사인 것 같기는 해요. 아저씨가 사진 찍을 때 취한 포즈는 아주 자연스러웠으니까. 하지만 아저씨가 실제로 유명인사인 건 아니죠. 왜냐하면 웬만큼 이름이 알려진 유명인사 중에 제이슨 태버너는 없거든요. 그러니까 도대체 아저씨는 누구인 거예요? 늘 그렇게 사진을 찍었다면서, 어떻게 사람들의 눈과 귀에는 전혀 안 알려졌을 수가 있냐는 거죠."

제이슨이 말했다. "나는 사람들에게는 전혀 안 알려진 유명인사가 살아가는 것처럼 살아가거든요."

잠시 그녀는 그를 빤히 바라보았고, 곧이어 웃음을 터트렸다. "무슨 말인지 알았어요. 음, 멋진 대답이네요. 진짜로 멋진 대답이에요. 저도 기억해뒀다가 나중에 써먹어야겠어요." 그녀는 다시 자기가 하던 위조 작업으로 정신을 집중했다. "이 일을 하다보면요." 그녀는 자기가 하는 일에 정신이 팔린 상태로 말했다. "제가 만드는 신분증의 주인들에 대해서 알고 싶은 마음이 전혀 들지 않아요. 하지만—" 그녀는 고개를 들었다. "—아저씨에 대해서는 어쩐지 알고 싶네요. 아저씨는 뭔가 좀 이상해요. 이제껏 갖가지 유형의—아마 수백 가지 유형의—사람들을 만났지만 아저씨 같은 사람은 처음이에요. 제가 지금 무슨 생각 하는지 아세요?"

"나를 미친 사람이라고 생각하겠죠." 제이슨이 말했다.

"맞아요." 캐시가 고개를 끄덕였다. "의학적으로건 법률적으로건, 또는 다른 뭐든지 간에 말이에요. 아저씨는 정신병자인 거예요. 분열된 인격을 지니고 있다고요. 무명 씨랑 유명 씨가 한 몸에 있는 거죠. 도대체 어떻게 해서 지금까지 그렇게 살아온 거예요?"

그는 아무 말도 하지 않았다. 설명할 수가 없었으니까.

"됐어요." 캐시가 말했다. 하나하나씩, 전문가적 솜씨와 효율성을 발휘해가며, 그녀는 그에게 필요한 증명서를 위조해냈다.

호텔 직원 에디는 눈에 안 보이는 어딘가에 잠복해서 가짜 아바나 시가를 피우고 있는 모양이었다. 더 이상 그의 도움이 필요하진 않았지만, 어떤 모호한 이유에선가 그는 계속 근처에 머물러있었다. 저 친구가 꺼져버렸으면 좋겠군. 제이슨은 생각했다. 이 여자랑 더 많은 이야기를 하고 싶은데…….

"이쪽으로 오세요." 캐시가 갑자기 말했다. 그녀는 작업용 걸상에서 일어나 작업대 오른쪽으로 난 나무 문 쪽으로 오라고 그에게 손짓했다. "지금부터 서명을 다섯 번 하시는 거예요. 대신 하나씩 쓸 때마다 약간씩 다르게 쓰셔야 돼요. 그래야 서로 똑같이 겹쳐 보이지 않을 테니까요. 증명서업자들 가운데 상당수가—" 그녀는 미소를 지으며 문을 열었다. "—그러니까 저같은 일을 하는 사람들끼리는 서로를 그렇게 불러요. 여하간 증명서업자들 가운데 상당수가 바로 이 대목에서 일을 망치거든요. 서명 하나를 가지고 여기저기 다른 증명서에다가 똑같이 옮겨놓다보니까 들통이 나는 거죠. 무슨 말인지 아셨죠?"

"그래요." 그는 이렇게 말하며, 그녀를 따라서 마치 벽장같이 생긴 작고 곰팡내 풍기는 방 안으로 들어갔다.

캐시는 문을 닫고 잠시 머뭇거리더니 이렇게 말했다. "에디는 경찰 끄나풀이에요."

그녀를 바라보며 그가 말했다. "왜요?"

"'왜'라고요? 뭐가 왜란 거예요? 왜 그 사람이 경찰 끄나풀이 되었느냐고요? 돈 때문이죠. 제가 이 일을 하는 것과 마찬가지 이유라고요."

제이슨이 말했다. "빌어먹을 자식 같으니." 그는 그녀의 오른손 손목을 꽉 움켜쥐고 자기 쪽으로 확 끌어당겼다. 그가 손가

65

락을 조여오자 그녀가 얼굴을 찡그렸다. "그러면 그놈은 지금쯤 벌써—"

"에디는 아직 아무 짓도 하지 않았어요." 그녀가 고통스러운 듯 말했다. 그러면서 자기 손목을 빼내려고 안간힘을 썼다. "아프단 말이에요. 저기요. 일단 좀 진정하세요. 그러면 제가 잘 설명해드릴 테니까요. 아셨죠?"

마지못해하면서, 공포로 가슴이 쿵쾅거리는 상황에서, 그는 결국 그녀를 놓아주었다. 캐시는 작지만 환한 불을 켜더니, 세 장의 위조된 증명서를 그 불빛의 원 앞에 비춰 보여주었다. "증명서 각각의 가장자리에는 보라색 점이 하나씩 있어요." 그녀는 이렇게 말하면서, 거의 눈에 보이지 않다시피 하는 옅은 색깔의 원을 보여주었다. "초소형 발신기예요. 아저씨가 어딜 가든지 오 초에 한 번씩 신호음을 발생하게 되죠. 저쪽에서는 음모자들을 쫓고 있어요. 지금 아저씨랑 같이 일하는 사람들을 붙잡고 싶어 한다고요."

제이슨은 거칠게 대답했다. "나는 아무하고도 같이 일하고 있지 않아."

"하지만 저쪽에서는 그런 사실을 모를 거라고요." 손목을 문지르며 그녀가 말했다. 젊은 여자 특유의 부루퉁한 표정으로 인상을 찡그리고 있었다. "그나저나 아저씨처럼 전혀 안 알려진 유명인사들은 반사 신경이 상당히 민첩한 모양이죠." 그녀가 중얼거렸다.

"왜 나한테 그런 이야기를 하는 거지?" 제이슨이 물었다. "결국 이렇게 위조까지 다 해주고 나서, 도대체 왜—"

"아저씨가 무사히 도망쳤으면 싶어서요." 그녀는 태연하게 대답했다.

"왜?" 그는 여전히 이해하지 못하고 있었다.

"왜냐하면, 빌어먹을, 아저씨한테는 뭔가 자석처럼 사람을 끌어당기는 능력이 있기 때문이죠. 아저씨가 이 방에 들어오는 바로 그 순간부터 저는 그렇다는 걸 알았다고요. 아저씨는 한마디로—" 그녀는 잠시 머뭇거리며 적절한 단어를 생각해내는 모양이었다. "—한마디로 섹시하다고요. 나이가 제법 지긋한 분인데도 불구하고 말이에요."

"내 존재감 말이군." 그가 말했다.

"맞아요." 캐시가 고개를 끄덕였다. "예전에도 어떤 유명한 사람들에게서 그런 걸 본 적이 있어요. 멀찌감치 본 것뿐이었지만. 하지만 이렇게 가까이에서는 처음이에요. 왜 아저씨가 스스로를 TV에 나오는 유명인사라고 상상하는지 저도 알 것 같아요. 마치 진짜로 그런 유명인사인 것처럼 보이거든요."

그가 말했다. "그러면 내가 뭘 어떻게 해야만 도망칠 수 있지? 거기에 대해서 자세히 이야기해줄 수 있나? 아니면 내가 수고비를 좀 더 내야만 하는 건가?"

"어이구, 아저씨 참 냉소적인 분이네요."

그는 웃음을 터트렸다. 그러면서 다시 한 번 그녀의 손목을 움켜쥐었다.

"물론 아저씨를 탓하면 안 되겠죠." 캐시가 이렇게 말하며 고

개를 젓더니 마치 가면 같은 표정을 지어 보였다. "음, 일단은
에디를 돈으로 구워삶으면 돼요. 아마 오백 달러쯤 더 쥐여주
면 효과가 있을 거예요. 저는 굳이 돈으로 구워삶을 필요가 없
지만— '대신,' 그러니까 그 대신, 농담이 아니라 진담인데, 저
랑 한동안 같이 있어주시면 돼요. 아저씨는…… 어딘가 매력적
인 데가 있어요. 마치 고급 향수처럼요. 아저씨를 보니까 제 몸
에서 뭔가 반응이 느껴지는데, 사실 이제껏 어떤 남자를 봐도
이런 적은 없었단 말이에요."

"그러면 여자를 봐야 반응이 있었다는 건가?" 그는 빈정거리
며 말했다.

그녀는 이 말을 이해하지 못하고 넘겨버린 모양이었다. "그
렇게 해주실래요?" 그녀가 말했다.

"빌어먹을." 그가 말했다. "차라리 그냥 가고 말겠어." 그는
손을 뻗어서 그녀의 등 뒤에 있는 문을 연 다음, 그녀 옆을 지
나서 다시 작업실로 나왔다. 그녀는 재빨리 그를 따라왔다.

폐업한 식당의 어둡고 텅 빈 그늘 속에서 그녀는 그를 따라
잡았다. 그녀는 어둠 속에서 그를 마주 보았다. 숨을 헐떡이며
그녀가 말했다. "이미 아저씨 몸 안에는 발신기가 하나 심어져
있어요."

"설마 그럴까." 그가 대답했다.

"진짜예요. 에디가 아저씨한테 심어놓은 거예요."

"거짓말." 그는 이렇게 말하며 그녀를 뒤로하고 식당의 기우
뚱하고 망가진 출입구에서 들어오는 빛 쪽으로 걸어갔다.

마치 발이 날랜 초식동물처럼 그를 쫓아오면서 캐시가 숨을 헐떡였다. "하지만 그게 사실이라고 가정해보라고요. 정말 그럴 수도 있잖아요." 반쯤 열려있는 문 앞에서 그녀는 그와 바깥의 자유 사이를 가로막고 섰다. 거기 선 채로, 마치 상대방의 물리적인 일격을 막으려는 듯 양손을 위로 추켜올린 상태에서, 그녀는 재빨리 이렇게 말했다. "그럼 오늘 하룻밤만 저랑 같이 있어요. 저랑 같이 자자고요. 됐어요? 그거면 충분해요. 약속할게요. 그건 해줄 수 있죠, 딱 하룻밤이니까?"

그는 생각해보았다. 나의 능력, 즉 익히 소문이 나고 잘 알려진 나의 특성은 아마도 지금 내가 살고 있는 이 낯선 곳까지도 나를 따라온 모양이군. 이곳으로 말하자면, 경찰 끄나풀이 만들어준 위조 신분증이 아니면 내가 아예 존재하지도 않는 곳인데. 섬뜩하군. 이렇게 생각하자 그는 몸을 부르르 떨지 않을 수 없었다. 초소형 발신기가 장착되어있는 신분증. 그걸 갖고 있으면 나는 물론이고, 나와 함께 있는 누구라도 경찰에게 들통이 나겠지. 나는 여기 와서 지금까지 썩 잘해내고 있지 못하군. 다만 이 여자 말마따나 내게 매력이 있다는 것만 빼고는 말이야. 이런, 세상에. 그는 생각했다. 그게 없으면 나는 지금이라도 당장 강제노동수용소로 끌려가고 말 거야.

"좋아." 그가 말했다. 그쪽이 더 현명한 선택 같았기 때문이다. 적어도 아직까지는.

"가서 에디한테 돈을 주세요." 그녀가 말했다. "그 사람이랑 얼른 끝내버리고, 얼른 여기서 내보내라고요."

"그런데 그 작자는 왜 여기서 계속 얼쩡거리는지 모르겠군."
제이슨이 말했다. "혹시 돈을 더 바라고 그러는 걸까?"

"아마 그럴 거예요." 캐시의 말이었다.

"당신들은 늘 이렇게 하는 모양이군." 제이슨은 돈을 꺼내면서 말했다. SOP. 표준 처리 절차standard operating procedure. 그는 하필이면 거기에 걸려들었던 것이다.

캐시는 즐거운 듯 말했다. "에디는 영능력자니까요."

04

거기서 두 블록 떨어진 곳, 페인트칠이 다 벗겨졌지만 한때는 하얀색이었던 것으로 보이는 목조 건물 위층의 방 한 칸에 캐시는 살고 있었다. 방에는 일인분 식사를 준비할 수 있는 간이 주방이 하나 딸려있었다.

그는 주위를 둘러보았다. 전형적인 젊은 여자의 방이었다. 간이식처럼 보이는 침대에는 수제 시트가 깔려있었다. 시트에는 직물용 섬유로 만든 작은 초록색 공이 줄줄이 늘어서있었다. 마치 군인 묘지처럼 보이는군. 그는 방 안으로 들어가면서 문득 섬뜩한 생각을 해보았다. 방이 워낙 작아서 그런지 압박감이 느껴졌다.

고리버들로 만든 탁자 위에는 프루스트의 『잃어버린 시간을 찾아서』 가운데 한 권이 놓여있었다.

"이 책은 어디까지 읽은 거지?" 그가 그녀에게 물었다.

"「활짝 핀 아가씨들의 그늘에서」*까지요." 캐시는 뒤에 따라 들어오자마자 문에 이중 잠금장치를 걸더니, 일종의 전자장치를 작동시켰다. 그로선 뭔지 알 수 없는 장치였다.

"그럼 아직 많이 읽지도 못했군." 제이슨이 말했다.

플라스틱 코트를 벗으며 캐시가 물었다. "그럼 아저씨는 어디까지 읽었는데요?" 그녀는 자기 코트를 작은 옷장에 건 다음, 그의 코트도 받아서 똑같이 걸어주었다.

"나야 펼쳐 든 적도 없지." 제이슨의 말이었다. "하지만 내가 진행하던 프로그램에서 그중 한 장면을 극으로 각색해서 보여준 적이 있거든…… 정확히 어디 나오는 장면인지는 모르지만 말이야. 그걸 내보내고 나서 좋은 방송이었다는 시청자들의 편지를 잔뜩 받았지만, 다시는 시도하지 않았어. 그런 외부 요소들은 조심해야 하고, 너무 자주 내보내지 않도록 주의해야하지. 자칫 그렇게 했다가는 남은 한 해 동안 다른 게 모두, 다른 방송 전부가 재미없어지고 마니까." 그는 갑갑한 듯 방 안을 이리저리 오가면서, 그 안에 놓인 책이며 카세트테이프, 초소형 자기테이프 등을 살펴보았다. 그녀는 심지어 말하는 장난감도 하나 갖고 있었다. 마치 어린애 같군. 그는 생각했다. 이 여자는 사실 어른도 아닌 거야.

흥미가 생긴 그는 말하는 장난감의 스위치를 켰다.

"안녕!" 장난감이 말했다. "나는 '쾌활한 찰리'라고 해. 나는

---

* 『잃어버린 시간을 찾아서』의 제2부를 말한다.

너의 파장에 완전히 동조되어있어."

"쾌활한 찰리가 내 파장에 맞춰져있다는 이야기는 아무도 해주지 않았는데." 제이슨이 말했다. 그는 장난감을 끄려고 했지만, 장난감은 저항했다. "미안." 제이슨이 말했다. "하지만 나는 너를 꺼버리려고 해. 이 작고 징그러운 녀석아."

"하지만 나는 너를 사랑해!" 쾌활한 찰리가 금속성의 소리로 불평했다.

그는 동작을 멈추었다. 엄지손가락을 끄기 버튼 위에 올려놓은 채로. "그럼 증명해봐." 그가 말했다. 쇼를 진행할 때에는 그역시 이런 쓰레기 같은 물건의 광고를 한 적이 있었다. 그는 이런 물건만큼이나 광고 또한 싫어했다. "나한테 돈을 줘보라고." 그가 장난감에게 말했다.

"너의 이름과 명성과 게임을 되찾을 수 있는 방법을 알아." 쾌활한 찰리가 그에게 말했다. "이 정도면 시작으로 괜찮지 않아?"

"좋아." 그가 말했다.

쾌활한 찰리가 재잘거렸다. "일단 네 여자친구를 찾아가는 거야."

"누구를 말하는 거지?" 그는 조심스럽게 물었다.

"헤더 하트." 쾌활한 찰리가 삑 하는 소리를 냈다.

"정답에 가깝군." 제이슨은 자기 혀로 앞니를 지그시 눌렀다. 그는 고개를 끄덕였다. "다른 조언은?"

"헤더 하트에 관해서는 저도 들어봤어요." 캐시가 이렇게 말하면서 방의 벽에 있는 냉장 찬장에서 오렌지 주스 병을 하나 꺼냈다. 벌써 4분의 3은 비어있었다. 그녀는 병을 흔들더니 거품을 일으키는 인스턴트 대용 오렌지 주스를 두 개의 젤리 유리컵에 부었다. "그 여자는 예쁘더라고요. 머리카락이 온통 빨간색이에요. 그 여자가 진짜로 아저씨 여자친구예요? 찰리 말이 맞아요?"

"그야 세상이 다 아는 사실 아닌가." 그가 말했다. "그러니까, 쾌활한 찰리의 말이 항상 맞는다는 건 말이야."

"그러게요. 그러면 그 말도 사실이겠네요." 캐시는 싸구려 진(마운트배튼스 프리비 실 파이니스트)을 오렌지 주스에 섞었다. "스크루드라이버 칵테일이에요." 그녀는 자랑스레 말했다.

"난 사양하겠어." 그가 말했다. "아직 훤한 대낮이니까 안 되지." 제아무리 스코틀랜드에서 제조한 B&L 스카치위스키라도 안 돼. 그는 생각했다. 이 좁아터진 놈의 방 하고는…… 그렇다면 이 여자는 경찰 끄나풀 노릇이며 신분증 위조 사업, 둘 중 어떤 일로든 간에 정작 돈이라곤 거의 벌지도 못한다는 말인가? 아니면 본인의 말처럼 이 여자는 정말로 경찰 정보원이긴 한 걸까? 그는 궁금한 생각이 들었다. 이상하군. 어쩌면 이 여자는 양쪽 모두일 수도 있어. 또 어쩌면 양쪽 모두 아닐 수도 있고.

"나한테 물어봐!" 쾌활한 찰리가 노래하듯 말했다. "네가 뭔가 머릿속에 떠올리고 있다는 걸 알아. 너, 잘생긴 개자식아, 너."

그는 장난감의 말을 무시해버렸다. "여기 있는 아가씨는 ―"

그가 말을 시작하자마자, 곧바로 캐시가 쾌활한 찰리를 집어 들고 그에게서 멀어졌다. 그녀는 장난감을 붙잡은 채 코를 벌름거리며 눈에는 분개한 빛을 띠었다.

"도대체 뭐 하는 짓이에요. 쾌활한 찰리한테 저에 관한 이야기를 물으려 하다니." 그녀는 이렇게 말하며 한쪽 눈썹을 추켜올렸다. 마치 산새 같군. 그는 생각했다. 자기 둥지를 보호하기 위해서 일부러 꾸며낸 움직임을 적에게 보여주는 거야. 그는 허허 웃었다. "뭐가 우습다는 거죠?" 캐시가 물었다.

"그 말하는 장난감 말이야." 그가 말했다. "그건 공리주의적이라기보다는 오히려 성가신 경우가 더 많지. 그러니 없애버려야 한다고." 그는 그녀를 외면하고 저만치 걸어가서는 곧이어 TV 탁자에 놓인 편지 더미 쪽으로 다가갔다. 그는 아무 생각 없이 편지 봉투를 뒤적여보았고, 청구서 가운데 막상 개봉해 살펴본 것이 하나도 없음을 눈치챘다.

"그건 다 저한테 온 거예요." 그의 행동을 지켜보며 캐시는 마치 변명하듯 말했다.

"청구서가 상당히 많이 와있군." 그가 말했다. "원룸에 혼자 사는 아가씨 치고는 말이야. 메터스에서 옷을—아니면 다른 뭔가를—사는 건가? 흥미롭군."

"저는— 특별한 사이즈를 사니까요."

그가 말했다. "그리고 색스 앤드 크롬비 구두하고."

"이 일을 하다보면—" 그녀는 이렇게 말을 꺼냈지만, 그가 한 손을 확 휘젓는 것을 보자마자 뚝 멈추고 말았다.

"그따위 소리는 하지 마." 그가 짜증스러운 듯 말했다.

"그럼 제 옷장 안을 직접 들여다보든가요. 아마 별로 나오는 것도 없을걸요. 있어봤자 평범한 것들뿐이에요. 물론 비교적 좋은 물건이기는 하지만. 제 지론은 차라리 조금 사더라도 좋은 물건을 사자는……" 그녀는 말꼬리를 흐렸다. "왜 있잖아요." 그녀는 우물거리며 덧붙였다. "후진 물건보다는 그편이 더 낫다는 거죠."

제이슨이 말했다. "당신, 아파트가 하나 더 있는 거군."

그의 추측은 정확히 맞아떨어졌다. 답변할 말을 찾는 사이에 그녀의 눈에는 당황한 듯한 빛이 스쳤다. 그에게는 매우 의미심장한 단서가 아닐 수 없었다.

"그럼 그리로 가자고." 그가 말했다. 이 좁아터진 방 안에는 더 이상 있고 싶지가 않았다.

"아저씨를 그리로 데려갈 수는 없어요." 캐시가 말했다. "왜냐하면 거기는 다른 여자 두 명이랑 같이 쓰는 데거든요. 그러니까 각자 순서에 따라 번갈아가며 쓰는 데란 말이에요. 그리고 이번에는 제 차례가 아니어서―"

"나한테 뭔가 좋은 인상을 주려 애쓰지 않는 것만은 분명한 듯하군." 그는 즐거운 기분이 들었다. 하지만 동시에 짜증스러운 기분도 들었다. 모호하게나마 자신이 저열해진 듯한 느낌이었다.

"오늘이 마침 제가 쓰는 날만 되었어도, 당연히 아저씨를 그리로 데려갔을 거예요." 캐시가 말했다. "제가 굳이 이 작은 방을 따로 하나 두고 있는 것도 바로 그 때문이고요. 거기를 제가 쓰는 날이 아닐 경우에 가있을 만한 '어딘가'가 있어야 하니까요. 제가 쓰는 날, 그러니까 다음번 제 차례는 금요일이에요. 그날 정오부터요." 그녀의 어조는 점차 진실해졌다. 마치 너무나도 그를 납득시키고 싶어 하는 것처럼. 어쩌면 진짜일 수도 있지. 그는 생각했다. 하지만 이 모든 일에 그는 지치고 말았다. 그녀와 그녀의 삶 모두에. 이제 그는 마치 어떤 올가미에 사로잡힌 듯한, 그리고 자기가 이전까지는 전혀 알지도 못했던—심지어 좋지 않았던 시절에도 경험한 적이 없는—어떤 깊은 곳으로 질질 끌려가는 듯한 기분이 들었다.

그는 곧바로 여기에서 벗어나고 싶었다. 궁지에 빠진 짐승은 바로 그 자신이었다.

"그런 눈으로 절 바라보지 마세요." 캐시가 스크루드라이버를 홀짝이며 말했다.

그는 큰 소리로 혼잣말을 했다. "당신은 삶의 문을 그 크고도 아둔한 머리로 쿵 하고 들이받아 열어버린 거야. 그리고 이제 그 문은 닫히지 않는 거지."

"그건 어디서 나온 말이에요?" 캐시가 물었다.

"내 삶에서."

"하지만 무슨 시처럼 들리는데요."

"당신이 내 쇼를 본 적이 있다면, 이렇게 재치 있는 한마디를 내가 무척이나 자주 만들어낸다는 것을 알았겠지."

그를 유심히 바라보면서 캐시가 말했다. "제가 TV 편성표를 한번 찾아볼게요. 거기 아저씨가 나와있는지를 말이에요." 그녀는 스크루드라이버를 내려놓더니, 고리버들 탁자 밑에 쌓여있던 옛날 신문을 뒤적이기 시작했다.

"나는 아예 태어난 적도 없는 사람이야." 그가 말했다. "그건 이미 확인해봤어."

"그리고 아저씨가 진행한다는 쇼는 아예 나와있지도 않네요." 캐시는 신문을 펼쳐서 편성표를 들여다보며 말했다.

"바로 그거야." 그가 말했다. "그러니 이제 당신도 나에 관해 모든 답변을 얻은 거나 다름없어." 그는 위조된 ID 카드가 들어있는 조끼 주머니를 손가락으로 톡톡 두드렸다. "이것도 마찬가지인 셈이지. 여기 들어있다는 초소형 발신기까지도. 물론 그게 진짜로 있다면 말이야."

"그거 저한테 다시 주세요." 캐시가 말했다. "거기 있는 초소형 발신기를 뽑아버릴게요. 일 초면 돼요." 그녀가 한 손을 내밀었다.

그는 카드를 그녀에게 건네주었다.

"제가 그거 떼어버려도 괜찮은 거죠?" 캐시가 물었다.

그는 솔직하게 대답했다. "아니, 괜찮지는 않아. 지금 난 더이상 무엇이 과연 좋은 건지 나쁜 건지, 또는 진짜인지 가짜인지 판단할 능력조차도 잃어버린 상태니까. 하지만 당신이 그 점들을 떼어버리고 싶다면, 그렇게 하든가. 그래야만 속이 편하겠다면 말이야."

잠시 후에 그녀는 카드를 돌려주었다. 열여섯 살짜리 소녀 같은 모호한 미소를 생글거리면서.

그녀의 젊음, 그녀의 자연스러운 광휘를 목도하자마자 그는 이렇게 말했다. "'나는 저 너머의 느릅나무처럼 늙은 기분이야.'"

"『피네간의 경야』에 나오는 말이네요."* 캐시는 기쁜 듯 말했다. "그러니까 늙은 세탁부가 저녁에 나무와 바위 속으로 합체될 때에 나오는 구절이잖아요."

"당신이 『피네간의 경야』를 읽었다고?" 그는 깜짝 놀라 물었다.

"영화로 봤어요. 네 번이나요. 저는 헤이즐틴이 좋아요. 현존하는 최고의 영화감독인 것 같아요."

"내가 진행하던 쇼에도 한 번 출연시킨 적이 있는데." 제이슨이 말했다. "그 친구가 실제 생활에서는 어떤 사람인지 궁금하지 않나?"

"아뇨." 캐시가 말했다.

"어쩌면 알고 있어야 할 것 같은데."

"아뇨." 그녀는 다시 한 번 대답하며 고개를 저었다. 목소리가 먼저보다 더 높아져있었다. "제발 저한테 억지로 말씀하지 마세요. 알았죠? 저는 제가 믿고 싶은 것만 믿을 거예요. 그러니 아저씨도 아저씨가 믿고 싶은 것만 믿으라고요. 됐죠?"

"그래." 그가 말했다. 그는 문득 동정심이 들었다. 진실이 곧 미덕이라는 주장은 과대평가가 아닐 수 없다고 종종 생각해오

* 제임스 조이스의 『피네간의 경야』 제8장인 「애나 리비아 플루라벨」의 한 구절.

던 참이었다. 대개의 경우, 동정심에서 비롯된 거짓말이 더 낫고, 더 자비로울 수도 있었다. 남자와 여자의 관계에서는 특히나 더 그랬다. 사실 여자와 관련된 경우에는 항상 그랬다.

물론 지금의 경우는 엄밀히 말해서 '여자'라기보다는 오히려 '소녀'와 관련된 경우라야 맞겠지만. 따라서 친절한 거짓말이 필수나 마찬가지인 셈이라고 그는 결론을 내렸다.

"그 친구는 학자인 동시에 예술가이기도 하지." 그가 말했다.

"진짜요?" 그녀는 뭔가 희망을 품은 듯 그를 바라보았다.

"그래."

그의 말에 그녀는 안도의 한숨을 내쉬었다.

"그러면 당신은 내가 마이클 헤이즐틴을 만났다고 진짜로 믿는 거로군." 그가 갑자기 닦아세우듯 말했다. "당신의 말마따나 현존하는 최고의 영화감독을 말이야. 그러면 당신은 내가 식스라는 것도 당연히 믿고—" 그는 말을 하다 멈추었다. 이건 원래 그가 하려던 말이 아니었기 때문이다.

"'식스'라고요." 캐시가 그의 말을 따라했다. 눈썹을 찡그리는 모습이 마치 뭔가를 기억해내려 애쓰는 듯했다. "그러고 보니 《타임》에서 그 사람들에 관해 읽은 기억이 나요. 그 사람들은 지금 모두 죽지 않았나요? 정부에서 그 사람들을 모두 찾아내서 총으로 쏴 죽였다고 했던 것 같은데. 그 일이 있었던 직후에 그 지도자라는 사람— 그 사람 이름이 뭐였죠? 티가든. 맞아요, 그런 이름이었어요. 윌러드 티가든. 그 사람은 연방 방위군에 대항하는—그걸 뭐라고 하죠?—쿠데타를 주도하지 않았나요? 그 사람은 연방 방위군을 해산시키려고 했어요. 왜냐하면 그게 불법적인 중군사—"

"'준군사'겠지." 제이슨이 말했다.

"아저씨는 제가 하는 말에는 털끝만큼도 관심이 없군요."

그는 진지하게 말했다. "아니야, 관심이 있어." 그는 잠시 기다렸다. 하지만 여자는 말을 잇지 않았다. "이런, 젠장." 그가 내뱉었다. "방금 하던 말이나 다 끝내라고!"

"제 생각에는요." 캐시가 마침내 이렇게 말했다. "결국 '세븐 seven' 들 때문에 쿠데타가 성사되지 못한 것 같아요."

그는 생각에 잠겼다. 세븐이라. 지금까지 살면서 세븐에 관한 이야기는 한 번도 들어본 적이 없었다. 이것이야말로 그에게는 무엇보다도 더 놀라운 일이었다. 차라리 내가 실언하기를 잘했군. 그는 생각했다. 덕분에 이제 진짜로 뭔가를 하나쯤 알게 되었으니까. 마침내. 이런 혼란과 절반의 진실로 이루어진 미로 속에서 뭔가를 알아냈단 말이야.

벽의 작은 부분이 삐걱하면서 살짝 열리더니, 검정색과 흰색이 섞인 아주 어린 고양이 한 마리가 방 안으로 들어왔다. 그 짐승을 안아 올리는 캐시의 얼굴은 밝게 빛났다.

"딘먼의 철학이로군." 제이슨이 말했다. "의무 양육 고양이." 그는 이런 견해에 제법 친숙했다. 사실은 가을 특집 방송 가운데 하나에서 딘먼을 TV 시청자에게 소개한 적도 있었다.

"아뇨, 얘는 제가 그냥 좋아해서 키우는 거예요." 캐시가 말했다. 살펴보라는 듯 고양이를 그에게 건네주면서 그녀가 눈을 빛냈다.

"하지만 당신도 그건 믿겠지." 그는 고양이의 작은 머리를 쓰다듬으며 말했다. "애완동물을 소유하는 것이 사람의 감정이입 능력을 증대시킨다는—"

"헛소리예요." 캐시는 갑자기 고양이의 목을 콱 움켜쥐고 들어올렸다. 마치 다섯 살짜리 꼬마가 처음으로 애완동물을 다루는 것처럼. 또는 학교 수업 시간에 친구들과 함께 키우는 기니피그를 다루는 것처럼. "얘 이름은 도메니코예요." 그녀가 말했다.

"혹시 도메니코 스카를라티*의 이름에서 따온 건가?" 그가 물었다.

"아뇨. 도메니코 시장市場에서 따온 거예요. 여기서 안 멀어요. 사실은 우리가 여기까지 오는 도중에 지나온 곳이기도 하고요. 제가 작은 아파트—그러니까 바로 여기요—에서 지낼 때면, 거기서 물건을 사거든요. 그런데 도메니코 스카를라티라는 가수도 있나요? 그러고 보니까 그 사람 노래를 들어본 것도 같아요."

제이슨이 말했다. "사실은 에이브러햄 링컨 고등학교의 영어 선생이지."

"아." 그녀는 멍하니 고개를 끄덕이더니, 고양이를 앞뒤로 흔들며 얼렀다.

"방금 한 말은 농담이야." 그가 말했다. "내가 참 치사하게 굴었군. 미안해."

_____
* 도메니코 스카를라티(1685~1757)는 이탈리아의 작곡가 겸 연주자이다.

캐시는 작은 고양이를 끌어안은 채 그를 똑바로 바라보았다. "저는 그게 뭐가 농담이란 건지조차 이해 못 했어요." 그녀가 중얼거렸다.

"그렇기 때문에 내가 참 치사했다는 거야." 제이슨이 말했다.

"왜요?" 그녀가 물었다. "제가 애초에 전혀 알지도 못하는 이야기였다면. 그렇다면 그건 결국 제가 그냥 명청하다는 의미겠죠. 안 그래요?"

"당신은 명청하지 않아." 제이슨이 말했다. "다만 경험이 부족할 뿐이지." 그는 두 사람의 나이 차이를 대강 계산해보았다. "적어도 내가 당신보다 두 배는 더 오래 살았잖아." 그가 지적했다. "그리고 나는 지난 십 년 동안 이 세상에서 가장 유명한 사람들 가운데 일부와 어깨를 맞대고 살아왔으니까. 게다가—"

"게다가." 캐시가 말했다. "아저씨는 식스이고요."

그녀는 그의 실언을 잊지 않고 있었다. 당연히 그렇겠지. 만약 그가 백만 가지 다른 이야기를 하더라도, 그녀는 불과 십 분도 지나지 않아 깡그리 잊어먹을 것이다. 하지만 그 한마디의 진짜 실언은 잊지 않을 것이다. 이 세상이 돌아가는 방식이 원래 그런 것 아닌가. 그는 자기가 살던 시대에서도 그런 일에 익숙했다. 그것은 그의 나이에 들어선다는 것의 일부였지만, 그녀의 나이에는 아니었다.

"도메니코는 당신에게 어떤 존재인 거지?" 제이슨이 화제를 돌리기 위해 물었다. 어설프군. 그는 문득 깨달았다. 하지만 계속 밀고 나갔다. "그러니까 다른 사람에게서는 얻지 못하는 뭔가를 그 녀석에게서 얻고 있는 건가?"

그녀는 얼굴을 찡그렸는데, 뭔가 깊이 생각하는 모양이었다. "얘는 항상 바빠요. 항상 뭔가 계획을 실천하고 있어요. 가령 벌레를 쫓아다닌다거나. 파리 잡는 데에는 아주 선수예요. 파리가 날아가기도 전에 꿀떡 삼켜버리는 법도 배웠다니까요." 그녀는 매력적인 미소를 지었다. "그리고 저는 얘에 관해서 저 자신에게 물어보지 않아도 되거든요. 가령 이런 질문요. '내가 얘를 맥널티 씨한테 돌려줘야 할까?' 맥널티 씨라는 분은 경찰에 있는 제 담당자예요. 제가 그분한테 초소형 발신기, 그러니까 아저씨한테도 보여준 그 점들의 아날로그 수신기를 전달하면—"

"그러면 그 사람이 당신한테 돈을 주는 거군."

그녀는 고개를 끄덕였다.

"그런데도 당신은 겨우 이렇게밖에는 못 사는 거고."

"저는—" 그녀는 뭔가 대답을 하려 애썼다. "—저는 손님이 많지 않거든요."

"말도 안 돼. 솜씨가 상당하던데. 당신이 일하는 걸 지켜봤지. 상당한 숙련자더군."

"타고난 재능이겠죠."

"하지만 훈련된 재능이었어."

"알았어요. 제가 버는 돈은 모조리 그 주택가에 있는 아파트로 들어가요. 그러니까 이거보다 큰 아파트 말이에요." 그녀는 이를 갈았다. 이렇게 심문 당하는 것이 전혀 즐겁지 않은 모양이었다.

"아닐 텐데." 그는 그녀의 말을 믿지 않았다.

캐시는 잠시 말을 멈추었다가 이렇게 대답했다. "사실은 남편이 아직 살아있어요. 알래스카에 있는 강제수용소에 들어가 있죠. 남편을 풀려나오게 하려다보니, 맥널티 씨한테 정보를 제공할 수밖에 없어요. 이제 1년만 더 있으면―" 그녀는 어깨를 으쓱했다. 그녀의 표정은 이제 우울하고 의기소침해 보였다. "그 사람 '말'로는 잭이 나올 수 있다고 하더라고요. 이리로 돌아올 수 있다고요."

결국 당신은 남편을 꺼내기 위해서 대신 다른 사람들을 강제수용소로 보내는 것이군. 그는 생각했다. 듣고 보니 전형적인 경찰과의 거래인 것도 같았다. 아마도 사실일 터였다.

"경찰과 거래한다는 건 끔찍한 일이게 마련이지." 그가 말했다. "그쪽에서는 한 명을 내놓는 대가로 무려― 그나저나 당신이 그쪽에 넘긴 사람은 도대체 몇 명이나 되지? 수십 명? 아니면 수백 명?"

그녀는 잠시 생각하다가 결국 이렇게 말했다. "아마 백 명하고도 오십 명쯤 될 거예요."

"사악한 짓을 했군." 그가 말했다.

"그래요?" 그녀는 신경이 곤두선 듯 그를 흘끗 바라보며, 도메니코를 납작한 자기 가슴에 꼭 끌어안았다. 그 상태로 그녀는 점차 화가 치미는 모양이었다. 그녀의 얼굴에 드러나는 표정이며, 가슴팍에 고양이를 짓뭉개듯 끌어안은 모습을 보면 알 수 있었다. "빌어먹을." 그녀는 격하게 소리를 지르며 고개를 저어 '아니'라는 뜻을 드러냈다. "저는 잭을 사랑하고, 잭도 저를 사랑해요. 그 사람은 줄곧 저한테 편지를 써 보낸단 말이에요."

잔인하게도 그는 이렇게 말했다. "위조한 거겠지. 경찰 측의 또 다른 하수인 가운데 누군가가."

정말 어마어마한 양의 눈물이 그녀의 눈에서 흘러내렸다. 눈물 때문에 그녀의 눈빛이 흐려지고 말았다. "아저씨 생각에도 그래요? 가끔은 저도 그럴지 모른다는 생각이 들었어요. 그럼 아저씨가 한번 봐주실래요? 아저씨가 보면 알 수 있어요?"

"어쩌면 위조된 게 아닐 수도 있고. 왜냐하면 당신 남편을 살려두고서 직접 편지를 쓰게 하는 편이 더 저렴하고 더 간단할 테니까." 그는 그녀의 기분을 좀 더 나아지게 하려는 희망에서 이렇게 말했다. 실제로 그의 말은 뚜렷한 효과를 거두었다. 그녀의 눈물이 딱 그쳐버렸던 것이다.

"거기까지는 생각 못 했어요." 그녀는 이렇게 말하며 고개를 끄덕였다. 하지만 아직 미소를 짓지는 않고 있었다. 그녀는 먼 곳을 바라보면서, 무심결에 여전히 검은색과 흰색이 뒤섞인 그 작은 고양이를 어르고 있었다.

"만약 당신 남편이 아직 살아있다고 쳐봐." 그가 말했다. 이번에는 최대한 조심스럽게. "그런데도 당신은 다른 남자와, 그러니까 가령 나 같은 사람과 같이 자는 것이 옳은 일이라고 생각하는 건가?"

"아, 그럼요. 잭은 이제껏 한 번도 그런 거에 반대하지 않았

어요. 심지어 경찰이 그 사람을 잡아가기 이전부터요. 지금도
당연히 반대하지 않을 거라고 저는 확신해요. 솔직히 말하자면
그 사람이 편지에서 그 일에 대해 쓴 적도 있어요. 어디 보자,
그게 아마 지금으로부터 여섯 달쯤 전일 거예요. 편지를 찾아
서 확인할 수도 있어요. 전부 마이크로필름에 담아놓았거든요.
제 작업실에 뒀어요."

"어째서?"

캐시가 말했다. "가끔은 그걸 손님들한테 렌즈 스크린으로
보여줘요. 그래야만 제가 왜 그런 일을 하는지를 나중에 손님
들도 이해할 테니까요."

이쯤 되자, 그는 솔직히 그녀를 향해 어떤 감정을 느끼는지
는 물론이고, 심지어 어떤 감정을 느껴야 마땅한지도 모르는
지경이 되어버렸다. 그녀는 여러 해에 걸쳐서 점차적으로 지금
과 같은 상황에 휘말려들었고, 이제 와서는 자기 힘으로 이 상
황을 벗어날 수도 없게 되어버렸다. 그의 눈에도 지금 당장은
그녀를 위한 탈출구가 보이지 않았다. 너무 오랫동안 이러한
상태가 지속되어왔기 때문이다. 이미 공식이 고정되어있었다.
악의 씨앗이 자라나도록 용인되어왔던 것이다.

"이제 당신이 되돌아갈 수 있는 방법은 없어." 그가 말했다.
그는 알고 있었다. 그녀 역시 이 사실을 알고 있으리라는 것도
알았다. "내 말 들어봐." 그는 부드러운 목소리로 그녀에게 말
했다. 심지어 한 손을 그녀의 어깨에 올려놓기도 했지만, 이전
과 마찬가지로 그녀는 곧바로 뿌리쳤다. "차라리 그쪽에다가

이렇게 말해보는 건 어때. 남편을 당장 돌려달라고. 그리고 이제는 다른 사람을 대신 넘기고 싶지 않다고 말이야."

"제가 정말 그렇게 말하면, 그쪽에서 순순히 그이를 풀어줄까요?"

"일단 한번 해보라고." 물론 그렇게 시도한다고 해서 무슨 큰 해악이 끼칠 리는 없을 터였다. 하지만— 그는 맥널티 씨의 모습을, 그리고 이 아가씨를 바라보는 맥널티 씨의 표정을 충분히 상상할 수 있었다. 그녀는 결코 그 남자에게 반항할 수 없을 것이다. 이 세상의 수많은 맥널티들은 어느 누구의 반항도 용인하지 않기 때문이다. 뭔가가 아주 이상하게 잘못된 경우를 제외한다면.

"아저씨는 혹시 아저씨가 어떤 사람인지 알아요?" 캐시가 말했다. "아저씨는 아주 좋은 사람이에요. 무슨 말인지 알아요?"

그는 어깨를 으쓱했다. 대부분의 진실과 마찬가지로 이것은 어디까지나 의견의 문제일 뿐이었다. 어쩌면 그는 정말 좋은 사람일 수도 있었다. 적어도 이 상황에서는. 하지만 다른 상황에서는 그렇지 않을 수도 있었다. 캐시는 차마 그것까지는 모르는 모양이었다.

"앉아있어." 그가 말했다. "고양이를 쓰다듬고, 스크루드라이버나 마시라고. 그 외의 다른 것에 대해서는 절대 생각하지 말고. 그대로 있어. 그렇게 할 수 있겠어? 아주 잠깐 동안이라도 머리를 비울 수 있겠냐고? 한 번 해봐." 그는 의자 있는 곳으로 그녀를 데려갔다. 그녀는 순순히 의자에 앉았다.

"저 이거 맨날 해요." 그녀가 대답했다. 공허하고도 둔한 목소리로.

제이슨이 말했다. "하지만 부정적으로 해서는 안 돼. 긍정적으로 해야지."

"어떻게요? 근데 그게 무슨 뜻이에요?"

"그러니까 진정한 목적을 가져야 한다는 뜻이야. 단순히 불운한 현실을 직면하고 싶지 않다는 이유로 그렇게 해서는 안 된다는 거지. 어디까지나 당신이 남편을 사랑하기 때문에, 남편이 돌아오기를 원하기 때문에, 만사가 예전처럼 돌아가기를 원하기 때문에 그렇게 해야 한다는 거야."

"맞아요." 그녀가 순순히 동의했다. "하지만 이제 저는 아저씨를 만났잖아요."

"그게 무슨 소리지?" 그는 조심스럽게 물어보았다. 그녀의 대답에 어리둥절한 기분이 들었기 때문이다.

캐시가 말했다. "아저씨는 잭보다 훨씬 더 매력적인 사람이에요. 물론 그이도 제법 매력적이지만 아저씨는 그보다 훨씬, 아주 훨씬 더 매력적이라고요. 아마도 아저씨를 만난 이후로 저는 그 사람을 두 번 다시는 진정으로 사랑할 수 없게 된 것 같아요. 아니면 혹시 그런 게 가능할까요? 그러니까 한 사람이 두 사람을 똑같이, 그러나 서로 다른 방식으로 사랑하는 게? 물론 우리 치료 그룹에서는 아니라고, 그러니까 제가 반드시 둘 중 하나를 선택해야 한다고 말하겠죠. 그거야말로 삶의 기본적인 측면 가운데 하나라고 말할 거예요. 사실 이런 일은 예전에도 일어난 적이 있어요. 잭보다 더 매력적인 사람을 몇 명인가 만난 적도 있고…… 하지만 아저씨만큼 매력적인 사람은 이제껏 한 명도 없었어요. 이제 저는 솔직히 뭘 어떻게 해야 할지 전혀 모르겠어요. 그런 일에 대해 결정을 내리기는 너무 어려워요. 같이 이야기할 사람이 아무도 없으니까요. 아무도 이해를 못 하거든요. 그러면 결국 혼자서 헤쳐 나갈 수밖에 없고, 때로는 선택을 잘못 내리는 경우도 있어요. 가령 제가 잭 대신에 아저씨를 선택했는데 갑자기 그 사람이 돌아오면, 그런데 저는 더 이상 그 사람에게 아무 관심이 없으면 어떻게 되죠? 그러면 정말 어떻게 되는 거죠? 그 사람 기분이 과연 어떨까요? 그 사람 기분은 중요한 거예요. 하지만 제 기분 역시 중요하기는 마찬가지겠죠. 만약 제가 그 사람보다는 아저씨를, 또는 아저씨랑 비슷한 사람을 더 좋아한다고 하면, 저는 곧바로 그 기분을 행동으로 옮겨야 해요. 우리 치료 그룹에서 말하는 것처럼요. 아저씨는 알아요? 제가 무려 8주나 정신병원에 입원해있었던 거? 애서턴에 있는 모닝사이드 정신위생병원이었어요. 병원비는 부모님이 부담해주셨죠. 제 형편에는 정말 턱없이 많은 돈이었거든요. 무슨 이유에선지 우리는 지역, 또는 연방 의료비 지원을 받을 자격이 안 된다더라고요. 어쨌거나 덕분에 저는 저 자신에 대해 많이 알게 되었고, 친구도 많이 사귀게 되었어요. 제가 마음을 터놓고 사귀는 사람들은 대부분 모닝사이드에서 만난 사람들이에요. 물론 제가 그 사람들을 거기서 처음 만났을 때에만 해도, 저는 그들이 뭔가 유명한 사람들이라는 망상을 품고 있었죠. 가령

미키 퀸이나 알린 하우 같은 사람, 한마디로 유명인사 말이에
요. 아저씨 같은."

그가 말했다. "퀸하고 하우는 나하고도 잘 알지. 그나저나 당
신은 잊어버리는 법이 없군."

그를 유심히 살펴보며 그녀가 말했다. "어쩌면 아저씨는 유
명인사가 아닐 수도 있어요. 어쩌면 저한테 예전과 같은 망상
증세가 재발한 건지도 모르고요. 병원에서는 가끔 그럴 수도
있다고 이야기해주더라고요. 언젠가는 그럴 수 있다고요. 어쩌
면 지금이 그때인지도 몰라요."

"그렇다면." 그가 말했다. "지금 나는 당신의 망상에 불과하
다는 뜻이로군. 이왕 망상을 하려면 더 열심히 해보지그래. 어
쩐지 나도 완전히 현실 같지는 않다는 기분이 드니까."

그녀는 하하 웃었다. 하지만 그녀의 기분은 우울한 채였다.
"방금 아저씨가 말한 것처럼 만약에 제가 아저씨를 만들어낸
것에 불과하다고 치면, 정말 이상하지 않겠어요? 그러니까 만
약에 제가 완치되고 나면 아저씨는 사라진다는 거잖아요?"

"나는 사라지지 않을 거야. 하지만 더 이상 유명인사가 아닌
것은 사실이지."

"그건 이미 그렇잖아요." 그녀는 고개를 들어서 그를 빤히 바
라보았다. "아마 그건 사실일 거예요. 아저씨가 정말 유명인사
라면, 어째서 사람들에게 전혀 안 알려졌느냐는 거죠. 결국 제
가 아저씨를 만들어낸 거예요. 그러니까 아저씨는 저의 망상하
는 정신이 만들어낸 허깨비에 불과해요. 얼마 지나면 저도 다

91

시 제정신으로 돌아오겠죠."

"그거야말로 유아론적 관점에서 우주를 바라보는―"

"그만 좀 하세요. 그런 어려운 단어가 도대체 무슨 의미인지 제가 알지도 못한다는 건 아저씨도 잘 알잖아요. 도대체 아저씨는 제가 어떤 종류의 사람이라고 생각하는 거예요? 저는 아저씨처럼 유명하지도 않고, 힘도 없다고요. 저는 그냥 사람들을 감옥에 처넣는 끔찍스럽고도 혐오스러운 일을 하는 사람에 불과해요. 이게 다 제가 잭이라는 한 남자를 다른 모든 인간보다 훨씬 더 사랑하기 때문이죠. 이것 보세요." 그녀의 어조는 더 확고하고 날카로워졌다. "제가 제정신으로 돌아올 수 있었던 건 제가 잭을 미키 퀸보다 훨씬 더 사랑한다는 사실 하나 때문이었어요. 보라고요. 저는 그 데이비드라는 남자를 진짜로 미키 퀸이라고 생각했다니까요. 그건 어마어마한 비밀이었어요. 미키 퀸이 그만 정신이 나가버린 나머지 제정신을 차리기 위해서 정신병원을 찾아왔다는 거 말이에요. 어느 누구도 그 비밀을 알아서는 안 되었어요. 자칫하다가는 그의 이미지를 망칠 수도 있으니까요. 그래서 미키는 자기 이름이 데이비드인 척했던 거예요. 하지만 저는 그 비밀을 알아냈죠. 아니, 알아냈다고 생각했던 거예요. 그래서 스코트 의사 선생님은 저더러 잭과 데이비드, 또는 잭과 (제가 알아낸 바에 따르면) 미키 퀸 가운데 한 사람을 선택해야 한다고 말했어요. 저는 잭을 선택했죠. 그래서 저는 그 병원에서 나올 수 있었어요. 아마 그랬을 거예요." 그녀는 손을 저었다. 턱이 떨리고 있었다. "어쩌면 이제 아저씨도 알 수 있을 거예요. 제가 왜 잭을 이 세상 무엇보다도, 또는 누구보다도, 또는 다른 많은 사람들보다도 더 중요하게 생각하는지를 말이에요. 알겠어요?"

그는 알 수 있었다. 그래서 고개를 끄덕였다.

"심지어 아저씨 같은 사람조차도요." 캐시가 말했다. "그러니까 그 사람보다 더 매력적인 사람조차도요. 그런 아저씨조차도 저한테서 잭을 빼앗아갈 수는 없단 말이에요."

"나는 그럴 생각도 없어." 그가 보기에는 이 점을 분명히 짚어주는 편이 좋을 것 같았다.

"아니, 아저씨는 그럴 생각이 있어요. 아저씨는 그럴 생각이 웬만큼 있다고요. 이건 경쟁이니까요."

제이슨이 말했다. "내 눈에 당신은 한낱 작은 건물에 있는 한낱 작은 방에 사는 한낱 작은 여자애에 불과해. 내 눈에는 이 세상이며 거기 사는 모든 사람이 다 내 것처럼 보이니까."

"그건 아저씨가 강제노동수용소에 들어가있지 않을 때 이야기죠."

그로선 이 지적에 고개를 끄덕이며 동의하지 않을 수 없었다. 캐시는 수사학이라는 무기를 사용 불능으로 만들어버리는 짜증스러운 버릇이 있었다.

"아저씨도 이제는 조금 이해가 되었을 거예요." 그녀가 말했다. "안 그래요? 그러니까 저랑 잭에 관해서요. 그리고 제가 아저씨랑 같이 잔다 하더라도, 그게 잭한테 잘못하는 일은 아니란 것에 관해서요. 모닝사이드에 있었을 때에는 데이비드랑 같이 잔 적도 있어요. 하지만 잭은 다 이해했죠. 제가 그럴 수밖에 없었다는 걸 그이는 알았어요. 아저씨도 이해할 수 있죠?"

"당신이 정신질환자였다고 한다면—"

"아니, 단지 그것 때문만은 아니에요. 오히려 미키 퀸과 같이 자는 것이 저의 운명이었기 때문이죠. 그건 그렇게 될 수밖에 없는 일이었어요. 저는 어디까지나 저의 우주적인 역할을 이행했을 뿐이라고요. 무슨 말인지 알겠어요?"

"그래." 그는 부드럽게 대답했다.

"제가 좀 취한 것 같아요." 캐시는 자기가 마시던 스크루드라이버 잔을 살펴보았다. "아저씨 말이 맞아요. 이런 걸 마시기에는 시간이 너무 이르네요." 그녀는 반쯤 비어있는 술잔을 내려놓았다. "잭은 이해했어요. 어쩌면 자기가 이해했다고 말한 것뿐인지도 모르겠지만요. 혹시 그이가 거짓말을 했을까요? 저를 잃어버리지 않기 위해서? 왜냐하면 제가 만약 그이와 미키 퀸 가운데 한 사람을 선택해야만 하는 입장이 되면—"그녀는 말을 멈추었다. "—저는 잭을 선택할 수밖에 없으니까요. 저는 항상 그렇게 할 거예요. 하지만 그래도 전 반드시 데이비드와 같이 자야만 했어요. 그러니까 제 말은, 미키 퀸하고 말이에요."

내가 졸지에 무척이나 복잡하고, 특이하고, 기능 부전인 한 인간과 얽혀들게 되고 말았군. 제이슨 태버너는 속으로 말했다. 이 여자야말로 헤더 하트 못지않게—아니, 그보다 더—질이 나쁘군. 내가 42년 세월 동안 미처 한 번도 만나보지 못했을 만큼 나빠. 하지만 어떻게 하면 맥널티 씨의 귀에 이야기가 들어가지 않게끔 조용히 이 여자에게서 벗어날 수 있을까? 빌어먹을. 그는 우울하게 생각했다. 어쩌면 그럴 수 없을지도 몰라. 어쩌면 저 여자는 지겨워질 때까지 나를 계속 갖고 놀다가, 결국엔 경찰에 전화를 할지도 몰라. 그러면 나는 그 길로 끝장이지.

"당신 생각은 어때." 그가 큰 목소리로 말했다. "무려 40년도 넘게 살다보니, 내가 어쩌면 이 일에 대한 해답을 배웠을 것 같지 않아?"

"저에 대한 걸요?" 그녀가 말했다. 예리하게.

그는 고개를 끄덕였다.

"제가 아저씨랑 같이 자고 나면, 곧바로 아저씨를 저쪽에 넘겨버릴 거라고 생각하는 모양이군요."

이 대목에서 그는 정확히 그 이야기라고 꼬집어 말하지는 않았다. 하지만 전반적인 생각은 그와 같았다. 그는 조심스럽게 말했다. "내 생각에 당신은 특유의 서투르고, 순진하고, 딱 열아홉 살짜리가 할 수 있는 방식으로 남을 이용하는 방법을 배운 것 같아. 나는 그걸 아주 나쁘다고 생각하지. 그건 일단 시작하면 결코 멈출 수가 없어. 심지어 당신이 그렇게 하고 있다는 사실조차도 스스로는 모르게 되지."

"저는 아저씨를 저쪽에 넘겨버리지는 않을 거예요. 아저씨를 사랑하니까요."

"당신이 나를 알게 된 건 이제 겨우 다섯 시간밖에 안 됐어. 어쩌면 아직 그만큼도 안 되었을지 모르고."

"하지만 저는 항상 알 수 있어요." 그녀의 어조며 표정은 양쪽 모두 확고하기 그지없었다. 그리고 매우 엄숙했다.

"당신은 지금 내가 정확히 누군지조차도 확신하지 못하잖아!"

캐시가 말했다. "저야 '다른 사람들'에 대해서도 확신하지 못하기는 마찬가지예요."

그것만은 분명 시인하지 않을 수 없었다. 따라서 그는 또 다른 책략을 시도했다. "이것 봐. 당신은 참으로 기묘한 조합을 이룬 사람이라고. 한편에는 순진한 낭만주의자가 있고, 또 한편에는─" 그는 말을 멈추었다. '배반하는'이라는 단어가 머릿속에 떠올랐지만, 재빨리 치워버렸다. "또 한편에는 계산적이고 명민한 조종자가 있지." 당신은 정신의 매춘부나 다름없어. 그는 이렇게 생각했다. 당신의 정신은 그 스스로 매춘 행위를 하고 있어. 다른 사람의 앞에서, 또 뒤에서. 비록 당신 자신은 그걸 결코 인식하지 못하겠지만. 설령 인식하더라도 당신은 자기가 억지로 이 일을 할 수밖에 없다고 둘러대겠지. 맞아. 억지로 이 일을 하게 된 거지. 하지만 그건 과연 누구 때문이지? 잭 때문인가? 데이비드 때문인가? 바로 당신 자신 때문이야. 그는 생각했다. 두 남자를 동시에 원했기 때문이지. 그리고 두 사람을 모두 가지려고 했기 때문이고.

불쌍한 잭. 그는 생각했다. 불쌍하고 빌어먹을 개자식 같으니. 지금쯤 알래스카에 있는 강제노동수용소에서 삽질을 하면서, 이 복잡하리만치 배배 꼬인 여자가 자기를 구해주기만을 기다리고 있겠지. 기대도 하지 말라고.

　그날 저녁, 여전히 확신을 품지 못한 상태에서 그는 캐시와 함께 식사를 했다. 그녀의 방에서 한 블록 떨어진 곳에 있는 어느 이탈리아식 식당에서였다. 그녀는 이곳 주인이며 웨이터들과 뭔가 어렴풋한 방식으로 서로 아는 사이인 것 같았다. 여하간 그들은 그녀에게 인사를 건네었고, 그녀는 무심한 태도로 답했다. 마치 상대방의 말을 절반만 알아듣는 듯이. 아니면 지금 자기가 어디 있는지를 절반만 인지하는 듯도 싶다고 그는 생각했다.

　꼬마 아가씨. 그는 생각했다. 도대체 당신의 나머지 정신은 어디 가있는 거야?

　"여기는 라자냐를 아주 잘해요." 캐시는 메뉴를 들여다보지도 않고 말했다. 그녀는 이제 여기서 상당히 먼 곳에 가있는 것만 같았다. 멀리, 더 멀리 물러나고 있었다. 시간이 가면 갈수록. 그는 재난이 다가오고 있음을 감지했다. 하지만 그는 아직 그녀를 잘 알지 못했다. 그 재난이 어떤 형태를 취할지 전혀 알 수가 없었다. 그리고 그는 이런 사실이 마음에 들지 않았다.

　"당신이 맛이 가버릴 때에 말이야." 그녀의 방비가 허술해진 틈을 타서, 그가 갑자기 이렇게 물어보았다. "그럴 때에는 어떻게 되지?"

　"아." 그녀는 단조로운 어조로 대답했다. "그냥 바닥에 쓰러져 뒹굴면서 소리를 질러요. 아니면 발버둥치며 발길질을 하기도 하고요. 저를 말리려고 드는 사람 누구한테나요. 제 자유에 간섭하는 사람에게는요."

"혹시 지금도 그거랑 비슷한 기분이 드나?"

그녀는 고개를 들었다. "그래요." 그가 가만 살펴보니, 그녀의 얼굴은 이제 일종의 가면이 되어있었다. 뒤틀려있는 동시에, 고통 받는 가면이기도 했다. "한동안 약을 안 먹고 지냈거든요. 원래는 액토진이라는 약을 하루에 20밀리그램씩 먹어야 해요."

"그런데 왜 안 먹은 거지?" 이런 환자들은 항상 그랬다. 그는 이전에도 몇 번인가 이런 이례적인 상황을 마주한 적이 있었다.

"정신이 둔해지니까요." 그녀가 이렇게 대답하며 코를 검지로 만지작거렸다. 마치 매우 정확하게 절차를 수행해야만 하는 복잡한 의식에 참여한 사람처럼.

"하지만 그게 만약—"

캐시가 날카롭게 말했다. "그게 내 정신을 말아먹을 수는 없어요. 저는 어떤 MF, 개자식mother fucker도 제 곁에 가까이 오지 못하게 할 거예요. 그나저나 아저씨는 MF가 뭔지 알아요?"

"방금 당신이 말했잖아." 그는 조용히, 그리고 천천히 말했다. 그러면서 시선을 그녀에게 단단히 고정시켰다. 마치…… 그녀를 계속 거기 붙잡아두려는 듯, 그녀의 정신을 계속 온전히 모아놓으려는 듯.

음식이 나왔다. 끔찍스러웠다.

"이거 진짜로 대단한 정통 이탈리아 음식 아니에요?" 자기 포크로 교묘하게 스파게티를 감으면서 캐시가 말했다.

"그래." 그가 대답했다. 무심하게.

"아저씨는 제가 맛이 가버릴 거라고 생각하죠. 그리고 아저씨는 그런 일에 말려들고 싶지 않은 거예요."

제이슨이 말했다. "바로 그거야."

"그럼 가세요."

"나는—" 그는 머뭇거렸다. "—나도 당신을 좋아해. 그러니 당신이 무사한지 확실히 해두고 싶다고." 친절한 거짓말이었다. 그가 승인하는 종류의. 차라리 이쪽이 더 나을 성싶었다. 내가 여기서 나가면 이십 초도 지나지 않아 당신이 맥널티 씨에게 전화를 할 것 아니냐고 솔직히 말하는 것보다는 말이다. 사실 그가 생각하기에는 실제로 그럴 것 같았지만.

"저는 괜찮을 거예요. 이 사람들이 집까지 데려다줄 거니까요." 그녀는 식당 안에 있는 사람들을 아무렇게나 가리켜 보였다. 손님들, 웨이터들, 계산원 등등을. 더운 데다가 환기도 잘 안 되는 식당 안에는 주방장도 있었다. 바에는 술꾼 하나가 올림피아 맥주가 들어있는 잔을 하나 만지작거리고 있었다.

그가 말했다. 조심스럽게, 공정하게, 타당하게 계산한 결과, 자기가 지금 옳은 일을 하고 있다는 확신을 품고서. "당신은 책임을 받아들이려 하지 않는군."

"누구를 위한 책임요? 아저씨 삶에 대한 책임을 제가 져야 하는 건 아니죠. 혹시 방금 그런 뜻으로 말한 거라면요. 그건 어디까지나 아저씨가 할 일이잖아요. 저한테 그걸 떠넘길 생각하지 말라고요."

"내가 말한 건." 그가 말했다. "바로 당신의 행동이 다른 사람들에게 끼칠 결과에 대한 책임을 말하는 거야. 당신은 도덕적으로나 윤리적으로나 불안정하게 떠도는 상태야. 여기 부딪치고 저기 부딪치다가 다시 가라앉아버리지. 마치 아무 일도 없었다는 듯. 어려운 일은 다른 사람들에게 떠넘기고 말이야."

그녀는 고개를 들어서 그를 똑바로 바라보며 말했다. "그래서 제가 아저씨한테 무슨 해코지를 했어요? 저는 아저씨를 경찰에게서 구해줬다고요. 제가 아저씨한테 한 일은 그것뿐이에요. 그게 정말 잘못된 일이었나요? 그런가요?" 그녀의 목소리가 커졌다. 그녀는 가차 없이, 눈 한 번 깜박이지 않고, 여전히 손에는 포크에다가 스파게티를 잔뜩 말아든 채, 그를 바라보고 있었다.

그는 한숨을 내쉬었다. 대책이 없는 상황이었다. "그건 아니야." 그가 말했다. "그게 잘못된 일이라는 뜻은 아니라고. 오히려 고마워. 정말 감사하게 생각해." 이렇게 말하는 순간, 그는 그녀를 향해서 확고한 증오를 느꼈다. 이런 식으로 그를 곤란에 빠트리다니. 발육도 나쁜 열아홉 살짜리 일반인에 불과한 주제에 그와 같은 성인 식스를 그물에 걸리게 만들다니. 워낙 있을 법하지 않은 일이었기 때문에, 오히려 뭔가 좀 부조리하게 느껴졌다. 어느 한편으로 그는 허허 웃고 싶기도 했다. 하지만 또 한편으로는 그러고 싶지 않았다.

"그럼 아저씨는 제 친절에 응답하고 있는 거예요?" 그녀가 물었다.

"그래."

"제 사랑이 아저씨한테 도달하는 걸 느끼고 있는 거죠, 안 그래요? 가만히 귀를 기울여봐요. 어쩌면 들을 수도 있을 테니까." 그녀는 열심히 귀를 기울였다. "제 사랑은 자라나고 있어요. 나긋나긋한 포도 덩굴 같다고요."

제이슨은 웨이터에게 손짓을 했다. "이 식당에 특별한 것은 뭐가 있나?" 그는 퉁명스럽게 웨이터에게 물었다. "고작 맥주랑 와인뿐인가?"

"대마초도 있습니다, 손님. 최고급 아카풀코 골드지요. 해시시도 있습니다. 역시 A 등급이죠."

"그런데 증류주는 없다 이거지."

"예, 손님."

그는 손짓을 해서 웨이터를 돌려보냈다.

"아저씨는 저 사람을 마치 무슨 종 부리듯이 대하네요." 캐시가 말했다.

"그래." 그는 이렇게 대답하고는 크게 신음 소리를 냈다. 그는 눈을 질끈 감고 콧마루를 손가락으로 문질렀다. 이제는 그냥 갈 데까지 가도 그만이었다. 어쨌거나 그가 그녀를 화나게 만든 것은 사실이니까. "저 녀석은 형편없는 웨이터거든." 그가 말했다. "그리고 여기는 형편없는 식당이고 말이야. 그만 일어나자고."

캐시는 신랄한 어조로 말했다. "그러니까 유명인사가 된다는 게 바로 그런 거로군요. 이제는 이해가 되네요." 그녀는 조용히 포크를 내려놓았다.

"당신이 뭘 이해했다고 그런 소리를 하는 거지?" 그는 지금까지 쌓인 불만을 한꺼번에 터트렸다. 상대방을 달래는 역할은 이제 완전히 내팽개쳐버린 셈이 되었다. 다시는 돌이킬 수 없게끔. 그는 벌떡 자리에서 일어나 코트로 손을 뻗었다. "난 가겠어." 그는 그녀에게 말했다. 그리고 자기 코트를 입었다.

"이런, 세상에." 캐시는 이렇게 말하며 두 눈을 질끈 감았다. 그녀의 입은 잔뜩 뒤틀린 채 벌어져있었다. "이런, 세상에. 안 돼요. 도대체 뭘 어떻게 한 거예요? 지금 아저씨가 뭘 어쨌는지 알아요? 아저씨는 완전히 이해하기나 해요? 온전히 파악하기나 해요?" 곧이어 그녀는 여전히 두 눈을 질끈 감고 양손을 꽉 주먹 쥐고 고개를 푹 숙이더니 비명을 지르기 시작했다. 이런 비명 소리는 그로서도 난생처음 듣는 셈이었다. 그는 놀란 나머지 멍하니 서있었다. 그 소리―그리고 그녀의 위축되고 일그러진 얼굴 모습―때문에 귀가 먹먹하고, 몸이 굳어버렸다. 이건 정신질환적인 비명이야. 그는 속으로 말했다. 종족적 무의식에서 나온 거야. 개인이 아니라, 그보다 더 깊은 층위에서 나온 거야. 그러니까 집단적 실체에서 말이야.

물론 그런 사실을 안다고 해서 도움이 되진 않았다.

식당 주인과 웨이터 두 사람이 손에 메뉴판을 든 채로 달려왔다. 이상하게도, 제이슨은 세부적인 광경을 바라보고 주목했다. 마치 그녀의 비명 소리에 모든 것이 꽁꽁 얼어붙어버린 듯했다. 그 상태로 굳어버린 듯했다. 손님들이 포크를 들어 올리고, 숟가락을 내려놓고, 씹고…… 이런 모든 동작이 중지되었고, 이제는 오로지 그 끔찍하고 추악한 소음만이 남았다.

그리고 그녀는 뭔가 말을 하고 있었다. 노골적인 말. 마치 무슨 뒷담화를 하듯이. 짧고도 파괴적인 말이었다. 마치 그를 비롯해서 이 식당에 있는 사람들 모두를 갈가리 찢어놓을 듯한 기세의. 특히 그를 겨냥한 듯한.

식당 주인은 콧수염을 씰룩거리면서 두 명의 웨이터를 향해 고개를 끄덕였다. 그러자 두 사람은 캐시를 의자에서 그대로 번쩍 들어 올렸다. 그런 뒤에 식당 주인이 살짝 고개를 끄덕이자 그녀의 어깨를 단단히 붙든 채 그녀를 칸막이 좌석 있는 데서 질질 끌고 나가 식당을 가로지르더니 결국 거리로 내몰았다.

그는 계산을 하고 나서 그 뒤를 서둘러 따라갔다.

하지만 출입구에 도달하자 식당 주인이 그를 막아섰다. 그러면서 한 손을 내밀었다. "삼백 달러 되겠습니다." 식당 주인이 말했다.

"무엇에 관한 대가로?" 그가 물었다. "겨우 여자 하나 바깥으로 끌어낸 것 가지고?"

식당 주인이 말했다. "경찰에 신고하지 않는 대가죠."

그는 굳은 표정으로 돈을 낼 수밖에 없었다.

웨이터들은 그녀를 보도 위에, 그러니까 차도 가장자리의 턱에 내려놓았다. 그녀는 이제 가만히 앉아있었다. 두 눈을 손가락으로 누르고, 몸을 앞뒤로 흔들면서, 소리는 내지 않고 연신 입을 벙긋거리고 있었다. 웨이터들은 그녀를 유심히 바라보았다. 그녀가 더 이상 말썽을 일으킬지를 나름대로 가늠해보는 모양이었다. 곧이어 두 사람은 똑같은 결론을 내렸는지 얼른 다시 식당으로 들어가버렸다. 이제는 그와 캐시, 이렇게 두 사람만 보도 위에, 붉은색과 흰색의 네온사인 아래 남아있었다.

옆에 한쪽 무릎을 꿇고 앉아서 그는 한 손을 그녀의 어깨 위에 올렸다. 이번에는 그녀도 그의 손을 굳이 밀쳐내지 않았다. "미안해." 그가 말했다. 진심으로 한 말이었다. "괜히 당신을 몰아붙였군." 나는 당신이 허세를 떨고 있다고 생각했어. 그는 속으로 말했다. 하지만 그건 허세가 아니었군. 좋아. 당신이 이겼어. 내가 졌다고. 이제부터는 뭐든지 당신이 원하는 대로 하라고. 뭐든지 말만 해. 그는 생각했다. 다만 짧게 하자고, 제발. 당신이 할 수 있는 한, 제발 나를 이 일에서 빨리 벗어나게 해줘.

어쩐지 여기서 벗어나는 건 금방은 어려울 듯하다는 직감이 들었다.

05

단둘이, 손에 손을 잡고, 두 사람은 저녁 시간의 보도를 따라 걸어갔다. 회전하고, 박동하고, 흔들리고, 깜박이는 간판이 만들어내는 색채들이 경쟁하고, 명멸하고, 윙크하고, 홍수처럼 쏟아지는 곳을 지나갔다. 이런 지역이 그는 전혀 마음에 들지 않았다. 수백 번도 넘게 봐왔기 때문이다. 이런 곳은 지표면 전체에서 모방되고 있었다. 그는 삶의 초기에 바로 이런 곳으로부터 도망쳐 나왔다. 자신의 식스다움이야말로 거기서 빠져나올 수 있는 방법이었던 것이다. 그런데 이제 그는 이곳으로 다시 돌아온 셈이었다.

이곳 사람들에게 반감을 가진 것까지는 아니었다. 그는 이들이 여기 사로잡혀있을 뿐이라고 간주했다. 일반인들이 여기 계속 남아있는 것은 결코 그들의 잘못이라고 할 수 없었다. 그들이 이곳을 발명한 것도 아니고, 그들이 이곳을 좋아하는 것도 아니었다. 그들은 단지 이곳을 참아낼 뿐이었다. 일찍이 그 역시 참아내야 했던 것처럼 말이다. 사실 그는 이들의 굳은 얼굴이며 축 늘어진 입매를 바라보며 오히려 죄의식을 느꼈다. 일그러진, 불행한 입매였다.

"맞아요." 캐시가 마침내 입을 열었다. "저는 진짜로 아저씨랑 사랑에 빠졌다고 생각해요. 하지만 그건 아저씨 잘못이에요. 아저씨가 방출하는 그 강력한 매력의 자기장 때문이라고요. 그게 제 눈에 보였다는 거, 아저씨는 알기나 해요?"

"오호." 그는 기계적으로 대답했다.

"그건 진한 보라색을 띠고 있어요." 캐시는 이렇게 말하면서 놀라우리만치 강한 손가락 힘으로 그의 손을 꽉 움켜쥐었다. "아주 강렬해요. 아저씨는 제 걸 볼 수 있어요? 제 매력의 광휘를요?"

"아니." 그가 말했다.

"좀 의외네요. 저는 당연히 아저씨도 볼 수 있을 줄 알았거든요." 그녀는 이제 차분해진 것 같았다. 폭발적으로 비명을 지르는 증상은 이미 사라져버렸고, 이제는 비교적 안정된 상태가 뒤따라 나타났다. 거의 의사擬似 간질기질 인성구조인 모양이라고 그는 추측했다. 이런 일이 나날이 계속되다 보면—

"제 아우라는요." 그녀의 말에 그는 생각이 끊기고 말았다. "밝은 빨간색이에요. 정열의 색깔이죠."

"당신이 괜찮은 듯해 다행이군." 제이슨이 말했다.

106

그녀는 흘끔흘끔 고개를 돌려 그의 얼굴을 바라보았다. 그의 표정을 해독하려는 것이었다. 그는 자기 표정이 적당히 불분명 했으면 하고 바랐다. "혹시 제가 성질부린 것 때문에 화났어 요?" 그녀가 물었다.

"아니." 그가 말했다.

"아저씨 '목소리'는 화난 것 같은데요. 제 생각에는 아저씨 화난 것 같아요. 음, 제 생각에 그걸 이해해준 사람은 잭밖에 없었어요. 그리고 미키하고요."

"미키 퀸." 그는 무심결에 이렇게 말했다.

"그 사람 정말 대단하지 않아요?" 캐시가 말했다.

"대단하지." 그는 이런 식으로 그녀에게 많은 이야기를 할 수 있었다. 하지만 의미가 없었다. 그녀는 뭔가를 진정으로 알고 싶어 하는 것이 아니었다. 자기가 이미 다 이해하고 있다고 믿 기 때문이었다.

그것 말고 당신이 뭘 믿을 수 있겠나, 꼬마 아가씨? 그는 궁 금했다. 예를 들어, 당신이 나에 관해 뭘 안다고 확신할 수 있 겠나? 당신이 미키 퀸과 앨린 하우를 비롯해서 현실에는 아예 존재하지도 않는 온갖 사람들에 관해서 아는 것만큼이나 거의 아는 게 없지 않나? 당신이 아주 잠깐 동안만이라도 귀를 기울 일 수 있다면, 내가 과연 당신에게 무슨 이야기를 했을지 생각 해보라고. 하지만 당신은 아예 귀를 기울일 수조차 없지. 당신 은 아마 겁이 날 거야. 내가 하는 이야기를 듣고 나면. 그리고 어떻게 해서인지, 당신은 그 모든 걸 이미 알고 있지.

"그건 도대체 어떤 기분이지?" 그가 물었다. "그렇게 많고도 많은 유명한 사람들과 같이 잔다는 건?"

이 말에 그녀는 우뚝 멈춰 섰다. "아저씨 생각에는 제가 그 사람들이랑 같이 잔 이유가, 단지 그들이 유명해서일 뿐인 것 같아요? 아저씨는 제가 무슨 유명인사 빠순이인 줄 알아요? 저에 대해 속으로는 그렇게 생각했던 거예요?"

꼭 무슨 파리잡이 끈끈이 같군. 그는 생각했다. 말 한 마디 한 마디마다 그녀는 트집을 잡아서 그를 곤란에 빠트렸다. 그로선 도무지 이길 수가 없었다.

"내 생각에는." 그가 말했다. "당신은 아주 흥미로운 삶을 사는 것 같아. 당신은 아주 흥미로운 사람이야."

"게다가 중요한 사람이고요." 캐시가 덧붙였다.

"맞아." 그가 말했다. "중요한 사람이기도 하지. 어떤 면에서는 내가 지금껏 만나본 사람 중에서 가장 중요한 사람이기도 해. 정말이지 스릴 넘치는 경험인걸."

"진심으로 하는 말이에요?"

"그래." 그는 유난히 힘주어 대답했다. 다소 특이하고 터무니없어 보이기는 해도, 한편으로 그건 사실이기도 했다. 어느 누구도, 심지어 헤더조차도 그를 이처럼 복잡하게 꽁꽁 묶어놓은 적은 없었다. 그는 자신이 지금 겪고 있는 상황을 견딜 수가 없었지만, 그렇다고 여기서 벗어날 수도 없었다. 그가 보기에는 이 상황이, 주문 생산된 특제 퀴블의 조종석에 앉아있는데 빨간불과 파란불과 노란불 신호가 동시에 켜진 것과 마찬가지였

108

다. 합리적인 반응은 전혀 먹히지가 않았다. 그녀의 비합리성이 그런 상황을 만들어낸 것이었다. 비논리의 끔찍스러운 힘이지. 그는 생각했다. 원형의 힘이야. 그와 그녀를—그리고 다른 모든 사람을—서로 연결해주는 집단적 무의식의 음산하고 깊은 곳에서 작동하는 힘이었다. 두 사람이 살아가는 동안에는 결코 풀어버릴 수 없는 매듭이 맺어져있는 셈이었다.

놀라울 것도 없지. 그는 생각했다. 어떤 사람은, 그러니까 상당수의 사람은 죽음을 갈망한다는 게 말이야.

"커크 선장 보러 갈래요?" 캐시가 물었다.

"뭐든지 좋지." 그는 짧게 대답했다.

"12번 극장에서 괜찮은 걸 하고 있어요. 무대는 베텔게우스 성계의 어느 행성인데, 타버그의 행성하고 상당히 비슷해요. 아시죠, 왜 프록시마 성계에 있는 것 말이에요. 커크 선장이 나오는 대목에서, 그 행성에는 노예들이 살고 있는데, 그들은 눈에 보이지 않는—"

"난 벌써 봤어." 그가 말했다. 사실 지금으로부터 1년 전에 그는 이 영화에서 커크 선장 역할을 맡았던 제프 포머로이를 쇼에 초대한 바 있었다. 심지어 영화의 한 장면을 짧게나마 보여주기도 했다. 평소와 마찬가지로 포머로이의 스튜디오와 영화 홍보를 위한 상부상조 계약을 맺은 결과였다. 그때에도 그는 이 영화를 썩 좋아하지 않았고, 지금에 와서도 좋아할 수 있을 것 같지는 않았다. 게다가 그는 제프 포머로이를 혐오했다. 영화 속의 모습이나 영화 밖의 모습이나 마찬가지로. 결국 그의 입장에서 이 문제는 더 이상 논의할 가치가 없었다.

"별로 좋은 영화는 아닌 모양이죠?" 캐시는 그를 신뢰하는 듯한 어조로 물었다.

"제프 포머로이라는 작자는." 그가 말했다. "내가 알기로는 이 세상에서 가장 지독한 멍청이야. 그 작자도, 그 작자를 좋아하는 놈들도. 그러니까 그 작자를 모방하는 놈들 말이야."

캐시가 말했다. "그 사람도 한동안 모닝사이드에 있었어요. 서로 많이 알게 될 기회까지는 없었지만요. 그래도 거기 정말 있었어요."

"믿음이 가고도 남는 이야기군." 그가 말했다. 물론 반신반의 했지만.

"그 사람이 한번은 저한테 뭐라고 말했는지 알아요?"

"나야 그 작자를 아니까." 제이슨이 말했다. "아마 이렇게ー"

"그 사람이 그랬어요. 자기가 이제껏 만난 가운데 제가 제일 온순한 사람이라고 말이에요. 그거 정말 흥미롭지 않아요? 그 사람은 제가 신비 상태 가운데 하나에 들어간 모습ー아저씨도 보셨다시피, 드러누워서 소리를 지르는 모습ー을 보고서도 여전히 그런 말을 하더라고요. 제 생각에는 그 사람이 아주 지각력이 뛰어난 사람 같아요. 진짜로요. 아저씨 생각은 안 그래요?"

"나도 그래." 그가 말했다.

"그럼 이제 제 방으로 돌아갈까요?" 캐시가 물었다. "가서 서로 뒤엉켜야 하지 않겠어요?"

그는 믿을 수 없다는 듯 끙 하고 신음 소리를 냈다. 방금 이 여자가 한 말을 내가 제대로 들은 걸까? 그는 고개를 돌려 그녀의 얼굴을 유심히 살펴보려 했지만, 마침 두 사람은 네온사인과 네온사인 사이의 지점에 와있었다. 순간적으로 사방이 어두워졌다. 이런, 세상에. 그는 속으로 말했다. '이 상황에서 어서 벗어나야만 해.' 내가 살던 세계로 돌아갈 방법을 찾아내야만 한다고!

"제가 너무 정직해서 불편해진 거예요?" 그녀가 물었다.

"아니." 그는 무뚝뚝하게 대답했다. "정직함 때문에 불편했던 적은 한 번도 없어. 유명인사가 되기 위해서는 정직함을 감내하는 법을 배워야 하니까." 심지어 그것조차도. 그는 생각했다. "온갖 종류의 정직함을 말이야." 그가 말했다. "무엇보다도 바로 당신 같은 종류의 정직함을 감내해야 하지."

"저 같은 종류가 어떤 종류인데요?" 캐시가 물었다.

"정직한 정직함이지." 그가 말했다.

"그러면 아저씨는 이제 저를 이해하게 된 거네요." 그녀가 말했다.

"맞아." 그는 고개를 끄덕이며 말했다. "진짜로 그래."

"그런데 왜 아저씨는 저를 쳐다보지도 않는 거예요? 혹시 저를 살 가치조차 없이 죽어 마땅한 사람으로 보는 거예요?"

"아니." 그가 말했다. "당신은 아주 중요한 사람이야. 그리고 아주 정직한 사람이기도 하고. 지금껏 내가 만난 사람 중에서도 가장 정직하고 직설적인 사람이지. 진심으로 하는 말이야. 하느님께 맹세라도 할 수 있다고."

그녀는 친근한 태도로 그의 팔을 토닥였다. "일부러 모두 꾸며낼 필요 없어요. 자연스럽게 말하라고요."

"자연스럽게 말이 나온 거야." 그는 그녀에게 다짐했다. "정말로 그렇다니까."

"좋아요." 캐시가 말했다. 행복한 듯. 그는 그녀의 걱정을 덜어준 것이 분명했다. 그녀는 그에 대해서 확신을 느끼고 있었다. 그리고 이제 그의 삶은 거기에 의존하고…… 아니, 정말 그런 걸까? 그녀의 병적인 추론에 그가 굴복해버린 꼴이 아닐까? 지금 이 순간만은 그조차도 알 수가 없었다.

"내 말 좀 들어봐." 그가 머뭇거리며 말했다. "내가 지금부터 당신한테 해줄 이야기가 있는데, 제발 당신이 똑바로 귀를 기울여서 들어주었으면 좋겠어. 지금 당신은 정신질환 범죄자를 가두어두는 감옥에 갇혀있는 거야."

섬뜩하게도, 무시무시하게도, 그녀는 아무런 반응도 보이지 않았다. 아무런 말도 하지 않았다.

"그리고." 그가 말했다. "나는 최대한 당신 있는 곳에서 멀어지고 있어." 그는 그녀의 손에서 자기 손을 탁 잡아 뺀 다음, 뒤로 돌아서서 지금까지 온 길을 반대 방향으로 걷기 시작했다. 그녀를 깡그리 무시하고. 이 도시의 이 불쾌한 지역의 싸구려 네온사인이 번뜩이는 보도 위를 양방향으로 오가는 평범한 사람들 속으로 스며들어갔다.

나는 그녀를 잃어버렸어. 그가 생각했다. 그렇게 함으로써 나는 어쩌면 내 빌어먹을 삶을 잃어버렸는지도 몰라.

이제는 어떻게 하지? 그는 걸음을 멈추고 주위를 둘러보았다. 그녀의 말처럼 내 몸에 정말로 초소형 발신기가 심어져있는 걸까? 그는 속으로 물어보았다. 한 걸음 한 걸음 걸을 때마다 나는 스스로를 포기하는 셈인 걸까?

쾌활한 찰리가 그랬지. 그는 생각했다. 헤더 하트를 찾아가보라고 말이야. 그리고 TV 업계에 있는 사람이라면 누구나 알듯이, 쾌활한 찰리는 결코 틀린 말을 하지 않아.

하지만 내가 과연 헤더 하트가 있는 곳에 도달할 때까지 멀쩡히 살아있을 수 있을까? 만약 그녀가 있는 곳에 도착했는데 마침 내가 추적을 당하고 있다면, 결국 내게 닥쳐올 죽음을 그녀에게까지 옮기는 셈이 되는 것은 아닐까? 마치 부주의하게 전염병을 옮기듯? 게다가. 그는 생각했다. 앨 블리스도 나를 모르고 빌 울퍼도 나를 모르는 상황이라면 도대체 어떻게 헤더가 나를 알 수 있겠나? 하지만 헤더는 식스야. 그는 생각했다. 나와 마찬가지로. 내가 아는 한 나 말고 유일한 식스지. 어쩌면 그 사실 때문에 뭔가가 달라질 수도 있어. 물론 뭔가가 달라진다는 게 가능하다면 말이야.

그는 공중전화 부스를 찾아내서 그 안에 들어간 다음, 문을 닫아 교통 소음을 차단했다. 그러고는 골드 퀸크 주화 하나를 투입구에 집어넣었다.

헤더 하트에게는 전화번호부에도 올라있지 않은 비밀 전화번호가 몇 개 있었다. 그중 일부는 사업을 위한 것이었고, 일부는 친한 친구를 위한 것이었으며, 나머지 하나는—까놓고 말하자면—애인을 위한 것이었다. 그는 물론 그 전화번호를 알고 있었다. 지금 거는 이 번호를 통해서 헤더와 연락한 적이 있기 때문이었다. 지금도 연락이 되었으면 좋겠다고 그는 속으로 빌었다.

스크린이 켜졌다. 상대방의 모습이 계속 흔들리는 것으로 미루어보아 아마도 카폰으로 전화를 받는 모양이었다.

"안녕." 제이슨이 말했다.

한 손을 눈썹에 갖다 대고 그의 모습을 자세히 살펴보던 헤더가 이렇게 말했다. "지금 전화 거신 분은 도대체 누구시죠?" 그녀의 초록색 눈이 번쩍거리고 붉은 머리카락이 어질거렸다.

"제이슨이야."

"내가 아는 사람 중에서는 제이슨이라는 이름을 가진 사람이 없는데요. 도대체 어떻게 이 전화번호로 연락을 하신 거죠?" 그녀의 목소리는 당황한 듯하면서도 야멸찼다. "지금 당장 전화 끊어요!" 그녀는 스크린에 나온 그를 향해 야단을 치더니 곧이어 이렇게 물었다. "도대체 누가 당신한테 이 번호를 가르쳐준 거죠? 그 사람 이름을 대요."

제이슨이 말했다. "이 번호는 바로 당신한테서 직접 들은 거야. 지금으로부터 6개월 전에. 당신이 이 전화번호를 처음 개설한 바로 그날이지. 이건 당신의 사적인 전화 중에서도 가장 사적인 전화니까. 그렇지? 당신이 이 전화번호를 그런 이름으로 부르지 않았나?"

"도대체 누구한테 그런 이야기를 들었죠?"

114

"당신한테 들었다니까. 그때 우리는 마드리드에 있었지. 당신은 촬영 중이었고, 나는 당신이 묵는 호텔에서 1킬로미터쯤 떨어진 곳에서 엿새간의 휴가를 즐기고 있었지. 당신은 매일 오후 3시 직접 롤스 퀴블을 몰고서 나를 찾아오곤 했어. 안 그래?"

헤더는 빠르고도 딱딱 끊어지는 말투로 대답했다. "혹시 잡지사에서 일하시는 분인가요?"

"아니." 제이슨이 말했다. "당신의 수많은 정부情夫 중에서도 맨 처음에 꼽히는 사람이라니까."

"나의 '뭐' 라고요?"

"애인 말이야."

"혹시 광팬인 건가요? 당신, 광팬이군요. 더럽고도 지저분한 광팬 자식 같으니. 당장 전화를 끊지 않으면, 그때는 정말 죽을 줄 알아." 그녀의 목소리와 모습이 모두 사라졌다. 헤더가 먼저 전화를 끊은 것이다.

그는 퀸크 주화를 또 하나 집어넣고, 다시 한 번 다이얼을 돌렸다.

"또 당신이군. 지저분한 광팬 같으니." 헤더가 전화를 받으며 말했다. 아까보다는 좀 더 차분한 모습이었다. 혹시 벌써 체념한 것일까?

"당신의 이빨 가운데 하나는 모조품이지." 제이슨이 말했다. "그래서 애인 가운데 한 명과 있을 때에는, 당신이 하비스에서 직접 구입한 특수 에폭시 접착제로 이빨을 제대로 붙여놓곤

해. 하지만 나랑 같이 있을 때에는 종종 그걸 빼내서 유리잔에 담은 닥터 슬룸스 틀니 세척액에다가 넣어놓곤 하지. 당신이 좋아하는 틀니 세척액이 바로 그거니까. 왜 그런지에 대해 당신은 이렇게 설명했어. 브로모 셀처가 합법적으로 유통되었을 당시의 추억을 불러일으키기 때문이라고 말이야.* 지금 암시장에서 구할 수 있는 물건으로 말하자면, 누군가가 자기 집 지하실에 마련한 비밀 실험실에서, 브로모 셀처가 오래전에 제조를 중단한 세 가지 브롬화물 성분을 모두 사용해서—"

"도대체 어떻게." 헤더가 그의 말을 끊었다. "어떻게 그런 정보까지 알아낼 수 있었던 거죠?" 그녀의 표정은 굳었고, 말투는 날카롭고도 직설적이었다. 이 어조는…… 이전에도 몇 번인가 들어본 적이 있다. 그녀가 몹시 혐오하는 사람을 향해 쓰는 어조였다.

"그 '네 녀석이 무슨 소리를 해도 나는 관심 없어' 하는 투의 말투 좀 쓰지 말라고." 그가 화난 듯 말했다. "당신의 가짜 이빨은 어금니야. 그리고 당신은 거기다가 '앤디'라는 이름도 붙여줬지. 안 그래?"

"지저분한 광팬 따위가 나에 관해서 그런 것까지 모조리 알아내버렸다니. 세상에. 정말이지 내 최악의 악몽이 현실로 증명된 셈이군. 지금 당신이 가입한 팬클럽 이름이 뭔지, 거기 회원이 얼마나 있는지, 또 당신이 도대체 그런 이야기를 어디서

---

* 브로민화나트륨을 주성분으로 하는 진정제로 19세기부터 미국 내에서 인기를 얻었지만, 1975년에 브롬화물의 독성을 이유로 시판이 금지되면서 사라졌다.

어떻게 알아냈는지는 모르겠는데, 빌어먹을, 당신이 내 사생활에 관해서 알고 있는 이런저런 이야기들은 애초부터 당신이 알 권리가 없었다는 걸 알기나 해? 내 말은, 한마디로 지금 당신이 하고 있는 짓은 불법이라 이거야. 사생활 침해라고. 앞으로 다시 한 번만 더 전화를 걸면 경찰에 신고해서 수사를 의뢰할 거야." 그녀는 송수화기를 내려놓으려고 손을 뻗었다.

"나는 식스야." 제이슨이 말했다.

"당신이 뭐라고? 뭐가 여섯이란 거지? 당신 다리가 여섯 개라도 된다는 건가? 그런 거야? 내가 보기에는 당신 머리가 여섯 개라면 오히려 그럴듯하겠는데."

제이슨이 말했다. "당신도 나처럼 식스야. 그렇기 때문에 우리가 최근 들어서 줄곧 함께 어울렸던 거지."

"사람 미치고 환장하겠군." 헤더가 창백해진 얼굴로 말했다. 큐블 안에 켜진 조명은 희미했지만, 그는 그녀의 안색이 변하고 있음을 알아볼 수 있었다. "도대체 내가 뭘 어떻게 해줘야만 나를 조용히 가만 내버려둘 거지? 내 이럴 줄 알았다니까. 언젠가는 어디서 지저분한 광팬이 툭 튀어나와서 나를 아주 그냥—"

"그 지저분한 광팬 어쩌고 하는 말 좀 집어치워." 제이슨이 버럭 소리를 질렀다. 다른 무엇보다도 그는 이 표현 때문에 화가 났다. 그 표현이 마치 어떤 것의 극단처럼 느껴졌기 때문이다. 마치 죽어서 땅에 떨어진 새처럼, 실제로 그런 느낌이 들었다.

"도대체 뭘 알고 싶은 거지?"

"알트로치에서 만나서 이야기하지."

"그래, 당신은 그것까지도 이미 알고 있는 모양이군. 자기네 것도 아닌 메뉴판에다가 사인을 해달라고 보채는 멍청이들에게 시달리지 않고서도 내가 식사를 할 수 있는 유일한 장소에 대해서까지도." 그녀는 지친 듯 한숨을 쉬었다. "아니, 이젠 다 끝났어. 알트로치고 어디고 간에 나는 당신을 만나지 않을 거니까. 내 삶에 간섭하지 말고 꺼져버려. 그러지 않으면 내 경호원들을 시켜서 당신을 가만두지 않을—"

"당신의 경호원은 단 '한 명' 뿐이지." 제이슨이 그녀의 말을 끊었다. "올해 나이가 예순둘이고, 이름은 프레드야. 원래는 오렌지 카운티 민병대의 저격수였지. 캘리포니아 대학 풀러턴 캠퍼스에서는 학생 녀석들을 쏴 맞히곤 했어. 그때만 해도 실력이 좋았지만, 지금은 별로 걱정할 만한 솜씨가 못 되지."

"과연 그럴까." 헤더가 말했다.

"좋아. 그럼 당신이 생각하기에는 내가 절대로 모를 것 같은 이야기를 또 하나 해보지. 콘스턴스 엘라 기억나?"

"그래." 헤더가 말했다. "그 존재감 없는 신인 계집애는 꼭 무슨 바비 인형처럼 생겼지. 다만 머리가 너무 작은 데다가, 몸은 마치 누가 이산화탄소 카트리지를 가져다가 잔뜩 부풀린 것처럼 이상하게 생겼다는 게 문제지만 말이야." 그녀의 입술이 일그러졌다. "한마디로 완전 멍청한 계집애라니까."

"맞아." 그가 동의했다. "완전 멍청한 계집애지. 그 말이 딱 맞다고. 그 계집애가 내 쇼에 출연했을 때, 우리 둘이서 무슨 짓을 했는지 기억나? 그 계집애가 세계적인 규모의 방송에 나오는 건 그때가 처음이었지. 내가 그 계집애를 놓고 일종의 연계 계약을 맺었으니까. 당신 기억나? 그때 우리가, 그러니까 당신과 내가 뭘 했는지?"

침묵이 흘렀다.

제이슨이 말했다. "그 계집애를 우리 쇼에 출연시키기 위한 일종의 뇌물로, 그 계집애의 에이전트가 우리 쇼의 막간 광고 스폰서 가운데 한 곳을 광고해주기로 했었지. 그런데 우리는 과연 그 계집애가 무슨 물건을 선전할지가 궁금했던 거야. 그래서 엘라 양이 오기 전에 우리가 종이봉투를 열어봤는데, 그 안에는 다리털 제거용 크림이 하나 들어있었어. 세상에, 헤더, 내 말—"

"듣고 있어." 헤더가 말했다.

제이슨이 말했다. "그래서 우리는 다리털 제거용 크림 스프레이를 꺼낸 다음에, FDS(여성용 국부 방취제) 스프레이를 하나 집어넣었지. 그거랑 같이 들어있던 광고 관련 지시문은 이런 내용이었어. '제품 사용법을 시연하면서 대단히 만족스러운 듯한 표정을 지을 것.' 그러고 나서 우리는 얼른 그 자리를 피해서 가만 기다려보았지."

"그래?"

"엘라 양이 마침내 나타나서 자기 분장실에 들어가더니, 거기 있던 종이봉투를 열어보더군. 그러더니—솔직히 나는 이 대목만 떠올리면 지금도 웃음이 터져 나오곤 하는데—얼른 분장실 밖으로 나와서 나를 찾아오더라고. 아주 진지한 표정으로 이렇게 말하는 거야. '태버너 씨, 바쁘신데 귀찮게 해드려서 죄송합니다만, 제가 오늘 여성용 국부 방취제 스프레이 사용법을 시연하려면 치마랑 팬티를 벗어야 하거든요. 그러니까 TV 카메라 앞에서 말이에요.' '그래서요?' 내가 물었지. '그런데 뭐가 문제죠?' 그러자 엘라 양이 그러더군. '작은 탁자를 하나 준비해주셨으면 해서요. 그래야 옷을 거기다가 올려놓을 수 있잖아요. 그냥 바닥에 벗어놓으면 안 될 것 같아요. 그러면 안 되잖아요. 무려 6000만 명의 시청자 앞에서 제가 가랑이를 벌리고 거기다가 스프레이를 뿌릴 건데, 그런 상황에서 제가 벗어놓은 옷이 그냥 바닥에 흩어져있는 모습을 보일 수는 없잖아요. 그건 점잖지 못한 행동이니까요.' 그 계집애는 정말로 그 짓을 하고도 남았을 거야. 방송 도중에 말이야. 그러니까 앨 블리스가 끼어들지만 않았어도—"

"지저분하기 짝이 없는 이야기군."

"그럼에도 불구하고 당신 역시 그 일을 무척이나 재미있어했지. 그 완전 멍청한 계집애는 난생처음 출연하는 큰 무대에서 기꺼이 그 짓을 할 작정이었으니까. '제품 사용법을 시연하면서 대단히 만족스러운 듯한 표정을—'"

헤더가 전화를 끊었다.

도대체 어떻게 해야만 그녀에게 이 상황을 이해시킬 수 있을까? 그는 열심히 머리를 굴리는 한편, 이빨을 득득 갈기까지 했다. 하마터면 은 충전물이 씹혀서 뜯겨나갈 뻔했다. 그는 이 느낌이 너무나도 싫었다. 충전물 가운데 한 조각이 갈려 떨어져 나가는 이 느낌. 그녀는 본인에게 무척이나 중요한 의미를 지니는 모든 것에 대해서 내가 이미 알고 있다는 사실을 왜 이해하지 못하는 걸까? 그는 속으로 물었다. 도대체 다른 누가 그걸 안단 말인가? 십중팔구 그녀와 한동안 육체적으로 매우 가까웠던 사람이 아니고는 모를 일이지 않은가. 그것 말고는 다른 어떤 설명도 불가능할 터였다. 그런데도 그녀는 차마 그가 뚫고 들어오지 못할 법한 다른 정교한 이유를 또 하나 만들어냈다. 그리고 그 이유를 눈앞에 보란 듯이 걸어놓은 것이었다. 그녀의 식스다운 눈앞에.

그는 다시 한 번 주화를 집어넣고 다이얼을 돌렸다.

"안녕, 또 나야." 헤더가 마침내 자가용에 있는 전화를 받자, 그가 말했다. "나는 당신에 관해서 그것 역시 알고 있거든." 그가 말했다. "당신은 일단 전화가 오면 받지 않고는 못 견디는 성격이지. 그렇기 때문에 개인 전화를 열 대나 갖고 있는 거야. 그 하나하나가 당신에게는 저마다의 특별한 목적을 지니고 있고."

"내가 갖고 있는 전화는 세 대뿐이야." 헤더가 말했다. "결국 당신도 나에 관해서 모든 걸 알고 있는 건 아니로군."

제이슨이 말했다. "내가 하려는 말은 그게 아니라—"

"얼마를 원하지?"

"입막음 조로 돈을 몇 푼씩 쥐여주는 일은 오늘 질리도록 겪었어." 그는 진지한 어조로 말했다. "당신도 돈으로 나를 입막

121

음할 수는 없을 거야. 그건 내가 원하는 바가 아니니까. 내가 원하는 건—내 말 똑똑히 들어, 헤더—한 가지뿐이야. 왜 아무도 나를 알지 못하는지, 그 이유를 찾고 싶은 것뿐이라고. 누구보다 특히 당신이 왜 그러는지 알고 싶어. 당신은 식스라고. 그렇기 때문에 나는 당신만은 이 일을 설명해줄 수 있으리라 생각했어. 정말 당신은 나에 대해서 '아무런' 기억도 갖고 있지 않은 건가? 지금 이 스크린에 나타난 내 모습을 봐. 똑똑히 보라고!"

그녀는 스크린을 바라보다가 한쪽 눈썹을 추켜올렸다. "아직 젊군. 하지만 아주 젊은 것까지는 아니야. 제법 잘생겼네. 목소리는 명령조이고, 나를 이렇게 괴롭히면서도 아무런 주저함이 없어. 당신은 누가 보더라도 딱 지저분한 광팬처럼 생겼고, 딱 그렇게 말하고, 딱 그렇게 행동해. 좋아. 이제는 만족스러워?"

"나는 지금 곤란한 상황에 처해있어." 그가 말했다. 그녀에게 이런 이야기를 하는 것이 그에게는 몹시 비합리적인 행동일 수밖에 없었다. 그녀는 지금 그에 관해서 아무런 기억도 없으니까. 하지만 그는 지난 수 년 동안 자신에게 닥쳐온 곤란을 그녀에게 털어놓는—그리고 그녀의 곤란을 들어주는—데에 익숙했다. 적어도 이 습관만은 사라지지 않았다. 이 때문에 그는 지금 눈앞의 상황조차도 무시하고 있었다. 그 습관이 제 나름의 힘을 따라 움직이고 있었던 것이다.

"퍽이나 안되셨군." 헤더가 말했다.

제이슨이 말했다. "어느 누구도 나를 기억하지 못해. 심지어

나는 출생 기록조차도 없어. 태어나지도 않은 거야. 아예 태어나지도 않은 걸로 되어 있다고! 그러니 당연히 ID 카드도 없지. 지금 갖고 있는 건 어느 경찰 끄나풀에게 이천 달러, 그리고 그쪽을 소개해준 작자에게 천 달러나 주고 위조한 신분증뿐이야. 그걸 갖고 다니고 있어. 하지만 세상에, 그놈들이 그 안에다가 초소형 발신기를 집어넣었는지도 몰라. 심지어 내가 그걸 항상 들고 다닐 수밖에 없다는 사실을 알고 있을지도 몰라. 왜 그런지는 당신도 알겠지. 비록 정상에 있는 연예인이긴 하지만, 그런 당신조차도 이 사회가 어떻게 돌아가고 있는지는 알 테니까. 어제만 해도 나는 무려 3000만 명의 시청자를 거느리고 있었지. 어떤 경찰관이나 군인이 내 몸에 손이라도 댔다가는 그모든 시청자가 펄펄 뛰며 비명을 질렀을 거야. 하지만 이제 나는 FLC를 목전에 두고 있다고."

"FLC라니, 그게 뭐지?"

"강제노동수용소Forced-labor camp 말이야." 그는 으르렁거리듯 그녀에게 말했다. 마치 그 단어를 한 마디 한 마디 그녀의 몸에 못처럼 쿵쿵 박아 넣기라도 할 기세였다. "내 신분증을 위조해준 그 쬐그맣고 악독한 계집애 때문에, 진짜 끔찍스러울 정도로 후진 이탈리아 놈의 식당에서 쫓겨나기까지 했다니까. 거기 들어가서 이야기를 나누고 있는데, 그냥 이야기만 했을 뿐인데, 그 계집애가 갑자기 바닥에 뒹굴면서 비명을 질러대는 거야. 정신질환자 특유의 비명을 말이야. 그 계집애는 모닝사이드 정신병원에서 도망쳤다고 하더군. 자기 입으로 시인하더라고. 그것 때문에 또다시 삼백 달러라는 생돈을 날려버렸지만, 이제 앞으로 어떻게 될지 누가 알겠어? 어쩌면 그 계집애가 군경 '양쪽'에다가 나에 대해서 불었을지도 모르지." 이런 자기연민을 신중하게도 약간 더 밀고 나가면서, 그가 이렇게 덧붙였다. "어쩌면 그놈들은 지금 이 전화선조차도 도청을 하고 있을지 몰라."

"어머, 이런, 안 돼!" 헤더는 깜짝 놀라 비명을 지르더니 다시 한 번 전화를 끊었다.

이제는 수중의 금화가 다 떨어진 상태였다. 그래서 그도 여기서 포기하고 말았다. 그걸 전화에다가 대고 말하다니, 어리석은 짓이었어. 그는 뒤늦게야 깨달았다. 그런 말을 하면 누구라도 전화를 끊겠지. 내가 내 목을 조른 셈이군. 그물 한복판으로 들어간 거야. 한가운데로 곧장. 양쪽 모두가 아름답게도 납작해져버렸지. 마치 커다란 인공항문처럼.

그는 공중전화 부스의 문을 옆으로 열고, 사람들이 바쁘게 오가는 저녁의 보도로 걸어 나왔다…… 내가 있는 여기. 그는 씁쓸한 기분으로 생각했다. 여기는 슬럼스빌이지. 경찰 끄나풀이 돌아다니는 곳이야. 겁나게 멋진 쇼로군. 우리가 학교 다닐 때에 공부했던 옛날 TV 머핀 광고에 나오는 문구처럼 말이야. 그는 속으로 말했다.

어쩌면 재미있었을 수도 있겠지. 그는 생각했다. 만약 내가 아니라 다른 누군가에게 이런 일이 벌어졌다면 말이야. 하지만 이 일은 나에게 벌어졌어. 아니, 누구에게건 간에 재미있는 일은 아냐. 왜냐하면 여기서는 진짜 고통과 진짜 죽음이 은밀히 숨은 채로 인사를 나누고 있으니까. 언제라도 덮쳐올 태세를 갖추고.

방금 그 전화 통화를 테이프에 담아둘 걸 그랬군. 캐시가 나한테 한 말이며, 내가 그녀에게 한 말까지도 모조리. 3-D 컬러로 비디오테이프에 담으면, 내 쇼에서 보여줘도 괜찮을 것 같은데. 가끔은 맨 끝에 가서 방송 분량이 조금 모자라기도 하니까. 가끔이라니, 젠장. 일반적으로. 항상. 남은 평생 내내.

문득 자기가 할 오프닝의 대사가 귀에 들리는 것 같았다. "이 남자에게 무슨 일이 일어난 걸까요. 범죄 기록 하나 없던 선량한 남자. 그러던 그가 어느 날 갑자기 ID 카드를 모조리 잃어버리고 직면한 상황이란⋯⋯." 뭐, 이런 식으로 말이다. 이 정도면 시청자를, 그 3000만 명 모두를 충분히 붙잡아놓을 수 있을 것이다. 왜냐하면 그것이야말로 모든 시청자가 저마다 두려워하는 상황이니까. "그는 눈에 보이지 않는 사람이 되었습니다." 오프닝의 대사는 이렇게 지속될 터였다. "하지만 그는 너무나 눈에 잘 띄는 사람이기도 했습니다. 합법적으로는 눈에 보이지 않았습니다. 하지만 불법적으로는 눈에 잘 띄었습니다. 이 남자는 과연 어떻게 될까요. 그에게 남은 길은 단 한 가지, 바로⋯⋯." 어쩌고저쩌고. 이러쿵저러쿵. 빌어먹을. 그가 행하거나, 또는 그가 말하거나, 또는 그에게 벌어진 일이 모조리 쇼에 등장하지는 않을 것이었다. 따라서 오히려 다음과 같이 흘러갈 터였다. 또 한 명의 패배자. 수많은 패배자 가운데 한 사람. 많은 사람들이 전화를 걸어오지. 그는 속으로 말했다. 하지만 선택되는 사람은 소수일 뿐이야. 이른바 프로라는 것은 바로 그런 의미이지. 내가 일하는 방식이 바로 그래. 공적인 일이건 사적인 일이건 간에. 손실을 줄이고, 필요한 경우에는 뛰어라. 그는 속으로 말했다. 그 좋았던 시절에 위성 전송망을 통해서 전 세계에 방영된 자기 쇼의 첫 회에서 자기가 했던 말을 인용하면서.

다른 위조업자를 찾아봐야겠군. 그는 이렇게 결론을 내렸다. 경찰 끄나풀이 아닌 사람으로. 그래서 ID 카드를 모조리 새로 만드는 거야. 그러니까 초소형 발신기가 없는 걸로. 그런 다음에는 십중팔구 총이 한 자루 필요하겠지.

애초에 호텔 방에서 눈을 떴을 때 그걸 미리 생각해보았어야만 했어. 그는 속으로 말했다. 언젠가, 그러니까 오래전, 그러니까 레이놀즈 신디케이트에서 그의 쇼의 방영권을 매입하려 할 때, 그는 총 쏘는 방법을 배웠다. 그리고 총을 갖고 다니기도 했다. 사정거리 3킬로미터에, 마지막 300미터 구간까지는 최고 궤도의 상실이 없는 바버스 후프였다.

캐시의 '신비적 황홀', 비명을 지르며 발작하는 모습도 그럴듯했다. 오디오 부분에는 그녀의 비명 소리를 배경음 삼아서 성숙한 남성의 목소리로 해설을 깔면 될 터였다. "보통 정신질환이라고 말하는 것이 바로 이것입니다. 정신질환을 앓을 경우에 겪는 고통이란, 일반적인 범위 이상의……" 이런 식으로 해서. 어쩌고저쩌고. 그는 차가운 밤공기를 잔뜩, 폐 속으로 깊이 들이마시고 몸을 부르르 떨었다. 곧이어 그는 보도의 바다 위에서 다른 행인과 뒤섞였고, 양손을 바지 주머니에 깊이 찔러 넣었다.

그러다 갑자기 그는 어느 줄에 딱 맞닥트렸다. 무작위 검문소 앞에 이미 사람이 열 명쯤 늘어서있었다. 줄 끝부분에는 회색 옷차림의 경찰관이 한 명 서있었다. 거기서 빈둥거리면서 혹시 반대 방향으로 돌아가는 사람이 없도록 감시하는 것이었다.

"여길 못 지나갈까봐그래요, 아저씨?" 제이슨이 무의식적으로 그곳을 피하려 하는 걸 보자마자, 그 경찰관이 말을 걸었다.

"그러게요." 제이슨이 대답했다.

"그럼 우리야 다행이죠." 경찰관은 사람 좋은 웃음을 지으며 말했다. "오늘은 아침 8시부터 여기서 검문을 실시했는데, 아직까지 할당량을 채우지 못했거든요."

06

회색 옷차림에 덩치 좋은 경찰관 두 명이 제이슨 바로 앞에 서있는 남자를 바라보며 한목소리로 말했다. "이건 겨우 한 시간 전쯤에 위조된 거로군. 아직 제대로 마르지도 않았어. 보이지? 열 때문에 잉크가 녹아 흐르는 게 보이잖아? 좋아." 그들이 고개를 끄덕였다. 그러자 네 명의 건장한 경찰관이 그 남자를 붙잡더니 저쪽에 주차된 밴 퀴블 속으로 사라졌다. 그 퀴블은 온통 회색과 검정색으로 칠해져있었다. 경찰 특유의 색깔로.

"좋아요." 덩치 좋은 경찰관 가운데 한 명이 쾌활한 어조로 제이슨에게 말했다. "어디 아저씨 신분증에는 뭐라고 적혀있는지 좀 봅시다."

제이슨이 말했다. "이거야 제가 아주 오래전부터 들고 다니던 물건이니까 문제가 없겠죠." 그는 자기 지갑이며, 거기 들어

있는 일곱 장의 ID 카드를 경찰관에게 건네주었다.

"서명을 대조해봐." 선임 경찰관이 동료에게 말했다. "혹시 서명끼리 똑같이 겹치지 않는지 확인해보라고."

캐시의 말이 맞았다.

"그건 아니네요." 후임 경찰관이 이렇게 대답하며 검색용 카메라를 치웠다. "똑같이 겹치는 건 아니에요. 하지만 이 가운데 하나, 그러니까 병역증명서에는 원래 붙어있었던 발신기 점을 긁어내버린 듯한 흔적이 있어요. 진짜 그렇다고 치면, 아주 전문가적인 솜씨인데요. 직접 확대경으로 한번 보셔야겠어요." 그는 휴대용 확대경과 조명장치를 움직여서 제이슨의 위조된 카드가 세세한 부분까지 드러나도록 비추었다. "보이시죠?"

"원래 전역할 때부터 이 기록증에 전자 점이 들어있었나요?" 선임 경찰관이 제이슨에게 물었다. "혹시 기억 납니까?" 두 명의 경찰관은 답변을 기다리면서 제이슨을 유심히 뜯어보았다.

도대체 뭐라고 대답해야 하지? 그는 자문했다. "잘 모르겠는데요." 그가 말했다. "저는 사실 그게 뭔지도 모르겠습니다. 그—" 그는 '초소형 발신기'라고 말하려 했지만, 얼른(제발 눈치채이지 않을 만큼 얼른 바꾼 것이었으면 좋겠다고 생각하면서) 표현을 바꾸었다. "—그 전자 점이라는 게 어떻게 생긴 물건인지도요."

"방금 점이라고 했잖아요, 아저씨." 후임 경찰관이 그에게 말했다. "방금 이야기한 건 귓등으로 들은 거예요? 혹시 약물 한 것 아니에요? 어디 보자. 이 양반 약물 상태 카드에는 작년 치에 해당하는 항목이 아예 없는데요."

건장한 경찰관들 가운데 하나가 말했다. "그렇다면 그 신분증은 위조가 아니라는 이야기가 되잖아. 이 양반이 신분증을 위조했다고 치면, 도대체 무엇 때문에 자칫 중죄에 해당할 수 있는 중대한 위반 사항을 일부러 만들어 넣었겠어? 그렇게 하는 놈이 있다면 정신이 나간 놈이겠지."

"그렇죠." 제이슨이 대꾸했다.

"음, 여하간 그건 우리 관할이 아니니까." 선임 경찰관이 말했다. 그는 제이슨의 ID 카드를 모두 돌려주었다. "이 양반은 우리가 아니라 약물 조사관한테로 끌려가야 할 것 같군. 가봐요." 경찰관은 야경봉을 가지고 제이슨을 옆으로 밀어내더니 그의 뒤에 서있는 사람의 ID 카드를 받으려고 손을 내밀었다.

"끝입니까?" 제이슨은 건장한 경찰관들에게 물었다. 그로선 도무지 믿을 수가 없었다. 놀란 표정을 드러내지 마. 그는 속으로 말했다. 그냥 '가보는' 거야!

그는 태연스럽게 걸어갔다.

어느 고장 난 가로등 아래 그늘에 서있던 캐시가 손을 뻗어서 그를 건드렸다. 그는 누군가의 손길에 깜짝 놀라 소스라쳤다. 가슴부터 시작해서 자기 몸이 뻣뻣하게 얼어붙는 듯한 기분이었다. "이제는 저에 대한 평가가 좀 달라졌나요?" 캐시가 물었다. "제가 한 일, 그러니까 제가 아저씨를 위해서 한 일 때문에요."

"감쪽같이 그냥 넘어가더군."

"저는 아저씨를 저쪽에 넘겨줄 생각이 없어요." 캐시가 말했다. "비록 아저씨는 제게 욕을 하고 저를 버려둔 채로 떠났지만요. 하지만 그 대신에 아저씨는 오늘 밤에 저랑 같이 있어야 돼요. 약속한 대로요. 무슨 말인지 알죠?"

그는 그녀를 존경하지 않을 수 없었다. 무작위 검문소 주위에 숨어서 지켜봄으로써, 그녀는 자기가 위조한 그의 신분증이 경찰의 검문을 무사히 빠져나올 수 있을 만큼 잘 만들어졌다는 직접적인 증거를 얻은 셈이었다. 그 즉시 두 사람 사이의 상황은 뒤바뀌고 말았다. 이제 그는 그녀에게 빚을 진 셈이 되었다. 더 이상은 괴롭힘을 당한 희생자의 지위를 유지할 수가 없었던 것이다.

이제는 그녀가 그보다 도덕적 우위에 있었다. 처음에는 채찍이었다. 즉 그를 경찰에 넘겨버릴지도 모른다는 위협이 바로 그것이었다. 그다음으로는 당근이었다. 적절하게 위조된 ID 카드가 그랬다. 이 여자는 이제 말 그대로 그를 소유한 셈이 되었다. 그는 이 사실을 시인할 수밖에 없었다. 그녀에게도, 또한 자기 자신에게도.

"어쨌거나 저는 아저씨를 거기서 풀려나오게 해줄 수도 있었어요." 캐시가 말했다. 그녀는 자기 오른팔을 들어 올리더니 소매의 한 부분을 가리켜 보였다. "여기 회색의 경찰 신분증 탭이 달려있거든요. 여기요. 저 사람들이 가진 확대경으로 보면 보인다고요. 그러니 실수로라도 저는 검문에 걸려들지 않아요. 제가 한마디 했다면—"

131

"그 이야기는 그만하지." 그는 쌀쌀맞게 상대방의 말을 끊었다. "그 일에 대해서는 더 이상 듣고 싶지 않아." 그는 그녀를 두고 혼자 성큼성큼 걸어갔다. 그녀는 마치 비행에 능숙한 새처럼 그의 뒤를 따라왔다.

"그럼 제 작은 아파트로 다시 갈래요?" 캐시가 물었다.

"그 좁아터진 놈의 방은 말도 꺼내지 마." 나로 말하자면 말리부에 수상주택이 있는 사람이라고. 그는 생각했다. 침실만 해도 여덟 개에 회전식 침대가 여섯 개, 무한 천장이 달린 4차원 거실도 있다고. 그런데 도대체 나로선 알 수 없고 제어할 수도 없는 어떤 이유로 졸지에 이런 곳에서 세월을 허송하게 되었군. 다 쓰러져가는 변두리의 이런저런 장소를 찾아다니고, 후진 식당이며, 더 후진 작업장이며, 그 무엇보다도 더 후진 원룸에까지 들어가다니. 혹시 내가 예전에 한 어떤 일에 대한 대가를 치르는 것일까? 그는 속으로 말했다. 나로선 전혀 모르는, 또는 기억하지 못하는 어떤 일에 대한? 하지만 이 세상의 어느 누구도 대가를 치르지는 않아. 그는 생각했다. 나는 오래전에 그걸 배웠지. 내가 나쁜 일을 하건 또는 착한 일을 하건 간에, 그에 대해 대가를 치르는 일은 절대로 없다고 말이야. 세상 모든 일이 결국에는 불공평하게 끝나는 거야. 혹시 내가 뭔가 배운 게 있다고 치면, 그걸 배웠다고 해야 하지 않을까?

"내일 제가 구입할 물건 목록에서 맨 위에 있는 게 뭔지 맞혀봐요." 캐시가 말했다. "죽은 파리예요. 왜 그런지 알아요?"

"단백질이 풍부해서 그런 모양이지."

"맞아요. 하지만 꼭 그래서 구입하는 건 아니에요. 그러니까 제가 먹으려고 구입하는 건 아니라고요. 매주 그걸 한 봉지씩 사서 빌한테 주거든요. 제가 키우는 거북한테요."

"아까는 거북이 없었잖아."

"큰 아파트에 있어요. 그럼 아저씨는 진짜로 제가 먹으려고 그 죽은 파리를 사는 줄로 알았던 거예요? 진짜?"

"De gustibus non disputandum est." 그가 한마디 인용했다.

"그게 무슨 뜻이더라. '입맛에 관해서라면 논쟁이 불가능하다.' 그렇죠?"

"그래." 그가 말했다. "그러니까 당신이 죽은 파리를 먹고 싶다면 얼마든지 원껏 먹으라는 거지."

"빌은 정말 먹어요. 파리를 좋아하거든요. 그 녀석은 작은 초록색 바다거북 가운데 하나였는데…… 그러니까 육지 거북이나 뭐 그런 건 아니었어요. 아저씨는 거북이 먹이 먹는 거 본 적 있어요? 그러니까 물 위에 동동 띄워놓은 파리 먹는 거요. 아주 작은 녀석이지만 그 모습은 정말 놀랍다니까요. 방금 전까지 파리가 거기 있었는데, 눈 깜짝할 사이에 꿀꺽. 거북이 배 속에 들어간 거예요." 그녀가 깔깔거렸다. "소화가 되는 거죠. 그걸 보면서 배울 수 있는 교훈이 있다니까요."

"무슨 교훈?" 이렇게 묻자마자 그는 무슨 이야기가 나올지 예상했다. "그러니까 당신이 뭔가를 입에 물고 나면." 그가 말했다. "전부 먹거나 또는 전혀 안 먹거나, 둘 중 하나라 이건가. 결코 일부만 먹을 수는 없다는."

"제가 느낀 게 바로 그거예요."

"그럼 당신은 얼마나 갖고 있지?" 그가 그녀에게 물어보았다. "전부? 아니면 전혀?"

"저는— 모르겠어요. 좋은 질문이네요. 음, 저는 잭을 갖고 있지는 못해요. 하지만 어쩌면 저는 더 이상 그이를 원하지 않는지도 몰라요. 더럽게 오랜 시간이 지났으니까요. 어쩌면 저는 그이를 여전히 원하는지도 모르죠. 하지만 지금은 아저씨를 더 많이 원해요."

제이슨이 말했다. "내 생각에 당신은 두 남자를 똑같이 사랑할 수 있는 사람인 것 같았는데."

"제가 그런 말을 했었나요?" 그녀는 나란히 걸어가면서 곰곰이 생각해보았다. "제 말뜻은, 그게 일종의 이상이라는 거예요. 하지만 현실에서는 어디까지나 이상의 근사치에만 도달할 수 있다는…… 무슨 말인지 이해하죠? 아저씨는 제 생각의 흐름을 잘 따라올 수 있죠?"

"따라갈 수 있지." 그가 말했다. "그리고 그 흐름이 어디로 이어지는지도 알 수 있고. 결국 내가 곁에 있을 때에는 잭을 임시로 버려두었다가, 내가 가고 나면 다시 그에게로 심리적 귀환을 할 거라는 이야기가 되겠지. 당신은 매번 그렇게 하나보지?"

"저는 한 번도 그이를 버린 적이 없어요." 캐시가 날카롭게 말했다. 두 사람은 아무 말도 없이 계속 걸어갔고, 마침내 그녀가 사는 크고 오래된 아파트 건물 앞에 이르렀다. 건물 옥상에는 더 이상 사용되지 않는 TV 안테나들이 비죽비죽 튀어나와 일종의 숲을 이루고 있었다. 캐시는 지갑 속을 뒤져서 열쇠를 찾아낸 다음, 자기 방으로 들어가는 문의 자물쇠를 열었다.

방 안에는 이미 불이 환하게 켜져있었다. 그리고 낡은 소파 위에는 한 남자가 앉아서 두 사람을 바라보고 있었다. 회색 머리카락에 회색 정장을 입은 중년 남성이었다. 덩치가 좋았지만 얼굴은 깨끗했고, 뺨과 턱은 완벽하게 면도를 하고 있었다. 흠도 없고, 얼룩도 없고, 오류라고는 없는 모습이었다. 그는 완벽하게 옷을 갖춰 입고 매무새를 단정히 한 상태였다. 머리에 돋아난 머리카락 하나하나까지 제자리에 정렬된 모습이었다.

캐시가 놀라며 말을 더듬었다. "맥널티 씨."

덩치 좋은 남자는 자리에서 벌떡 일어나더니 제이슨을 향해 오른손을 내밀었다. 제이슨은 반사적으로 악수를 하려고 손을 내밀었다.

"아니." 덩치 좋은 남자가 말했다. "당신한테 악수를 청하는 게 아니야. 당신의 ID 카드를 내놓으라 이거지. 이 여자가 당신한테 만들어준 물건 말이야. 이리 내시지."

아무 말도 없이—실제로 할 말이 없었으므로—제이슨은 그에게 자기 지갑을 건네주었다.

"이건 당신이 만든 게 아닌데." 맥널티가 제이슨의 신분증을 잠시 살펴본 뒤에 캐시를 향해 말했다. "혹시 당신의 위조 신분증 만드는 솜씨가 갑자기 확 좋아졌다면야 모르겠지만."

제이슨이 말했다. "이건 제가 오래전부터 갖고 다니던 물건입니다."

"그러신가." 맥널티가 중얼거렸다. 그는 제이슨에게 지갑과 신분증을 돌려주었다. "그나저나 도대체 누가 이 사람에게 초소형 발신기를 심어놓았지? 당신인가? 아니면 에드?" 그가 캐시에게 물었다.

"에드요." 캐시가 말했다.

"그럼 이 작자는 도대체 뭐 하는 사람이지?" 맥널티가 이렇게 말하며 제이슨을 꼼꼼히 뜯어보았다. 마치 그를 위해 관이라도 하나 짜주려는 듯한 눈빛으로. "40대 남성, 잘 차려입었고, 현대식 옷차림, 고급 구두…… 이건 진짜 가죽 제품이군. 그렇지 않소, 태버너 씨?"

"소가죽 제품입니다." 제이슨이 말했다.

"당신 신분증을 보니 음악가라고 되어있던데." 맥널티가 말했다. "혹시 악기 연주할 수 있는 게 있나?"

"노래를 합니다."

맥널티가 말했다. "그러면 어디 노래 한 곡 뽑아보시지."

"웃기고 있네." 제이슨이 툭 내뱉었다. 그는 분노를 억제하기 위해 최대한 숨을 골랐다. 그의 대답은 딱 그가 원하는 바로 그 순간에 튀어나왔다. 더도 덜도 아니고 딱.

맥널티가 캐시에게 물었다. "전혀 움츠러들지를 않는군. 이 작자는 내가 누구인지 알기는 하는 건가?"

"예." 캐시가 말했다. "제가— 이야기를 했어요. 부분적으로는요."

"이 작자한테 잭에 관한 이야기 따위나 했겠지." 맥널티가 말했다. 그는 제이슨에게 말했다. "잭이라는 놈 따위는 있지도 않아. 이 여자는 있다고 생각하지만, 그건 정신질환적 망상에 불과해. 이 여자 남편은 벌써 3년 전에 퀴블 교통사고로 죽었다 이거지. 강제노동수용소에 갇힌 적은 단 한 번도 없다고."

"잭은 아직 살아있어요." 캐시가 말했다.

"당신도 이젠 알겠지?" 맥널티가 제이슨에게 말했다. "이 여자는 외부 세계에 비교적 잘 적응하기는 했는데, 유독 이 한 가지 고정관념만은 예외더군. 앞으로도 결코 사라지지 않을 거야. 이 여자의 삶의 균형을 위해서는 이런 고정관념이 필요하기도 하겠지." 그는 어깨를 으쓱했다. "어차피 별다른 해는 없을 테고, 그나마 그 덕분에 이 여자가 계속 움직이는 거니까. 그래서 우리도 이 여자한테 정신과 치료를 받게 하려는 시도까지는 하지 않고 있지."

캐시는 아무 말 없이 그냥 울기 시작했다. 굵은 눈물이 뺨을 따라 흘러내리더니 마치 물방울처럼 그녀의 블라우스에 뚝뚝 떨어졌다. 여기저기에 눈물 얼룩이 짙은 원형으로 번지면서 생겨났다.

"앞으로 하루 이틀 안에 에드 프래킴하고 내가 직접 이야기를 하도록 하지." 맥널티가 말했다. "왜 하필 당신 몸속에 초소형 발신기를 집어넣었는지 그놈한테 물어볼 거야. 그놈이 뭔가 예감을 했겠지. 십중팔구 뭔가 예감을 했기 때문일 거야." 그는 곰곰이 생각해보았다. "똑똑히 기억해두라고. 당신 지갑 안에 들어있는 ID 카드는 지구상의 여러 군데 중앙 데이터 뱅크에 있는 파일에 담긴 진짜 문서를 복제한 것이라는 사실을 말이 야. 당신이 가진 복제품은 비교적 만족스러운 수준이더군. 하 지만 어쩌면 내가 원본 문서를 확인해보고 싶은 마음이 들지도 모르지. 그러니 당신이 들고 다니는 그 복제품과 마찬가지로 원본도 잘 보관되어있기를 바라는 게 좋을걸."

캐시가 힘없이 말했다. "하지만 그건 무척 드문 절차잖아요. 통계상—"

"이번 경우에는 충분히 그럴 만한 가치가 있어 보이는군." 맥 널티가 말했다.

"왜죠?" 캐시가 물었다.

"우리가 생각하기에는 당신이 자기 손님을 우리에게 모두 넘 겨주지는 않는 것 같기 때문이지. 지금으로부터 삼십 분 전에 이 태버너라는 작자는 무작위 검문소를 무사히 지나왔어. 우리 는 초소형 발신기를 이용해서 이 작자를 뒤쫓아봤지. 이 작자 의 신분증은 내 눈에도 멀쩡해 보인다 이거야. 하지만 에드란 놈의 말에 따르면—"

"에드는 술을 마시잖아요." 캐시가 말했다.

"하지만 우리는 그놈을 충분히 믿을 수 있거든." 맥널티가 미 소를 지었다. 허름한 방 안에 그의 전문가다운 미소가 환히 비 쳤다. "그리고 우리가 생각하기에, 당신은 별로 믿음이 안 가."

제이슨은 자신의 병역증명서를 꺼낸 다음, 거기 붙어있는 자 신의 작은 4-D 사진을 손으로 문질렀다. 그러자 그 사진은 금 속성의 목소리로 이렇게 말했다. "하우 나우 브라운 카우?"*

"그렇다면 이건 어떻게 위조할 수 있다는 거요?" 제이슨이 말했다. "이거야말로 지금으로부터 10년 전에, 그러니까 내가 의무방위군으로 병역을 마쳤을 무렵에 내던 목소리인데 말이오."

"내가 듣기에는 아닌 것 같은데." 맥널티가 말했다. 그는 자기 손목시계를 들여다보았다. "그럼 우리가 당신에게 아직 빚진 게 있나, 넬슨 양? 아니면 이번 주는 이걸로 끝난 건가?"

"끝났어요." 그녀가 가까스로 말했다. 곧이어 낮고도 불안정한 목소리로 반쯤 속삭이듯 덧붙였다. "잭이 풀려나기만 한다면, 당신들은 나를 완전히 못 믿게 될 거예요."

"당신에게는 안된 말이지만." 맥널티가 쾌활한 어조로 말했다. "잭이란 친구는 영원히 거기서 못 나올걸." 그는 제이슨을 바라보며 윙크를 했다. 제이슨도 똑같이 윙크로 답했다. 그는 맥널티란 사람을 이해할 수 있었다. 그는 다른 사람의 약점을 이용했다. 즉 캐시가 취했던 것과 같은 방법을 썼다. 어쩌면 그녀도 그에게서 이런 방법을 배웠을지 몰랐다. 기묘하고도 쾌활한 그의 다른 친구들로부터 배웠을 수도 있고.

그는 이제 이해할 수 있었다. 그녀가 어떻게 해서 지금과 같은 모습이 되었는지를. 배신이란 일상적인 일이었다. 지금 그의 경우처럼, 그녀가 배신하지 않겠다고 맹세하는 것이야말로 오히려 기적이라 할 만큼 예외적이었다. 그로선 다만 그 사실에 놀라워하며 어렴풋이나마 고마워할 뿐이었다.

우리는 누구나 타인에게 배신당하는 상황에 처하곤 하지. 그

---

* 우리나라의 "간장 공장 공장장은—"에 해당하는 발음 연습용 문장이다.

는 깨달았다. 내가 유명인사였을 때에, 나는 면제를 받았던 거지. 하지만 이제는 나도 다른 모든 사람과 마찬가지야. 이제는 나도 그들이 항상 직면하는 일에 직면하게 되었어. 그리고— 이것이야말로 내가 예전에 직면했었던, 그러니까 그때 이후로 내 기억에서 아예 억압해버렸던 것들이지. 왜냐하면 믿는다는 것은 너무나도 괴로운 일이니까…… 한때 내게 선택의 여지가 있었으며, 믿지 않기로 선택할 수 있었다는 것은.

맥널티가 살집 두둑하고 붉게 얼룩덜룩한 손을 제이슨의 어깨에 얹으며 말했다. "나를 따라오시지."

"어디로 말이죠?" 제이슨이 이렇게 물으며 맥널티의 곁에서 몸을 피했다. 순간 그는 깨달았다. 이것이야말로 이전에 캐시가 '그의' 곁에서 몸을 피하던 모습 그대로임을. 그녀 역시 이 세상의 수많은 맥널티들로부터 그걸 배운 모양이었다.

"당신은 그 사람을 기소할 만한 근거가 전혀 없다고요!" 캐시가 쉰 목소리로, 두 주먹을 불끈 쥐고 말했다.

맥널티는 태연하게 말했다. "이 작자를 기소할 생각은 전혀 없어. 나는 다만 이자의 지문과 성문과 족문, 그리고 EEG 파형을 원할 뿐이지. 무슨 말인지 아셨나, 태번 씨?"

제이슨은 상대방이 자기 이름을 잘못 불렀다는 걸 지적하기 위해 이렇게 말했다. "공무 수행 중인 경찰관께 이런 말씀을 드리게 되어서 죄송합니다만—" 그 순간 그녀의 경고하는 듯한 표정을 본 그는 얼른 말을 끊었다. 그리고 다음과 같은 말로 마무리했다. "일단 시키시는 대로 따라가겠습니다." 어쩌면 캐시가 뭔가 중요한 것을 지적했는지도 몰랐다. 이 경찰관이 제이슨 태버너의 이름을 잘못 불렀다는 것에는 뭔가 주목할 만한 가치가 있는지도. 누가 알겠는가? 시간이 말해주겠지.

"'태번(술집)'이라." 맥널티는 느긋하게 말하며 그를 방문 쪽으로 떠밀었다. "그 이름은 맥주와 따뜻함과 아늑함을 의미하지, 안 그래?" 그는 캐시 쪽을 돌아보면서 날카로운 목소리로 말했다. "안 그래?"

"태번 씨는 상냥한 사람이에요." 캐시가 말했다. 이빨을 꾹 악다문 채였다. 두 사람이 나가고 방문이 닫혔다. 곧이어 맥널티는 그를 재촉해서 복도를 지나 계단으로 향했다. 숨을 쉬는 와중에 주위에서는 온통 양파와 핫 소스의 냄새가 풍겼다.

제469지구 경찰서에서 제이슨 태버너는 졸지에 수많은 남녀 속에 파묻혀버렸다. 그들은 들어가기를 기다리고, 나가기를 기다리고, 정보를 기다리고, 뭘 해야 하는지 듣고자 기다리면서 우왕좌왕하고 있었다. 맥널티는 제이슨의 옷깃 위에다가 색깔 태그를 핀으로 하나 꽂아놓았다. 그게 과연 무슨 의미인지는 오로지 하느님과 경찰밖에는 모를 터였다.

그게 뭔가를 의미하는 것은 분명해 보였다. 제복 차림의 경찰관 한 명이 이쪽 벽에서 저쪽 벽까지 죽 이어지는 긴 책상 앞에 앉아있다가 그에게 말했다.

"좋아요." 경찰관이 말했다. "맥널티 경감께서 당신의 J-2 서식을 일부나마 직접 채워주셨군요. 이름은 제이슨 태번. 주소는 바인 스트리트 2048번지."

도대체 맥널티는 그런 정보를 어디에서 얻어낸 것일까? 제이슨은 궁금한 생각이 들었다. 바인 스트리트. 문득 그는 그곳이 캐시의 주소임을 깨달았다. 맥널티는 두 사람이 거기서 함께 살고 있다고 넘겨짚은 모양이었다. 모든 경찰관이 마찬가지이겠지만 맥널티 역시 업무가 과도하다보니 일을 최소한으로 줄이기 위해서 자기가 직접 그 정보를 적어 넣은 것이었다. 이것은 자연의 법칙이기도 했다. 어떤 물체—또는 생물—이건 두 지점 사이의 가장 짧은 경로를 택하게 마련인 것이다. 그는 서식의 나머지 부분을 채워 넣었다.

"두 손을 투입구에 집어넣어요." 경찰관이 이렇게 말하며 지문 감식 기계를 손으로 가리켰다. 제이슨은 시키는 대로 했다. "이제는 한쪽 신발을 벗어요. 왼쪽이건 오른쪽이건. 그리고 양말도 벗고요. 여기 앉아서 해요." 그는 책상 옆의 어느 부분을 옆으로 쓱 밀었다. 그러자 출입구가 하나 나타나더니, 그 안에 의자가 놓여있는 게 보였다.

"고맙군요." 제이슨은 이렇게 말하며 의자에 앉았다.

족문까지 기록하고 나자, 그는 경찰관이 시키는 대로 다음 문장을 읽었다. "오른쪽 오두막으로 내려가서 자기 말 옆에 놓인 물건을 집어먹었다." 그의 성문을 채취하기 위한 것이었다. 그런 다음 그가 다시 자리에 앉자, 그의 머리 여기저기에 여러 개의 단말기가 놓였다. 기계에서 뻗어 나온 세 개의 가지가 좌우로 움직이면서 종이 위에 그래프를 그려대더니, 그걸로 끝이었다. 심전도 검사였던 셈이다. 이로써 기본적인 검사는 모두 끝났다.

쾌활한 얼굴의 맥널티가 책상 쪽으로 다가왔다. 머리 위에서 비치는 강렬한 흰색 조명 속에 들어서자 그의 턱이며 윗입술이며 목 윗부분에 나있는 푸르스름한 수염 흔적이 훤히 보였다. "우리 태번 씨에 관한 일은 어떻게 되어가고 있나?" 그가 물었다.

경찰관이 말했다. "학명 확인을 할 준비가 다 되었습니다."

"좋아." 맥널티가 말했다. "나도 여기 있으면서, 뭐가 나오는지 확인해보겠네."

제복 차림의 경찰관은 제이슨이 채워 넣은 서식을 슬롯에 집어넣은 다음, 뭔가 글자가 적혀있는 버튼을 눌렀다. 버튼은 하나같이 초록색이었다. 어떤 이유에선지 제이슨은 그 사실을 눈여겨보지 않을 수 없었다. 그리고 글자는 모두 대문자였다.

아주 긴 책상에 있는 마치 입처럼 생긴 틈새에서 제록스 문서가 흘러나와 금속제 바구니에 떨어졌다.

"제이슨 태번." 제복 차림의 경찰관이 그 문서를 살펴보면서 말했다. "출생지는 와이오밍 주 케메머. 나이는 서른아홉. 직업은 디젤 엔진 수리공." 그는 사진을 흘끗 바라보았다. "사진은 지금으로부터 15년 전에 찍은 것이군요."

"혹시 경찰 기록은 없나?"

"말썽 부린 흔적은 전혀 없습니다." 제복 차림의 경찰관이 말했다.

"혹시 경찰 데이터 센트럴에 제이슨 태번이라는 이름을 가진 다른 사람은 없나?" 맥널티가 물었다. 경찰관은 노란색 버튼을 눌러보더니 고개를 저었다. "알았네." 맥널티가 말했다. "그러면 거기 나온 게 이 작자가 맞는 모양이로군." 그는 제이슨을 유심히 바라보았다. "하지만 당신 옷차림을 보면 디젤 엔진 수리공처럼 보이지는 않는데."

"지금은 그 일을 하고 있지 않으니까요." 제이슨이 말했다. "이제는 판매 일을 하고 있습니다. 농기구 전문이죠. 명함 한 장 드릴까요?" 물론 허풍이었다. 그는 정장 윗도리의 오른쪽 윗주머니로 손을 뻗었다. 맥널티는 됐다는 듯 고개를 저었다. 결국 이걸로 끝인 셈이었다. 관료제에서 흔히 일어나는 실수처럼, 이들은 어디선가 꺼내온 잘못된 파일을 그의 것으로 착각했다. 그리고 워낙 바쁜 까닭에 다시 확인할 생각도 하지 않고 넘겨버린 것이었다.

그는 생각했다. 정말이지 하느님께 감사드릴 일이로군. 이처럼 거대하고, 복잡하고, 둘둘 말리고, 전 세계에 걸쳐있는 기관 속에도 뭔가 약점을 불어넣어주었으니 말이야. 사람이 너무 많은 까닭이었다. 또한 기계가 너무 많은 까닭이었다. 이 오류는 어느 경감 나리에게서 시작되어, 결국 경찰 데이터 센트럴까지 도달했던 것이다. 테네시 주 멤피스에 있는 경찰의 데이터 풀까지 말이다. 지문과 족문과 성문과 EEG 검사 결과를 갖고서도 그 오류를 바로잡을 수는 없었던 모양이군. 지금으로서는 그랬다. 그가 채워 넣은 서식으로는 들통나지 않은 모양이었다.

"그러면 이참에 기록에 올려버릴까요?" 제복 차림의 경찰관이 맥널티에게 물었다.

"무슨 혐의로?" 맥널티가 말했다. "디젤 엔진 수리공이라는 이유로?" 그는 친근한 투로 제이슨의 등짝을 철썩 두들겼다. "이제는 가보시지, 태번 씨. 어린애 같은 얼굴을 한 당신 애인한테 말이야. 당신의 꼬마 아가씨에게로." 그는 씩 미소를 지으며 저쪽으로 가버렸다. 불안해하고 당혹해하며 서있는 수많은 남자와 여자 사이로.

"이제는 가셔도 됩니다, 선생님." 제복 차림의 경찰관이 제이슨에게 말했다.

제이슨은 고개를 끄덕이며 제469지구 경찰서에서 나와 한밤중의 거리로 접어들었다. 그곳을 오가는 자유롭고 자결적인 사람들과 뒤섞이기 위해서.

하지만 그들은 결국 나를 도로 붙잡아가고 말 거야. 그는 생각했다. 아까 채취한 이런저런 증거를 서로 맞춰보면 그만이니까. 그렇지만— 만약 거기 나온 사진이 지금으로부터 15년 전에 찍은 것이라고 치면, 경찰에 등록된 EEG와 성문 역시 15년 전의 것이라는 의미일 텐데.

하지만 그들에게는 여전히 지문과 족문이 남아있지. 그 두 가지는 세월이 흘러도 결코 변하지 않으니까.

그는 생각했다. 어쩌면 그들은 그 파일의 제록스 문서를 그냥 쓰레기통에 던져 넣을지도 몰라. 그걸로 끝인지도 모른다고. 그리고 내게서 뽑아낸 데이터를 이제 멤피스로 보내겠지. 그러면 거기 있는 나의—또는 '이른바' 나의—영구 보존 파일에다가 합쳐버리겠지. 바로 제이슨 태번이란 사람의 파일에다가.

하느님께 감사드릴 일이군. 디젤 엔진 수리공 제이슨 태번이라는 사람이 이제껏 한 번도 범법 행위를 하지 않았고, 경찰관이나 방위군과 한 번도 말썽을 일으킨 적이 없었다는 것에 대해서. 잘한 일이야.

경찰의 플립플랩 한 대가 그의 머리 위에서 흔들리더니, 붉은색 서치라이트가 번쩍였다. 그리고 PA 스피커에서 이런 말이 흘러나왔다. "제이슨 태번 씨, 제469지구 경찰서로 곧장 돌아가시기 바랍니다. 이것은 경찰 명령입니다. 제이슨 태번 씨—" 제이슨이 깜짝 놀라서 우뚝 서있는 사이, 플립플랩은 계속 이렇게 떠들어댔다. 그들은 이미 모든 사실을 알아낸 모양이군. 몇 시간, 며칠, 또는 몇 주가 걸린 것도 아니고, 그저 몇 분 만에.

그는 경찰서로 돌아갔다. 스티라플렉스 계단을 오르고, 조명 감지 작동식 문들을 지나고, 잔뜩 모여있는 불운한 사람들 사이를 통과해서, 다시 아까 그를 담당했던 제복 차림의 경찰관 앞에 섰다. 그 옆에는 맥널티도 함께 서있었다. 두 사람은 뭔가 얼굴을 찡그린 채로 의견을 교환하는 중이었다.

"어디." 맥널티가 고개를 들며 말했다. "태번 씨께서 우리를 다시 찾아오셨군. 이번에는 무슨 일로 오셨나, 태번 씨?"

"경찰 플립플랩에서—" 그가 말을 꺼내자마자 맥널티가 그의 말을 잘랐다.

"그건 정식 명칭이 아니지 않나. 우리는 단지 APB(전국 지명수배)를 내보낼 뿐인데, 어떤 멍청이들이 감히 그걸 플립플랩 수준으로 끌어내렸지. 여하간 당신을 도로 여기 불러온 이유는—" 맥널티는 서류를 내밀어서 제이슨도 거기 나온 사진을 볼 수 있게 했다. "—이게 15년 전 당신 모습인가?"

"그런 것 같습니다만." 제이슨이 말했다. 그 사진에 나온 사람은 얼굴이 갸름하고 목젖이 툭 튀어나와있었으며, 이빨도 고르지 못하고, 눈은 그저 공허 속을 응시할 뿐이었다. 머리카락은 곱슬곱슬하고 옥수수 색깔이었으며, 마치 항아리 손잡이처럼 생긴 두 개의 귀 위로 늘어져있었다.

"그럼 당신은 성형수술을 받은 거군." 맥널티가 말했다.

제이슨이 말했다. "그렇습니다."

"왜지?"

제이슨이 말했다. "저런 얼굴을 좋아할 사람이 과연 있겠습니까?"

"그렇다면 당신이 이렇게 잘생기고 품위 있어 보이는 것도 이상한 일은 아니로군." 맥널티가 말했다. "게다가 아주 당당해 보이고. 아주—" 그는 잠시 적절한 말을 고르는 모양이었다. "—고자세이고. 솔직히 말해서 의사들의 실력이 '이 정도로' 뛰어나다는 것이 잘 믿기지 않는군." 그는 이렇게 말하며 그 15년 전의 사진을 가운뎃손가락으로 짚었다. "그러니까 원래 이랬던 얼굴을 '이 정도로' 만들 수 있다는 게 말이야." 그는 친근한 태도로 제이슨의 팔을 툭툭 건드렸다. "그렇다면 거기 들어간 돈은 도대체 어디서 구한 거지?"

맥널티가 이야기하는 사이, 제이슨은 그 문서에 나와있는 데이터를 재빨리 읽어보았다. 제이슨 태번은 일리노이 주 시세로에서 태어났고, 그의 아버지는 터릿 선반 기술자였고 할아버지는 농기구 소매상 체인의 소유주였다. 운 좋은 우연의 일치였다. 그가 아까 맥널티에게 둘러댔던 자신의 현재 직업과도 딱 맞아떨어졌기 때문이다.

"윈슬로한테서 얻었죠." 제이슨이 말했다. "아, 죄송합니다. 저는 그분을 항상 그렇게 불렀거든요. 다른 사람들이 그분을 부르는 이름하고는 다르다는 걸 종종 잊어버리곤 한다니까요." 자신의 직종에 종사하기 위해 받았던 훈련이 지금 그에게 큰 도움을 주었다. 맥널티가 이야기하는 사이, 그는 문서에 나온 내용 대부분을 재빨리 읽고 소화해냈던 것이다. "그러니까 우리 할아버지 말이에요. 그분은 돈이 제법 많았거든요. 그리고 손자손녀 중에서는 저를 제일 예뻐하셨고요. 손자는 사실 저 하나뿐이었으니까요, 아시다시피."

맥널티는 문서를 들여다보더니 고개를 끄덕였다.

"그때만 해도 저는 딱 시골뜨기 같은 모습이었죠." 제이슨이 말했다. "있는 그대로의 제 모습이 딱 그랬어요. 촌놈 같았죠. 그래서인지 제가 얻을 수 있는 일자리는 기껏해야 디젤 엔진을 수리하는 것밖에는 없었어요. 하지만 저는 더 나은 일자리를 갖고 싶었거든요. 그래서 윈슬로가 저를 위해 남겨주신 돈을 가지고 시카고로 가서—"

"좋아." 맥널티는 여전히 고개를 끄덕이며 말했다. "이제야 앞뒤가 딱딱 맞아떨어지는구먼. 그렇게 대대적인 성형수술이 충분히 가능하다는 것은 물론이고, 그 비용도 별로 비싸지 않다는 건 우리도 익히 알고 있지. 하지만 대개는 비존재자나 강제노동수용소에서 도망친 탈주자들이 그런 수술을 받게 마련이니까. 그래서 우리끼리 하는 말로 그 피부이식 시술소라는 곳들을 우리가 모조리 감시하고 있는 거고."

"하지만 제 모습이 예전에 얼마나 흉했는지 보시라고요." 제이슨이 말했다.

맥널티는 깊고도 목쉰 웃음을 토해냈다. "그건 사실이지, 태번 씨. 좋아. 번거롭게 해서 미안하군. 그만 가보시지." 그가 손짓을 하자 제이슨은 자기 앞에 서 있던 사람들을 헤치고 걸어갔다. "아!" 바로 그때 맥널티가 이렇게 외치며 그를 향해 다시 손짓을 했다. "하나 더 있는데―" 그다음 이야기는 제이슨의 귀에까지 들리지 않고 다른 사람들이 내는 소음 속에 묻혀버렸다. 그리하여 제이슨은 가슴이 딱딱하게 얼어붙은 채 다시 맥널티에게 돌아갔다.

일단 그들이 나를 주목하게 된 이상 '한 번 열었던 파일을 완전히 도로 덮어버리는 일은 없군.' 제이슨은 문득 깨달았다. 일단 한 번 주목을 받았다 하면, 두 번 다시는 무명의 존재로 돌아갈 수가 없는 것이었다. 따라서 애초에 주목을 받지 않도록 조심할 필요가 있었다. 하지만 나는 이미 주목을 받고 말았지.

"무슨 일이십니까?" 그가 맥널티에게 물었다. 마음속에서는 이미 절망을 느꼈다. 그들은 그를 가지고 일종의 놀이를 하는 셈이었고, 그를 무너트리려는 셈이었다. 그의 몸속에서 심장이며 혈액이며 주요 기관들이 저마다 작동 중에 멈칫거리는 듯한 느낌이 전해져왔다. 심지어 식스 특유의 월등한 생리작용조차도 이 순간만은 비틀거리고 있었다.

맥널티가 한 손을 내밀었다. "당신 ID 카드를 주고 가라고. 여기서 정밀 조사를 해보고 싶어서 말이야. 조사해보고 아무 문제가 없으면, 모레쯤 다시 받을 수 있도록 해드리지."

제이슨은 항의하듯 대답했다. "하지만 그사이에 무작위 검문소라도 지나가게 되면—"

"대신 경찰에서 발행한 통행증을 주지." 맥널티가 말했다. 그는 자기 오른쪽에 있는 배가 툭 튀어나온 나이 많은 경찰관에게 고개를 끄덕였다. "이 양반 4-D 사진을 찍어서 일반 통행증 하나 만들어줘."

"예, 경감님." 배가 툭 튀어나온 경찰관이 이렇게 말하더니 투실투실한 손을 뻗어서 카메라 장치를 제이슨 쪽으로 돌렸다.

그로부터 십 분 뒤, 제이슨 태버너는 다시 한 번 경찰서 밖으로 나와있었다. 초저녁의 보도는 거의 텅 비어있었다. 이제 그는 진짜 경찰에서 인증한 통행증을 갖고 있었다. 이거야말로 캐시가 만들어준 위조품보다도 훨씬 더 나은 것이었지만…… 문제는 그 유효기간이 겨우 일주일이라는 점이었다. 하지만 이것만 해도…….

적어도 앞으로 일주일 동안은 아무런 걱정이 없는 셈이었다.

하지만 그 기간이 지나면…….

그는 정말이지 불가능한 일을 해냈다. 지갑 하나 가득 들어 있던 위조 신분증을 진짜 경찰 인증 통행증과 맞바꾼 것이었다. 통행증을 가로등 불빛에 비춰보면서 그는 그 유효기간 표식이 홀로그래피로 되어있음을…… 그리고 거기에는 추가로 숫자 하나를 더 집어넣을 만한 여유 공간이 있음을 확인했다. 홀로그래피의 숫자는 '7'이라고 나와있었다. 캐시한테 부탁해서 이걸 75나 97로, 또는 가장 쉬운 다른 숫자로 바꿀 수 있을 터였다.

그때 문득 한 가지 생각이 그의 머리를 스쳤다. 그의 ID 카드가 위조된 것임을 경찰 측에서 알아내는 날에는, 그 즉시 그가 갖고 있는 통행증의 일련번호와 그의 사진이 지구상의 모든 경찰 검문소로 전송될 것이라는 사실이었다.

하지만 적어도 그 일이 실제로 벌어지기 전까지, 그는 일단 안전한 셈이었다.

제2부

잦아들어라, 헛된 빛이여, 더 이상 빛나지 말아다오!
그 어떤 밤도 그들에게는 충분히 검지 않으리라
절망 속에서 잃어버린 행운을 한탄하는 그들에게는
빛이란 그저 치욕스러운 폭로에 지나지 않을 것이니*

* 다울런드의 마드리갈 〈눈물〉의 두 번째 연. —원주

이른 저녁의 회색빛 속에서, 그러나 시멘트 보도 위에서 야간 활동이 활발히 꽃피기 직전에, 치안감 펠릭스 버크먼은 자신의 관용차량인 고급 퀴블을 로스앤젤레스 경찰학교 건물의 옥상에 착륙시켰다. 그는 잠시 운전석에 앉은 채 이 지역에서 유일한 석간신문의 한 페이지짜리 기사를 읽은 다음, 신문을 조심스레 접어서 퀴블의 뒷좌석에 놓아두고 닫힌 문을 열고 밖으로 걸어 나왔다.

그는 이때마다 가슴이 설레었다. 이 순간만은 이 거대한 건물이 마치 자기 소유인 것처럼 여겨졌기 때문이다. '그리고 이 세상은 어둠과 나의 차지가 된다.' 그는 토머스 그레이의 시 「비가悲歌」의 한 구절을 떠올리며 이렇게 생각했다.* 이 시로 말하자면 그가 오래전부터, 사실은 어린 시절부터 마음에 간직해온 작품이었다.

그는 간부 전용 열쇠를 꺼내서 건물의 초고속 하강통로의 문을 열고는 자신이 가야 하는 14층으로 재빨리 내려갔다. 그는 성인이 되고 나서 대부분의 시간을 바로 여기서 일하며 보냈다.

책상이 줄줄이 늘어서있었지만 사람은 없어서 거의 텅 비어 있었다. 다만 큰 사무실의 맨 끝자리에 경찰관 한 명이 아직까지 앉아서 힘겹게 보고서를 쓰고 있었다. 커피메이커 앞에서는 여성 경찰관 한 명이 종이컵에 담긴 커피를 마시고 있었다.

"늦게까지 고생하는군." 버크먼이 그녀에게 말했다. 물론 상대방이 정확히 누구인지는 몰랐지만, 그건 문제가 되지 않았다. 그녀 쪽에서는—이 건물에서 일하는 다른 모든 사람과 마찬가지로—그가 '누구'인지를 익히 알고 있을 것이기 때문이었다.

"안녕하십니까, 버크먼 씨." 그녀는 몸을 똑바로 세웠다. 마치 차려 자세를 취하듯이.

"가보게." 버크먼이 말했다.

"무슨 말씀이십니까, 버크먼 씨?"

"퇴근하란 말이네." 그는 이렇게 말하며 그녀의 곁을 지나갔다. 그가 걸어가는 옆으로 자리한 수많은 책상들, 그 줄지어 늘어선 회색의 금속제 사각형으로 말하자면, 지구상의 수많은 경찰 관련 기구 가운데 하나인 이곳의 모든 업무가 수행되는 장

---

*영국 시인 토머스 그레이(1716~1771)의 시 「시골 교회 묘지에서 쓴 비가」(1750). — 원주

소였다.

대부분의 책상은 깨끗하게 치워져있었다. 경찰관들은 퇴근 직전에 각자의 업무를 모두 말끔히 마무리한 듯했다. 하지만 37번 책상에는 몇 장의 문서가 놓여있었다. 어느 경찰관이 오늘따라 늦게까지 일한 모양이군. 버크먼은 이렇게 생각했다. 그는 이 경찰관의 명찰을 확인하려고 몸을 숙였다.

맥널티 경감. 역시 그렇군. 경찰학교의 간부양성과정을 거친 인물이었다. 이런저런 반역 음모다 뭐다 하는 것들을 색출하겠답시고 바쁘게 뛰어다닐 때지…… 버크먼은 미소를 짓고는 회전의자에 앉아서 책상 위에 놓인 보고서를 집어 들었다.

태버너, 제이슨. 코드 블루.

경찰 지하실에서 출력한 제록스 파일이었다. 보고서는 과도하게 열성적인—그리고 과체중인—맥널티가 마치 진공 속에서 불러낸 것처럼 보였다. 거기에는 연필 글씨로 작게 메모가 되어있었다. "태버너는 존재하지 않음."

이상한 일이군. 버크먼은 생각했다. 그리고 그 보고서를 본격적으로 뒤적이기 시작했다.

"나오셨습니까, 버크먼 씨." 그의 비서인 허버트 메임이 말했다. 젊고 잘생겼으며, 민간인 복장으로 말쑥하게 차려입은 인물이었다. 버크먼과 마찬가지로 그는 이 조직에서 그런 특권을 누릴 수 있는 지위에 있었다.

"맥널티라는 친구는 아예 존재하지도 않는 어떤 사람에 관한 파일을 만들어놓고 있는 것 같군." 버크먼이 말했다.

"존재하지도 않는 사람을 수사하라고 하면, 경찰서마다 자기 관할이 아니라고 발뺌하려 들겠군요." 메임이 대답했다. 곧이어 두 사람은 함께 웃음을 터트렸다. 양쪽 모두 맥널티를 특별히 좋아하지는 않았지만, 회색 경찰에는 그런 사람도 필요하게 마련이었다. 적어도 경찰학교 소속의 맥널티가 정책을 결정하는 지위로 승진하지만 않는다면, 뭘 해도 나쁠 것이야 없었다. 다행히 그런 사람이 그런 지위로 승진하는 일은 거의 없다시피 했다. 적어도 '버크먼'이 영향력을 행사할 수 있는 한, 그런 일은 결코 없을 것이었다.

> 피의자는 제이슨 태번이라는 가짜 이름을 제시함. 그로 인해 와이오밍 주 케메머에 사는 디젤 엔진 수리공 제이슨 태번의 파일이 잘못 출력됨. 피의자는 자기가 태번 본인이 맞으며, 다만 성형수술을 받았을 뿐이라고 주장함. ID 카드에는 그가 제이슨 태버너라고 나와있지만, 그런 인물에 관한 파일은 없음.

흥미롭군. 버크먼은 맥널티가 쓴 메모를 읽으면서 이렇게 생각했다. 그 사람에 관한 파일이 아예 없다니. 그는 메모의 나머지 부분을 마저 읽어치웠다.

옷을 잘 차려입고, 돈도 제법 갖고 있는 듯. 아마도 자신의 파일을 데이터 뱅크에서 빼내기 위해 영향력을 행사한 듯함. 해당 지역의 경찰 정보원인 캐서린 넬슨과 모종의 관계인 것으로 추정. 그의 정체를 과연 그녀는 알고 있을지? 그녀는 그를 상부에 제보하지 않았지만, 경찰 정보원 1659BD가 그의 몸에 초소형 발신기를 심어놓았음. 피의자는 현재 택시를 탔음. N8823B 구역에서 동쪽으로, 즉 라스베가스 방면으로 움직이고 있음. 11/4 경찰학교 표준 시각 오후 10:00 작성. 다음 보고서는 경찰학교 표준 시각 오후 2:40 예정.

캐서린 넬슨. 버크먼도 그녀를 한 번인가 만난 적이 있다. 경찰 정보원을 대상으로 한 연수회 때였다. 그녀는 단지 자기 마음에 들지 않는 사람들만 골라서 상부에 제보하는 젊은 여자에 불과했다. 그런데 뭔가 야릇한, 딱 꼬집어 말할 수 없는 이유로 그는 그녀가 마음에 들었다. 사실 그가 중간에 간섭하지만 않았더라도, 그녀는 82년 4월 8일에 이미 브리티시컬럼비아 주에 있는 강제노동수용소로 끌려갔을 터였다.

버크먼은 허브 메임에게 말했다. "맥널티한테 전화를 연결해주게. 이 문제에 관해서는 그 친구랑 직접 한번 이야기를 해봐야겠군."

잠시 후, 메임이 그에게 전화기를 건네주었다. 작은 회색 스크린에 맥널티의 얼굴이 나타났다. 잔뜩 헝클어진 모양새였다. 그의 집 거실도 상황은 마찬가지였다. 좁고도 너저분했다. 사람이나 집이나 모두.

"예, 버크먼 씨." 맥널티는 버크먼을 똑바로 바라보면서 마치 차렷이라도 하듯이 몸을 뻣뻣이 긴장시켰다. 비록 지친 상태이긴 했지만 말이다. 가뜩이나 피곤한 데다가 몸에 약간 자극제를 넣어 흥분한 상태였지만, 맥널티는 자기 상관을 대할 때에 어떻게 처신해야 올바른지를 잘 아는 사람이었다.

버크먼이 말했다. "어떻게 된 일인지 짧게 설명해보게. 그러니까 이 제이슨 태버너라는 사람에 대해서 말이네. 자네가 쓴 메모만 보아서는 도대체 무슨 이야기인지 이해가 되지 않더군."

"피의자는 아이 스트리트 453번지에 있는 호텔의 한 방에 투숙했습니다. 그리고 경찰 정보원 1659BD, 일명 에드라는 친구에게 접근해서는 ID 위조업자를 소개해달라고 했습니다. 에드는 피의자에게 초소형 발신기를 심은 다음, 그를 경찰 정보원 1980CC, 일명 캐시에게 데려갔습니다."

"캐서린 넬슨 말이군." 버크먼이 말했다.

"예, 그렇습니다. 그런데 캐시는 평소와 달리 ID 카드를 아주 완벽하게 위조해냈습니다. 그걸 압수해서 우리 실험실에 맡겼는데, '거의' 완벽하게 만들었다는 분석 결과가 나왔습니다. 아마도 캐시가 피의자를 감쪽같이 도망치게 도와주려고 했던 것 같습니다."

"자네가 캐서린 넬슨도 만나보았나?"

"그 여자 방으로 찾아가서 두 사람과 직접 대면했습니다. 하지만 둘 중 아무도 저에게 협조하지 않았습니다. 저는 피의자의 ID 카드를 살펴보았습니다만—"

"진짜처럼 보였겠군." 버크먼이 상대방의 말을 잘랐다.

"예, 그렇습니다."

"자네가 그걸 육안으로 확인한다고 알 수 있었을 것 같나."

"물론 그렇긴 합니다만, 버크먼 씨. 피의자는 그 신분증을 가지고 무작위 검문소를 무사히 통과하기까지 했습니다. 그만큼 위조가 잘되었다는 이야기입니다."

"피의자에게는 천만다행이었겠군."

맥널티가 더듬거리며 이야기를 계속했다. "저는 피의자의 ID 카드를 압수하는 대신, 그에게 유효기간 7일짜리 통행증을 발급해주었습니다. 그리고 제469지구 경찰서로 동행시켰습니다. 그곳에 제 보조 사무실이 있기 때문이었습니다. 거기서 피의자의 파일을 출력해보았는데…… 알고 보니 그것은 제이슨 '태버너'가 아니라, 제이슨 '태번'의 파일이었습니다. 피의자는 자기가 성형수술을 받아서 얼굴이 달라졌다며 이런저런 핑계를 대었습니다. 그런데 충분히 설득력 있어 보이는 주장이어서, 결국 우리는 피의자를 훈방 조치했습니다. 아니, 제가 잠시 착각했습니다. 제가 통행증을 발급해준 것은 경찰서로 동행하기 전이 아니라 그 이후—"

"됐네." 버크먼이 상대방의 말을 끊었다. "그렇다면 피의자는 어디로 간 건가? 그리고 피의자는 도대체 누구인가?"

"현재 초소형 발신기를 통해서 피의자를 추적하고 있습니다. 아울러 그에 관한 데이터 뱅크의 자료를 찾아내려고 노력 중입니다. 하지만 제가 메모에 적어놓았다시피, 제 생각에 피의자는 어찌어찌해서 모든 중앙 데이터 뱅크에서 자기 파일을 빼내는 데에 성공한 것 같습니다. 파일이 없는 것으로 보아, 분명히 그렇다고 생각합니다. 우리가 모든 사람의 파일을 그곳에 보관하고 있다는 건 삼척동자도 다 아는 사실이니 말입니다. 법률로 규정되어있기 때문에, 반드시 파일을 보관해야 하는 것 아니겠습니까."

"그런데 파일이 없다 이거군." 버크먼이 말했다.

"예, 그렇습니다, 버크먼 씨. 따라서 파일이 거기 없다고 치면, 그렇게 된 데에는 뭔가 이유가 있게 마련이지 않겠습니까. 설마 '애초부터' 파일이 거기 없었을 리는 없을 테니 말입니다. 분명히 누군가가 파일을 쌔벼낸 것이 분명합니다."

"'쌔벼냈다' 이건가." 버크먼은 이렇게 말하면서 속으로 재미있어했다.

"그러니까 훔쳐냈다는, 또는 절취했다는 뜻입니다." 맥널티는 당황해하는 표정이었다. "제가 그 사건에 관해 조사한 지는 아직 얼마 되지 않습니다, 버크먼 씨. 따라서 앞으로 24시간 내에 더 많은 사실을 알아내도록 하겠습니다. 따지고 보면 우리는 언제라도 피의자를 잡아들일 수 있는 입장입니다. 하지만 저로선 이게 아주 중요한 문제라고는 생각하지 않습니다. 물론 돈이 제법 있는 작자이다보니, 어찌어찌해서 자기 파일을 빼내도록 힘을 쓰기도 했나봅니다만—"

"알았네." 버크먼이 말했다. "이제 그만 쉬도록 하게." 그는 전화를 끊고 잠시 가만 서있다가, 다시 안쪽에 있는 자기 집무실 방향으로 걸어갔다. 뭔가를 곰곰이 생각하면서.

그의 주 집무실 소파 위에는 누이동생인 앨리스가 누워서 잠들어있었다. 그녀의 옷차림을 보고 펠릭스 버크먼은 불끈 짜증이 치밀었다. 몸에 바짝 붙는 검정색 바지, 남자들이나 입는 가죽 셔츠, 굴렁쇠만 한 귀걸이, 쇠로 만든 버클이 달려있는 사슬 허리띠까지. 그녀는 약물을 한 것이 분명해 보였다. 그리고 이전에 종종 그랬듯 그의 열쇠 가운데 하나를 갖고 있는 모양이었다.

"멍청한 것 같으니." 그는 그녀에게 이렇게 쏘아붙이면서 얼른 주 집무실 문을 닫았다. 혹시나 허브 메임이 그녀의 모습을 보게 될까 겁나서였다.

앨리스가 잠결에 몸을 움찔했다. 고양이를 연상시키는 얼굴을 짜증스러운 듯 찡그리더니, 오른손을 위로 뻗어서 더듬거렸다. 방금 그가 켜놓은 형광등을 도로 끄려는 것이었다.

그는 우선 그녀의 어깨를 양손으로 붙잡은 다음—그녀의 긴장된 근육을 만져도 기쁨이라고는 전혀 느끼지 않았다—힘을 주어서 그녀를 소파에 똑바로 앉혀놓았다. "이번에는 또 뭐를 한 거야?" 그가 물었다. "터말린이야?"

"아니." 예상대로 그녀는 웅얼거리는 말투로 대답했다. "헥소페노프린 하이드로설파이트. 희석 없이 통째로. 피하에다가." 그녀는 커다랗고 창백한 눈을 뜨더니, 반항적인 불쾌감을 드러내며 그를 바라보았다.

버크먼이 말했다. "도대체 왜 항상 여기로 찾아오는 거지?" 과하게 페티시를 하고 약물을 하거나 혹은 그저 약물을 하고 나면, 그녀는 항상 그의 주 집무실로 불쑥 찾아오곤 했다. 어째서 그런지는 그도 알 수 없었고, 그녀 역시 이유를 말한 적이 없었다. 그녀가 그나마 말 다운 말 비슷한 것을 내뱉은 건, 언젠가 한 번 "허리케인의 눈"에 관해 우물거리며 뭐라고 말했을 때뿐이었다. 즉 경찰학교의 핵심부에 자리 잡은 이 집무실이야말로 자기에게는 체포될 위험 없이 이 세상에서 가장 안전하게 느껴지는 장소라는 것이었다. 물론 그것 역시 그의 지위 때문이기는 했지만.

"페티시스트 같으니." 그는 화가 치밀어 오른 나머지 그녀를 향해 버럭 소리를 질렀다. "우리는 너 같은 녀석들을 하루에도 백여 명씩 처리한다고. 너, 그러니까 너처럼 가죽옷이며 쇠사슬 갑옷이며 멍청한 물건들을 줄줄이 걸치고 있는 녀석들을 말이야. 세상에." 그는 자리에서 일어난 채로 숨을 씩씩거렸다. 몸이 부들부들 떨렸다.

앨리스는 하품을 하면서 소파에서 일어나더니, 자기도 똑바로 일어서서 길고도 가느다란 양팔을 앞으로 뻗었다. "마침 저녁이라서 다행이네." 그녀는 쾌활하게 말하면서 도로 눈을 질끈 감았다. "이제는 집에 돌아가서 잠이나 자야겠어."

"그럼 이제 여기서는 어떻게 빠져나갈 생각이지?" 그가 물었다. 하지만 그는 이미 정답을 알고 있었다. 매번 똑같은 방법이 사용되었기 때문이다. 십중팔구 이번에도 '격리' 조치가 필요한 정치범들을 위해 마련한 상승통로를 이용할 게 뻔했다. 이 층에서 제일 북쪽에 있는 그의 주 집무실에서는 그 통로를 이용해서 옥상으로, 그러니까 퀴블 주차장으로 나갈 수 있었다. 앨리스는 바로 그 길을 통해 들어왔다 나갔다 하는 것이었다. 그의 열쇠를 손에 쥐고서. "그러다가 언젠가는 딱 걸릴걸." 그가 굳은 표정으로 그녀에게 말했다. "업무 때문에 그 통로를 이용하던 경찰관하고 맞닥뜨릴 수도 있단 말이야."

"그러면 그 경찰관이 어떻게 할까?" 그녀는 짧게 깎은 회색 머리카락을 문지르며 대답했다. "궁금해서 그러니까 제발 대답해주세요, 경찰관 아저씨? 혹시 내가 숨이 넘어가며 회개할 때까지 아랫도리를 핥아주려나?"

"너를 딱 보자마자 얼굴에 나타난 맛이 간 표정을 알아보고는—"

"하지만 그 사람들은 내가 오빠 여동생인 걸 알거든."

버크먼은 야멸차게 대답했다. "그야 네가 노상 이런저런 이유를 들어가며 이곳에 들락날락하니까 아는 거지. 실제로는 아무 이유도 없으면서 말이야."

가까이 있던 책상 모서리에 양 무릎을 짚고 올라앉은 상태로 앨리스는 진지한 표정으로 그를 바라보았다. "내가 그러는 게 정말로 싫은가보네."

"그래, 나는 네가 그러는 게 정말로 싫어."

"내가 여기 들락날락하는 것 때문에, 오빠의 일자리가 위험해지니까 그렇겠지."

"너 때문에 내 일자리가 위험해지는 일은 절대 없을 거야." 버크먼이 말했다. "경찰 조직에서 내 위에 있는 사람은 치안총 감까지 포함해서 겨우 다섯 명뿐이니까. 게다가 그들 모두 너에 대해서 알고 있지만, 그렇다고 뭘 어쩌지는 못해. 그러니 너는 뭐든지 하고 싶은 대로 해도 그만이지." 그는 이 말과 함께 북쪽 집무실 문을 벌컥 열고 나와서 어두침침한 복도를 지나 더 넓은 사무실로 들어갔다. 그는 사실 이곳에서 대부분의 업무를 처리했다. 지금은 그녀를 더 이상 쳐다보기도 싫은 나머지 이리 와버린 것이었다.

"말은 그렇게 하면서도 문은 신중하게 꼭 닫는다니까." 앨리스가 그를 뒤따라 어슬렁거리며 들어왔다. "그 허버트 블레임인지, 마임인지, 메인인지, 아니면 다른 무슨 이름인지 하는 녀석이 나를 못 보게 말이야."

"너." 버크먼이 말했다. "저 친구처럼 순진한natural 사람이 보기에는 너야말로 정말이지 혐오스러운 존재니까."

"저 메임이란 녀석이 순결하다natural고? 그걸 오빠가 어떻게 알아? 한 번 따먹어보기라도 했나?"

"너 여기서 당장 나가지 않으면." 그는 두 개의 책상을 사이에 두고 그녀를 똑바로 바라보면서 나지막이 말했다. "내 부하들을 불러서 너를 그냥 쏴버리게 할 거야. 그러니 제발 꺼져."

그녀는 근육질의 어깨를 한 번 으쓱거렸다. 그리고 미소를 지었다.

"내가 무슨 말을 해도 겁을 먹지 않는군." 그는 비난조로 말했다. "그 뇌수술 이후에는 말이야. 너는 체계적으로, 그리고 의도적으로, 네 몸에서 인간적인 부분을 모조리 제거해버렸어. 이제 너는 완전히—" 그는 적당한 말을 찾느라 말을 더듬거렸다. 앨리스는 항상 그를 이렇게 무력하게 만들어버렸다. 심지어 말하는 능력조차도 없애버릴 수 있었다. "너는—" 그는 목이 멘 듯한 소리로 이렇게 말했다. "—반사 신경이 달린 기계에 불과해. 실험실의 생쥐처럼 끝도 없이 빈둥거리기만 하지. 네 두뇌의 쾌락 마디에는 전선이 연결되어있어서, 넌 잠을 자지 않을 때면 매일 한 시간에 오천 번씩 그 스위치를 누르고 또 누르는 거야. 나로선 도무지 이해할 수가 없어. 네가 왜 굳이 잠을 자려고 하는지 말이야. 차라리 하루 24시간 내내 빈둥거리지그래?"

그는 잠시 기다려보았다. 하지만 그녀는 대답하지 않았다.

"언젠가는." 그가 말했다. "우리 둘 중 하나가 죽고 말 거야."

"응?" 그녀는 이렇게 대답하며 가느다란 초록색 눈썹을 추켜올렸다.

"우리 둘 중 하나가." 버크먼이 말했다. "나머지 하나보다 더 오래 살 거라고. 그러면 남은 하나는 무척이나 기뻐하겠지."

두 개의 책상 가운데 더 커다란 책상 위에 놓여있던 경비전화가 울렸다. 버크먼은 반사적으로 전화를 받았다. 스크린에는 맥널티의 지저분하고 자극제를 맞은 얼굴이 떠올랐다. "번거롭게 해드려 죄송합니다, 버크먼 치안감님. 하지만 방금 전에 제

부하 가운데 한 명으로부터 연락을 받아서 말입니다. 오마하에 확인해본 결과, 거기서도 제이슨 태버너라는 사람에 관해 출생 증명서가 발급된 적은 없다고 합니다."

버크먼은 인내심 있게 대답했다. "그러면 아마 가명인 모양이군."

"지금 우리는 피의자의 지문과 성문과 족문과 EEG 검사 결과를 모두 갖고 있습니다. 그걸 원 센트럴에도, 그러니까 디트로이트에 있는 총괄 데이터 뱅크에도 보내봤습니다. 하지만 일치하는 자료는 전혀 없었습니다. 그런 지문과 족문과 성문과 EEG 검사 결과와 일치하는 기록은 지구상에 있는 그 어떤 데이터 뱅크에도 존재하지 않는다는 겁니다." 맥널티는 몸을 꼿꼿이 세우고 민망한 듯 숨을 씨근거렸다. "결국 제이슨 태버너라는 인간은 존재하지 않는 겁니다."

08

바로 그 순간, 제이슨 태버너는 캐시가 있는 곳으로 돌아가고 싶지 않았다. 그렇다고 해서 헤더 하트와 다시 한 번 접촉하려 시도하고 싶지도 않았다. 그는 자기 코트의 주머니를 톡톡 두드려보았다. 아직 그에게는 돈이 있었다. 게다가 경찰 통행증 덕분에 그는 이제 어디든지 갈 수 있어서 자유로운 기분이 들었다. 경찰 통행증은 전 세계 어디서나 통용되는 신분증이었다. 경찰이 그에게 APB(전국 지명수배) 조치를 내리기 전까지는, 어디든지 원하는 대로 갈 수 있었다. 심지어 특정한, 그리고 조건이 알맞은 남태평양 어딘가의 정글이 우거진 작은 섬 같은 미개발 지역으로도 갈 수 있었다. 거기 머물면 경찰도 몇 달 동안은 그를 찾아내지 못할 터였다. 그렇게 탁 트인 곳에서, 그가 가진 돈으로 생필품을 조달하는 한에는 결코.

지금 내가 가진 무기라고 할 만한 건 세 가지가 있어. 그는 문득 깨달았다. 우선 돈이 있고, 훌륭한 얼굴이 있고, 역시 훌륭한 인성이 있지. 네 가지라고 해야 되겠군. 아울러 식스로서 살아온 42년간의 경험이 있으니까.

아파트가 필요해.

하지만. 그는 생각했다. 내가 만약 아파트를 하나 빌린다면, 그곳 주인은 법률에 따라서 내 지문을 채취해야 하게 마련이지. 그들은 채취한 지문을 주기적으로 경찰 데이터 센트럴로 보내고…… 내 ID 카드가 가짜임을 경찰이 알아내면, 그들은 나를 곧바로 체포할 수 있음을 깨닫게 되겠지. 그렇게 되면 결국 끝나는 거야.

지금 내게 필요한 건 이거야. 그는 속으로 말했다. '이미 아파트를 하나 갖고 있는 누군가를 찾는 거야. 내 명의와 내 지문을 이용할 필요가 없게끔.'

결국 또 다른 여자를 찾아야 한다는 뜻이었다.

그런 여자를 어디 가서 찾아야 하지? 그는 스스로에게 물었다. 이 질문에 대한 답변은 금세 혀에 맴돌았다. 바로 일급의 칵테일 바에서지. 여자들이 흔히 많이들 찾아가는 곳. 대개는 흑인인 삼인조 밴드가 재즈를 연주하는 곳. 잘 차려입고서.

그나저나 나도 이 정도면 충분히 잘 차려입은 셈 아닌가? 그는 궁금한 생각이 들었다. 그는 커다란 AAMCO 광고판의 흔들림 없는 흰색과 빨간색 불빛 아래에서 자기가 입은 실크 정장을 이리저리 잘 살펴보았다. 그가 가진 옷 중에서 최고까지는 아니어도, 거의 최고라 할 만했지만…… 구겨져있었다. 하지만 칵테일 바의 흐릿한 조명 속에서라면 별로 눈에 띄지 않을 터였다.

그는 손을 들어 택시를 잡았다. 곧이어 그는 이 도시의 보다 괜찮은 지역으로 퀴블을 타고 가고 있었다. 이 지역이야말로 그에게는 더 익숙한 곳이었다. 아니, 적어도 그의 경력에서 가장 최근의 몇 년 사이에 익숙해진 곳이었다. 그러니까 그가 맨 꼭대기에 도달한 후에 말이다.

내가 출연했던 클럽. 그는 생각했다. 내가 정말로 잘 아는 클럽. 지배인도 알고, 휴대품 보관소 여직원도 알고, 꽃가게 여직원도 아는…… 물론 그들 역시 나와 마찬가지로 지금은 어떻게든 변해있겠지만.

하지만 지금까지의 일로 미루어보면, 이 세상에서 그 자신 이외에는 아무것도 변한 게 없어 보였다. '그의' 상황이 변한 것뿐이었다. 그들의 상황이 아니라.

리노의 헤이예트 호텔에 있는 블루 폭스 룸. 그는 거기서 여러 차례 공연을 한 바 있었다. 그는 그곳의 구조는 물론이고 직원들까지도 모조리 다 알고 있었다.

그는 택시에 대고 말했다. "리노로 가지."

택시는 커다란 호를 그리면서 멋지게 우회전을 했다. 차에 앉은 채로 돌면서 그는 즐거운 기분이 들었다. 택시는 속도를 높였다. 곧이어 택시는 사실상 텅 빈 셈인 공중 도로로 진입했다. 이곳의 제한속도는 아마도 시속 2000킬로미터쯤일 듯싶었다.

"전화를 쓰고 싶은데." 제이슨이 말했다.

택시의 왼쪽 벽이 열리더니 영상전화가 나타났다. 전화 코드가 기묘한 모양으로 둘둘 말려있었다.

그는 블루 폭스 룸의 전화번호를 외우고 있었다. 그는 다이얼을 돌렸고, 기다렸고, 딸깍 소리와 함께 성숙한 남성의 목소리가 들려왔다. "블루 폭스 룸입니다. 매일 8시와 12시에 프레디 하이드로서팰릭이 출연하고, 기본요금은 30달러이며 관람 내내 아가씨를 제공해드립니다. 어떻게 도와드릴까요?"

"혹시 내 오랜 친구 점피 마이크 아닌가?" 제이슨이 말했다. "내 오랜 친구 점피 마이크 본인 맞나?"

"그렇습니다, 제가 바로 그 사람입니다만." 상대방의 목소리에서 격식을 차리는 투가 싹 사라졌다. "그나저나 지금 전화 주신 분은 누구십니까?" 친근하게 킥킥거리는 웃음소리가 들렸다.

깊이 숨을 들이마신 뒤 제이슨이 말했다. "나 제이슨 태버너라네."

"무척이나 죄송합니다만, 태버너 선생님." 점피 마이크는 어리둥절한 어조였다. "너무 갑작스럽다 보니, 제가 기억이 잘—"

"하긴 너무 오랜만이다 보니 그럴 수도 있지." 제이슨이 얼른 상대방의 말을 끊었다. "그나저나 룸에서 제일 앞에 있는 테이블을 하나 준비해주었으면 좋겠는데—"

"현재 블루 폭스 룸은 모두 예약이 된 상태입니다, 태버너 선생님." 점피 마이크는 특유의 둘러대는 투로 이렇게 말했다.

"정말 죄송하게 되었습니다."

"그럼 테이블이 전혀 없다는 건가?" 제이슨이 말했다. "돈을 아무리 많이 낸다고 해도?"

"죄송합니다, 태버너 선생님. 전혀 없습니다." 그의 목소리가 점점 더 멀어지는 것 같았다. "앞으로 두 주 뒤에 다시 한 번 연락 주시기 바랍니다." 오랜 친구 점피 마이크는 전화를 끊었다.

침묵이 흘렀다.

빌어먹을 것 같으니. 제이슨은 속으로 말했다. "젠장." 그는 큰 목소리로 말했다. "젠장맞을 것 같으니." 그는 이빨을 득득 갈면서, 자신의 삼차신경을 통해 고통을 전달했다.

"다른 지시 사항은 없으십니까, 손님?" 택시가 무미건조한 목소리로 물었다.

"라스베가스로 가지." 제이슨이 짜증스러운 목소리로 말했다. 그렇다면 드레이크스 암스에 있는 넬리 멜바 룸으로 시도해봐야겠어. 그는 이렇게 결정했다. 마침 그는 얼마 전에도 그곳에서 행운을 건진 적이 있었다. 그때 헤더 하트는 스웨덴에서 무슨 다른 용무가 있어서 그의 곁에 없었다. 그곳에서는 제법 상류층인 여자들이 머물고, 도박을 하고, 술을 마시고, 공연을 관람하고, 바람을 피워댔다. 블루 폭스 룸이 그에게 문을 닫아건 상황이라면—그리고 다른 곳도 마찬가지라면—차라리 이곳에 가보는 게 나을 듯했다. 하긴 그로선 더 잃을 것이 없지 않은가?

그로부터 반 시간 뒤, 그가 탄 택시는 그를 드레이크스 암스의 지붕 주차장에 내려놓았다. 밤공기가 차가운 나머지 몸을 부르르 떨면서 제이슨은 귀빈용 하강 카펫 쪽으로 걸어갔다. 잠시 후 그는 거기서 내려서 훈훈한 느낌을 주는 색깔이 번쩍이는 넬리 멜바 룸 안으로 들어섰다.

시간은 오후 7시 30분이었다. 첫 번째 쇼가 곧 시작될 터였다. 그는 안내문을 흘끗 바라보았다. 프레디 하이드로서팰릭은 여기에도 출연하고 있었다. 하지만 더 싼값에 질이 떨어지는 녹화 공연이었다. 어쩌면 저 친구도 나를 기억할지 모르겠군. 제이슨은 생각했다. 어쩌면 아닐 수도 있고. 하지만 그 문제를 점점 더 깊이 생각한 끝에, 그는 이렇게 생각을 바꾸었다. 아니, 전혀 기억 못 할 거야.

하다못해 헤더 하트조차도 그를 기억 못 했으니, 결국 이 세상 누구도 그를 기억 못 할 것이었다.

그는 사람이 북적이는 바에 앉았고—마침 좌석이 딱 하나 남아있었다—바텐더가 마침내 그를 쳐다보자, 스카치 앤드 허니를 주문했다. 잘 섞고, 버터도 작은 덩어리로 하나 띄워서.

"3달러 되겠습니다." 바텐더가 말했다.

"내 앞으로 달아놓—" 제이슨은 말을 하다가 갑자기 그만두었다. 그리고 5달러를 꺼내 주었다.

바로 그때, 그는 그녀를 보았다.

그녀는 그에게서 몇 좌석 떨어져 앉아있었다. 그녀는 지금으로부터 몇 년 전에 그의 애인이었다. 이후로 한동안 그는 그녀를 전혀 보지 못했다. 하지만 그녀의 외모는 지금도 여전히 멋졌다. 그는 그녀를 유심히 살펴보았다. 비록 예전보다 조금 더 나이가 들어 보이기는 했지만. 루스 레이. 하필이면 그녀라니.

루스 레이에게는 주목할 만한 점이 하나 있었다. 그녀는 자기 피부를 너무 태우지 않을 만큼은 똑똑한 여자였다. 피부를 태우는 것이야말로 여자의 피부를 제일 빨리 망가지게 하는 방법이기 때문이었다. 그런데 이런 사실을 아는 여자는 거의 없는 것 같았다. 루스의 나이―그의 생각에는 대략 서른여덟 내지 서른아홉 같았다―정도 되는 여자가 일찍이 피부를 종종 태웠다고 한다면, 지금쯤은 졸지에 주름진 가죽으로 변하고도 남았을 것이다.

아울러 그녀는 옷을 아주 잘 입었다. 자신의 멋진 외모를 과시하는 듯한 차림새였다. 다만 세월이 그녀의 얼굴에도 찾아든다는 변치 않는 약속만 아니었더라면…… 아니, 그럼에도 불구하고 루스의 머리카락은 아직까지 멋진 검은색이었다. 그녀는 뒤통수에서 머리카락을 위로 빗어 올려 둘둘 감고 있었다. 가짜 속눈썹이며, 뺨을 스치는 화려한 자주색 선만 보면 마치 사이키델릭한 호랑이 발톱에 긁힌 것처럼 보였다.

화려한 색깔의 사리를 걸치고, 맨발이었으며―평소와 마찬가지로 자기 하이힐을 어딘가에 벗어 던졌을 터였다―안경은 쓰고 있지 않았다. 그가 보기에는 썩 나쁘지 않았다. 루스 레이. 그는 유심히 바라보았다. 그녀는 자기 옷을 직접 만들었다. 주위에 누가 있으면 절대로 이중초점 안경을 끼지 않았지만…… 나만은 예외였다. 혹시 지금도 '이달의 책' 클럽에서 선정한 도서를 읽을까? 혹시 지금도 그 기괴하고 좁은, 그러나 겉으로는 정상처럼 보이는 중서부 마을을 무대로 한 성적 비행을 소재로 삼은 끝도 없고 재미도 없는 소설을 읽고 있을까?

루스 레이에 관한 또 한 가지 사실은 바로 그거였다. 그녀는 강박적으로 섹스에 몰두했다. 어느 해엔가는 그가 기억하기로 무려 예순 명이나 되는 남자와 동침했다. 그를 셈에 넣지 않고서도 말이다. 그는 일찍 왔다가 일찍 떠난 셈이었다. 그때만 해도 통계 수치가 그토록 높지는 않았다.

그녀는 항상 그의 음악을 좋아했다. 루스 레이는 섹시한 보컬리스트, 팝 발라드, 그리고 달콤한—질리도록 달콤한—현악을 좋아했다. 한 번은 자기가 사는 뉴욕의 아파트에 대형 4채널 스테레오 시스템을 장만해놓고, 사실상 그 안에서 살다시피 했다. 식이요법 샌드위치와 야릇한 재료로 만든 차갑고 끈적끈적한 음료수만 먹으면서, 48시간 연속으로 퍼플 피플 현악단의 음반만 계속해서 들었다. 그로선 정말이지 지겹기 그지없는 음악을.

그녀의 전반적인 취향이 그로서는 질색이었기 때문에, 그 자신조차도 그녀가 좋아하는 대상 가운데 하나에 속한다는 사실이 그에게는 짜증스러울 수밖에 없었다. 이것이야말로 그가 결코 떨쳐버릴 수가 없었던 변칙이 아닐 수 없었다.

그녀에 관해서 그가 기억하는 게 또 있을까? 매일 아침마다 기름기 있는 노란 액체를 큰 숟가락으로 하나씩 먹는 것. 그게 바로 비타민 E라고 했다. 그녀의 경우에는 그 액체의 효과가 아주 엉터리는 아닌 모양이었다. 그녀의 에로틱한 스태미너는 그 액체를 한 숟갈 먹을 때마다 더 늘어났다. 그녀의 몸에서 실제로 욕망이 흘러나왔으니까.

또 그는 그녀가 동물을 싫어한다는 사실을 기억해냈다. 생각이 여기에 미치자, 문득 캐시와 그녀의 고양이 도메니코가 생각났다. 루스와 캐시는 결코 잘 어울리지 못할 거야. 그는 속으로 말했다. 하지만 그건 상관이 없지. 두 사람은 어차피 못 만날 테니까.

그는 좌석에서 일어나 자기 잔을 들고 바를 따라 걸어가서 루스 레이 앞에 섰다. 그녀가 자기를 알아보리라는 기대는 하지 않았지만, 한때 그녀는 그가 차마 거부할 수 없는 매력을 지닌 남자라고 생각한 적이 있으므로…… 지금에 와서도 그렇지 않을 이유가 없지 않겠는가? 성적인 기회에 관해서라면 루스야말로 누구보다도 더 뛰어난 판별자였다.

"안녕." 그가 말했다.

몽롱한 눈빛으로—그녀는 지금 안경을 쓰고 있지 않으므로—루스 레이는 고개를 들어서 그를 유심히 살펴보았다. "안녕." 그녀는 버번위스키의 영향이 뚜렷한 목소리로 조잘거렸다. "근데 누구시죠?"

제이슨이 말했다. "지금으로부터 몇 년 전에 뉴욕에서 만난 적이 있어요. 그때 나는 〈팬텀 볼러〉의 한 에피소드에 단역으로 출연했고…… 내 기억이 맞다면 당신은 의상을 담당했죠."

"그 에피소드 말이군요." 루스 레이가 조잘거렸다. "거기서

팬텀 볼러는 또 다른 시대에서 온 해적 동성애자들로부터 습격을 받게 되죠." 그녀는 하하 웃더니 그를 향해 미소를 지었다. "이름이 어떻게 되죠?" 그녀는 이렇게 물으며 브래지어로 떠받치고 일부를 드러낸 가슴을 흔들어 보였다.

"제이슨 태버너라고 합니다."

"혹시 내 이름은 기억하나요?"

"아, 그럼요." 그가 말했다. "루스 레이."

"이제는 루스 고멘이에요." 그녀가 조잘거렸다. "앉으세요." 그녀는 주위를 둘러보았지만 마침 빈 좌석이 없었다. "저쪽에 테이블이 있네요." 그녀는 아주 조심스럽게 자기 좌석에서 일어나더니, 빈 테이블 쪽으로 걸어가다 말고 비틀거렸다. 그는 그녀의 팔을 붙잡고 그쪽으로 안내해주었다. 어려운 항해 끝에 그는 그녀와 바짝 붙어서 자리에 앉을 수 있었다.

"머리부터 발끝까지 예전보다 더 예뻐진—" 그가 말을 꺼내자마자 그녀는 퉁명스럽게 잘랐다.

"난 늙었어요." 그녀가 조잘거렸다. "벌써 서른아홉이라고요."

"그게 뭐가 늙은 거예요." 제이슨이 말했다. "난 무려 마흔둘인데."

"남자는 그 정도라도 괜찮아요. 여자는 그렇지가 않다고요." 그녀는 반쯤 들어 올린 마티니 잔을 흐린 눈빛으로 바라보았다. "그나저나 밥은 뭐 하는지 알아요? 내 남편 밥 고멘요. 그 사람은 개를 길러요. 크고, 시끄럽고, 날뛰는 털북숭이 개들을 말이에요. 그놈들은 냉장고 문도 열어젖힌다니까요." 그녀는 뚱한 표정으로 마티니를 한 모금 마셨다. 그러자 순식간에 그녀의 얼굴에 활기가 피어올랐다. 그녀는 그를 향해 고개를 돌리고 말했다. "그나저나 당신은 마흔둘처럼 보이지 않는데요. 정말 '멀쩡해' 보인다고요! 내가 지금 무슨 생각 하는지 알아요? 당신 같은 사람은 TV에, 아니면 영화에 나와야 마땅해요."

제이슨은 조심스럽게 말했다. "사실은 TV에 나온 적이 있어요. 아주 잠깐이지만."

"아, 그러니까 〈팬텀 볼러〉 같은 데에 말이죠." 그녀가 고개를 끄덕였다. "음, 하지만 솔직히 인정하자고요. 우리 두 사람 중에 어느 누구도 그걸로 성공하지는 못했잖아요."

"축배라도 들어야겠군요." 그는 이렇게 말하며 아이러니컬하게도 재미있다는 생각이 들었다. 그는 잘 섞은 스카치 앤드 허니를 한 모금 마셨다. 버터 조각도 이미 녹아들어있었다.

"그러고 보니 당신이 기억나는 것 같아요." 루스 레이가 말했다. "태평양 어딘가에 집을 짓고 싶다는 청사진을 갖고 있지 않았던가요? 그러니까 오스트레일리아에서 천 몇 백 킬로미터쯤 떨어진 곳에요. 혹시 그 사람이 당신 아니었어요?"

"맞아요, 나였어요." 그는 거짓말로 둘러댔다.

"그리고 롤스로이스 비행선도 몰고 다녔죠."

"맞아요." 그가 말했다. 그건 사실이었으니까.

루스 레이는 미소를 지으며 말했다. "당신은 내가 지금 여기서 뭐 하는지 알아요? 상상이나 가요? 나는 지금 여기서 프레디 하이드로서팰릭을 직접 보고, 직접 만나려고 애쓰고 있어요." 그녀는 목쉰 소리로 웃어댔다. 그가 기억하던 예전의 바로 그 웃음소리 그대로였다. "내가 그 사람한테 '사랑해요'라고 써서 쪽지를 보낸 적이 있어요. 그랬더니 그 사람은 무려 '타자기'로 이렇게 쪽지를 써서 답장이랍시고 보낸 거 있죠. '나는 당신과 얽히고 싶지 않아. 나한테는 개인적인 문제가 있으니까.'" 그녀는 다시 한 번 웃더니 곧바로 자기 술을 다 마셔버렸다.

"한 잔 더?" 제이슨은 이렇게 물으며 자리에서 일어났다.

"아뇨." 루스 레이가 고개를 저었다. "이제는 그만 마실 거예요. 가끔 그럴 때가 있어요—" 그녀는 갑자기 말을 멈추며 괴로운 표정을 지었다. "—혹시 당신도 그런 일을 겪어본 적이 있는지 모르겠네요. 물론 당신을 보고 있으니 그렇지는 않은 것 같지만."

"무슨 일 말이죠?"

루스 레이는 텅 빈 잔을 만지작거리면서 말했다. "나는 '늘' 술만 마셔요. 아침 9시부터 시작해서 종일토록. 그렇게 해서 나한테 무슨 일이 일어났는지 알아요? 나는 더 늙어 보이게 됐어요. 지금 나는 쉰 살은 되어 보여요. 빌어먹을 놈의 폭음 같으니. 당신이 두려워하는 게 뭔지 간에, 바로 그 일이 일어날 거예요. 폭음은 바로 그 일이 일어나게 만든다고요. 내 생각에 폭음이야말로 삶의 가장 큰 적이나 다름없어요. 당신도 내 말에 동의하나요?"

"난 잘 모르겠어요." 제이슨이 말했다. "내 생각에 우리 삶에는 폭음보다 더 나쁜 적들도 있는 것 같거든요."

"나도 그런 것 같기는 해요. 가령 강제노동수용소 같은 게 그렇죠. 작년에 한번은 그 사람들이 나를 거기로 보내려고 했다는 거 알아요? 나는 정말 끔찍한 시간을 보내고 있었죠. 돈이 한 푼도 없었어요. 아직 밥 고멘을 만나지도 못했으니까요. 당시 나는 저축은행에 근무했어요. 그런데 어느 날 '현금으로' 예금이 들어온 거예요…… 오십 달러 지폐로, 세 장인지 네 장인가가." 그녀는 잠시 뭔가를 곰곰이 생각하는 모양이었다. "어쨌거나 나는 그걸 슬쩍 챙기고서, 입금 전표랑 봉투를 문서절단기에 집어넣었어요. 하지만 회사에서는 내가 한 짓을 발각해 냈죠. 사실은 함정이었더라고요. 회사에서 꾸며낸 거였죠."

"아." 그가 말했다.

"하지만— 사실 나는 우리 상사하고 모종의 관계를 맺고 있었죠. 경찰에서는 나를 강제노동수용소로 보내고 싶어 했어요. 그것도 조지아 주에 있는 곳으로. 거기 가서 죽을 때까지 험악한 노동자들에게 돌림빵이나 당하라는 거였죠. 하지만 내 상사가 나를 보호해주었어요. 도대체 무슨 수로 그랬는지는 나도 모르겠지만, 여하간 그 사람들은 나를 풀어주더군요. 덕분에 그 상사한테는 많은 걸 빚진 셈이죠. 이후로는 그 양반을 전혀 본 적이 없지만. 당신도 아마 진정으로 당신을 사랑하고 도와주는 사람은 본 적이 없을 거예요. 오히려 항상 낯선 사람하고만 얽히게 마련이니까요."

"그럼 당신은 나도 낯선 사람이라고 여기는 건가요?" 제이슨이 물었다. 그는 속으로 말했다. 그러고 보니 당신에 관해서 또

한 가지가 생각나는군, 루스 레이. 그녀는 항상 놀라우리만치 호화로운 아파트에 살았다. 어떤 사람하고 결혼을 하든지 간에 사정은 마찬가지였다. 그녀는 아주 잘살았다.

루스 레이는 뭔가 의문이 담긴 듯한 눈으로 그를 바라보았다. "아뇨. 나는 당신을 친구로 생각하는데요."

"고맙군요." 그는 한 손을 뻗어서 그녀의 마른 손을 붙잡고 잠시 그대로 있다가, 딱 적당한 때가 되자 슬며시 놓아주었다.

09

루스 레이의 아파트는 제이슨 태버너가 질색할 정도로 호화롭기 짝이 없었다. 이 정도라면 상당한 유지비를 내야 하겠군. 그는 이렇게 추론했다. 최소한 하루에 400달러는 들어갈 거야. 밥 고멘은 반드시 재정 상태가 좋아야만 하겠군. 그는 이렇게 결론을 내렸다. 아니면 과거에 좋았든가.

"당신이 그 VAT 69 위스키를 굳이 살 필요는 없었어요." 루스는 그의 코트를 받아 들더니 자기 코트와 나란히 자동 열림 옷장으로 가져가면서 말했다. "나한테 커티사크하고 하이럼워커 버번위스키가 있거든요."

마지막으로 그와 잠자리를 같이한 이래로, 그녀는 상당히 많은 것을 배운 다음이었다. 그건 사실이었다. 지쳐버린 그는 이

불을 덮고 물침대 위에 벌거벗고 누워서 자기 콧등의 튀어나온 부분을 문질렀다. 루스 레이, 지금은 루스 고멘 여사가 된 그녀는 카펫 깔린 마룻바닥에 앉아서 폴몰 담배를 피우고 있었다. 둘 중 누구도 한동안 말이 없었다. 방은 조용해졌다. 그리고 나처럼 고갈되어버리고 말았군. 문득 이런 생각이 들었다. 무슨 열역학 법칙이라는 게 있지 않았나? 그는 생각했다. 그러니까 열은 파괴될 수 없고 다만 전이될 뿐이라고 했던가? 하지만 엔트로피라는 것도 있긴 하지.

이제는 엔트로피의 무게가 나를 짓누르는 느낌이로군. 그는 이렇게 판단했다. 나 자신은 진공 속으로 방출되고 말았어. 내가 이미 빼앗긴 것을 다시는 회복할 수 없을 거야. 그건 오로지 한 방향으로만 움직이니까. 그래. 그는 생각했다. 그거야말로 열역학의 기본 법칙 가운데 하나임이 확실해.

"혹시 백과사전 기계 갖고 있어요?" 그가 여자에게 물었다.

"젠장, 아뇨." 그녀의 자두 같은 얼굴에 걱정이 떠올랐다. 자두 같은― 그는 그 이미지를 얼른 지워버렸다. 그건 공정한 표현이 아닌 것 같았다. 온갖 풍상을 다 겪은 그녀의 얼굴. 그는 이렇게 결론을 내렸다. 오히려 그쪽에 더 가까운 듯했다.

"지금 무슨 생각 하고 있어요?" 그가 그녀에게 물었다.

"아니, 우선 당신이 무슨 생각 하고 있는지나 말해봐요." 루스가 말했다. "당신의 그 커다란 알파 의식 유형 초극비 두뇌에는 무슨 생각이 떠올라있죠?"

"혹시 모니카 버프라는 여자 기억나요?" 제이슨이 물었다.

"그 애를 '기억'하느냐고요? 모니카 버프는 무려 6년 동안이나 나랑 시누올케지간이었다고요. 그동안 그 애는 머리를 단 한 번도 감지 않았어요. 잔뜩 뒤얽히고, 더럽고, 개기름이 번들거리는 짙은 갈색의 머리카락을 그 허여멀건 얼굴이며 지저분하고 짧은 목 위에 늘어트리고 다녔죠."

"당신이 그 여자를 그렇게 싫어하는 줄은 몰랐네요."

"제이슨, 그 애는 '도벽'이 있었어요. 당신이 지갑을 근처에 놓아두었다 치면 십중팔구 훔쳤을 거라고요. 지폐뿐만 아니라 거기 들어 있는 동전까지 싸그리 말이에요. 그 애의 머리로 말하자면 까치 수준이고, 목소리는 까마귀 수준이었어요. 말하는 걸 들어보면 정말 그렇다니까요. 그 애가 말을 하는 경우가 드물어서 그나마 다행이었죠. 그 계집애는 보통 엿새나 이레씩, 그리고—가끔은, 그러니까 어떤 경우에는—무려 여드레나 단 한 마디도 안 하고 지내곤 했다는 거 알아요? 꼭 어디 한 군데 부러진 거미처럼 한구석에 처박혀서 싸구려 기타만 퉁기고 앉아있는 거예요. 코드도 제대로 모르면서 말이죠. 그래요, 그 애가 지저분하고 더럽기는 하지만 제법 얼굴이 반반하기는 했죠. 그건 나도 인정해요. 당신이 엉덩이 큰 여자를 좋아한다면 말이에요."

"그러면 그 여자는 뭘 해서 먹고살았죠?" 제이슨이 물었다. 모니카 버프와는 아주 잠깐 알고 지냈으며, 그나마도 루스를 통해서 알게 된 사이였다. 그러나 그 기간 동안 그는 그녀와 짧지만 정신이 아득할 정도의 정사를 나눈 바 있었다.

"좀도둑질을 했죠." 루스 레이가 말했다. "바하 캘리포니아에서 산 커다란 버들고리 가방을 갖고 다니면서…… 거기다가 이런저런 식료품을 잔뜩 집어넣은 다음에 가게 밖으로 죽어라 내빼버리는 식이었죠."

"그런데 어떻게 해서 잡히지 않았던 거죠?"

"잡히기도 했죠. 그래서 벌금을 물리면, 그 애 오빠가 돈을 가져와서 풀어주었어요. 그리고 나면 또 시작인 거죠. 일단 거리로 나와서, 맨발로—진짜 맨발로요!—어슬렁거리면서 보스턴의 슈르스베리 애버뉴를 따라가다가, 식료품점 밀집 지구에 있는 가게마다 들러서 그 앞에 진열된 복숭아를 하나씩 훔치는 거예요. 하루에 열 시간씩은 자기 말마따나 그런 '쇼핑'을 하면서 보냈다니까요." 그를 똑바로 바라보면서 루스가 말했다. "그 애가 한 짓 중에서 아직까지 한 번도 들통 나지 않은 게 뭔지 알아요?" 루스는 갑자기 목소리를 낮추었다. "그 애는 자기가 훔친 식료품으로 도망친 학생들을 먹여 살렸어요."

"그런데 경찰에서는 한 번도 그 문제로 그녀를 체포하지 않았나요?" 도망친 학생들에게 음식이나 은신처를 제공하는 사람은 FLC에서 최소한 2년을 썩어야 했다. 그것도 초범일 때의 이야기였다. 재범일 때에는 형기가 무려 5년으로 늘어났다.

"전혀요. 그 사람들은 그 문제로 그 애를 체포한 적이 한 번도 없어요. 혹시나 경찰 작전 팀의 일제조사에 걸릴 것 같다는 생각이 들면, 그 애는 얼른 자기가 먼저 경찰서에 전화를 걸어서, 어떤 남자가 자기 집에 막 쳐들어오려 한다고 신고를 했어요. 그런 다음에 자기가 데리고 있던 학생을 어찌어찌해서 문 밖으로 내보낸 다음, 갑자기 현관문을 딱 걸어 잠그는 거예요. 바로 그때 경찰이 도착해 보면, 정말 집 앞에 웬 남자가 하나 서서 열어달라며 문을 두들기고 있는 게 아니겠어요. 그 애가 신고한 내용 그대로요. 그러면 경찰은 그 학생을 얼른 체포해서 끌고 가고, 결국 그 애는 무사한 거죠." 루스가 킥킥대며 웃었다. "한번은 그 애가 경찰서에 그런 전화를 거는 걸 옆에서 들은 적이 있어요. 걔가 하는 말 하며, 그 사람—"

제이슨이 말했다. "모니카는 3주 동안 내 여자친구 노릇을 했었죠. 지금으로부터 5년 전 일이네요, 대략."

"그럼 그사이에 그 애가 머리 감는 걸 한 번이라도 본 적이 있어요?"

"아뇨." 그가 시인했다.

"게다가 그 애는 팬티도 안 입는다고요." 루스가 말했다. "당신처럼 잘생긴 남자가 도대체 무엇 때문에 모니카 버프처럼 지저분하고 끈적끈적하고 더러운 계집애랑 어울린 거죠? 당신도 아마 그 애를 데리고는 어디에도 갈 수 없었을 거예요. 하도 냄새가 나니까요. 평소에도 목욕이라고는 하는 법이 없었어요."

"파과병破瓜病*이라고 하던데." 제이슨이 말했다.

"맞아요." 루스가 고개를 끄덕였다. "진단으로는 그렇게 나왔죠. 혹시 당신도 아는지 모르겠는데, 그러다가 그 애는 그냥 사라져버렸어요. 어느 날 평소처럼 쇼핑을 하러 나갔다가, 그길

---

* 이십 대 전후에 자주 발병하는 정신분열증의 일종이다.

로 돌아오지 않은 거죠. 우리는 그 애를 두 번 다시 못 봤어요. 지금쯤은 아마 죽었을 거예요. 바하에서 가져온 그 버들고리 쇼핑 가방을 여전히 끌어안은 채로 말이에요. 한 번은 멕시코에 여행을 다녀온 적이 있는데, 그거야말로 그 애의 삶에서는 가장 멋진 순간이었을 거예요. 그때는 그 애도 무려 '목욕'씩이나 했고, 내가 그 애 머리를 매만져줬거든요. 물론 그러기 위해서는 먼저 대여섯 번이나 머리를 감겨야 했지만요. 그나저나 당신은 그 애한테서 무슨 매력을 느낀 거예요? 도대체 그 애를 어떻게 견딜 수 있었던 거죠?"

제이슨이 말했다. "나는 그녀의 유머 감각이 마음에 들었어요."

불공평한 일이겠지. 그는 생각했다. 루스를 겨우 열아홉 살짜리 여자아이와 비교한다는 것은. 하다못해 그 여자아이가 다름 아닌 모니카 버프였다고 해도 말이지. 하지만— 그의 머릿속에서는 여전히 비교를 하고 있었다. 때문에 그는 더 이상 루스 레이에게 매력을 느낄 수 없게 되었다. 그녀로 말하자면 침대에서는 상당히 훌륭한—여하간 상당히 경험이 많았으니까—여자였는데도 말이다.

나는 이 여자를 이용하고 있어. 그는 생각했다. 캐시가 나를 이용했던 것처럼 말이야. 그리고 맥널티가 캐시를 이용했던 것처럼.

맥널티. 혹시 내 몸 어딘가에 초소형 발신기가 부착되어있는 게 아닐까?

제이슨 태버너는 재빨리 자기 옷을 주워 들고 얼른 화장실로 향했다. 욕조 끄트머리에 앉아서 그는 자기 옷을 하나씩 하나 씩 살펴보기 시작했다.

무려 반 시간이나 걸려 그는 마침내 발신기를 찾아냈다. 아주 작기는 했지만 말이다. 그는 발신기를 변기에 넣고 물을 내려버렸다. 몸을 떨면서 그는 다시 침실로 돌아왔다. 결국 그들은 내가 어디 있는지를 알고 있겠군. 그는 문득 깨달았다. 결국 여기 머물 수는 없다는 뜻인가.

게다가 나는 졸지에 루스 레이의 삶을 공연히 위험에 빠트려 버렸으니까.

"잠깐만." 그가 큰 목소리로 말했다.

"뭐라고요?" 루스가 말했다. 그녀는 가슴 아래로 팔짱을 끼고 화장실 벽에 지친 듯 기대서있었다.

"초소형 발신기 말이야." 제이슨이 천천히 말했다. "그건 어디까지나 대략적인 위치만을 알려줄 뿐이지. 뭔가가 그 신호를 쫓아서 실제로 따라오기 전까지는." 그러니 그 전까지는—

그로선 확신할 수가 없었다. 맥널티는 캐시의 아파트에 미리 들어와 그를 기다리고 있었다. 하지만 맥널티가 거기 있었던 것은 실제로 초소형 발신기의 신호를 감지한 결과일까, 아니면 단순히 캐시가 거기 산다는 걸 알았기 때문일까? 과도한 불안, 섹스, 스카치에 연이어 취한 까닭인지, 그로서도 기억이 나지 않았다. 그는 욕조 가장자리에 도로 앉아서 이마를 문지르며 기억을 더듬어보았다. 그와 캐시가 그녀의 방에 들어가자마자 맥널티와 딱 맞닥트렸을 때 정확히 무슨 이야기가 나왔는지를 상기하려는 것이었다.

'에드.' 그가 생각했다. 그들의 말로는 에드가 이 초소형 발신기를 나한테 심어놓았다고 했지. 그래서 나를 찾아낼 수 있었다고. 하지만—

그래도 어쩌면 발신기는 이들에게 대략적인 지역만 이야기해주는 것에 불과할 거야. 다만 그들은 내가 갈 곳이 바로 캐시의 좁아터진 방밖에는 없다고 추측했을 뿐이고, 그 추측이 용케 맞아떨어졌던 것뿐이지.

루스 레이를 향해서 그가 말했다. 목소리가 갈라지고 있었다. "빌어먹을. 공연히 나 때문에 경찰 녀석들이 졸지에 당신을 뒤쫓게 되는 게 아니었으면 좋겠는데. 그렇게 된다면 너무 끔찍할 거야. 빌어먹을, 너무 끔찍할 거라고." 그는 고개를 저으면서 머리를 맑게 하려고 노력했다. "혹시 아주 뜨거운 커피 좀 있어요?"

"스토브 콘솔에 입력만 하면 돼요." 루스 레이는 맨발로, 몸에 걸친 것이라고는 발찌 하나뿐인 상태로 성큼성큼 걸어서 화장실에서 부엌으로 갔다. 잠시 후에 그녀는 커다란 플라스틱 머그잔에 커피를 가득 담아 왔다. 머그잔에는 '계속 나아가라'라고 적혀있었다. 그는 머그잔을 받아들고 김이 무럭무럭 나는 커피를 한 모금 들이켰다.

"나는 여기 머물 수가 없어요." 그가 말했다. "더 이상은 안 돼. 게다가 솔직히 당신은 이제 너무 늙었으니까."

그녀는 그를 빤히 바라보았다. 우스꽝스러운 표정으로, 마치 뒤틀리고 짓밟힌 인형처럼. 곧이어 그녀는 갑자기 부엌으로 뛰어가버렸다. 도대체 내가 왜 그런 말을 했을까? 그는 속으로 말했다. 압력 때문이군. 내가 느끼는 공포 때문이야. 그는 그녀를 뒤따라 걸어갔다.

부엌 문간에 루스가 다시 나타났다. 손에는 '노츠 베리 팜 관광 기념품'이라고 적혀있는 커다란 도자기 접시를 들고 있었다. 그녀는 다짜고짜 그에게 달려들어서, 그 접시로 그의 머리를 내려쳤다. 그녀의 입은 마치 갓 세상에 나온 생물처럼 잔뜩 일그러져있었다. 마지막 순간에야 그는 왼쪽 팔꿈치를 들어 올려 그녀의 일격을 막았다. 도자기 접시는 절단면이 뾰족뾰족한 세 개의 파편으로 쪼개져버렸고, 그의 팔꿈치에서 피가 펑펑 솟았다. 그는 피를 바라보다가는 카펫 위에 깨져서 나뒹구는 접시를 바라보았고, 이윽고 그녀를 바라보았다.

"미안해요." 그녀가 말했다. 나지막이 속삭이는 말투였다. 차마 단어를 제대로 발음하지도 못했다. 그녀의 입은 갓 세상에 나온 뱀들처럼 계속해서 꿈틀거렸다. 마치 사과하는 듯.

제이슨이 말했다. "오히려 내가 미안한걸요."

"반창고 붙여줄게요." 그녀가 화장실로 향했다.

"아니에요." 그가 말했다. "나는 가야겠어요. 깨끗하게 벤 상처라 괜찮아요. 덧나지는 않을 거예요."

"그런데 왜 나한테 그런 말을 한 거죠?" 루스가 쉰 목소리로 물었다.

"왜냐하면." 그가 말했다. "나 역시 나이에 대해서 두려움을 느끼니까. 그 두려움이 나를, 아직 남아있는 나의 일부분을 지치게 만들고 있으니까. 이제는 나도 사실상 아무런 에너지가 남아있지 않아요. 심지어 오르가슴조차도 느끼지 못할 정도로."

"당신은 아주 잘했는데요."

"하지만 그게 마지막이었지요." 그가 말했다. 그는 화장실로 향했다. 거기서 팔에 묻은 피를 닦았고, 응고가 시작될 때까지 찬물을 계속 흘려주었다. 5분이 흘렀을까. 아니면 50분인가. 그로선 분간할 수가 없었다. 그는 단지 거기 서서 수도꼭지 밑에 팔꿈치를 갖다 대고 있었다. 루스 레이는 어디로 갔는지 알 수 없었다. 어쩌면 경찰에 신고를 하러 갔는지도 모르지. 그는 지친 듯 속으로 말했다. 이제는 너무 지친 나머지 신경조차 쓰고 싶지 않았다.

빌어먹을. 그는 생각했다. 내가 그녀에게 한 말을 생각해보면 차마 그녀를 탓할 수도 없어.

10

"아니." 치안감 펠릭스 버크먼이 이렇게 말하며 고개를 확고하게 저었다. "제이슨 태버너는 실제로 존재해. 그자는 다만 어찌어찌해서 매트릭스 뱅크 모두에서 자기 데이터를 빼내버렸을 거야." 치안감은 곰곰이 생각해보았다. "혹시 필요할 경우에는 그자를 쉽게 붙잡아 넣을 수 있을 거라고 확신하나?"

"확실치 않습니다, 버크먼 씨." 맥널티가 말했다. "그자는 이미 초소형 발신기를 찾아내서 떼어내버렸습니다. 그래서 지금은 그자가 베가스에 있는지 여부에 대해 우리도 알지 못합니다. 제정신이 박힌 자라면 이미 도망쳐버렸겠죠. 그리고 아마 그럴 거라고 생각합니다."

버크먼이 말했다. "자네도 일단 여기로 돌아오는 편이 낫겠군. 그자가 데이터조차도, 그러니까 그처럼 중대한 자료조차도 마음대로 우리 뱅크에서 꺼낼 수 있다고 한다면, 결국 그자는 뭔가 매우 중대한 위험 활동에 관여하고 있을 수 있어. 지금 자네는 그자의 위치를 어느 정도까지 정확히 파악하고 있나?"

"그자는 어떤 아파트에 있습니다. 아니, 있었습니다. 그 건물에는 모두 600가구가 입주해있는데, 그중에 한 동의 85개 가구 가운데 한 곳에 있었습니다. 웨스트 파이어플래시 지구에 있는 값비싸고 인기 있는 단지로, 코퍼필드 II라는 곳입니다."

"그러면 베가스 측에다가 연락해서, 그자를 찾아낼 때까지 그 동의 85개 가구를 모조리 수색하도록 하게. 그리고 자네는 그자를 발견하는 즉시 항공편으로 곧바로 내게 보내도록 하게. 하지만 나는 자네를 이곳 책상 앞에서 봤으면 좋겠군. 그러니 각성제나 두어 알 먹고, 흥분제를 맞고 낮잠 자는 건 포기하고 이리로 달려오게나."

"예, 버크먼 씨." 이렇게 말하는 맥널티의 표정에는 고통의 흔적이 엿보였다. 그는 얼굴을 찡그렸다.

"자네는 우리가 그자를 베가스에서 찾지 못하리라고 생각하는 모양이군."

"그렇습니다, 버크먼 씨."

"어쩌면 찾을 수도 있겠지. 초소형 발신기를 떼어버린 이상, 그자는 이제 자기가 안전하다고 믿어 의심치 않을 거야."

"죄송합니다만, 제 의견은 좀 다릅니다." 맥널티가 말했다. "발신기를 발견함으로써 그자는 우리가 웨스트 파이어플래시까지 자기를 따라오리란 걸 알았을 겁니다. 그래서 내뺐을 겁니다. 쏜살같이 말입니다."

버크먼이 말했다. "사람이 항상 합리적으로 생각할 수만 있다면야 그자도 당연히 그랬겠지. 하지만 실제로는 그렇지 않잖나. 자네는 아직도 그런 사실을 깨닫지 못한 건가, 맥널티? 대부분의 피의자는 일종의 혼돈 상태에서 움직이곤 하지." 그는 생각했다. 이것이야말로 경찰에게는 유리한 점이라고…… 즉 경찰의 움직임을 그자가 잘 예측하지 못하게 해줄 것이라고.

"제가 깨달은 바에 따르면—"

"앞으로 반 시간 안에 여기 있는 자네 책상에 와서 앉아있도록 하게." 버크먼이 이렇게 말하며 연결을 끊었다. 맥널티의 잘난 척하는 태도며, 해만 지고 나면 약물을 하고는 단순 피로인 척 꾸며대는 모습을 보면 그는 항상 짜증이 치밀었다.

이 모든 일을 곁에서 지켜보던 앨리스가 말했다. "아예 존재하지 않는 사람이라니. 그런 일이 혹시 예전에도 있었어?"

"아니." 버크먼이 말했다. "그리고 그런 일은 이번에도 없을 거야. 어디선가, 그러니까 뭔가 애매한 대목에서 저 친구는 사소하고 눈에 띄지 않는 서류를 간과하고 넘어가버렸을 거야. 계속 수사를 하다 보면 어찌된 영문인지 다 나오겠지. 조만간 그자의 성문이나 EEG 검사 결과를 대조해보면, 정체가 확실히 밝혀질 거야."

"어쩌면 방금 저 사람이 말한 대로일지도 모르지." 앨리스는 맥널티가 쓴 기괴한 메모를 이미 직접 읽어본 다음이었다. "문제의 피의자는 음악인 조합에 가입했다고도 되어있잖아. 본인

194

이 가수라고도 했고. 어쩌면 그 남자의 성문이—"

"내 집무실에서 나가." 버크먼이 그녀에게 말했다.

"나는 그냥 추리를 해보는 것뿐이야. 어쩌면 그 남자가 새로 나온 포르노코드 히트 곡을 녹음했는지도 모르지. 왜 〈내려가라, 모세〉라고—"

"내가 한마디 해줄까." 버크먼이 말했다. "일단 집으로 가서, 서재로 들어가봐. 내 단풍나무 책상 가운데 서랍을 열어보면 글라신 봉투가 하나 있을 거야. 그거 열어보면 소인이 살짝 찍힌 것 말고는 완벽하게 보존된 1달러짜리 흑백 미국 트랜스 미시시피 발행 우표가 하나 있거든. 원래는 내가 수집용으로 간직하던 건데, 네가 갖도록 해. 나는 또 하나 사면 되니까. 그냥 가. 가서 그 빌어먹을 놈의 우표를 가지고, 그걸 네 앨범에 담아서 금고 안에 영원히 보관하든 말든 하라고. 두 번 다시 들여다볼 생각도 하지 마. 그냥 갖고만 있어. 그리고 나는 여기서 혼자 일하게 좀 내버려두라고. 그럼 됐지?"

"세상에." 눈빛을 반짝이며 앨리스가 말했다. "그건 도대체 어디서 난 거야?"

"강제노동수용소로 끌려가던 어느 정치범한테서 얻었지. 그걸 줄 테니 자기를 놓아달라고 하더군. 내 생각에는 제법 적절한 거래 같았어. 네 생각에도 그런 것 같지 않아?"

앨리스가 말했다. "그거야말로 지금까지 발행된 것 중에서도 가장 아름답게 인쇄된 우표야. 온 시대를 통틀어서. 전 세계를 통틀어서."

"그걸 갖고 싶지 않아?" 그가 물었다.

"갖고 싶어." 그녀는 집무실을 떠나 복도로 나갔다. "그럼 내일 봐. 하지만 나를 여기서 내보내기 위해 굳이 그런 걸 줄 필요까지는 없었는데. 나는 어차피 집에 가서 샤워나 하고, 옷이나 갈아입고, 잠이나 몇 시간 자려던 참이었으니까. 하지만 오빠가 제발 가라고 한다면—"

"제발 가기나 해." 버크먼이 말했다. 곧이어 그는 속으로 이렇게 덧붙였다. 나는 네가 정말 더럽게도 겁이 나니까. 너에 대해서는 하나부터 열까지 너무나도 원초적으로, 존재론적으로 겁이 나. 심지어 네가 기꺼이 떠나려는 것까지도 말이야. 나는 심지어 그것조차도 겁이 난다고!

'어째서지?' 그녀가 자기 집무실 맨 끝에 있는 격리 구역의 상승통로 쪽으로 향하는 모습을 바라보며 그는 속으로 물었다. 나는 저 아이를 어린 시절부터 알고 지냈지만, 그때부터도 나는 저 아이가 겁이 났어. 왜냐하면, 내 생각에는, 차마 내가 이해할 수 없는 뭔가 근본적인 면에서, 저 아이는 어떤 규범에 따라 움직이지 않기 때문이지. 우리 모두에게는 규범이란 게 있어. 사람마다 제각기 다르기는 하지만, 그래도 우리는 어떤 규범에 따라 움직이게 마련이라고. 그는 추측해보았다. 가령 우리한테 호의를 베푸는 어떤 사람이 있으면, 우리는 그 사람을 죽이지 않아. 이런 곳, 그러니까 경찰 조직 내에서도 마찬가지야. 심지어 '우리' 조차도 '그런' 규범을 지킨다고. 가령 우리는 우리한테 귀중한 물건들을 의도적으로 파괴하지 않아. 하지만 앨리스는

196

집에 가서 그 1달러짜리 흑백 우표를 찾은 후 그걸 자기 담뱃불로 지져서 태워버리고도 남을 거야. 나는 그 사실을 알고 있지만, 그럼에도 불구하고 그 우표를 저 아이한테 줬지. 지금도 나는 저 아이가 부디, 또는 결국에는, 또는 어떻게 해서든지 예전처럼 되돌아가서, 다른 우리 모두가 하는 것과 마찬가지로 하고 살기를 바라며 기도하고 있으니까.

하지만 저 아이는 결코 그러지 않을 거야.

그는 생각했다. 내가 저 아이에게 1달러짜리 흑백 우표를 준 것도 바로 그래서야. 저 아이를 현혹시키고 유혹해서 우리가 이해할 수 있는 규범을 따르도록 만들기를 고대했던 거지. 우리 모두가 적용할 수 있는 규범을 말이야. 나는 저 아이에게 뇌물을 먹인 거고, 이거야말로 시간 낭비야. 아주 큰 낭비까지는 아니어도 말이지. 나도 그 사실을 알고, 저 아이도 그 사실을 알아. 그래. 그는 생각했다. 저 아이는 어쩌면 그 1달러짜리 흑백 우표를 불태울지도 몰라. 지금까지 발행된 것 중에서도 가장 훌륭한 우표를. 내가 이제껏 평생 살면서 거래되는 걸 단 한 번도 본 적이 없는 우표수집가들의 보물을. 심지어 경매에서도 본 적이 없는 것을 말이야. 내가 오늘 저녁에 집에 돌아가보면, 저 아이는 나에게 타고 남은 재를 보여주겠지. 어쩌면 한 귀퉁이는 안 태우고 남겨놓을지도 몰라. 자기가 진짜로 그 짓을 해버렸다는 걸 증명하기 위해서.

그리고 난 그걸 믿을 거야. 그리고 이전보다 더 저 아이를 겁내겠지.

우울한 기분으로 버크먼 치안감은 커다란 책상의 세 번째 서랍을 열고는 거기 넣어두었던 작은 휴대용 플레이어에 테이프를 하나 걸었다. 다울런드의 노래가 네 겹의 목소리로 울려 퍼지자— 그는 자리에 선 채로 다울런드의 류트 곡집 중에서도 자기가 제일 좋아하는 곡에 귀를 기울였다.

……이제는 남겨지고 버려졌으니
나는 앉고, 한숨 쉬고, 울고, 실신하고, 죽네
죽을 것 같은 고통과 끝도 없는 슬픔 속에.

그는 추상 음악 작품을 쓴 최초의 인물이지. 버크먼은 생각했다. 그는 테이프를 꺼내고 류트 테이프를 집어넣더니, 역시나 선 상태로 〈눈물〉에 귀를 기울였다. 바로 여기에서 나온 거야. 그는 속으로 말했다. 베토벤 최후의 4중주도 결국 여기서 나왔어. 다른 모든 곡도 마찬가지야. 바그너만이 예외이지.

그는 바그너를 싫어했다. 바그너는 물론이고, 바그너 같은 다른 작곡가들도 싫어했다. 특히 베를리오즈 같은 사람. 그들은 음악을 무려 3세기나 후퇴시켜버렸다. 그러다가 칼하인츠 슈톡하우젠의 〈젊은이의 노래〉*에 와서야 음악은 다시 한 번 시대에 맞춰 가게 되었다.

책상 옆에 선 채로 그는 제이슨 태버너의 최근 모습이 담긴 4-D 사진을 들여다보았다. 바로 캐서린 넬슨이 찍은 것이었다.

* 독일의 작곡가 칼하인츠 슈톡하우젠(1928~2007)의 1956년 작 전자음악 작품.

더럽게도 잘생긴 작자로군. 그는 생각했다. 얼굴로 먹고살아도 될 만큼 잘생긴 작자야. 하긴, 가수라고 했으니까. 딱 어울리는군. 그는 쇼 비즈니스 업계에 있으니까.

그 4-D 사진을 만지작거리며, 그는 거기서 나오는 소리에 귀를 기울였다. "하우 나우 브라운 카우?" 그러고는 다시 한 번 〈눈물〉에 귀를 기울이며 생각했다.

흘러라, 내 눈물……

내가 정말로 경찰의 업보를 지니고 있는 걸까? 그는 속으로 물었다. 말과 음악을 이다지도 사랑하는데? 맞아. 그는 생각했다. 내가 뛰어난 경찰관이 된 것도, 사실은 내가 '경찰관처럼 생각하지 않는' 까닭이지. 가령 나는 맥널티처럼 생각하지 않아. 그 친구는—흔히들 뭐라고 하더라?—평생 돼지로 지낼 거야. 나는 우리가 이해하려 노력하는 사람들처럼 생각하지 않고, 오히려 우리가 이해하려 노력하는 '중요한' 사람들처럼 생각하지. 가령 이 사람처럼. 그는 생각했다. 이 제이슨 태버너라는 사람처럼 말이야. 어쩐지 그런 예감이 들어. 비합리적이지만 아름답게 작동하는 육감에 따르면, 그는 아직 베가스에 머물고 있어. 우리는 그를 바로 '그곳'에서 잡아낼 거야. 맥널티가 생각하는 곳이 아니라. 그 친구가 생각하는 곳이야 합리적이고도 논리적으로 거기서 좀 더 나아간 어딘가겠지.

나는 바이런과도 같아. 버크먼은 생각했다. 그는 자유를 위

199

해 싸우고, 그리스를 위해 싸우느라 자기 목숨까지 포기했지.* 다만 나는 자유를 위해 싸우지 않는다는 게 다를 뿐이야. 나는 일관된 사회를 위해 싸우는 거니까.

그게 정말일까? 그는 속으로 물었다. 내가 지금 이런 일을 하는 게 정말 그래서일까? 질서와 구조와 조화를 만들어내기 위해서일까? 규범을. 그래. 그는 생각했다. 내게는 규범이 더럽게도 중요해. 그렇기 때문에 앨리스가 내게는 위협이 되는 거고. 그렇기 때문에 나는 다른 많은 것을 감당하면서도, 그 아이만은 감당을 못 하는 거야.

사람들이 모두 그 아이 같지는 않아서 천만다행이로군. 그는 속으로 말했다. 말이 나왔으니 말이지, 그 녀석이 별종이어서 천만다행이야.

책상 위의 인터폰을 누르며 그가 말했다. "허브, 잠깐 이리로 좀 들어와보겠나?"

허버트 메임은 양손에 컴퓨터 카드를 한 무더기 들고 그의 집무실로 들어왔다. 당황하는 모양새였다.

"나랑 내기 하나 하겠나, 허브?" 버크먼이 말했다. "그 제이슨 태버너라는 자가 라스베가스에 있는지 없는지를 놓고?"

"그런데 버크먼 씨께서는 도대체 무엇 때문에 그렇게 사소하고 별 볼일 없는 일에 신경을 쓰시는 겁니까?" 허브가 말했다. "그건 어디까지나 맥널티가 알아서 처리할 문제입니다. 버크먼

---

* 영국의 시인 바이런은 오스만 제국으로부터의 독립을 위해 싸우는 그리스인의 편에 서기 위해 그리스로 갔다가, 그곳에서 열병에 걸려 사망했다. — 원주

씨께서 굳이 나서실 문제가 아니고요."

버크먼은 자리에 앉더니, 영상전화를 가지고 시간 때우기용 컬러톤 게임을 시작했다. 그는 지금은 사라진 여러 국가의 깃발을 비춰 보였다. "이 작자가 한 짓을 좀 보게나. 어떻게 했는지는 모르지만 이 작자는 지구 전역에 있는 우리의 데이터 뱅크에서 자기에 관한 데이터를 모조리 빼내는 데 성공했단 말일세. 달은 물론이고, 화성 식민지에서조차도…… 이미 맥널티가 그쪽까지도 조회해보았다더군. 이 작자가 그렇게 하기 위해서 과연 어떤 대가를 지불했을지, 가만히 한번 생각해보게. 돈? 어마어마하게 들었을 걸세. 뇌물. 천문학적으로 들었을 거야. 그 정도로 많은 자금을 동원해야 했다고 치면, 그는 뭔가 아주 큰일을 꾸미고 있는 셈일 테지. 영향력? 결론은 똑같아. 그 작자는 상당한 힘을 가지고 있을 것이므로, 우리는 그를 중요한 인물로 간주해야 마땅한 거지. 내가 가장 우려하는 점은 그 작자가 누구를 위해 일하고 있느냐는 거야. 내 생각에는 어떤 집단, 그러니까 지구 어딘가에 있는 어떤 집단이 그의 뒤를 봐주고 있는 것 같아. 하지만 그 집단이 무엇을 위해, 그리고 왜 그러는지는 나도 전혀 모르겠어. 좋아. 그리하여 놈들은 그 작자에 관한 모든 데이터를 없애버렸다 이거지. 제이슨 태버너는 결국 존재하지 않는 사람이 되었어. 하지만 그렇게 한다고 해서 그놈들에게 무슨 이득이 있겠나?"

허브는 곰곰이 생각해보았다.

"나로선 도무지 이해가 안 돼." 버크먼이 말했다. "전혀 앞뒤가 맞지 않아. 하지만 만약 그놈들이 그 일을 하는 데에 관심을 갖고 있다면, 그건 결국 뭔가 꿍꿍이가 있다는 뜻이야. 그렇지 않다면 그놈들이 그렇게 막대한 비용을 들였을 리가—"그는 손짓을 해 보였다. "—물론 정확히 그놈들이 어떤 비용을 들였는지는 모르겠지만. 돈이건, 시간이건, 영향력이건, 뭐든 간에 말이야. 어쩌면 세 가지 모두 다일지도 모르지. 거기다가 상당한 노력까지지도 말이야."

"무슨 말씀인지 알겠습니다." 허브는 이렇게 말하며 고개를 끄덕였다.

버크먼이 말했다. "때로는 작은 물고기 한 마리를 낚음으로써 결국 큰 물고기를 낚게 되는 법이지. 그건 정말로 모를 일이야. 다음번에 자네가 낚아 올리는 작은 물고기가 뭔가 커다란 것으로 이어지는 연결 고리가 될지—"그는 어깨를 으쓱했다. "—아니면 그냥 강제노동수용소라는 연못에 집어넣을 피라미 한마리에 불과한지 여부는 아무도 몰라. 어쩌면 제이슨 태버너가 정말 피라미에 불과할 수도 있지. 그렇다면 내 생각은 완전히 틀린 셈이 되는 거고. 하지만 일단 나는 관심이 있다네."

"그렇다면." 허브가 말했다. "태버너 입장에선 불운하게 되었군요."

"그래." 버크먼이 고개를 끄덕였다. "이제 이걸 생각해보라고." 그는 잠시 말을 멈추고 조용히 방귀를 뀌더니, 곧이어 다시 말을 이었다. "태버너는 우선 ID 위조업자를 찾아갔지. 어느 폐업한 식당 뒤에서 일하는 쌔고 쌘 위조업자에게 말이야. 그 작자에게는 접선책이 없었어. 이런, 세상에. 그 작자는 자기가 머물고 있는 호텔의 접수대 직원을 통해서 일을 도모했지. 그는 신분증을 얻으려고 혈안이 되어있었음이 분명해. 좋아. 그렇다면 그 작자를 밀어주는 힘 있는 후원자들은 도대체 어디 있는 거지? 지금까지 다른 일을 모조리 잘해냈다고 치면, 왜 하필 그 작자에게 잘 위조된 ID 카드를 제공하지는 못한 거냐고? 세상에. 그들은 하필이면 그를 거리로, 도시의 이 지저분한 정글 속으로 내보내자마자 딱 경찰 정보원에게 갖다 바친 거야. 그놈들이 결국 모든 일을 위험에 빠트린 거야."

"맞습니다." 허브가 고개를 끄덕이며 말했다. "뭔가를 망치고 말았죠."

"그래. '뭔가가 잘못된 거야.' 어느 날 갑자기 그가 이 도시 한복판에 나타났는데, 마침 그에게는 ID가 전혀 없었지. 그의 소지품 중에서 그에 관한 것은 모조리 캐시 넬슨의 위조품이야. 도대체 어떻게 해서 그런 일이 실현될 수 있었을까? 어떻게 그들은 중도에 일을 망쳐버린 나머지 졸지에 그를 위조 ID 카드 만드는 일에 뛰어들게 했을까? 그걸 가지고 있어봤자 거리에서 겨우 세 블록 걸어가면 끝인데? 내 말이 무슨 뜻인지 자네도 알겠지."

"하지만 우리가 그놈들에 대해 파악하게 된 것도 바로 그 덕분이지 않습니까?"

"뭐라고 했나?" 버크먼이 말했다. 그는 테이프 플레이어에서 돌아가는 류트 음악의 소리를 낮추었다.

허브가 말했다. "만약 그놈들이 그런 실수를 하지 않았다고 친다면, 우리에겐 놈들을 파악할 기회조차 없었을 겁니다. 그 놈들은 우리에게 여전히 형이상학적 실체로 남아있으면서, 한 번도 눈에 띄거나 의심을 사지 않았을 테지요. 그런 실수 덕분에 우리가 살아가는 셈이랄까요. 저로선 그놈들이 '왜' 그런 실수를 했는지 여부는 전혀 중요하지 않다고 봅니다. 정말로 중요한 것은 그놈들이 실수를 했다는 사실뿐이죠. 그리고 우리는 그 사실에 대해 더럽게도 기뻐해야 마땅할 테고요."

나야 기뻐하고 있지. 버크먼은 이렇게 생각했다. 몸을 기울이며 그가 맥널티의 내선번호를 눌렀다. 응답이 없었다. 맥널티는 아직 이 건물로 돌아오지 않았다. 버크먼은 자기 시계를 들여다보았다. 또다시 십오 분쯤 지나있었다.

그는 중앙통제상황실로 다이얼을 돌렸다. "파이어플래시 지구에서 실시되는 라스베가스 작전 상황은 어떻게 되었나?" 높은 걸상에 올라앉아서 그 앞 지도 판 위에 놓인 작은 플라스틱 모형을 긴 큐대로 밀어대고 있던 여성 교환원에게 그가 물었다. "제이슨 태버너라고 주장하는 자에 대한 수색 작전 말이네."

교환원이 신속하게 버튼을 몇 개 치자 컴퓨터가 윙윙거리며 돌아가는 소리가 들려왔다. "수색 현장에 나가있는 책임자와 연결해드리겠습니다." 버크먼의 화면에는 제복 차림의 경찰관이 나타났다. 마치 바보처럼 평온해 보이는 인물이었다. "예, 버크먼 치안감님?"

"태버너를 찾아냈나?"

"아직 아닙니다, 치안감님. 아직까지는 임대 건물 전체에서 겨우 서른 가구 정도를 조사했을—"

"그자를 찾아내는 즉시." 버크먼이 말했다. "나한테 곧바로 연락을 하게." 그는 바보 같은 경찰관에게 자기 내선번호를 알려주고 전화를 끊었다. 어렴풋이 패배한 듯한 느낌이 들었다.

"시간이 좀 걸릴 겁니다." 허브의 말이었다.

"좋은 맥주처럼 말이지." 버크먼이 중얼거렸다. 그는 공허한 눈으로 앞을 바라보았다. 머리가 분주하게 돌아가고 있었다. 하지만 분주한 와중에도 아무런 결론을 내지 못했다.

"버크먼 씨도 그렇고, 버크먼 씨의 직관도 그렇고, 정말 융의 이론에 잘 들어맞습니다." 허브가 말했다. "융이 말한 유형론에 버크먼 씨 같은 분이 딱 나와있다 이거죠. 직관적이고 사색적인 인성, 그러니까 직관이야말로 버크먼 씨의 주된 기능 양식이며 사고—"

"헛소리." 그는 맥널티의 서투른 메모 가운데 하나를 구깃구깃 뭉쳐서 문서절단기에 던져 넣었다.

"그러면 융을 읽어보신 적이 없습니까?"

"있지. 내가 버클리에서 석사 학위를 땄을 때에만 해도— 정치학과에서는 누구나 반드시 융을 읽어야만 했으니까. 자네가 배운 건 나도 이미 다 배웠고, 심지어 그것 말고도 더 많이 배웠다네." 자기 목소리에 묻어나는 짜증스러움이 그도 마음에 들지 않았다. "저 친구들은 마치 환경미화원이 쓰레기 치우듯이 수색을 하고 있을 거야. 쿵쾅거리고 떠들면서…… 태버너라는 작자는 저 친구들이 자기가 있는 아파트에 도달하기도 전에 일찌감치 알아챌걸."

"버크먼 씨께서는 태버너를 다른 누군가와 엮을 수 있다고 생각하시는 겁니까? 그러니까 더 높은 곳에 있는 누군가와—"

"그자는 아마 중요한 위치에 있는 누군가와 연결되지는 않을 거야. 해당 지구의 경찰서에서도 그의 ID 카드와 연결되는 정보가 없었다고 하지 않았나. 우리도 그가 이미 예상하는 것 이상으로 그에게 아주 가까이 다가갈 수는 없을 거야. 나는 아무것도 기대하지 않아. 다만 태버너 본인을 원할 뿐이지."

"그러면 내기를 걸도록 하겠습니다."

"좋아."

"저는 5퀸크를 걸겠습니다. 골드로요. 버크먼 씨께서 그를 붙잡아도 아무것도 얻지 못하실 거라는 데에 말이죠."

버크먼은 깜짝 놀란 나머지 급히 몸을 똑바로 일으켰다. 이것이야말로 자신의 직관과 비슷하게 들렸기 때문이다. 어떤 사실에도, 어떤 데이터에도 근거하지 않은, 오로지 순수한 예감 말이다.

"저랑 내기하고 싶지 않으십니까?" 허브가 말했다.

"내가 어떻게 할지 자네에게 이야기해주겠네." 버크먼이 말했다. 그는 지갑을 꺼내더니 그 안에 들어 있는 돈을 세어보았다. "나는 지폐로 천 달러를 걸겠네. 우리가 일단 태버너를 잡고 나면, 우리는 지금까지 관여했던 것 중에서도 가장 중요한 영역 가운데 하나로 들어서게 되리라는 데에 말이야."

허브가 말했다. "그렇게 많은 돈을 내기에 걸고 싶지는 않습니다만."

"그럼 자네는 내 말이 맞다고 생각하는 건가?"

전화가 울렸다. 버크먼이 송수화기를 들어 올렸다. 스크린에는 그 바보 같은 라스베가스 현장 지휘관의 모습이 떠올랐다. "저희가 갖고 있는 열 감지장치에 따르면, 체중과 신장과 대략적인 신체 구조가 그 태버너라는 자와 유사한 남성이, 아직 저희가 수색하지 않고 남겨둔 가구 가운데 한 곳에 있습니다. 매우 조심스럽게 움직이긴 하겠습니다만, 일단 주위의 다른 가구에 있는 사람들은 모두 밖으로 대피시켰습니다."

"그자를 죽이지는 말게." 버크먼이 말했다.

"말씀하신 대로 하겠습니다, 치안감님."

"연락을 끊지 말고 계속 유지하도록 하게." 버크먼이 말했다. "지금부터 이 사건을 실시간으로 지켜보고 싶으니까."

"예, 치안감님."

버크먼이 허브 메임에게 말했다. "이 친구들은 이미 그자를 거의 잡은 상태로군." 그는 미소를 지으며 기쁜 나머지 쿡쿡 웃었다.

11

옷을 가지러 간 제이슨 태버너는 루스 레이가 반쯤 어두워진 침실에 앉아있는 것을 발견했다. 이불이 흐트러지고 아직 온기가 남아있는 침대 가장자리에서 그녀는 옷을 완전히 차려입고 특유의 가느다란 담배를 피우고 있었다. 회색 저녁 빛이 창문 너머로 들어왔다. 담배 끄트머리가 빨갛게 타오르면서 높고도 신경이 곤두서는 온도를 나타냈다.

"그 담배 때문에 결국 당신이 죽고 말걸요." 그가 말했다. "일 인당 일주일에 한 갑밖에는 배급하지 않는 이유도 바로 그래서죠."

"웃기지 마요." 루스 레이는 이렇게 대꾸하고는 계속 담배를 피웠다.

"하지만 당신은 그걸 암시장에서 샀겠죠." 그가 말했다. 언젠가 그는 그녀를 따라 암시장에 가서 담배를 한 보루나 사온 적이 있었다. 수입이 상당한 그조차도 암시장 담배 가격에는 그만 질색하고 말았다. 하지만 그녀는 전혀 염두에 두지 않는 것 같았다. 오히려 예상하고 있었던 모양이었다. 자기 습관 때문에 얼마를 지불해야 하는지를 알고 있는 것 같았다.

"얻은 거예요." 그녀는 아직 많이 남아있는 담배를 마치 허파처럼 생긴 도자기 재떨이에 꾹 눌러 껐다.

"아까운 담배를 낭비하는군."

"당신 모니카 버프를 사랑했어요?" 루스가 물었다.

"당연하죠."

"도대체 어떻게 그럴 수 있었는지 모르겠네요."

제이슨이 말했다. "이 세상에는 다양한 종류의 사랑이 있으니까요."

"가령 에밀리 퍼셀먼의 토끼처럼 말이죠." 그녀가 그를 흘끗 바라보았다. "내가 아는 여자예요. 결혼해서 애가 셋이었죠. 고양이도 두 마리나 키웠는데, 나중에는 커다란 회색 벨기에 산 토끼를 한 마리 키웠어요. 커다란 뒷다리로 껑충 껑충 껑충 뛰어다니는 놈 말이에요. 처음 한 달 동안 그 토끼는 겁이 나는지 제 우리에서 나오려 들지를 않았어요. 우리는 그 녀석이 수놈이라고 생각했죠. 우리가 추측할 수 있는 건 그것뿐이었어요. 그러다가 한 달이 지나자 녀석은 제 우리에서 뛰어나와 거실을 이리저리 뛰어다녔죠. 그러다가 두 달이 지나자 계단을 올라가서 아침마다 에밀리의 침실 문을 긁는 법을 배웠고요. 그 녀석은 고양이들과 어울려 놀기 시작했고, 바로 거기서부터 문제가 생겨난 거예요. 녀석은 고양이만큼 똑똑하지 못했거든요."

"뇌의 크기로 따져도 토끼가 더 작죠." 제이슨이 말했다.

루스 레이가 말했다. "그렇죠. 여하간 그 녀석은 고양이를 숭배하다시피 한 나머지, 그놈들이 하는 짓은 모조리 따라하려고 노력했어요. 심지어 어느새 고양이 화장실 이용하는 법도 배웠더라니까요. 제 가슴에서 뽑아낸 털 뭉치를 이용해서, 그 녀석은 소파 뒤에다가 둥지를 하나 만들고, 고양이들이 그 안에 들어오기를 바랐지요. 하지만 고양이들은 그렇게 하지 않았어요. 그러다가 모든 일의 최후가—거의 최후에 가까운 사건이—찾아오고 말았어요. 그 녀석은 어떤 여자가 데려온 독일산 셰퍼드랑 숨바꼭질 놀이를 하려고 들었지요. 말했다시피, 그놈의 토끼는 고양이들과 놀면서, 그리고 에밀리 퍼셀먼이랑 아이들과 놀면서 그 놀이를 익혔거든요. 그때마다 녀석은 우선 소파 뒤에 숨었다가 갑자기 확 달려 나오곤 했죠. 아주 빨리 원을 그리며 뱅뱅 돌면 모두들 그 녀석을 잡으려고 했어요. 하지만 아무도 잡을 수 없었고, 그러면 녀석은 무사히 소파 뒤로 다시 돌아오곤 했죠. 어느 누구도 거기까지 그 녀석을 따라오지는 않았으니까요. 하지만 그 개는 이 놀이의 규칙을 몰랐기 때문에, 토끼가 소파 뒤로 다시 도망치자마자 그 뒤를 쫓아가서 토끼의 궁둥이를 꽉 물어버린 거예요. 에밀리는 깜짝 놀라서 개의 입을 도로 벌리게 하고, 곧이어 개를 밖으로 끌고 나갔어요. 하지만 그 토끼는 이미 심한 상처를 입은 다음이었죠. 결국 회복되기는 했지만 그때 이후로 녀석은 개를 두려워한 나머지 심지어 창밖으로 지나가는 개만 보여도 도망쳐버리곤 했어요. 그리고 개한테 물린 바로 그 자리를 항상 휘장 뒤에다가 숨겨두곤 했어요. 거기에는 털이 하나도 없었기 때문에 부끄러웠던 모양이죠. 하지만 그 녀석이 보인 무척이나 감동적인 모습은, 자신의—당신 같으면 뭐라고 하겠어요?—생리학의 한계를 뛰어넘으려는 노력이 아니겠어요? 그러니까 토끼로서의 한계를 뛰어넘어, 가령 고양이처럼 더 진화된 생명 형태가 되려고 노력한 거지요. 항상 고양이들과 함께 있고, 고양이들과 동등한 입장에서 함께 놀고 싶었던 거예요. 그게 다라고요. 진짜로. 고양이들은 토끼가 저희들을 위해 지어놓은 둥지 속에 머물지 않은 거고, 개는 규칙을 몰라서 결국 토끼를 물어버리고 만 거예요. 토끼는 이후로도 몇 년을 더 살았어요. 하지만 토끼가 그렇게 복잡한 성격을 발전시킬 수 있으리라고 과연 누가 생각이나 했겠어요? 게다가 누가 소파에 누울 때마다 토끼는 그 사람을 쿡쿡 찔러댔고, 사람이 꼼짝도 하지 않으면 아예 꽉 물어버렸죠. 하지만 그 토끼의 야심과 실패를 좀 보라고요. 노력하는 작은 생명 아니냐고요. 그런데 그녀석은 항상 가망성이 없었죠. 하지만 녀석은 그런 사실을 알지 못했어요. 어쩌면 알았는데도 여전히 노력했을지도 모르죠. 하지만 내 생각에는 그 녀석이 그 사실을 전혀 이해하지 못했던 것 같아요. 그 녀석은 단지 그걸 아주 서투르게 하고 싶었던 건지도 몰라요. 그건 그 녀석의 삶의 전부였어요. 왜냐하면 그 토끼는 고양이를 좋아했으니까요."

"난 당신이 동물을 안 좋아하는 줄 알았는데요." 제이슨이 말
했다.

"지금은 물론 그렇죠. 하지만 이전에는 무척이나 많은 패배
와 실패를 겪었어요. 그 토끼와 마찬가지로 말이에요. 물론 녀
석도 결국에는 죽고 말았죠. 에밀리 퍼셀먼은 며칠이나 울었어
요. 일주일이나. 나는 그 짐승이 그녀에게 무슨 일을 저질렀는
지를 똑똑히 보았기 때문에, 나도 마찬가지로 얽히고 싶지는
않았어요."

"하지만 동물을 더 이상 사랑하지 않게 되었다고 한다면, 당
신은—"

"그놈들의 삶은 너무 짧으니까요. 빌어먹을 정도로 더럽게
짧다고요. 좋아요. 어떤 사람은 자기가 좋아하던 짐승을 잃어
버리면, 얼른 그 사랑을 또 다른 짐승에게로 옮겨놓곤 하죠. 하
지만 그건 상처가 된다고요. 상처가 된다니까요."

"그렇다면 사랑이 그토록 좋은 이유는 뭘까요?" 그는 이 문
제를 오랫동안 생각해보았다. 기나긴 성인기의 삶 내내, 자신
의 관계 안팎에서 말이다. 그는 지금도 이 문제를 심각하게 생
각하고 있었다. 그에게 최근 벌어진 일들이며, 결국 에밀리 퍼
셀먼의 토끼에 이르기까지 말이다. 이 고통의 순간. "당신은 누
군가를 사랑하지만, 그들은 결국 떠나버리죠. 그들은 어느 날
집에 돌아와서 자기 물건을 주섬주섬 챙겨요. 당신은 말하죠.
'무슨 일이야?' 그러면 그들이 대답하죠. '다른 데서 더 좋은

제안을 받았거든.' 그러면서 그들은 가버리죠. 당신의 삶에서 영원히 떠나는 거예요. 그런 일이 있고 나면, 당신은 죽을 때까지 이 커다란 사랑을 계속 짊어지고 다녀요. 어느 누구에게 줘버리지도 않고 말이에요. 만약 당신이 그 사랑을 줘버릴 만한 누군가를 발견한다 치더라도, 예전과 똑같은 일이 다시 반복될 뿐이죠. 아니면 당신이 어느 날 그들에게 전화를 걸어서 말하든가요. '나 제이슨이에요.' 그러면 그들이 말하죠. '누구요?' 그러면 당신은 알게 되는 거죠. 그들하고는 끝났다는 걸. 그들은 도대체 당신이 누군지조차 알지 못해요. 그러면 나는 그들이 당신을 결코 알지 못했구나 하고 짐작하는 거죠. 당신은 애초부터 그들을 소유한 적도 없었던 거예요."

루스가 말했다. "사랑이란 단순히 다른 사람을 원하는 것에 불과한 게 아니에요. 당신이 어느 상점에서 본 물건을 갖고 싶다고 원하는 것과는 다르다고요. 그건 단순히 욕망에 불과하니까. 당신은 그걸 구입해서, 집으로 가져가서, 아파트 어디엔가 마치 램프처럼 놓아두기를 원할 뿐이죠. 하지만 사랑이란—" 그녀는 잠시 말을 멈추고 뭔가를 곰곰 생각했다. "—마치 불타는 집에서 아이들을 구한 아버지와도 같은 거예요. 아이들을 밖으로 꺼내는 대신, 자기는 죽고 마는 거죠. 사랑을 할 때면 당신은 더 이상 자기 자신을 위해서는 살지 않는 거예요. 다른 사람을 위해서 사는 거죠."

"그러면 그게 좋은 건가요?" 이 말은 그의 귀에도 별로 좋게 들리지가 않았다.

"사랑은 본능조차도 극복하는 거예요. 본능 때문에 우리는 생존을 위해 싸우게 되니까요. 캠퍼스마다 에워싼 경찰관들처럼 말이에요. 다른 사람들을 희생시켜가면서 나 자신이 생존하는 거죠. 우리는 각자 남을 밟고 위로 올라가는 거예요. 내가 한 가지 좋은 예를 들어줄까요. 내 스물한 번째 남편인 프랭크 이야기예요. 우리의 결혼 생활은 겨우 여섯 달밖에는 지속되지 않았어요. 그 기간 동안 그는 나를 사랑하지 않게 되었고, 점차 끔찍스러울 정도로 불행해졌죠. '나'는 여전히 그를 사랑했어요. 나는 그와 함께 남아있고 싶었지만, 그건 그에게 상처가 되었어요. 그래서 나는 그가 떠나게 내버려두었죠. 당신도 알겠어요? 그에게는 그편이 더 나았으니까. 그리고 나는 그를 사랑했기 때문에 그쪽이 더 중요하다고 생각했으니까. 알겠어요?"

제이슨이 말했다. "하지만 자기 생존을 위한 본능에 반하는 일이 어째서 좋다는 거죠?"

"당신은 내가 아무 말도 못할 줄로 생각하나 보죠."

"아니에요." 그가 말했다.

"왜냐하면 생존을 위한 본능은 결국 없어지는 것이니까요. 살아있는 생물은 다 그렇죠. 가령 두더지건, 박쥐건, 인간이건, 개구리건 간에 말이에요. 심지어 개구리조차도 시가를 피우고 체스를 두죠. 당신은 당신의 생존 본능이 하려고 시작한 일을 결코 성취하지 못해요. 그리하여 결국 당신의 분투는 실패로 끝나고, 당신은 죽음에 굴복하며, 그걸로 다 끝나는 거죠. 하지만 당신이 사랑을 한다면, 당신은 가만히 사라져서 지켜볼 수ㅡ"

"난 아직 사라질 준비가 되지 않았는데요." 제이슨이 말했다.

"―당신은 가만히 사라져서 지켜볼 수 있어요. 행복을 느끼며, 시원하고 감미롭고 제일가는 만족감을 느끼며. 그것이야말로 모든 만족감 중에서도 최상위의 것이죠. 당신이 사랑하는 사람들 가운데 하나가 잘 살아가는 모습을 지켜보는 것 말이에요."

"하지만 그들 역시 언젠가는 죽잖아요."

"맞는 말이에요." 루스 레이가 입술을 깨물었다.

"그러니 차라리 사랑을 하지 않는 게 나아요. 그러면 당신에게는 아무런 일도 벌어지지 않을 테니까. 심지어 애완동물, 가령 개나 고양이조차도 그래요. 당신이 지적한 그대로예요. 당신은 그 녀석들을 사랑하는데, 녀석들은 죽어 없어지죠. 만약 토끼 한 마리의 죽음이 나쁜 일이었다고 한다면―" 이 말을 하자마자 그는 순간적으로 공포를 느꼈다. 부서진 뼈. 매달린 채 피를 뚝뚝 흘리는 여자의 머리카락. 그걸 주둥이에 물고 있는 어렴풋한 적의 모습이 떠올랐기 때문이다. 그 어떤 개보다도 더 커다란 모습이.

"하지만 당신도 슬퍼할 수는 있잖아요." 루스가 그의 얼굴을 유심히 살펴보며 말했다. "제이슨! 슬픔이라는 건 어른이든 아이든 동물이든 간에, 모든 생물이 느낄 수 있는 가장 강력한 감정이에요! 그건 '좋은' 느낌이라고요."

"어떤 빌어먹을 놈의 측면에서 그렇다는 거죠?" 그가 냉랭하게 쏘아붙였다.

"슬픔은 당신이 자기 자신을 떠날 수 있게 해주죠. 슬픔으로 인해 당신은 자기만의 좁고 얇은 피부 밖으로 걸어 나올 수 있어요. 그리고 당신이 뭔가 슬픔을 느끼기 위해서는 그보다 먼저 사랑을 해야만 하죠. 슬픔이라는 것은 사랑의 최종 결과이니까요. 슬픔은 잃어버린 사랑이니까. 당신도 이해하겠죠. 난 당신이 이해한다는 걸 알아요. 하지만 당신은 거기에 대해서 생각하고 싶지 않은 거예요. 그건 이미 완료된 사랑의 주기예요. 사랑하고, 잃어버리고, 슬픔을 느끼고, 떠나고, 그리고 또다시 사랑하게 되는 거죠. 제이슨, 슬픔은 당신이 반드시 혼자 있어야만 한다는 자각이에요. 그리고 그 너머에는 아무것도 없지요. 왜냐하면 혼자 있다는 것이야말로 살아있는 생물 각자의 궁극적인 최종 운명이니까요. 죽음이란 바로 그거예요. 거대한 고독인 거죠. 언젠가 내가 대마초 담배 대신에 수연통을 이용해서 대마초를 처음 피웠을 때의 일이 기억나네요. 그거, 그러니까 대마초 연기는 끝내줬어요. 내가 얼마나 많이 들이마셨는지도 깨닫지 못했죠. 그러다가 갑자기 나는 죽어버렸어요. 아주 잠깐뿐이긴 했지만, 그래도 몇 초쯤 시간이 흘러가버렸죠. 그랬더니 이 세계는 물론이고 내 모든 감각이 사라져버리는 거예요. 심지어 내 몸에 대한 자각도, 하다못해 내가 몸을 갖고 있다는 자각조차도 사라지더라니까요. 그렇다고 해서 내가 일반적인 의미의 고립 상태로 남은 건 아닌 것 같았어요. 왜냐하면 우리가 일반적인 의미로 혼자일 경우에도, 우리의 감각 자료는 계속해서 흘러들어오니까요. 비록 우리 자신의 몸에서 오는 감각 자료까지는 아니더라도 말이에요. 하지만 내 경우에는 심지어 어둠조차도 사라져버렸어요. 모든 것이 그냥 멈추어버렸어요. 침묵만 흘렀죠. 아무것도 없었어요. 나 혼자였다고요."

"애초에 그걸 당신한테 준 놈들이 뭔가 지독한 독성 물질 가운데 하나에 그걸 담갔다 꺼냈을 거예요. 예전에 많은 사람들을 한꺼번에 보내버리려고 사용하던 것 말이에요."

"그래요. 내 머리가 제대로 돌아왔다는 것만 해도 나는 무척 운이 좋았죠. 정말 괴물 같은 물건이었어요. 대마초라면 예전에도 여러 번 피워봤지만, 그런 일은 한 번도 없었거든요. 그렇기 때문에 그 사건 이후로 지금은 담배를 피우는 거예요. 여하간 그건 단순한 기절하고는 달랐어요. 내가 아래로 쓰러질 거라는 느낌조차 들지 않더라고요. 왜냐하면 나한테는 쓰러지고 말고 할 것이 없었으니까. 몸이 없었으니까…… 그리고 내가 쓰러질 만한 아래라는 것 자체도 없었고 말이에요. 모든 것이, 그러니까 나까지 포함해서, 싹―" 그녀는 손짓을 했다. "―소멸해버렸어요. 마치 맨 마지막 한 방울까지 병에서 다 나온 것처럼. 그러다가 갑자기 영화가 다시 돌아가기 시작하는 거죠. 우리가 현실이라고 부르는 대작 영화가 말이에요." 그녀는 말을 멈추고, 자기가 들이마셨던 담배 연기를 훅 하고 내뿜었다. "이런 이야기는 이제껏 어느 누구한테도 해본 적이 없어요."

"그때 혹시 겁이 났나요?"

그녀는 고개를 끄덕였다. "무의식의 의식이랄까. 당신이 내 말을 제대로 알아듣는다면 말이에요. 우리가 죽을 때, 우리는 그걸 느낄 수가 없어요. 왜냐하면 죽는 건 바로 그런 거니까요.

그 모두를 상실하는 거니까. 그래서 나는 더 이상 죽는 것을 전혀 두려워하지 않게 되었어요. 대마초 때문에 무서운 환각 체험을 한 이후로는 말이에요. 하지만 슬퍼한다는 것. 그것은 죽는 동시에 살아있는 거예요. 따라서 당신이 느낄 수 있는 것 중에서도 가장 절대적인, 그리고 압도적인 경험이죠. 가끔은 나도 우리가 그런 일을 거뜬히 견디도록 구축되지는 않았다고 확신해요. 그건 너무 끔찍하니까요. 그 모든 파도와 물결을 겪으면 당신의 몸은 거의 자체 파괴에 이르고 말 거예요. 하지만 나는 슬픔을 겪기를 '원해요.' 눈물을 흘리기를 말이에요."

"어째서죠?" 그로선 차마 이해할 수가 없었다. 그에게는 그것이야말로 회피해야 마땅한 무언가였기 때문이다. 만약 우리가 그런 것을 느낀다면, 우리는 최대한 빨리 거기서 벗어나야 한다.

루스가 말했다. "슬픔은 당신과 당신이 잃어버린 것, 이 두 가지를 도로 합쳐주니까요. 그것은 합체예요. 당신이 사랑하는 물건, 또는 사람이 가버리면, 결국 당신도 함께 가버리게 되죠. 어떤 면에서 당신은 자기 자신을 나누어서 그 가버린 것과 동행하는 거예요. 그것의 여정에 참여하는 거죠. 당신은 최대한 갈 수 있는 데까지 그것과 함께 나아가죠. 예전에 내가 사랑하던 개가 한 마리 있었던 게 기억나요. 그때 내 나이는 열일곱이나 열여덟쯤 되었을 거예요. 내 기억으로는 대략 혼인 가능 연령 즈음이었어요. 그런데 하루는 개가 아픈 바람에 수의사에게 데려갔죠. 수의사 말로는 행크가, 우리 개가 쥐약

218

을 먹었다는 거예요. 우리가 할 수 있는 일이라곤 혈액을 커다란 자루로 하나 가득 주사하고, 그로부터 24시간 사이에 이 녀석이 과연 사는지 죽는지 지켜보는 것뿐이라고 하더군요. 나는 집에 가서 기다렸죠. 그런데 오후 11시쯤 그만 잠들고 말았어요. 의사는 다음 날 아침에 나한테 전화를 해줄 예정이었죠. 병원에 출근해서 밤사이에 행크가 살았는지 죽었는지 알아본 다음에 말이에요. 나는 아침 8시 30분에 일어나서 정신을 가다듬으려고 애쓰며 전화를 기다렸죠. 그러다가 화장실로 들어갔는데—이빨을 닦으려고—그때 갑자기 행크가 보이는 거예요. 화장실 왼쪽 구석에 말이에요. 그 녀석은 천천히, 아주 신중하면서도 침착한 태도로 눈에 안 보이는 어떤 계단을 올라가고 있더라고요. 나는 녀석이 대각선 방향으로 터벅터벅 올라가는 걸, 그리고 화장실 오른쪽 위로 사라지는 걸 보았어요. 녀석은 계속해서 계단을 올라갔어요. 나를 한번 돌아보지도 않더군요. 나는 그 녀석이 죽었다는 걸 알았어요. 전화가 왔고, 수의사가 나한테 그러더군요. 행크가 죽었다고요. 하지만 나는 녀석이 위로 올라가는 걸 봤어요. 당연히 나는 끔찍하고도 압도적인 슬픔을 느꼈고, 내가 그러는 동안 나는 정신이 나가서 그 녀석을 나란히 따라가버렸던 거예요. 그 빌어먹을 놈의 계단 위로 말이에요."

두 사람은 한동안 아무 말도 없이 가만히 있었다.

"하지만 결국에." 루스가 흠흠 헛기침을 하며 말했다. "슬픔은 가시고, 우리는 이 세계로 되돌아오게 되는 거죠. 그 녀석

없이 말이에요."

"그러면 당신은 그 사실을 받아들이는 거군요."

"그러면 도대체 다른 무슨 빌어먹을 선택의 여지가 있다는 거죠? 당신은 울어요. 계속해서 운다고요. 왜냐하면 당신은 그 녀석과 함께 갔던 곳에서 결코 완전히 돌아올 수는 없으니까요. 당신의 박동하는, 쿵쿵 뛰는 심장에서 떨어져 나온 파편은 여전히 거기 남아있는 거예요. 그리고 심장에 팬 홈은, 그 베인 상처는 결코 낫지 않아요. 만약 그런 일이 당신의 삶에서 거듭해서일어날 경우, 그러니까 당신의 심장 가운데 너무 많은 부분이마침내 가버리고 만다면, 당신은 더 이상 슬픔을 느낄 수가 없게 돼요. 그러다가 당신 자신이 죽을 준비가 되는 거죠. 당신은기울어진 사다리를 따라 올라가버릴 테고, 그러면 다른 누군가가 뒤에 남아서 당신을 위해 슬퍼할 거예요."

"내 심장에는 베인 상처 따위가 없어요." 제이슨이 말했다.

"당신이 지금 떠난다면." 루스가 쉰 목소리로 말했다. 어쩐지 평소의 그녀에게서는 흔치 않은 침착이 드러나있었다. "바로 그 순간, 바로 내 심장에 베인 상처가 하나 생기게 되겠죠."

"그럼 내가 내일까지 머무를게요." 그가 말했다. 최소한 그때까지는 경찰 실험실에서도 그의 ID 카드가 위조라는 사실을 발견하지 못할 듯싶었다.

그렇다면 캐시가 나를 구해준 걸까? 그는 궁금한 생각이 들었다. 아니면 나를 파괴한 걸까? 그로선 솔직히 알 수가 없었다. 캐시는 나를 이용했지. 겨우 열아홉 살이지만, 사실은 당신과 나를 합쳐놓은 것보다도 아는 게 더 많아. 우리 삶의 총합에서 우리가 찾아낼 수 있는 것보다도 더 많이 안다고. 묘지로 가는 갖가지 길에 관해서 말이야.

훌륭한 상담 집단의 지도자와 마찬가지로, 그녀는 그를 무너트렸다. 무엇을 위해서일까? 그를 다시 한 번 재건하기 위해서, 이전보다 더 강력하게 만들기 위해서일까? 그로선 의구심이 들었다. 하지만 그건 가능성으로 남았다. 그걸 잊어서는 안 될 것이었다. 그는 캐시를 향해 뭔가 이상하고도 냉소적인 신뢰를 느꼈다. 절대적인 동시에 확신하기 힘든 신뢰를. 그의 두뇌 가운데 한쪽 절반은 자신의 판단 능력을 넘어설 정도로 그녀를 믿을 만하다고 여겼고, 나머지 절반은 그녀를 저급한, 양심을 팔아먹은, 완전히 몹쓸 인간으로 바라보고 있었다. 그로선 이 두 가지를 하나의 관점으로 합쳐놓을 수가 없었다. 그의 머릿속에서는 캐시의 이런 두 가지 이미지가 중첩된 채로 남아있었다.

어쩌면 여기를 떠나기 전에 캐시에 관한 나의 상반된 생각을 정리할 수 있을지도 몰라. 그는 생각했다. 아침이 되기 전에 말이야. 하지만 그렇게 하고 난 뒤에도 그는 심지어 하루를 더 머물지도 몰랐고…… 하지만 그리한다면 지나친 태만일 터였다. 과연 경찰은 얼마나 솜씨가 뛰어날까? 그는 속으로 물었다. 그들은 내 이름도 잘못 파악했지. 내 파일도 잘못 찾아냈고. 그렇다면 그들이 이 모든 일을 연이어 망쳐버린다는 건 가능한 일일까? 어쩌면 그럴지도 몰라. 또 어쩌면 아닐 수도 있고.

그는 경찰에 관해서도 동시에 상반된 인식을 품고 있었다.

아울러 이것 역시 해소가 불가능했다. 그리하여 그는 토끼처럼, 그러니까 에밀리 퍼셀먼의 토끼처럼, 자기가 있는 곳에 꼼짝 않고 붙어있었다. 자기가 그렇게 함으로써 다른 모든 사람들도 규칙을 이해하게 되기를 바랐다. 그 규칙이란, 뭘 어떻게 해야 할지 모르는 생물을 파괴해서는 안 된다는 것이었다.

12

회색 옷차림의 경찰관은 모두 네 명이었다. 시커먼 철제 촛대 비슷한 실외 장식품의 빛이며, 계속해서 펄럭이는 가짜 횃불에서 나온 빛이 밤의 어둠 속에서 이들의 모습을 비춰주었다.

"이제 두 집 남았군." 경사가 들릴락 말락 한 목소리로 말했다. 그는 말 대신 손가락을 이용해서 부하들의 시선을 입주자 목록으로 향하게 했다. "211호에는 루스 고멘이라는 여성이, 그리고 212호에는 앨런 머피라는 남성이 사는군. 어느 쪽을 먼저 가볼까?"

"머피라는 사람한테 가죠." 제복 차림의 경찰관 가운데 한 명이 말했다. 그는 자신의 플라스틱제 발포형 야경봉을 손가락으로 탁 때렸다. 이 일을 얼른 끝내고 싶어서 몸이 달아있었는데 드디어 끝이 저만치 보였던 것이다.

"그럼 212호로 가지." 경사가 이렇게 말하더니, 초인종을 누르려고 손을 뻗었다. 그때 갑자기 그는 초인종 대신에 문손잡이를 한번 당겨보자는 생각이 들었다.

좋았어. 열 번에 한 번 있을까 말까 할 정도로 확률은 낮았지만, 그의 예감은 뜻밖에도 그의 편을 들어주었다. 현관문이 잠겨있지 않았던 것이다. 그는 부하들에게 조용히 하라는 신호를 보낸 다음 짧게나마 씩 웃고 문을 밀어서 활짝 열었다.

어두운 거실은 텅 비어있었고, 거의 텅 비다시피 한 술잔이 여기저기 바닥에 놓여있었다. 갖가지 종류의 재떨이도 놓여있었는데, 하나같이 구겨진 담뱃갑이며 눌러 끈 담배꽁초가 수북했다.

담배 파티를 벌인 모양이군. 경사는 이렇게 판단했다. 지금은 파티가 끝난 거고 말이야. 모두들 집으로 가버렸겠군. 어쩌면 머피 씨는 여기 혼자 남아있을지도 모르지.

그는 집 안으로 들어서서 손전등을 이리저리 비춰보았다. 그러자 마침내 저 끝에 문이 하나 보였다. 이 값비싼 아파트의 더 깊숙한 곳으로 이어지는 문이었다. 아무 소리도 들리지 않았다. 아무 움직임도 감지되지 않았다. 그저 희미하게, 멀리서, 라디오 토크쇼의 소리만이 나지막이 최소 볼륨으로 들려올 뿐이었다.

그는 이쪽 벽에서 저쪽 벽까지 거실을 모두 뒤덮은 카펫 위를 지나갔다. 카펫에는 위로부터는 기쁨의 찬양이 쏟아지고 아래로부터는 슬픔의 통곡이 쏟아지는 가운데 마침내 하늘로 올라가는 리처드 M. 닉슨의 모습이 묘사되어있었다. 거실 끝에 있는 문 앞에 깔린 카펫에는 하느님의 모습이 그려져있었다. 하느님은 당신의 둘째 아들을 다시 품에 안고 있었다. 그는 침실 문을 열었다.

커다란 더블 침대에는 흐늘흐늘하고 부드러운 이불 속에 한 사람이 잠들어있었다. 어깨와 팔은 맨살이 드러나있었다. 옷은 가까운 의자 위에 벗어서 쌓아놓은 채였다. 당연히 앨런 머피 씨였다. 안전하고도 편안하게 자기 집의 더블 침대에 들어가있는 것이었다. 하지만─ 머피 씨는 침대 안에 혼자 들어가있지 않았다. 파스텔 색깔의 시트와 이불 사이로 뭔가 불분명한 또 하나의 형체가 몸을 말고 잠들어있었다. 머피 씨의 부인인 모양이군. 경사는 이렇게 생각하며 그녀 쪽으로 손전등을 비추었다. 어디까지나 남자로서의 호기심 때문이었다.

갑자기 앨런 머피가─물론 본인이 맞다는 가정 하에─움찔하고 움직였다. 그는 눈을 떴다. 그리고 곧바로 벌떡 일어나 앉으며 경찰관들을 빤히 바라보았다. 손전등 불빛이 그에게로 쏟아졌다.

"뭐야?" 그는 이렇게 말했다. 두려움으로 인해 초조해진 듯, 떨리는 숨을 깊고도 발작적으로 내쉬었다. "아니야." 머피가 말했다. 그러더니 자기 침대 옆에 있는 탁자에서 어떤 물건을 움켜쥐고는 돌연 어둠 속으로 몸을 던졌다. 털 많은 하얀 피부를 고스란히 드러낸 채로. 뭔가 눈에 보이지는 않지만 본인에게는 매우 중요한 것을 찾는 모양이었다. 그것도 매우 간절히. 그는 다시 똑바로 앉더니 숨을 헐떡이면서 결국 그 물건을 손에 움켜쥐었다. 가위였다.

"그건 도대체 뭐에 쓰려고 그러죠?" 경사가 물었다. 손전등 불빛에 가위의 금속 날이 번쩍이며 빛을 발했다.

"자살하려고." 머피가 말했다. "당장 물러가지 않으면— 제발 우리를 가만 놔두란 말이야." 그는 가위의 다물어진 양날 끝을 털이 수북한 자기 가슴, 심장 가까운 곳에 갖다 댔다.

"그렇다면 이쪽은 머피 씨 부인이 아닌 모양이로군." 경사가 이렇게 말했다. 그는 둥근 손전등 불빛을 다시 침대 한편으로 옮겼다. 거기 시트를 뒤집어쓴 채 불룩 튀어나온 형체를 비춘 것이다. "아주 빽적지근하게 진탕 놀아나는 난교 파티라도 벌인 모양이지? 이 좋은 아파트를 졸지에 모텔 방으로 바꾸어놓고 말이야?" 경사는 침대 쪽으로 걸어가서 그 위에 덮인 시트와 이불을 붙잡아 뒤로 확 잡아당겼다.

침대에서 머피 씨의 곁에 누워있던 사람은 웬 남자아이였다. 늘씬하고, 어리고, 벌거벗고, 머리는 긴 금발이었다.

"사람 환장하겠구먼." 경사가 말했다.

부하 가운데 하나가 말했다. "가위는 제가 빼앗았습니다." 그는 가위를 경사의 오른발 근처 방바닥에 던져놓았다.

머피 씨는 여전히 몸을 떨고 숨을 헐떡이면서 공포로 눈이 휘둥그레져있었다. 그를 향해서 경사가 말했다. "도대체 이 아이는 나이가 몇 살이지?"

이제는 남자아이도 잠에서 깨어났다. 아이는 사람들을 똑바로 바라보았지만 몸은 전혀 움직이지 않았다. 부드럽고도 멍한 얼굴에는 아무런 표정도 떠오르지 않았다.

"열세 살요." 머피 씨가 갈라지는 목소리로 말했다. 거의 애원하는 투였다. "혼인 가능 연령이죠."

남자아이를 향해 경사가 말했다. "그 사실을 증명할 수 있나?" 그는 이제 강렬한 혐오감을 느꼈다. 날카로운 물리적 혐오감이었다. 갑자기 토하고 싶은 기분이 들었다. 침대는 반쯤 마른 땀과 체액으로 범벅되어 축축했다.

"ID가 있어요." 머피가 헐떡이며 말했다. "저 아이 지갑 속에요. 지갑은 의자 위 저 아이 바지에 들어있어요."

경찰 수색조 가운데 한 명이 경사에게 말했다. "설마 이 어린 애가 열세 살이기만 하면. 그걸로 범죄가 전혀 성립 안 된다는 건 아니겠죠?"

"빌어먹을." 또 다른 경찰관이 화난 듯 말했다. "이건 누가 봐도 명백한 범죄예요, 아주 더러운 범죄라고요. 두 녀석 모두 잡아넣죠."

"가만히들 있어봐, 알았나?" 경사는 남자아이의 바지를 뒤져서 지갑을 발견했다. 그는 지갑을 꺼내 거기 들어있는 신분증을 확인해보았다. 진짜였다. 열세 살이었다. 그는 지갑을 도로 닫아서 다시 바지 주머니에 넣어주었다. "범죄는 아니로군." 그가 말했다. 그는 여전히 상황을 반쯤은 즐기고 있었다. 한편으로는 머피의 까발려진 치부를 보는 게 즐거웠지만, 또 한편으로는 자기 행위가 들통 나는 것을 두려워하는 이 남자

227

의 겁쟁이 같은 행태가 시시각각으로 점점 더 불쾌해질 따름이었다. "새로 개정된 형법 640조 3항에 따르면, 혼인 가능 연령은 12세로 되어있지. 그러니까 그 나이가 되면 미성년자가 양성 중 하나인 다른 미성년자, 또는 양성 중 하나인 다른 성인과 성행위를 갖는 것은 불법이 아니야. 다만 한 번에 한 사람과만 관계를 가져야 하지."

"하지만 이건 너무 지저분하지 않습니까." 경찰관 가운데 한 명이 항의했다.

"그건 당신 생각이죠." 머피는 아까보다 더 대담하게 말했다.

"도대체 어째서 이게 단속 대상이, 그것도 매우 중대한 단속 대상이 되지 않는다는 겁니까?" 그의 곁에 서있는 경찰관들은 계속 고집을 피웠다.

"희생자가 없는 범죄는 모조리 법전에서 체계적으로 빼버렸기 때문이지." 경사가 말했다. "그 과정에만 무려 10년이라는 세월이 걸렸다네."

"지금 '이' 일도 말입니까? '이' 일에도 희생자가 없다는 겁니까?"

경사는 머피에게 말했다. "도대체 당신은 이렇게 나이 어린 남자아이의 어떤 면이 마음에 드는 거지? 어디 한 번 설명이나 해보시지. 당신 같은 스캔에 대해서는 평소에도 늘 궁금해했던 참이니까."

"'스캔'이라뇨." 머피는 상대방의 말을 따라했다. 그의 입술이 불편한 듯 뒤틀렸다. "나한테 하는 말인 것 같군요."

"그건 일종의 카테고리야." 경사가 말했다. "그러니까 동성애 목적으로 미성년자를 먹잇감으로 삼는 작자들을 말하지. 물론 합법적이지만, 그래도 여전히 혐오감을 주거든. 당신이 낮 동안에 하는 본업은 뭐지?"

"중고 퀴블 판매원으로 일합니다."

"당신이 스캔이라는 사실을 당신의 고용주들이 알면, 그들은 더 이상 당신이 자기네 퀴블을 만지지 못하게 할걸. 당신의 그 털북숭이 흰 손이 업무 시간 외에 뭘 만졌는지 알게 된 다음에는 말이야. 무슨 말인지 알았나, 머피 씨? 당신 같은 중고 퀴블 판매원이라 하더라도, 스캔이 되고 나면 도덕적으로 완전히 책임을 피할 수는 없어. 그게 비록 법전에는 더 이상 나와있지 않아도 말이야."

머피가 말했다. "그건 우리 어머니의 잘못일 뿐이에요. 어머니가 아버지를 완전히 쥐고 흔들었으니까요. 아버지는 심약한 남자였고요."

"지난 12개월 동안 이런 어린 남자아이를 도대체 몇 명이나 꾀서 잔 거지?" 경사가 물었다. "농담이 아니니까 똑똑히 들어. 그 모든 상대와 항상 하룻밤짜리로 놀았나, 그런 건가?"

"나는 벤을 사랑해요." 머피는 이렇게 말하며 똑바로 앞을 응시했다. 그의 입술은 거의 움직이지도 않았다. "나중에, 그러니까 내가 경제적으로 더 나아져서 충분히 부양을 할 수 있게 되면, 나는 이 아이와 결혼할 생각이에요."

경사는 벤이라는 남자아이에게 말했다. "너 혹시 여기서 나가고 싶지 않니? 우리가 도와줄 테니까. 부모님 계신 곳으로 돌아가고 싶지 않아?"

"얘는 여기 산다니까요." 머피는 이렇게 말하며 약간 미소를 지었다.

"맞아요, 저 여기 살아요." 남자아이가 퉁명스레 말했다. 그는 부르르 몸을 떨었다. "저기, 그 이불 좀 도로 주실래요?" 그는 짜증스러운 듯 손을 뻗어서 이불을 붙잡았다.

"여하간 여기 계속 살고 싶으면 목소리 낮추고들 있으라고." 경사는 이렇게 말하며 지친 듯 밖으로 향했다. "세상에. 이런데도 그걸 법전에서 빼버렸다니."

"어쩌면ー" 머피가 말을 꺼냈다. 이제 경찰이 자기 침실에서 떠나려 한다는 사실 때문에 자신감을 얻은 모양이었다. "ー덩치 크고 뚱뚱하고 나이 많은 고위 간부님들 가운데 몇 사람이 자기들도 어린애들을 따먹다보니까, 그걸 일부러 죄가 안 되게 만들었던 모양이죠. 그 양반들이야 스캔들을 견딜 수 없었을 테니까요." 그의 얼굴에 떠오른 미소가 어느새 은근한 비웃음으로 변해있었다.

"내가 바라는 건 하나뿐이야." 경사가 대답했다. "언젠가는 당신이 뭔가 중대한 위법 행위를 하나쯤 저질러서 결국 경찰에 체포되었는데, 바로 그날 내가 마침 근무 중이었으면 좋겠다는 거. 그래야만 내가 당신을 직접 처넣을 수 있을 테니까." 그는 칵 하고 기침을 하더니 머피 씨의 얼굴에 침을 뱉었다. 털이 수북하고 공허한 얼굴 한복판에.

경찰 수색조는 담배꽁초와 담뱃재와 구겨진 담뱃갑과 내용물이 반쯤 남아있는 술잔이 널려있는 거실과 복도를 지나서 현관 밖으로 조용히 나왔다. 경사는 현관문을 조용히 닫고 부르르 몸서리를 친 다음 잠시 가만히 서있었다. 정신이 황폐해지면서 잠시 동안 자기 주위 환경으로부터 멀어지는 듯한 기분이었다. 곧이어 그가 말했다. "211호. 루스 고멘 부인. 여기야말로 그 태버너라는 피의자가 있는 곳일 거야. 그자가 이 근처에 있는 게 분명하다면 말이지. 결국 여기가 맨 마지막으로 남은 곳이니까." 마침내. 그는 생각했다.

그는 211호 현관문을 두들겼다. 응답을 기다리면서 그는 자신의 플라스틱제 발포형 야경봉을 언제라도 쓸 수 있도록 꽉 움켜쥐었다. 직업 따위에는 아랑곳 않고, 즉각 처절하고도 완전하게 사용할 수 있도록 말이다. "우리는 머피라는 작자를 만나봤지." 그는 반쯤은 혼잣말처럼 중얼거렸다. "이제는 루스 고멘 부인이 어떤 사람인지 만나볼 차례로군. 자네들 생각에는 이 여자가 그래도 뭔가 더 나을 것 같은가? 그러기를 바라자고. 오늘 밤 더 이상은 감당하지 못할 것 같으니 말이야."

"어떤 사람이라도 방금 전보다야 낫겠죠." 그의 곁에 서있는 경찰관 가운데 한 명이 무뚝뚝한 음성으로 말했다. 그들은 모두 고개를 끄덕이며 몸을 움찔거렸다. 현관문 너머에서 이쪽으로 천천히 다가오는 발소리를 듣고 준비하는 것이었다.

13

　　라스베가스의 파이어플래시 지구에 있는 루스 레이의 호화롭고, 멋지고, 새로 지은 아파트 거실에서 제이슨 태버너가 말했다. "밖에서라면 48시간, 안에서라면 24시간은 충분히 버틸 수 있다고 봐도 틀리지 않을 거예요. 그러니 지금 곧바로 여기서 나갈 필요는 없겠다는 확신이 드는군요." 우리의 혁명적인 새로운 원칙이 맞다고 치면. 그는 생각했다. 이런 가정은 지금의 상황을 내게 유리하도록 조정해줄 거야. 나는 안전할 거야. '이론이란—'

　　"다행이네요." 루스가 힘없이 말했다. "당신이 여기서 나랑 같이, 문명화된 방식으로 계속 남아있는다고 치면, 우리는 좀 더 오래 떠들 수 있을 테니까. 혹시 뭐 더 마실래요? 스카치 앤드 코크, 어때요?"

'이론이란 그것이 묘사하는 현실을 변화시키니까.' "아뇨."
그가 말했다. 그러면서 거실을 이리저리 거닐다가 갑자기 뭔가
에 귀를 기울였는데…… 그게 정확히 뭔지는 알 수 없었다. 아
마도 소리의 '부재'라고 해야 하려나. TV가 웅웅거리는 소리
도, 머리 위로 쿵쿵거리고 지나다니는 발소리도 들리지 않았
다. 심지어 어딘가에 있는 4채널 스테레오에서 흘러나올 법한
포르노코드의 소리조차도 없었다. "이 아파트는 벽이 유난히
두껍게 지어졌나요?" 그는 루스에게 날카로운 어조로 물어보
았다.

"여기 있으면 아무 소리도 안 들려요."

"당신이 보기에는 뭔가 좀 이상하다는 생각 안 들어요? 뭔가
평소와는 다르다거나?"

"아뇨." 루스가 고개를 저었다.

"이 빌어먹을 멍청이 계집년 같으니." 그가 난폭한 어조로 말
했다. 그녀는 기분 나빠 하면서도 당황한 표정으로 멍하니 입
을 벌리고 그를 바라보았다. "난 알아." 그가 이를 갈면서 말했
다. "그놈들이 결국 나를 붙잡은 거야. 지금. 여기서. 이 거실에
서."

초인종이 울렸다.

"그냥 무시해버리죠, 뭐." 루스가 재빨리 말했다. 그녀는 말
을 더듬으며 두려워하는 기색이었다. "나는 그냥 당신이랑 나
란히 앉아서 이야기를 나누고 싶어요. 당신이 지금까지 살면서
보아온 재미있는 것들에 관해서, 그리고 당신이 아직 성취하지

233

못했지만 앞으로 꼭 성취하고 싶은 것들에 관해서……." 그녀의 목소리는 점차 잦아들어 결국 침묵으로 변했다. 그가 현관문으로 다가가는 모습을 보았기 때문이다. "어쩌면 위층 사는 남자인지도 몰라요. 가끔 물건을 빌리러 오니까요. 좀 야릇한 물건을요. 가령 양파 5분의 2개처럼 말이에요."

제이슨은 현관문을 열었다. 회색 제복을 차려입은 경찰관 세 명이 현관 출입구를 가로막은 채 진압용 튜브와 야경봉을 그에게 겨누었다. "태버너 씨?" 줄무늬 옷을 입은 경찰관이 물었다.

"그렇습니다만."

"귀하의 보호와 안전을 위해서 귀하를 보호 구치하도록 하겠습니다. 바로 지금부터 적용됩니다. 그러니 저희를 따라오시되, 뒤로 돌아선다든지 또는 저희와 신체적 접촉을 끊어버리는 일이 없도록 하십시오. 귀하의 소지품이 있을 경우, 나중에 저희가 챙겨서 귀하께서 어디에 계시든지 그곳으로 보내드리도록 하겠습니다."

"알았습니다." 그가 말했다. 매우 위축되는 느낌이었다.

뒤쪽에서 루스 레이가 숨을 죽인 채 비명을 내뱉었다.

"그쪽도 함께 가주셔야겠습니다, 여자 분도요." 줄무늬 옷을 입은 경찰관이 이렇게 말하면서 자기 야경봉을 그녀 쪽으로 흔들었다.

"코트 좀 가져오면 안 되나요?" 그녀는 기어들어가는 목소리로 물었다.

"얼른 갑시다." 경찰관은 성큼성큼 제이슨 곁을 지나 안으로 들어가더니, 루스 레이의 팔을 붙잡고 아파트 현관문 밖 복도로 끌어냈다.

"시키는 대로 해요." 제이슨이 야멸차게 그녀에게 말했다.

루스는 고개를 돌렸다. "이 사람들은 결국 나를 강제노동수용소에 집어넣을 거란 말이에요."

"아니." 제이슨이 말했다. "오히려 당신을 그냥 죽여버리고 말걸요."

"정말 멋있는 양반이로군." 경찰관 가운데 한 명—줄무늬는 아닌—이 이렇게 말했다. 제이슨과 루스 레이는 경찰관들이 인도하는 대로 단철 계단을 지나 1층으로 내려왔다. 주차 공간 한 곳에는 경차 밴이 서있었고, 그 근처에 다른 경찰관 몇 사람이 무기를 느슨하게 쥐고 한가하게 서성이고 있었다. 이들은 생기 없고 지루해하는 것처럼 보였다.

"귀하의 ID를 보여주시죠." 줄무늬 옷을 입은 경찰관이 제이슨에게 말하며 손을 내밀고 기다렸다.

"7일간만 유효한 경찰 통행증밖에 없는데요." 제이슨이 말했다. 그는 떨리는 손으로 통행증을 찾아내서 경찰관에게 건네주었다.

통행증을 꼼꼼히 살펴본 경찰관이 말했다. "귀하가 제이슨 태버너라는 사실을 귀하의 자유의지로 시인합니까?"

"그렇습니다." 그가 말했다.

경찰관 두 사람이 전문가다운 솜씨로 그의 몸에 무기가 있는지 수색했다. 그는 아무 말 없이 이에 따랐으며, 여전히 매우 위축되는 느낌이었다. 오로지 멍청하고도 가망 없는 후회뿐이었다. 마땅히 그래야 한다고 생각했던 일을 할걸 하는 후회. 그 일이란 바로 계속 도망치는 것이었다. 베가스를 떠나는 것이었다. 다른 어딘가로 향하는 것이었다.

"태버너 씨." 경찰관이 말했다. "저희는 로스앤젤레스 경찰청으로부터 이런 요청을 받았습니다. 귀하의 보호와 안전을 위해서 귀하를 보호 구치하여, 안전하고도 조심스럽게 LA 시내에 있는 경찰학교로 이송하라고 말입니다. 혹시 지금까지 저희가 귀하를 대하는 태도에 관련해 어떤 불만 사항이 있으십니까?"

"아닙니다." 그가 말했다. "아직까지는요."

"그러면 퀴블 밴의 뒷좌석에 타시죠." 경찰관이 이렇게 말하며 열린 문을 가리켰다.

제이슨은 시키는 대로 했다.

루스 레이도 그의 옆에 앉더니, 문이 탁 닫히고 철컥 잠기고 나자 어둠 속에서 칭얼거렸다. 그는 한쪽 팔을 그녀에게 두르고 이마에 입을 맞춰주었다. "당신 도대체 무슨 짓을 한 거죠?" 그녀는 버번 기운이 도는 목소리로 짜증스러운 듯 칭얼거렸다. "도대체 무슨 짓을 했기에 저 사람들이 우리를 죽이려고 하는 거냐고요?"

앞쪽 운전석에 있던 경찰관 한 사람이 밴의 뒷자리로 건너와서 이들과 나란히 앉으며 말했다. "우리가 당신들을 어떻게 하지는 않을 겁니다, 아가씨. 우리는 지금 두 분을 다시 LA로 이송하는 것뿐입니다. 그게 전부예요. 그러니 진정하세요."

"나는 로스앤젤레스가 싫단 말이에요." 루스 레이가 칭얼거렸다. "벌써 몇 년째 거기에는 안 갔어요. 나는 LA가 싫다고요." 그러면서 그녀는 주위를 이리저리 둘러보았다.

"그건 저도 마찬가지입니다." 경찰관은 뒤쪽 격실과 앞쪽 운전석을 가르는 칸막이를 잠근 다음, 그 열쇠를 투입구에 넣어서 밖에 있는 경찰관들에게 전달했다. "하지만 우리는 거기서 사는 법을 배워야만 하죠. 그게 거기 있으니까요."

"저 사람들이 내 아파트 안을 온통 들쑤실 거예요." 루스 레이가 칭얼거렸다. "모조리 다 들춰보고 모조리 다 박살낼 거라고요."

"당연하죠." 제이슨은 무미건조한 말투로 말했다. 갑자기 머리가 아파오면서 토할 것 같았다. 게다가 피곤했다. "그러면 우리를 도대체 누구한테 데려가는 겁니까?" 그가 경찰관에게 물었다. "혹시 맥널티 경위한테 데려가는 겁니까?"

"그건 아닐 가능성이 큽니다." 퀴블이 요란한 소음과 함께 하늘로 떠오르자 경찰관은 스스럼없이 이렇게 말했다. "'성문에 앉은 자가 당신을 비난하며, 독주에 취한 무리가 당신을 두고 노래하더군요.' 듣기로는 펠릭스 버크먼 치안감께서 당신을 직접 심문하고 싶어 하신답니다." 그가 설명했다. "방금 한 말은 시편 69편에 나오는 겁니다." 저는 지금 '거듭난 여호와의 증인'으로서 당신들 곁에 앉아있는 거고요. '보아라, 나 이제 새 하늘과 새

---

* 시편 69편 12절을 원용했다. "성문에 앉은 자가 나를 비난하며, 독주에 취한 무리가 나를 두고 노래하나이다."

땅을 창조한다. 지난 일은 기억에서 사라져 생각나지도 아니하리라.' 이건 이사야 65장 13절과 17절 말씀이죠."

"치안감요?" 제이슨은 멍하니 물었다.

"사람들 말이 그러던데요." 예수쟁이인 그 경찰관은 순순히 대답해주었다. "당신들이 도대체 무슨 일을 저질렀는지는 나도 잘 모르겠습니다만, 여하간 아주 단단히 저지른 것은 맞는 모양이네요."

루스 레이는 어둠 속에서 여전히 훌쩍이고 있었다.

"모든 인생은 한낱 풀포기."* 예수쟁이 경찰관이 이렇게 읊어댔다. "질 낮은 대마초와 아마 가장 비슷할 것이리라. 우리를 위하여 태어날 한 아기, 한 방을 우리에게 주신 바 되었는데.** 절벽은 평지를 만들고, 스트레이트가 장전될 것이리라."***

"혹시 대마초 담배 있습니까?" 제이슨이 그에게 물었다.

"아뇨. 다 떨어졌는데요." 예수쟁이 경찰관이 금속제 차단벽을 똑똑 두들기며 말했다. "어이, 랠프, 이 형제님한테 대마초 담배 하나만 주시지그래?"

"여기." 회색 소매의 손과 팔이 나타나더니 구겨진 '골디스' 한 갑을 건네주었다.

"고맙습니다." 제이슨은 불을 붙이며 말했다. "당신도 한 대

---

* 이사야 40장 6절의 일부. "모든 인생은 한낱 풀포기, 그 영화는 들에 핀 꽃과 같다."
** 이사야 9장 6절의 일부. "우리를 위하여 태어날 한 아기, 우리에게 주시는 아드님."
*** 이사야 40장 4절의 일부. "모든 골짜기를 메우고, 산과 언덕을 깎아내려라. 절벽은 평지를 만들고, 비탈진 산골길은 넓혀라."

줄까요?" 그는 루스 레이에게 물었다.

"밥을 만나고 싶어요." 그녀가 칭얼거렸다. "내 남편을 만나고 싶다고요."

제이슨은 아무 말도 없이 등을 구부리고 앉아 대마초를 피우며 생각에 잠겼다.

"포기하지 마세요." 그의 곁에 앉아있던 예수쟁이 경찰관이 어둠 속에서 이렇게 말했다.

"그래야겠죠?" 제이슨이 대답했다.

"강제노동수용소도 생각만큼 아주 나쁘지는 않아요. 기본 훈련을 받을 때에 우리도 거기서 한동안 생활해봤거든요. 샤워 시설도 있고, 침대에 매트리스도 있고, 여가 시간에는 배구도 할 수 있어요. 예술이나 취미 활동도 가능하거든요. 왜, 그런 것 있잖아요. 공예요. 가령 양초 만들기같이, 직접 손으로 하는 일 말이에요. 그리고 가족이 보내는 소포도 받을 수 있고, 한 달에 한 번은 가족이나 친구와 면회도 할 수 있어요." 그가 덧붙였다. "그리고 각자 믿는 종교에 따라서 예배도 드릴 수 있고요."

제이슨이 빈정거리는 투로 말했다. "내가 믿는 종교가 있다면 바로 자유롭고 넓은 세상이죠."

그 대화가 끝나자 침묵이 흘렀다. 들리는 것이라고는 퀴블의 엔진에서 흘러나오는 요란한 소음, 그리고 루스 레이의 칭얼거림뿐이었다.

14

그로부터 이십 분 뒤, 경찰 퀴블이 로스앤젤레스 경찰학교 건물 옥상에 착륙했다.

제이슨 태버너는 뻣뻣한 몸으로 걸어 나와 지친 듯 주위를 둘러보았다. 스모그가 배어있는 지저분한 공기를 들이마시며 그는 저 위로 펼쳐진 북아메리카 최대 도시의 누런 대기를 다시 한 번 보게 되었고…… 뒤로 돌아서 루스 레이가 내리는 것을 도와주려 했지만, 붙임성 있고 젊은 예수쟁이 경찰이 이미 그 임무를 수행한 다음이었다.

이들 주위에는 로스앤젤레스 경찰관들이 무리 지어 모여서 관심 어린 눈길을 보내고 있었다. 이들은 느긋하고, 호기심이 많고, 쾌활해 보였다. 제이슨은 이들 가운데 누구에게서도 아무런 악의를 감지할 수 없었다. 그는 생각했다. 일단 붙잡힌 사람에게는 그들도 친절하게 대해주겠지. 다만 붙잡는 과정에서 악랄하고 잔인하게 구는 것뿐이야. 그 과정에서는 자칫 혐의자가 도망가버릴 수도 있으니까. 하지만 지금 여기서는 그럴 가능성이 전혀 없지.

"혹시 자살 기도 같은 것은 없었나?" LA 경찰청 소속 경사가 예수쟁이 경찰관에게 물었다.

"전혀 없었습니다."

결국 그 경찰관이 나란히 앉아서 온 이유도 그것 때문이었다.

제이슨은 차마 그런 생각조차 못 하고 있었다. 아마 루스 레이도 마찬가지였겠지만…… 물론 뚜렷한, 그러나 시늉에 불과한 의사 표시로 자살을 생각해볼 수는 있었겠지만, 사실은 전혀 고려하지 않던 참이었다.

"좋아." LA 경찰청 소속 경사가 라스베가스의 경찰 작전조에게 말했다. "여기서부터는 피의자 두 명의 신병을 우리가 공식적으로 인수하도록 하겠네."

라스베가스 경찰관들은 도로 밴에 올라탔고, 곧이어 하늘로 이륙해서 다시 네바다 주로 향했다.

"이쪽으로." 경사가 이렇게 말하면서 날렵하게 한 손을 움직여 하강통로 쪽을 가리켰다. 제이슨이 보기에는 LA 경찰관들이 라스베가스 경찰관들보다 어쩐지 좀 더 덩치가 크고 강인하고 나이 들어 보였다. 아니면 이건 오로지 그의 상상에 불과한지도 몰랐다. 어쩌면 다만 그의 두려움이 깊어졌다는 의미일 뿐인지도 몰랐다.

치안감을 만나면 뭐라고 말할까? 제이슨은 문득 궁금해졌다. 특히나 지금처럼 나 자신에 대한 이론과 설명이 모두 소모되어 버렸을 때에는? 내가 아무것도 모르고, 아무것도 믿지 않고, 나머지 모든 것은 모호한 상태로 남아있을 때에는? 아, 빌어먹을. 그는 지친 상태로 이렇게 생각했다. 그리고 사실상 아무런 무게도 느끼지 못할 정도로 가뿐하게 하강통로를 따라 아래로 내려왔다.

하강통로에서 나오자, 그곳은 바로 14층이었다.

한 남자가 그들을 마주 보고 서있었다. 옷을 잘 차려입고, 무테안경을 끼고, 한 팔에는 톱코트를 걸치고, 뾰족한 가죽 옥스퍼드 신사화를 신고 있었다. 제이슨이 가만 보니, 이빨 가운데 두 개에는 금을 씌웠다. 이 남자는 대략 오십대 중반인 것 같군. 제이슨은 추측했다. 키가 크고, 머리카락이 반백이고, 등이 꼿꼿한 남자. 훌륭하게 균형 잡힌 귀족적인 얼굴에는 진심에서 우러나는 온화함의 표정이 드러나있었다. 아무래도 경찰관처럼 보이지는 않았다.

"당신이 제이슨 태버너입니까?" 그 남자가 물었다. 그러면서 그는 한 손을 내밀었다. 제이슨은 반사적으로 그의 손을 붙잡고 악수를 나누었다. 치안감은 루스에게 말했다. "그쪽 분은 일단 아래로 내려가계시죠. 그쪽과의 면담은 나중에 하겠습니다. 일단 지금은 태버너 씨와 이야기를 나누고 싶군요."

경찰관들이 루스를 데리고 나갔다. 모습이 사라진 뒤에도 그녀가 뭐라고 불평하는 소리가 들려왔다. 그는 이제 치안감과 단둘이 남아서 마주 보고 있는 상황이었다. 둘 중 누구도 무장을 하지는 않았다.

"펠릭스 버크먼이라고 합니다." 치안감이 말했다. 그는 한쪽에 열려있는 문이며 그 너머의 복도를 손으로 가리켰다. "일단 제 집무실로 들어오시죠." 그는 옆으로 돌아서면서 제이슨을 앞세우고 넓은 파스텔 색깔의 청색과 회색 칠이 된 사무실로 안내했다. 제이슨은 눈을 껌벅였다. 경찰 관련 기관에서 이런 곳까지 들어와본 것은 난생처음이었다. 이와 같이 훌륭한 시설이 있으리라고는 차마 상상도 못 하고 있었다.

믿기지 않는 일이었지만, 잠시 후에 제이슨은 가죽 커버를 씌운 의자에 앉아서 스티로플렉스의 부드러움을 등에 느끼고 있었다. 하지만 버크먼은 육중하다 못해 거의 투박한 느낌마저 주는 커다란 떡갈나무 책상 앞에 앉지 않았다. 대신 그는 옷장쪽으로 가서 자신의 톱코트를 걸어놓았다.

"원래는 옥상까지 당신을 마중 나가려던 참이었습니다." 그가 설명했다. "하지만 이 시기에는 밤마다 샌타애나 풍*이 지독하게 불어대서 말입니다. 그래서 내 부비강副鼻腔이 영향을 받거든요." 그는 뒤로 돌아서서 제이슨을 마주 보았다. "당신을 직접 보니까, 당신의 4-D 사진에서는 드러나지 않았던 뭔가가 보이는군요. 매번 겪을 때마다 정말 깜짝 놀랄 일이라고 생각합니다. 적어도 내 입장에서는요. 당신은 식스죠. 안 그렇습니까?"

_____
* 늦가을부터 초겨울까지 캘리포니아 반도에 불어오는 해풍.

제이슨은 깜짝 놀라 정신이 퍼뜩 들었고, 심지어 자리에서 반쯤 일어나기까지 했다. "그럼 당신도 식스인 겁니까, 치안감님?"

　미소를 지으며 금을 씌운 이빨―값비싼 시대착오적 치과 치료의 결과물―을 드러내면서 펠릭스 버크먼은 손가락 일곱 개를 펴 보였다.

15

경찰관으로 지내온 기간 내내 펠릭스 버크먼은 식스와 마주할 때마다 항상 이런 속임수를 써왔다. 지금처럼 갑작스러운 만남이 이루어졌을 때에는 특히나 더 그 방법에 의존했다. 그는 이제까지 모두 네 명의 식스를 만났다. 모두 결국에는 그의 말을 믿었다. 그는 이런 속임수가 재미있다고 생각했다. 식스들은 우생학적 실험의 산물이며 비밀스러운 존재였지만, 자기네들이 겪은 것과 같은 추가 프로젝트가 있었다는 단언에 직면하면 놀라우리만치 잘 속는 것 같았다.

이런 속임수가 없다면, 식스가 보기에 그는 단지 '일반인'에 불과했다. 그런 불리한 상황에서는 식스를 제대로 다룰 수가 없었다. 그래서 이런 책략을 생각해낸 것이었다. 이 책략을 이용하면 식스와 그의 관계가 오히려 역전되었다. 그리고 이렇게 재창조된 상황에서는, 자칫 그가 다루기 힘들 법한 인간조차도 성공적으로 다룰 수 있었다.

그와 마주한 식스가 실제로 느끼는 심리적 우월성조차도, 뭔가 비현실적인 사실을 내세움으로써 배제할 수 있었다. 그는 이 점이 무척이나 마음에 들었다.

언젠가 비번일 때에 그는 앨리스에게 이렇게 말한 적이 있었다. "대략 십 분에서 십오 분 정도는 내가 식스보다 머리회전이 더 빨라. 하지만 시간이 그 이상 넘어가면—" 그는 손짓을 하면서, 암시장에서 산 담뱃갑을 구겨버렸다. 그 안에는 아직 두 개비나 담배가 남아있었다. "그다음에는 그들의 과대 증폭된 장場이 결국 이겨버리고 말지. 내게 필요한 것은 일종의 지렛대야. 그걸 가지고 그들의 오만하고 빌어먹을 정신을 딱 열어버리는 거지." 그리고 마침내 그는 이런 지렛대를 발견한 셈이었다.

"그런데 왜 하필 '세븐'이지?" 앨리스가 물었다. "어차피 그들을 속여 넘기는 거라면, 가령 왜 에이트(8)나 서티에이트(38)는 안 되는 거야?"

"자만의 죄 때문이지. 그건 너무 멀리까지 가는 거야." 그는 그런 전설적인 실수를 범하고 싶지 않았다. "이왕 그들에게 이야기를 하려면." 그는 그녀에게 굳은 표정으로 말했다. "어디까지나 그들이 충분히 믿을 만한 이야기를 해야 하니까." 그리고 결국에 가서는 그의 주장이 옳은 것으로 밝혀졌다.

"그들은 오빠 말을 안 믿을 거야." 앨리스는 말했다.

"아, 무슨 소리야. 당연히 믿을 거라고!" 그는 이렇게 반박했다. "그건 바로 그들의 비밀스러운 두려움, 그들이 질색하는 대목이니까. 그들은 일련의 유전자 재조합 시스템 공정에서 여섯 번째였지. 그리고 자신들에게 일어난 일이, 나중에 보다 향상된 수준으로 다른 사람에게도 일어날 수 있다는 사실을 잘 알고 있어."

앨리스는 무관심한 듯 이렇게 나지막이 말했다. "오빠는 차라리 TV 아나운서가 되어서 비누나 팔면 좋았을걸." 그녀의 반응은 이것이 전부였다. 만약 앨리스가 뭔가에 조금이라도 관심을 보이지 않을 경우, 그녀에게 그 뭔가는 아예 존재하지 않는 것이나 다름없었다. 차라리 그 뭔가가 없이도 그럭저럭 잘 견디는 일이 없었더라면…… 하지만 언젠가는 그에 대한 보복이 찾아오리라고 그는 종종 생각했다. 즉 '현실이 다시 돌아오기를 거부하는 것'이었다. 아무런 경고도 없이 그 사람을 사로잡아서, 결국 미치게 만드는 것이었다.

그리고 앨리스는—그는 이런 생각을 수도 없이 떠올린 바 있었다—뭔가 좀 야릇한 의미에서, 그러니까 뭔가 좀 유별난 의학적 의미에서 병적이었다.

그는 이 사실을 감지하기는 했지만, 정확히 뭐라고 꼬집어 말할 수는 없었다. 하지만 그의 육감 가운데 상당수도 이와 유사하기는 했다. 그것 때문에 딱히 신경이 쓰이지는 않았다. 그가 그녀를 사랑한다는 사실 때문에 크게 괘념치 않듯. 그는 자기가 옳다는 것을 알았다.

이제 식스인 제이슨 태버너를 마주하고, 그는 속임수 책략을 펼치고 있었다.

"우리 같은 사람은 아주 극소수죠." 버크먼이 이렇게 말하며 아주 커다란 떡갈나무 책상 앞에 앉았다. "모두 합쳐서 겨우 네 명뿐입니다. 그중 한 명은 이미 죽었으니, 이제는 세 명만 남았 군요. 나머지 사람들이 어디 있는지는 나도 전혀 모릅니다. 우리가 서로 접촉하는 경우는 당신네 식스들이 서로 접촉하는 경우보다도 더 드물어요. 당신네의 경우에도 충분히 드물기는 마찬가지이겠지만요."

"그럼 당신의 뮤터는 누구였죠?" 제이슨이 물었다.

"딜템코였죠. 당신과 마찬가지예요. 그 사람은 파이브(5)부터 세븐(7)까지의 집단을 관리하다가 나중에 은퇴했죠. 당신도 이미 알고 있겠지만, 이제는 돌아가셨고요."

"맞아요." 제이슨이 말했다. "그 소식을 듣고 우리 모두 놀랐죠."

"우리도 마찬가지였어요." 버크먼은 최대한 우울한 목소리를 꾸며내 말했다. "딜템코는 우리의 부모나 마찬가지였어요. 우리의 '유일한' 부모 말이에요. 혹시 그거 알고 계십니까? 그 양반이 돌아가시기 바로 직전까지도 여덟 번째 집단에 대한 계획을 준비하고 있었다는 걸요?"

"그렇다면 그들은 과연 어떤 모습을 하고 있었을까요?"

"그야 딜템코밖에는 모르는 일이죠." 버크먼은 이렇게 말하며, 자기 앞에 있는 식스에 대해 자신이 점차 우위를 점해간다는 것을 감지했다. 하지만 또 한편으로는 자신의 심리학적 우세가 얼마나 취약한지도 인식하고 있었다. 뭔가 한번 말이 잘못 나오기라도 하면, 너무 앞서간 말이 잘못 나오기라도 하면, 그런 우위는 순식간에 사라져버릴 것이었다. 일단 한번 사라져버리면 결코 다시는 그런 우위를 얻지 못할 터였다.

이것이야말로 그가 감수해야 할 위험이었다. 하지만 그는 한편으로 이런 위험을 즐기고 있었다. 그는 항상 불리해 보이는 패에 내기 거는 쪽을, 또는 앞을 내다볼 수 없는 상황에서 도박하는 쪽을 좋아했다. 이런 때마다 그는 자기 능력에 대한 대단한 자각을 갖게 마련이었다. 그는 이런 자각이 상상에서 비롯되었다고는 믿지 않았다. 물론…… 그가 일반인에 불과하다는 것을 알고 있는 식스라면 그렇게는 이야기하지 않겠지만 말이다. 하지만 그는 결코 그 점을 신경 쓰지는 않았다.

버튼을 하나 누르며 그가 말했다. "페기, 여기 커피 한 병하고 크림하고 이것저것 좀 갖다 주면 고맙겠군." 곧이어 그는 의도적으로 긴장을 푸는 척하면서 등을 뒤로 기댔다. 그러고는 제이슨 태버너를 유심히 관찰했다.

식스를 한 번이라도 만나본 적이 있는 사람이라면 태버너의 정체를 단번에 알아볼 수 있었다. 튼튼한 상체, 건장한 팔과 등의 모습. 상당히 우수하고, 마치 양처럼 생긴 머리. 하지만 대부분의 일반인은 식스를 만나도 상대방의 정체를 모르고 넘어가게 마련이었다. 사람들은 버크먼과 비슷한 경험을 해본 적이 없었다. 또한 버크먼처럼 식스에 대한 여러 가지 지식을 신중하게 종합해내지도 못했다.

한번은 그가 앨리스에게 이렇게 말한 적이 있었다. "그놈들이 '나의' 세계를 점령해서 지배하는 일은 절대 없을 거야."

"오빠한테 무슨 세계가 있다고 그래. 기껏해야 집무실 하나뿐이면서."

이 대목에서 그는 대화를 중단했다.

"태버너 씨." 그가 퉁명스레 말했다. "그나저나 도대체 어떻게 해서 당신에 관한 각종 문서와 카드와 마이크로필름, 심지어 원본 파일까지도 지구상의 모든 데이터 뱅크에서 빼내버린 겁니까? 도대체 무슨 수로 그렇게 했는지를 나도 상상해보려고 했습니다만, 도저히 알 수가 없더군요." 그는 저 잘생긴—그러나 나이 먹은—식스의 얼굴을 똑바로 바라보며 상대방의 대답을 기다렸다.

16

저 사람에게 무슨 말을 할 수 있을까? 제이슨 태버너는 아무
말 없이 치안감을 마주 보면서 속으로 이렇게 자문했다. 내가
알고 있는 사실 전부를? 하지만 그건 어려운 일일 수밖에 없어.
그는 깨달았다. 사실은 나 자신조차도 제대로 이해하지 못하고
있는걸.

그래도 저 사람이 세븐이라면— 음, 그런 사람이 무슨 일을
할 수 있는지야 하느님밖에 모르겠지만. 차라리 완전한 설명을
내놓는 쪽을 선택하는 게 낫겠군. 그는 이렇게 결심했다.

하지만 막상 대답을 하려고 보니, 뭔가가 그의 말을 가로막
는 듯한 느낌이었다. '저 사람에게 아무것도 말하고 싶지 않
아.' 그는 문득 깨달았다. 저 사람이 내게 할 수 있는 일로 말하
자면 이론상으로는 그야말로 한계가 없다고 볼 수 있지. 치안

감이라는 신분하며, 대단한 권력하며, 게다가 세븐이기까지 하다니…… 저 사람을 막아서는 건 저 하늘뿐인지도 몰라. 다른 이유 때문이 아니라 다만 나 자신을 보호하기 위해서라도, 나는 그런 가정하에서 움직여야만 해.

"당신은 식스죠." 잠시 침묵이 흐른 뒤에 버크먼이 다시 말했다. "그렇기 때문에 나도 이 문제를 약간 다른 시각에서 바라보게 되더군요. 결국 당신은 다른 식스들과 함께 일하고 있는 것 아닙니까, 그렇죠?" 그는 제이슨의 얼굴에서 결코 시선을 떼지 않았다. 제이슨은 뭔가 불편하고도 당혹스러운 느낌이 들었다. "내 생각은 이야말로 최초의 구체적인 증거라는 것입니다." 버크먼이 말했다. "무슨 증거냐 하면, 식스들이—"

"아니요." 제이슨이 말했다.

"'아니요'라고요?" 버크먼은 계속해서 상대방의 얼굴에서 시선을 떼지 않았다. "그렇다면 당신은 이번 일에서 다른 식스들과 손을 잡지 않았다는 뜻입니까?"

제이슨이 말했다. "내가 아는 다른 식스는 딱 한 사람뿐입니다. 헤더 하트요. 그런데 그녀는 지금 나를 성가신 광팬 따위로 생각하고 있어요." 그는 씁쓸한 어조로 마지막 한마디를 내뱉었다.

그 말에 버크먼은 흥미를 느꼈다. 유명한 가수 헤더 하트가 식스라는 사실은 그조차도 미처 자각하지 못했던 참이기 때문이었다. 하지만 곰곰이 생각해보니, 그것이야말로 타당한 주장인 듯했다. 하지만 그로선 지금까지 일해오며 단 한 번도 여성

252

식스와 마주친 적이 없었다. 식스와 접촉하는 일 자체가 그 정도로 빈번하지 않았기 때문이다.

"하트 양이 식스라고 한다면." 버크먼은 큰 목소리로 말했다. "그러면 그녀도 이리로 와서 우리와 함께 의논을 해봐야 되겠군요." 경찰 특유의 완곡어법이 그의 입에서 술술 흘러나왔다.

"그렇게 하시죠." 제이슨이 말했다. "그녀를 신문해보시지요." 그의 어조는 점차 거칠어졌다. "그녀를 체포하란 말입니다. 강제노동수용소에 집어넣으라고요."

당신네 식스들이 그렇지. 버크먼은 속으로 말했다. 서로에 대한 의리라곤 없다 이거야. 그는 이 사실을 이미 겪어 알고 있었지만, 그래도 접할 때마다 깜짝 놀라곤 했다. 이들은 엘리트 집단이었다. 세계의 다수 사람들을 복종시키고 다스리기 위한 귀족적인 우월 의식 속에서 자라난 사람들이었다. 하지만 이들은 서서히 수가 줄어들어 사실상 전멸하다시피 했으니, 서로가 서로를 도무지 참고 견디지 못하는 모양이었다. 그는 속으로 웃음을 터트렸다. 물론 얼굴에는 기껏해야 미소를 드러냈을 뿐이지만.

"재미있어하시는 표정이군요?" 제이슨이 말했다. "제 말을 믿지 않는 겁니까?"

"그건 상관이 없습니다." 버크먼은 자기 책상 서랍을 열고 고급 시가 쿠에스타 레이 상자를 꺼낸 다음, 그 가운데에서 한 대를 집어 들고 작은 칼을 이용해 끄트머리를 잘라냈다. 작은 강철 칼은 바로 이런 일만을 하기 위해 만들어진 것이었다.

건너편에 앉아있던 제이슨 태버너는 마치 홀린 듯한 표정으로 그의 동작을 바라보았다.

"시가 한 대 하시겠습니까?" 버크먼이 물었다. 그는 상자를 제이슨에게 내밀었다.

"좋은 시가는 이제껏 한 번도 피워본 적이 없습니다만." 제이슨이 말했다. "그게 혹시 어디선가 흘러나온 것이라면, 저는—" 그는 말을 하다 우뚝 멈추었다.

"'흘러나온' 것이라뇨?" 버크먼이 물었다. 순간적으로 귀가 쫑긋 일어서는 듯한 느낌이었다. "이게 누구한테서 흘러나왔다는 겁니까? 경찰한테서 말입니까?"

제이슨은 아무 말도 하지 않았다. 하지만 그는 주먹을 꽉 쥐고 있었고, 숨쉬기가 점점 더 힘들어졌다.

"혹시 당신이 잘 알려져있는 특정한 계층이 있습니까?" 버크먼이 물었다. "가령 강제노동수용소에 있는 지식인들 사이에서랄지. 그러니까— 등사판 인쇄물을 유통시키는 자들 말입니다."

"아니요." 제이슨이 말했다.

"그럼 음악 분야의 어떤 계층입니까?"

제이슨은 굳은 표정으로 대답했다. "이제 더 이상은 아닙니다."

"혹시 음반을 낸 적이 있습니까?"

"여기서는 아닙니다."

버크먼은 여전히 눈도 한 번 깜박이지 않고 그를 유심히 살펴보았다. 오랜 세월 동안 그는 이런 능력을 갈고닦아왔다. "그러면 어디서죠?" 그가 물었다. 거의 들릴까 말까 한 정도를 약간 넘어선 목소리였다. 그가 의도적으로 만들어낸 목소리였다. 어조를 가라앉힘으로써, 상대방이 그 단어의 의미를 제대로 파악하지 못하도록 하는 것이었다.

하지만 제이슨 태버너는 상대방의 말을 한 귀로 듣고 흘려버렸다. 그는 반응하지 않았다. 이 빌어먹을 식스 놈들 같으니. 버크먼은 이렇게 생각했다. 그는 화가 나있었다. 누구보다도 자기 자신에 대해 화가 나있었다. '식스 놈들을 상대로는 미묘한 놀이를 할 수가 없다니까.' 그런 작전은 먹혀들지 않는 게 분명해. 게다가 언제라도 그는 내 발언을 자기 머릿속에서 지워버릴 수 있지. 더 우월한 유전적 혈통에 대한 나의 주장을 말이야.

그는 인터폰의 단추 하나를 눌렀다. "캐서린 넬슨 양을 이리로 데려오도록 하게." 그는 허브 메임에게 지시했다. "와츠 지구, 그 옛날 흑인 거주 구역에 사는 경찰 정보원 말이네. 내 생각에는 그녀와 이야기를 해봐야 할 것 같군."

"반 시간쯤 걸리겠습니다."

"고맙네."

제이슨 태버너가 목쉰 소리로 말했다. "왜 굳이 그 여자를 이 일에 끌어들이려는 겁니까?"

"그 여자가 당신 신분증을 위조했으니까요."

"그 여자가 나에 대해서 아는 바라고는, 내가 자기한테 ID 카드를 만들어달라고 부탁했다는 것뿐입니다."

"그러니까 결국 그 신분증은 위조라는것 아닙니까?"

잠시 후에 제이슨은 고개를 저으며 아니라는 뜻을 전했다.

"그러면 당신은 존재하는 거군요."

"여기서는— 아닙니다."

"그럼 어디서?"

"그건 나도 모릅니다."

"당신이 어떻게 해서 그 모든 뱅크에서 데이터를 지울 수 있었는지 솔직히 말해봐요."

"내가 그렇게 한 게 아닙니다."

그 말을 듣는 순간, 버크먼은 어마어마한 육감에 압도되는 듯한 기분이 들었다. 그 육감은 마치 쇠 발톱처럼 그를 움켜쥐었다. "당신은 정말로 데이터 뱅크에서 자료를 빼낸 적이 없는 거군요. 당신은 오히려 거기다가 자료를 집어넣으려고 시도했을 뿐이고. 왜냐하면 애초에 당신에 관한 데이터 자체가 거기에 없었으니까."

마침내 제이슨 태버너가 고개를 끄덕였다.

"좋습니다." 버크먼이 말했다. 마치 발견의 불빛이 자기 안에 숨어있다가, 이제는 이해의 덩어리가 되어서 모습을 드러내는 것 같은 기분이었다. "당신은 아무것도 빼내지 않았군요. 하지만 애초에 거기에 당신에 관한 데이터 자체가 없었던 데에는 뭔가 이유가 있을 겁니다. 왜 없었던 거죠? 당신은 알고 있습니까?"

"압니다." 책상을 뚫어져라 내려다보며 제이슨 태버너가 말했다. 그의 얼굴은 마치 확대 거울에 비친 모습처럼 일그러져있었다. "나는 존재하지 않으니까요."

"하지만 한때는 존재했었겠지요."

"그렇습니다." 태버너는 고개를 끄덕였다. 내키지 않는 듯. 고통스러운 듯.

"그게 어디서죠?"

"나도 모른다니까요!"

항상 여기로 돌아오고 있군. 버크먼은 속으로 말했다. 나도 모른다는 말로 말이야. 음. 버크먼은 생각했다. 어쩌면 이 사람이 정말로 모를 수도 있어. 하지만 그는 어찌어찌해서 LA에서 베가스까지 찾아갔지. 그리고 베가스 경찰이 밴에 같이 태워 온 그 비쩍 마르고 주름이 자글자글한 매춘부와 어울리기도 했고 말이야. 어쩌면 그 여자한테서 뭔가 정보를 얻어낼 수 있을지 몰라. 하지만 그의 육감은 '아니'라는 쪽으로 기울었다.

"혹시 저녁 드셨습니까?" 버크먼이 물었다.

"예." 제이슨 태버너가 말했다.

"그래도 간식 정도는 나와 함께 드실 수 있겠죠. 먹을 걸 좀 가져오라고 하겠습니다." 그는 다시 한 번 인터폰을 사용했다. "페기—늦은 시간에 미안하지만…… 이번에 거리 저편에 새로 생긴 식당에다가 아침 식사 2인분만 주문해서 가져다주겠나. 우리가 예전에 가던 곳 말고, 그 여자 머리에 개 몸뚱이를 한 간판을 내건, 새로 생긴 식당 있지 않나. 바피스 말이야."

"예, 버크먼 씨." 페기가 이렇게 말하고 인터폰을 끊었다.

"왜 당신 부하들은 당신을 '치안감님General'이라고 부르지

257

않는 거죠?" 제이슨 태버너가 물었다.

버크너가 말했다. "저 친구들이 나를 '장군님General'이라고 부를 때면, 내가 마치 양쪽 전선에서 전쟁을 치르던 당시에 프랑스를 침공한 방법에 관해 책을 써야 하는 사람 같은 기분이 들기 때문이죠."

"그래서 그냥 '씨'라고만 부르게 한 거로군요."

"맞습니다."

"그런데 '윗분'들도 순순히 허락해주던가요?"

"내 경우에." 버크먼이 말했다. "이른바 '윗분' 따위는 존재하지 않습니다. 대신 세계 곳곳에 모두 다섯 명의 치안정감이 있을 뿐이죠. 그리고 그들 역시 '씨'라는 호칭으로 통하고 있습니다." 그들이야 내 지위를 격하시킬수록 좋아할 수밖에 없겠지. 그는 생각했다. 내가 한 모든 일을 고려해볼 때에 말이야.

"하지만 치안총감이 있지 않습니까."

버크먼이 말했다. "치안총감은 이제껏 저를 직접 만난 적도 없습니다. 앞으로도 물론 없을 거고 말입니다. 그분이 당신을 직접 볼 일도 없을 겁니다, 태버너 씨. 하지만 어느 누구도 당신을 볼 수야 없겠지요. 왜냐하면 당신이 지적한 것처럼, 당신은 존재하지 않으니까요."

그때 회색 제복 차림의 여자 경찰관이 음식이 담긴 쟁반을 들고 집무실로 들어왔다. "평소 이 시간에 야근하실 때마다 주문하시던 걸로 시켰습니다." 그녀는 이렇게 말하며 버크먼의 책상 위에 쟁반을 내려놓았다. "핫도그 작은 것에다가 햄 하나 추가한 것하고, 핫도그 하나에 소시지 하나 추가한 것하고요."

"어느 쪽으로 드시겠습니까?" 버크먼이 제이슨 태버너에게 물었다.

"소시지는 잘 익힌 겁니까?" 제이슨 태버너는 이렇게 물어보며 자세히 보려는 듯 곁눈질을 했다. "그럼 그걸로 하죠. 잘 먹겠습니다."

"모두 해서 10달러 1골드 퀸크입니다." 여자 경찰관이 물었다. "어느 분께서 지불을 하시겠습니까?"

버크먼은 주머니를 뒤져서 지폐와 잔돈을 꺼냈다. "고맙습니다." 그 여성은 이렇게 말하고 밖으로 나갔다. "혹시 자녀가 있습니까?" 버크먼이 태버너에게 물었다.

"아니요."

"나는 아들이 하나 있습니다." 버크먼 치안감이 말했다. "내가 받은 작은 3-D 사진을 보여드리죠." 그는 책상 안으로 손을 뻗어서 사각형 물체를 꺼냈다. 박동하는 영상은 3차원이기는 했지만 색깔이 변화하지는 않았다. 그 사진을 건네받은 제이슨은 그걸 불빛에 잘 비춰 보았다. 반바지와 스웨터 차림의 남자아이 하나가 연실을 잡아당기며 어느 들판을 달리는 모습이 정지 화면으로 나타나있었다. 치안감과 마찬가지로 이 소년은 밝은 색의 짧은 머리카락과 강인하고도 인상적인 넓은 턱을 지니고 있었다. 어린 나이에도 벌써부터.

"귀엽군요." 제이슨은 이렇게 말했다. 그러고는 사진을 돌려주었다.

버크먼이 말했다. "그 녀석은 그 연을 차마 공중에 띄우지도 못했죠. 아마 너무 어려서일 겁니다. 아니면 겁나서일 수도 있고요. 우리 아들 녀석은 불안감이 상당히 많더군요. 아마도 나나 제 어미를 워낙 드물게 보고 살기 때문이겠지요. 지금 그 녀석은 플로리다에 있는 학교에 다니고, 우리는 여기 사니까요. 썩 좋은 상황이라고는 할 수 없죠. 아까 자녀가 없다고 하셨죠?"

"내가 아는 한에는 없습니다." 제이슨이 말했다.

"당신이 '아는 한에는 없다는' 말입니까?" 버크먼은 한쪽 눈썹을 추켜올렸다. "그러니까 당신은 결국 그 문제를 파헤친 적이 없다는 의미입니까? 혹시 누구 하나라도 있는지 찾아보려는 노력도 안 했고요? 아시다시피 법률에 따르면 혼인 여부와 관계없이 자녀가 있을 경우, 당신에게는 그 자녀를 부양해야 할 의무가 있습니다."

제이슨은 고개를 끄덕였다.

"하긴." 버크먼 치안감은 사진을 도로 자기 책상에 집어넣으며 말했다. "사람마다 자기 나름의 원칙이 있게 마련이겠죠. 하지만 당신이 평생 살면서 무엇을 남기고 갈 수 있는지 생각해보시죠. 당신은 이제껏 어린아이를 좋아한 적이 한 번도 없다는 겁니까? 아이는 당신의 가슴에 상처를 남깁니다. 가장 내밀한 곳, 그러니까 당신이 쉽게 죽어버릴 수 있는 곳에요."

"그건 저도 미처 몰랐군요." 제이슨이 말했다.

"아, 그럼요. 우리 집사람이 그러더군요. 누구나 다른 종류의 사랑은 모두 잊어버릴 수 있어도, 아이에 대해 느끼는 사랑만은 잊을 수가 없다고요. 그 사랑은 오로지 내리사랑입니다. 그 반대 방향으로 오지는 않아요. 그렇기 때문에 당신과 자녀 사이에 무슨 일—가령 죽음이라든지, 이혼 같은 끔찍한 재난—이 생길 경우, 당신은 결코 회복될 수가 없어요."

"흠, 이런. 그러면—"제이슨은 포크에 찍은 소시지를 까딱거리며 손짓을 했다. "—애초에 그런 종류의 사랑을 느끼지 않는 편이 더 낫겠군요."

"나는 그 의견에 반대입니다." 버크먼이 말했다. "당신은 항상 사랑을 해야 하고, 특히 아이를 사랑해야만 합니다. 왜냐하면 그런 사랑이야말로 가장 강력한 형태의 사랑이니까요."

"무슨 뜻인지 알겠습니다." 제이슨이 말했다.

"아니, 당신은 무슨 말인지 모르고 있어요. 식스들은 절대 모르죠. 그들은 이해하지를 못합니다. 아예 논의할 가치조차 없다고 보니까요." 그는 자기 책상에 놓인 서류 뭉치를 이리저리 뒤적였다. 얼굴이 찡그려지고, 어리둥절한 생각이 들고, 초조한 느낌이 들었다. 하지만 그는 점차 마음을 가라앉혔고, 다시 한 번 전과 같이 자신감 있는 상태가 되었다. 하지만 그는 제이슨 태버너의 태도를 이해할 수 없었다. 그에게 아들은 무엇보다도 중요했다. 그 아이, 그리고 물론 그 아이의 어머니를 향한 그의 사랑도 마찬가지였다. 이것이야말로 그의 삶의 주축이나 다름이 없었다.

두 사람은 한동안 아무 말 없이 먹기만 했다. 갑자기 서로를 연결해주던 교량이라는 것 자체가 완전히 없어졌던 것이다.

"이 건물에는 카페테리아가 한 곳 있습니다." 버크먼이 마침내 입을 열었다. 그러면서 그는 모조품 과일 맛 주스를 한 모금 마셨다. "하지만 거기 있는 음식에는 독이 섞여있어요. 그걸 만드는 사람들의 친척 중에는 강제노동수용소에 들어간 사람이 하나쯤 있게 마련이죠. 결국 그들이 우리한테 앙갚음을 하는 거예요." 그는 껄껄 웃었다. 제이슨 태버너는 웃지 않았다. "태버너 씨." 버크먼이 냅킨으로 입을 닦으면서 말했다. "나는 당신을 놓아드리겠습니다. 당신을 붙잡아두지 않을 생각입니다."

그를 빤히 쳐다보며 제이슨이 말했다. "어째서죠?"

"왜냐하면 당신은 아무런 잘못도 저지르지 않았으니까요."

제이슨은 쉰 목소리로 말했다. "ID 카드를 위조하지 않았습니까. 그건 중죄죠."

"지금 내 지위에서는 어떠한 중죄 기소라도 각하시킬 수 있는 권한이 있습니다." 버크먼이 말했다. "내 생각에 당신은 갑자기 어떤 상황에 말려든 나머지 그런 일을 저지를 수밖에 없는 처지에 놓였던 것 같습니다. 물론 당신은 그 상황이 정확히 무엇인지 내게 말해주지 않았습니다만, 적어도 그게 뭔지 나는 살짝 짐작할 수 있을 것 같습니다."

잠시 침묵이 흐르다가 제이슨이 말했다. "고맙습니다."

"하지만." 버크먼이 말했다. "지금부터 당신은 어딜 가든지 전자 감시를 받게 될 겁니다. 앞으로 당신의 머릿속을 제외하면 어디에서도 당신 혼자 있을 수는 없을 겁니다. 어쩌면 그 머릿속 생각도 당신 혼자서만 간직할 수 없게 되겠지요. 이제부터 당신과 접촉하거나, 당신에게 다가오거나, 또는 당신을 바라보는 사람조차도 결국 이곳으로 끌려와서 심문을 받게 될 겁니다. 그러니까…… 지금 우리가 그 넬슨이라는 여자를 데려오는 것처럼 말입니다." 그는 제이슨 태버너 쪽으로 몸을 굽히고 천천히 또박또박 말했다. 태버너가 그의 말을 똑똑히 듣고 이해하도록 말이다. "당신이 그 어떤 데이터 뱅크에서도—공립이건 사립이건 간에—데이터를 빼낸 적이 없다는 사실을 나는 믿습니다. 또 당신이 지금 본인이 처한 상황을 이해하지 못한다는 사실도 나는 믿습니다. 하지만—" 그는 뚜렷하게 자기 목소리를 높였다. "—조만간 당신은 지금 본인이 처한 상황을 이해하게 될 것이고, 그렇게 되고 나면 우리도 당신 문제를 본격적으로 처리하는 데 착수할 겁니다. 그러므로— 우리는 당분간 당신과 늘 함께 있을 겁니다. 이 정도면 공평하지 않습니까?"

제이슨 태버너가 자리에서 일어났다. "당신네 세븐들은 항상 이런 방식으로 생각을 합니까?"

"어떤 방식 말입니까?"

"강력하고, 불가결하고, 즉각적인 결정을 내리는 것 말입니다. 지금 당신이 하는 방식처럼요. 당신이 질문을 던지고, 귀를 기울이고—세상에, 당신이 귀를 기울이는 모습은 정말!—그러고 나서 확고하게 마음을 먹는 방식도 그렇고요."

버크먼은 솔직한 투로 말했다. "그건 나도 모르겠습니다. 나야 다른 세븐들과 거의 접촉한 적이 없으니까요."

"고맙습니다." 제이슨이 말했다. 그는 한 손을 내밀었다. 두 사람은 악수를 나누었다. "잘 먹었습니다." 그는 이제 차분해진 듯 보였다. 스스로의 감정을 다스리는 모양이었다. 그리고 많이 안심한 듯했다. "그러면 여기서 그냥 걸어 나가면 되는 겁니까? 거리로 나가려면 어떻게 해야 하죠?"

"일단 아침이 될 때까지는 당신을 계속 붙잡아두어야만 합니다." 버크먼이 말했다. "그건 원칙이라서 어쩔 수 없어요. 피의자를 한밤중에 놓아주는 것은 금지되어 있지요. 한밤중의 거리에서는 워낙 많은 일이 벌어지니까 말입니다. 일단 당신이 사용할 방과 침대를 준비해드리겠습니다. 지금 입은 옷 그대로 주무시다가…… 오전 8시가 되면 폐기를 시켜서 우리 경찰학교의 정문까지 모셔다드리도록 하겠습니다." 인터폰의 단추를 하나 누르더니 버크먼이 말했다. "폐기, 여기 태버너 씨를 오늘 밤만 구금 처리하게. 그리고 오전 8시에 도로 내보내드리고. 알겠나?"

"예, 버크먼 씨."

양손을 펼치고 미소를 지으며 버크먼 치안감이 말했다. "이제 끝입니다. 더 이상은 없습니다."

17

"태버너 씨." 페기가 또박또박 말했다. "이쪽으로 오세요. 옷 입으시고, 저를 따라서 바깥 집무실로 나오시면 됩니다. 저는 거기서 기다리고 있겠습니다. 파란색하고 하얀색으로 칠해진 문을 지나오시면 됩니다."

한쪽에 비켜서있던 버크먼 치안감은 여자 경찰관의 목소리에 귀를 기울였다. 예쁘고도 신선했다. 그가 듣기에도 좋았다. 문득 태버너에게도 그 목소리가 그렇게 들릴 거라는 생각이 들었다.

"한 가지만 더요." 버크먼이 상대방을 멈춰 세웠다. 태버너는 흐트러진 옷차림에 졸려 보이는 표정으로, 파란색과 하얀색으로 칠해진 문 쪽으로 막 걸어가려던 참이었다. "당신이 갖고 있는 경찰 통행증은 나로서도 갱신해줄 수가 없습니다. 저 아랫선의 누군가가 당신의 정보를 깡그리 없애버렸다면 말입니다.

무슨 말인지 알겠습니까? 그러니 당신은 우리한테 정식으로 발급을 신청해야 할 겁니다. 어디까지나 합법적인 경로를 통해서, 당신의 ID 카드를 모두 재발급 받도록 말입니다. 물론 그렇게 하려면 고강도의 심문을 받아야 하겠지만—"그는 제이슨 태버너의 팔을 툭 건드리며 말했다. "—당신 같은 식스라면 충분히 견딜 수 있을 겁니다."

"알겠습니다." 제이슨 태버너가 말했다. 그는 집무실을 나와서 파란색하고 하얀색으로 칠해진 문을 닫았다.

버크먼은 인터폰에 대고 말했다. "허브, 잊지 말고 저자에게 초소형 발신기하고 복합형 탄두 여든 개를 심어놓도록 하게. 그래서 언제든지 저자를 추적하고, 필요하다면 언제라도 저자를 파괴할 수 있도록 하게나."

"음성 도청기도 심을까요?" 허브가 물었다.

"그래. 저자에게 들키지 않고 저자 목에다가 넣을 수 있다면야 얼마든지."

"폐기한테 시키면 될 겁니다." 허브가 이렇게 말하며 통화를 끊었다.

혹시 내가 맥널티라는 친구랑 바보 같은 대화라도 나누다 보면 이 이상의 정보를 얻을 수 있을까? 그는 속으로 물었다. 아니야. 그는 결론을 내렸다. 태버너라는 자 본인도 전혀 무슨 영문인지를 모르고 있는걸. 그러니 우리가 해야 할 일은 하나뿐이지. 일단 저자가 스스로 상황을 파악할 때까지 기다리고……결국 저자가 상황을 파악하는 바로 그 순간, 물리적으로나 전자적으로나 우리가 저자의 곁에 함께 있는 거지. 내가 저자에게 지적해주었던 대로.

하지만 나로선 여전히 놀랍기만 하군. 그는 문득 깨달았다. 어쩌면 식스들이 의외로—서로에 대해 증오를 품었음에도 불구하고—한데 모여 할 일을 우연히 발견했을지도 모르니까.

다시 한 번 인터폰의 단추를 누르고 그가 말했다. "허브, 대중 가수인 헤더 하트인지 뭔지 하는 여자에게도 지금부터 24시간 감시를 실시하도록 하게. 그리고 데이터 센트럴에서 이른바 '식스'로 분류되는 자들에 대한 파일을 모조리 찾아서 가져오게. 무슨 말인지 알았나?"

"식스와 관련해서 입력된 카드가 있을까요?" 허브가 말했다.

"그러고 보니 없을지도 모르겠군." 버크먼은 울적한 목소리로 말했다. "지금으로부터 10년 전에는 어느 누구도 그렇게 할 생각을 하지 못했을 테니까. 그러니까 딜템코가 살아있을 때에는 말이네. 그자는 가면 갈수록 더 많이 더 기괴한 생물을 만들어내려고 생각했었지." 가령 우리 세븐들처럼 말이야. 그는 익살맞게 생각했다. "게다가 지금 와서는 어느 누구도 그렇게 할 엄두를 내지 못하기는 마찬가지겠지. 이제는 식스가 정치적으로 완전히 실패했다고 간주되니까. 그렇지 않나?"

"그렇습니다." 허브가 말했다. "하지만 일단 한번 알아보기는 하겠습니다."

버크먼이 말했다. "혹시 식스와 관련해서 입력된 카드가 '있다' 면, 거기 나와있는 모든 식스들에 대해서도 24시간 감시를 실시하게나. 설령 그자들을 모조리 찾아내지는 못하더라도 최소한 우리가 아는 몇 명은 뒤를 밟을 수 있겠지."

"알겠습니다, 버크먼 씨." 허브가 통화를 끊었다.

18

"안녕히 가세요. 행운을 빌어요, 태버너 씨." 거대한 회색빛의 경찰학교 건물로 들어가는 널찍한 출입구 앞에서 페기라는 이름의 여자 경찰관이 말했다.

"고맙습니다." 제이슨이 말했다. 그는 평소와 마찬가지로 스모그가 섞여있는 아침 공기를 깊이 들이마셨다. 드디어 나왔군. 그는 속으로 말했다. 나를 체포하기 위해서 갖다 붙일 수 있는 혐의가 천 가지도 넘을 텐데, 그들은 결국 그렇게 하지 않았어.

바로 그때였다. 웬 여자 목소리, 그것도 아주 목쉰 듯한 소리가 바로 곁에서 들려왔다. "기분이 어때요, 땅꼬마 아저씨?"

이제껏 살면서 그는 누군가로부터 "땅꼬마"라는 말을 들어본 적이 없었다. 그의 키는 180센티미터가 넘었으니까. 그는 뒤로 돌아서자마자 뭐라고 대답을 하려다가 갑자기 그만두었다. 방금 자기한테 말을 건 여자가 어떤 사람인지를 그제야 알아보았기 때문이다.

그 여자 역시 키가 무려 180센티미터 가까이 되었다. 두 사람은 사실상 키가 엇비슷한 셈이었다. 하지만 제이슨과는 대조적으로 그 여자는 몸에 쫙 달라붙는 검은색 바지, 가장자리에 장식 술이 달린 붉은색 가죽 셔츠, 손잡이처럼 커다란 금귀고리, 사슬로 된 허리띠 차림이었다. 그리고 스파이크 힐 구두를 신고 있었다. 이런, 세상에. 그는 이렇게 생각하며 몸을 움찔했다. 어디엔가 채찍도 하나쯤 숨겨두고 있는 것 아닐까?

"방금 나한테 한 말입니까?" 그가 말했다.

"맞아요." 그녀가 미소를 지었다. 입술 사이로 드러난 이빨에는 황도 12궁의 금장식이 새겨져있었다. "그들은 당신을 놓아주기 전에 당신한테 세 가지 장치를 심어놓았어요. 내 생각에는 당신이 그걸 알아야 할 것 같아서요."

"그건 나도 압니다." 제이슨이 말했다. 문득 이 여자가 누구인지, 또는 무엇인지 궁금해졌다.

"그중 하나는." 그 여자가 말했다. "초소형 수소폭탄이에요. 이 건물에서 방출하는 전파 신호를 받으면 폭발하는 거죠. 그것도 알고 있었나요?"

그는 곧바로 말했다. "아뇨, 그건 몰랐는데요."

"그 사람이 일을 하는 방식이 늘 그래요." 그 여자가 말했다. "우리 오빠요…… 처음에는 당신을 달콤하고도 신사적으로 대

270

하죠. 문명인답게요. 그러다가 자기 부하 중에 하나를 시켜—부하들이라면 무수히 많으니까—당신한테 그 물건을 심어놓는 거예요. 당신이 이 건물 밖으로 빠져나오기 전에 말이죠."

"당신 오빠라니." 제이슨이 말했다. "버크먼 치안감 말이로군요." 그는 이제 두 사람의 얼굴에서 닮은 점을 인식할 수 있었다. 가늘고도 긴 코, 두드러진 광대뼈, 그리고 마치 모딜리아니의 그림 속 주인공처럼 점점 가늘어지는 목. 아주 귀족적이로군. 그는 생각했다. 그들이, 양쪽 모두가, 그에게는 무척이나 인상적으로 다가왔다.

그러면 이 여자도 결국 세븐이라는 뜻이로군. 그는 속으로 말했다. 그는 다시 한 번 경계심을 품게 되었다. 그 여자와 마주하자마자 그의 목에 난 찢어진 상처가 타는 듯 아파왔다.

"내가 당신 몸에서 그걸 빼내줄게요." 그녀는 계속 미소를 지으며 이렇게 말했다. 버크먼 치안감의 미소와 마찬가지로 그녀가 웃자 금니가 반짝였다.

"친절도 하셔라." 제이슨이 말했다.

"일단 내 퀴블 있는 데로 가요." 그녀는 나긋나긋한 걸음걸이로 앞서 갔다. 그는 어색하게 뒤에서 성큼성큼 따라갔다.

잠시 후 두 사람은 그녀의 퀴블 앞좌석에 나란히 앉아있었다.

"내 이름은 앨리스예요." 그녀가 말했다.

그가 말했다. "나는 제이슨 태버너입니다. 가수 겸 TV 출연자죠."

"아, 진짜요? 나는 아홉 살 때 이후로는 TV를 한 번도 본 적

271

이 없거든요."

"못 봤다고 해도 별로 손해 본 건 없을 겁니다." 그가 말했다. 역설의 의미로 한 말인지 아닌지 스스로도 몰랐다. 솔직히. 그는 생각했다. 이젠 너무 지쳐서 신경 쓰고 싶지도 않아.

"그 초소형 폭탄은 겨우 씨앗 하나만 한 크기예요." 앨리스가 말했다. "그리고 마치 진드기처럼 당신 피부 속에 파묻혀있죠. 원래는 그게 당신 몸에 들어있다는 걸 알더라도, 정확히 어디 있는지는 알 수가 없게 마련이에요. 하지만 나는 다행히 이 물건을 경찰학교에서 빌려왔거든요." 그녀는 마치 튜브처럼 생긴 손전등을 들어 올려 보여주었다. "그 씨앗 폭탄이 있는 곳에 가까이 가면 빛을 발하는 장치예요." 그녀는 이 말을 하자마자 곧바로, 효율적이면서도 거의 전문가다운 솜씨로, 손전등으로 그의 몸 곳곳을 훑기 시작했다.

그의 왼쪽 손목에 이르렀을 때, 손전등에서 빛이 번쩍였다.

"그리고 그들이 씨앗 폭탄을 제거할 때에 사용하는 도구도 같이 빌려왔죠." 앨리스가 말했다. 그녀는 우편행낭처럼 생긴 지갑에서 가느다란 깡통을 하나 꺼내서 곧바로 열었다. "가급적 빨리 떼어낼수록 좋아요." 그녀는 이렇게 말하면서 그 안에서 절개 도구를 집어 들었다.

이 분 동안이나 그녀는 전문가다운 솜씨로 그의 살을 절개했고, 계속해서 상처 부위에 진통제 스프레이를 뿌렸다. 잠시 후 그녀는 폭탄을 손바닥 위에 올려놓았다. 그녀의 말마따나 정말 씨앗 정도의 크기였다.

"고맙습니다." 그가 말했다. "내 앞발에 박힌 가시를 빼내주셔서요."

앨리스는 쾌활하게 웃었다. 그녀는 절개 도구를 다시 깡통에 집어넣고 뚜껑을 닫은 후 도로 커다란 지갑 속에 집어넣었다. "아시겠죠." 그녀가 말했다. "그 사람은 결코 직접 이런 일을 하지 않아요. 항상 자기 부하 가운데 한 사람을 시키죠. 그래야만 본인은 계속해서 윤리적이고 초연하게 남아있을 수 있으니까요. 마치 이 일이 자기와는 아무 관계가 없다는 듯 말이에요. 내 생각에 내가 그 사람에게서 가장 싫어하는 부분이 바로 그 점인 것 같아요." 그녀는 잠시 생각에 잠겼다. "나는 그 사람이 정말 싫어요."

"혹시 이것 말고 나한테 붙어있는 다른 장치도 당신이 제거하거나 떼어줄 수 있나요?"

"원래 그들은 당신의 목에다가 도청기를 하나 심어놓으려고도 했어요. 정확히 말하자면 페기라는 여자가 말이에요. 그 여자는 경찰 내부에서 그 장치의 전문가니까요. 하지만 내 생각에는 그 여자가 진짜로 심어놓지는 않았을 것 같네요." 그녀는 조심스럽게 그의 목을 살펴보았다. "그래요. 제대로 달라붙지 않았어요. 떨어져 나가버렸군요. 잘됐네요. 그 문제는 이걸로 끝이니까. 이제 남은 건 당신 몸 어디엔가 들어있는 초소형 발신기뿐이에요. 그걸 혈류 속에서 잡아내려면 스트로보 조명이 있어야 해요." 그녀는 퀴블 앞좌석의 물품 보관함을 열고 뒤적이더니, 곧이어 배터리로 작동하는 스트로보를 꺼냈다. "아마 이걸로 찾아낼 수 있을 거예요." 그녀는 이렇게 말하며 기계를 작동시켰다.

초소형 발신기는 그의 왼쪽 소맷부리에 있는 것으로 밝혀졌다. 앨리스는 핀으로 발신기를 찔러서 관통시켰고, 그에 관한 문제도 이걸로 끝나버리고 말았다.

"혹시 다른 것도 있나요?" 제이슨이 그녀에게 물었다.

"어쩌면 초소형 카메라가 있을지도 몰라요. 경찰학교의 모니터로 TV 영상을 전송하는 아주 작은 장치죠. 하지만 내가 보기에는 당신한테 그걸 심어놓지는 않았을 것 같아요. 일단 그렇다는 쪽에 내기를 걸고, 그 문제는 접어놓자고요." 곧이어 그녀는 고개를 돌려서 그를 유심히 바라보았다. "그건 그렇고, 당신은 누구죠?" 그녀가 물었다.

제이슨이 말했다. "비존재자."

"그게 무슨 뜻이죠?"

"내가 존재하지 않는 사람이라는 뜻이에요."

"물리적으로요?"

"나도 잘 모르겠어요." 그는 진심 어린 어조로 말했다. 어쩌면. 그는 생각했다. 내가 만약 이 여자의 오빠라는 치안감에게 좀 더 스스럼없이 속을 털어놓기만 했더라도…… 어쩌면 그가 어찌된 영문인지를 알아낼 수 있었을지 모르는데. 어쨌거나 펠릭스 버크먼은 세븐이니까. 그게 무슨 의미이건 간에 말이다.

하지만 그래도— 버크먼은 제법 정곡을 찔렀던 셈이다. 그는 상당한 양의 정보를 끌어냈다. 그것도 매우 짧은 시간 동안에.

기껏해야 야식 조금 먹고 시가 한 대를 피우는 시간 동안에 말이다.

여자가 말했다. "그러니까 당신이 바로 그 제이슨 태버너로군요. 맥널티가 찾아내려 했지만 결국 실패한 사람. 세계 어디서도 관련 데이터를 찾아낼 수 없었던 사람. 출생증명서도 없고. 입학증명서도 없고—"

"그걸 당신이 어떻게 알고 있는 겁니까?" 제이슨이 물었다.

"맥널티의 보고서를 읽어봤죠." 그녀가 쾌활한 어조로 말했다. "펠릭스의 집무실에서요. 그걸 보니까 호기심이 생기더라고요."

"그러면 왜 굳이 나더러 누구냐고 물어본 거죠?"

앨리스가 말했다. "당신은 어떻게 알고 있는지가 궁금했던 거예요. 내가 아는 이야기는 어디까지나 맥널티를 통해서 들은 것뿐이니까. 그래서 이번에는 당신 쪽 이야기를 들어보고 싶었던 거죠. 경찰 반대측에서요. 흔히 말하듯이."

"맥널티가 알고 있는 내용에다가 굳이 뭘 덧붙일 수는 없을 것 같군요." 제이슨이 말했다.

"그건 사실이 아니에요." 이제는 그녀가 오히려 그를 심문하고 있었다. 그것도 얼마 전에 그녀의 오빠가 보여주었던 것과 똑같은 태도로. 나지막하고도 격식을 따지지 않는 어조만 보면, 마치 뭔가 매우 사소한 이야기를 나누는 것 같았다. 그러다가 그의 얼굴을 뚫어져라 쳐다보았다. 말할 때마다 팔이며 손을 우아하게 움직이는 것을 보면, 마치 춤을 추는 것도 같았다.

자기 혼자서. 외모만 예쁜 것이 아니라 춤도 예쁘게 추는군. 그는 생각했다. 그녀는 그를 신체적으로, 성적으로 흥분시켰다. 하지만 그는 이미 섹스를 물릴 만큼 즐긴 다음이었다. 적어도 앞으로 며칠 동안은 생각조차 나지 않을 정도로.

"좋아요." 그가 시인했다. "사실 내가 아는 건 그보다 좀 더 많죠."

"펠릭스한테 이야기한 것보다 더?"

그는 잠시 머뭇거렸다. 그렇게 함으로써 그는 사실상 답변을 내놓은 것이나 다름없었다.

"그렇다는 뜻이군요." 앨리스가 말했다.

그는 어깨를 으쓱했다. 이제는 숨길 것도 없었으니까.

"내가 하나 제안할게요." 앨리스가 쾌활한 어조로 말했다. "경찰 치안감 나리께서는 어떻게 사시는지 직접 보고 싶지 않아요? 그 집이 어떤지? 그 수십억 달러짜리 성채를 보러 안 갈래요?"

"나를 그리로 데려갈 생각입니까?" 그는 믿을 수 없다는 듯 말했다. "그 사람이 이 사실을 안다면—" 그는 말을 뚝 멈추었다. 도대체 이 여자는 나를 어디로 끌려가려는 걸까? 그는 속으로 물었다. 뭔가 끔찍한 위험 속으로 데려가는 것 같았다. 그의 몸속에 있는 모든 것이 그렇다는 사실을 감지했다. 그는 즉각적으로 신중하고도 조심스럽게 판단했다. 그의 잔꾀가 신속히 작동하기 시작하더니 온몸 구석구석까지 스며들었다. 그의 몸은 알고 있었다. 지금 여기서는 다른 어느 때보다도 더 신중해야 한다는 것을. "아무리 동생이라지만, 설마 그 사람 집에 마음대로 들락거릴 권한까지 갖고 있는 건 아닐 텐데요?" 그는 이렇게 말하며 마음을 진정시켰다. 최대한 목소리를 자연스럽게 꾸미며서, 평소와 다른 긴장감은 전혀 엿보이지 않도록 했다.

"아이고." 앨리스가 말했다. "나는 그 사람이랑 같이 살아요. 우리는 쌍둥이니까. 우리는 아주 가까운 사이죠. 근친상간을 벌일 만큼 가깝다고요."

제이슨이 말했다. "당신이 버크먼 치안감하고 작당하고 꾸민 함정이 뭔지는 모르겠지만, 나는 그 사이로 얼씨구나 하고 들어설 마음이 없군요."

"펠릭스랑 나랑 작당하고 꾸민 함정이라고요?" 그녀는 깔깔대며 웃음을 터트렸다. "펠릭스랑 나랑은 워낙 호흡이 안 맞아서, 하다못해 부활절 계란에 색칠하는 것도 둘이서 같이는 못한다고요. 걱정 마요. 일단 그 집으로 가요. 우리가 갖고 있는 물건 중에는 흥미로운 것들이 상당히 많아요. 중세의 목제 체스 세트도 있고, 잉글랜드에서 만든 골동품 도자기 컵도 있어요. 국립 조폐국에서 만든 미국 건국 초기의 우표도 있고요. 혹시 우표에 관심 있어요?"

"아뇨." 그가 말했다.

"그럼 총에는요?"

그는 잠시 머뭇거렸다. "약간은요." 그는 문득 자기 총을 떠올렸다. 이로써 그는 지난 24시간 사이에 두 번째로 총 생각을 한 셈이었다.

그를 눈여겨보면서 앨리스가 말했다. "있죠. 당신은 땅꼬마치고는 외모가 그리 나쁘지 않은 편이에요. 그리고 당신은 나보다 나이가 더 들어 보이기는 하지만…… 그렇다고 해서 아주 많은 것도 아니고요. 당신은 식스죠, 안 그래요?"

그는 고개를 끄덕였다.

"어때요?" 앨리스가 말했다. "치안감 나리의 성채를 직접 보고 싶지 않아요?"

제이슨이 말했다. "좋아요." 그가 어디로 가든지, 그들은 언제라도 원할 때면 그를 찾아낼 수 있을 터였다. 그의 소맷부리에 초소형 발신기가 감춰져있건 아니건 간에 말이다.

앨리스 버크먼은 퀴블에 시동을 걸더니 운전대를 돌리면서 페달을 밟았다. 퀴블은 거리로부터 곧장 90도로 솟아올랐다. 경찰용 특수 기종이군. 그는 생각했다. 일반 기종의 두 배나 되는 마력을 자랑하는 물건이었다.

"그나저나 한 가지." 앨리스는 교통 흐름을 뚫고 운전을 하면서 이렇게 말했다. "당신한테 미리 확실히 해둘 것이 있어요." 제대로 귀를 기울이고 있는지 여부를 확인하려는 듯, 그녀는 그를 흘끗 바라보았다. "나한테 성적으로 접근할 생각은 꿈에도 하지 말라는 거예요. 만약 그랬다가는 당신을 죽여버릴 테니까." 그녀는 자기 허리띠를 톡톡 두들겼다. 그는 그쪽을 바라보았다. 그녀는 허리띠에 경찰 진압용 튜브를 차고 있었다. 그 무기는 아침 햇살에 파란색과 검정색의 빛을 발했다.

"각별히 조심하도록 하죠." 그는 이렇게 말하면서 어딘가 불편한 느낌이 들었다. 그는 이미 그녀의 가죽이며 쇠 재질로 된 옷이 마음에 안 들던 참이었다. 페티시적인 성향이 노골적으로 드러나는 반면, 그는 이제껏 그런 쪽에 전혀 관심이 없었기 때문이다. 그런데 이번에는 이런 최후통첩까지 나오지 않았나. 도대체 이 여자가 머릿속으로 생각하는 성행위 상대는 누구일까? 혹시 다른 레즈비언이라도 되는 걸까? 정말 그런 걸까?

차마 입 밖에 꺼내지도 않았던 질문에 답변이라도 하듯, 앨리스가 차분한 목소리로 말했다. "내 리비도, 내 성욕은 오로지 펠릭스하고만 연결되어있어요."

"당신 '오빠' 말입니까?" 그는 등골이 오싹해졌다. 방금 들은 말을 차마 믿을 수가 없었다. "어떻게 해서 말이죠?"

"우리는 벌써 5년째 근친상간 관계를 유지하고 있어요." 앨리스는 이렇게 말하면서, 로스앤젤레스의 아침에 벌어지는 전형적인 교통 정체 속에서 퀴블을 솜씨 좋게 운전했다. "아이도 하나 낳았죠. 이제 세 살이에요. 지금은 플로리다 주 키웨스트에서 가정부랑 유모가 대신 키우고 있어요. 애 이름은 바니예요."

"그런데 당신은 왜 그런 이야기를 나한테 해주는 거죠?" 그는 말할 수 없이 깜짝 놀란 상태에서 물었다. "심지어 당신이 전혀 알지도 못하는 사람한테?"

"아, 나는 당신을 아주 잘 알고 있어요, 제이슨 태버너." 앨리스가 말했다. 그녀는 더 높은 차로로 퀴블을 올려 세우면서 속도를 더 높였다. 이제 교통 흐름은 이전보다 줄어든 상태였다.

두 사람은 이제 그레이터 LA를 벗어나고 있었다. "나는 벌써 여러 해 동안 당신의, 그리고 화요일 밤마다 당신이 진행하는 TV 쇼의 팬이었으니까요. 게다가 나는 당신의 음반도 갖고 있어요. 한 번은 샌프란시스코에 있는 호텔 세인트 프랜시스에 있는 오키드 룸에서 당신이 직접 노래 부르는 것도 봤고요." 그녀는 그를 보며 살짝 미소를 지어 보였다. "펠릭스랑 나랑, 우리는 둘 다 수집 취미가 있는데…… 내가 수집하는 물품 가운데 하나가 바로 제이슨 태버너의 음반이거든요." 그녀의 마치 쏘는 듯한 열렬한 미소가 점점 더 커져갔다. "몇 년이 걸려서야 나는 아홉 장 모두를 모으게 되었죠."

제이슨은 쉰 목소리로 말했다. 그의 목소리가 떨리고 있었다. "열 장이죠. 내가 지금까지 낸 LP는 모두 열 장이라고요. 라이트 쇼를 투사하는 곡이 들어있는 음반으로는 마지막 세대에 속하는 몇 장 가운데 하나였죠."

"그럼 나도 아직 못 모은 게 하나 있는 거네요." 앨리스는 동감하는 듯한 어조로 말했다. "여기도 하나 있어요. 뒷좌석을 한번 보세요."

그가 고개를 돌려 뒷좌석을 바라보았더니, 정말로 그의 첫 음반이 거기 놓여있었다. 〈태버너와 블루 블루 블루스〉. "맞아요." 그는 이렇게 말하며 그 음반을 집어서 앞좌석에 앉은 자기 무릎 위에 올려놓았다.

"그거 말고 하나 더 있어요." 앨리스가 말했다. "당신 음반 중에서 내가 제일 좋아하는 거예요."

그는 다시 뒤를 돌아다보았다. 그러자 낡아서 네 귀퉁이가 구겨진 〈오늘 밤, 태버너와 함께 즐거운 시간을〉이 있었다. "그 래요." 그가 말했다. "이 음반이야말로 내가 취입한 것 중에서도 최고죠."

"저기 보이죠?" 앨리스가 말했다. 퀴블은 이제 아래로 내려 가고 있었다. 나선형을 그리며 선회하는 동안, 저 앞에는 숲과 잔디로 에워싸인 거대한 저택이 보였다. "저기가 바로 우리 집 이에요."

19

　날개를 수직으로 세운 퀴블이 저택의 널따란 잔디밭 한가운데 마련된 아스팔트 착륙장에 내려앉았다. 제이슨은 저택을 흘끗 바라보았다. 3층짜리 스페인 건축 양식에, 베란다에는 검정색 철제 난간이 있고, 지붕은 붉은 기와. 벽은 어도비 벽돌에 치장 벽토를 칠했겠지. 하지만 그로선 아직 딱 꼬집어 말할 수가 없었다. 멋진 떡갈나무 숲이 집 주위를 에워싸고 있었기 때문이다. 이 집은 주위 풍경을 파괴하지 않은 상태에서 들어선 모양이었다. 덕분에 집이 숲이나 잔디와 잘 어우러져 마치 그 일부분처럼 보였다. 인공의 영역에서 뻗어온 연장선처럼.

　앨리스는 퀴블의 시동을 끄고, 잘 열리지 않는 문을 걷어차서 열었다. "음반은 차 안에 놔두고 이리로 오세요." 그녀는 이

282

말을 남기고 퀴블에서 나와 잔디밭 위에 똑바로 섰다.

그는 내키지 않는 기분으로 음반을 도로 뒷좌석에 놓고 그녀를 따라갔다. 그녀를 따라잡기 위해 뛰어야만 했다. 검은색 바지를 입은 긴 다리를 성큼성큼 움직이며 그녀는 저택의 커다란 대문 쪽으로 빠르게 다가갔다.

"담장 위에다가는 깨진 유리병 조각을 박아놓기까지 했어요. 혹시 도둑이라도 들까봐…… 하긴 시대가 시대니까요. 이 집은 원래 그 유명한 어니 틸의 소유였죠. 서부극 배우요." 그녀는 집 앞 대문 위에 붙어있는 단추를 하나 눌렀다. 그러자 갈색 제복 차림의 경비원이 한 명 나타나서 그녀를 유심히 살펴보고 나서야 고개를 끄덕이며 대문을 닫아놓았던 동력장치를 해제해주었다.

제이슨이 앨리스에게 말했다. "당신은 어디까지 알고 있죠? 당신은 내가―"

"당신은 아주 유명하죠." 앨리스는 사무적인 어조로 말했다. "나야 벌써 몇 년째 그 사실을 알고 있었어요."

"그렇다면 당신은 내가 원래 있던 곳에 간 적이 있다는 건데. 내가 항상 있던 곳에 말이에요. 거긴 여기가 아니잖아요."

앨리스는 그의 한쪽 팔을 잡아끌며 안내했다. 두 사람은 어도비와 슬레이트로 만든 복도를 지나고, 다섯 개의 돌계단으로 이루어진 층계를 따라 내려가서, 바닥이 움푹 들어간 거실로 들어갔다. 시대에 뒤떨어진 느낌이 들기는 했지만 무척 아름다운 곳이었다.

하지만 그는 이런 주위의 모습에는 아무런 관심이 없었다. 그는 오로지 그녀와 이야기를 하고 싶을 뿐이었다. 그녀가 무엇을, 그리고 어떻게 알고 있는지를 알아내고 싶었다. 그리고 이게 과연 어떤 의미인지도 알고 싶었다.

"당신은 여기가 어딘지 기억나요?" 앨리스가 물었다.

"아니요." 그가 말했다.

"기억이 나야 할 텐데. 당신은 예전에도 여기 와봤으니까요."

"와본 적이 없어요." 그는 조심스럽게 말했다. 그녀는 두 장의 음반을 내놓음으로써 그로부터 전폭적인 신뢰를 얻은 터였다. '그걸 가져가야만 해.' 그는 속으로 말했다. 그걸 가져가서 사람들한테 보여주는 거야. 그래. 그는 생각했다. 그런데 누구한테? 버크먼 치안감한테? 내가 그 사람한테 음반을 보여주면, 그러면 나는 어떻게 되는 걸까?

"'메스칼린' 캡슐 하나 하실래요?" 앨리스가 이렇게 물어보며 약장 쪽으로 향했다. 거실 한쪽에 설치된 가죽과 놋쇠 재질의 홈 바 끝에 있는 커다란 수제품 호두나무 찬장이었다.

"조금만요." 그가 말했다. 하지만 이런 자신의 반응에 그 자신도 깜짝 놀라고 말았다. 그는 눈을 껌벅였다. "머리를 좀 맑게 할 필요가 있을 것 같아서요." 그가 고쳐 말했다.

그녀는 작은 에나멜 약 쟁반에다가 물이 담긴 유리잔 하나와 흰색 캡슐 하나를 담아서 가져왔다. "아주 좋은 물건이에요. 하비의 옐로 넘버 원이죠. 스위스에서 통째로 수입해서, 본드 스

---

* 선인장 추출물에 함유된 물질로 진정 및 환각 작용을 일으킨다.

284

트리트에서 캡슐에 담은 거예요." 그녀가 덧붙였다. "전혀 강하지 않아요. 맛보기 정도죠."

"고맙습니다." 그는 유리잔과 흰색 캡슐을 받았다. 그는 메스칼린을 입에 넣고 물을 마신 다음, 유리잔을 도로 쟁반에 올려놓았다. "당신은 안 할 건가요?" 그는 경계심을 느끼며―뒤늦게야―그녀에게 물었다.

"나는 이미 약 기운이 올라있어요." 앨리스는 기분 좋은 듯 말하며, 금으로 장식된 바로크 풍의 이빨을 드러내고 미소를 지었다. "아직도 모르겠어요? 내가 보기엔 모르는 것 같네요. 여기서가 아니라면 당신이 달리 나를 본 적은 없을 텐데요."

"그럼 당신은 내가 LA 경찰학교로 끌려갔다는 사실을 알고 있었나요?" 그가 물었다. 분명히 알았겠지. 그는 생각했다. '당신은 큐블 안에 내 음반도 두 장이나 갖고 있었으니까.' 만약 당신이 미처 모르고 있었다고 치면, 당신이 그걸 갖고 있다가 우연히 나를 만나게 될 확률은 정말 10억분의 1도 안 될 테지.

"나는 저쪽의 교신 내역 가운데 일부를 엿듣고 있었어요." 앨리스의 말이었다. 그녀는 뒤로 돌아서서 이리저리 계속 거닐면서 한 손가락의 긴 손톱 끝으로 작은 에나멜 쟁반을 톡톡 두들겼다. "그러다가 우연히 베가스와 펠릭스 사이에 오가는 교신을 엿듣게 되었죠. 그가 근무 중일 때면 가끔 그의 교신을 엿듣곤 하니까요. 물론 항상 그러는 건 아니에요. 하지만―" 그녀는 가까이에 있는 열린 문 너머 있는 방을 손으로 가리켜 보였다. "―나는 뭘 좀 보고 싶어요. 당신한테도 보여줄게요. 그게 정말 펠릭스가 말한 대로 좋은 건지 아닌지를요."

그는 그녀를 뒤따라갔다. 걸어가는 동안 그의 머릿속에서는 갖가지 질문이 웅웅거리며 소리를 냈다. 정말 이 여자는 오갈 수 있는 걸까. 그는 생각했다. 이쪽으로 왔다가, 저쪽으로 갔다가. 얼핏 보기에는 실제로 그랬던 것 같은데—

"그 사람이 단풍나무 책상의 가운데 서랍에 있다고 했어요." 앨리스는 서재의 한가운데쯤에 이르자 반사적으로 말했다. 높은 천장까지 닿은 책장 안에는 가죽 장정이 된 책들이 가지런히 꽂혀있었다. 책상이 여러 개 있었고, 작은 컵들이 들어있는 작은 유리 진열장이 하나, 골동품 체스 세트가 여러 개, 역시나 골동품 타로 카드 상자가 두 개…… 앨리스는 뉴잉글랜드 식 책상 쪽으로 다가가서 서랍을 열고 그 안을 살펴보았다. "아." 그녀는 이 말과 함께 글라신 봉투를 꺼냈다.

"앨리스—" 제이슨이 말을 꺼냈지만, 그녀는 퉁명스레 손가락으로 딱 소리를 내면서 그의 말을 끊어버렸다.

"입 다물고 있어봐요. 내가 이걸 자세히 볼 동안은." 책상 위에서 그녀는 커다란 확대경을 집어 들었다. 그녀는 봉투를 유심히 살펴보았다. "우표예요." 그녀는 이렇게 말하더니 고개를 들었다. "내가 꺼내볼게요. 당신도 볼 수 있게요." 우표수집용 핀셋을 찾아낸 그녀는 조심스레 우표를 봉투에서 꺼내, 책상 가장자리에 깔아놓은 펠트 패드 위에 내려놓았다.

제이슨 태버너는 순순히 확대경으로 우표를 들여다보았다. 그가 보기에는 다른 우표와 전혀 다를 바가 없는 듯했다. 다만 현대 우표와는 달리 한 가지 색깔로만 인쇄되었다는 점만이 달라 보였다.

"동판화로 동물을 묘사한 것 좀 봐요." 앨리스가 말했다. "수송아지 떼예요. 정말이지 완벽한 상태잖아요. 선 하나하나가 생생해요. 이 우표는 이제껏 한 번도—" 그가 손을 뻗어서 우표를 만지려 하자, 그녀는 갑자기 그의 손을 저지했다. "아니, 안돼요." 그녀가 말했다. "손가락으로 우표를 만지면 절대로 안돼요. 항상 핀셋을 써야 한다고요."

"값이 비싼 건가요?" 그가 물었다.

"꼭 그렇지는 않아요. 하지만 매물로 나오는 법이 거의 없을 정도로 희귀하긴 하죠. 나중에 언젠가는 당신한테 자세히 설명해줄게요. 이건 펠릭스가 나한테 준 선물이에요. 그는 나를 사랑하니까요. 그 사람 말에 따르면, 내가 침대에서 끝내주기 때문이래요."

"멋진 우표군요." 제이슨은 당황스러워하면서 말했다. 그는 확대경을 그녀에게 도로 건네주었다.

"펠릭스가 사실대로 말해줬어요. 이건 상당히 좋은 거래요. 완벽하게 중심이 잡히고, 소인이 가볍게 찍혀서 가운데 있는 그림이 손상을 입지 않았죠. 게다가—" 그녀는 핀셋을 이용해서 능숙하게 우표를 뒤집어 앞면을 펠트 패드에 직접 닿게 했다. 이와 동시에 그녀의 표정이 확 바뀌었다. 뜨거운 분노가 이는 얼굴로 그녀가 말했다.

"망할 놈의 자식 같으니."

"무엇 때문에 그러는 거죠?" 그가 물었다.

"엷은 반점이 있어요." 그녀는 우표의 뒷면 한쪽 구석을 핀셋으로 건드리며 말했다. "음, 앞면만 보아서는 전혀 알 수가 없죠. 하지만 이건 펠릭스 짓이에요. 빌어먹을. 그 사람이 어찌어찌해서 가짜를 만든 거예요. 물론 펠릭스는 이제껏 가짜를 산 적은 없지만. 맞아요. 펠릭스 짓이에요. 그럼 이건 당신 것이 되는 거죠." 그녀는 뭔가 생각하는 듯 말했다. "내 생각에는 그 사람이 자기 컬렉션에 또 하나를 갖고 있을 것 같아요. 내가 그걸 바꿔치기하면 되겠죠." 벽장 금고로 다가간 그녀는 한동안 다이얼을 만지작거리더니, 마침내 금고를 열고 크고도 육중해 보이는 우표첩을 꺼내 책상 위로 가져왔다. "펠릭스는 몰라요." 그녀가 말했다. "내가 자기 금고 번호를 알고 있다는 사실을 말이에요. 그러니 그 사람한테도 절대 말하지 마요." 그녀는 조심스럽게 그 두툼한 책을 펼치더니, 네 장의 우표가 꽂혀있는 면을 펼쳤다. "1달러짜리 흑백 우표는 없네요." 그녀가 말했다. "하지만 아마 다른 어디엔가 감춰놓았을 거예요. 어쩌면 경찰학교 어딘가에 갖다 놓았을 수도 있고요." 그녀는 우표첩을 덮고 나서 도로 벽장 금고에 집어넣었다.

"메스칼린." 제이슨이 말했다. "그 효과가 나한테 슬슬 나타나고 있나 봐요." 다리가 아팠다. 그에게는 이것이야말로 항상 메스칼린이 체내에 작용하기 시작한다는 증거나 마찬가지였다. "자리에 좀 앉을게요." 그는 이렇게 말하며 다리에서 힘이 풀리기 전에 가죽으로 덮인 안락의자를 찾아내서 거기 앉았다.

아니, 어쩌면 다리에서 힘이 풀리는 '것처럼' 느낄 뿐인지도 몰랐다. 실제로는 다리에서 힘이 풀리지 않았다. 다만 약물에서 비롯된 환각에 불과했다. 하지만 마치 진짜 같았다.

"고상하고도 장식적인 코담뱃갑 컬렉션도 한번 구경하실래요?" 앨리스가 물었다. "펠릭스는 아주 멋진 컬렉션을 갖고 있어요. 모두 골동품이죠. 금, 은, 합금 재질에다가 사냥 장면이 카메오 세공된 것들인데— 싫다고요?" 그녀는 그를 마주 보고 앉아서 검정색 바지를 입은 긴 다리를 꼬았다. 다리를 앞뒤로 흔드는 바람에 하이힐이 덜렁거렸다. "한번은 펠릭스가 골동품 코담뱃갑을 하나 사 왔어요. 어느 경매에서, 상당히 많은 돈을 주고 샀죠. 그걸 집에 가져와서는 그 안에 잔뜩 찌들어있던 코담배를 닦아내고 보니까, 바닥에 무슨 스프링으로 작동하는 지렛대가 하나 있더래요. 그게 진짜 바닥인지 아닌지는 알 수 없었지만, 여하간에요. 그 지렛대는 작은 나사를 하나 돌려야만 작동하는 거였대요. 그 나사를 돌릴 수 있는 작은 도구를 찾으려고 하루 종일 고생을 해야만 했죠. 하지만 결국 그런 도구를 찾기는 했어요." 그녀가 웃음을 터트렸다.

"그래서 어떻게 됐나요?" 제이슨이 물었다.

"그 코담뱃갑 바닥을 열어보니까— 사실은 진짜 바닥이 아니고, 안에 양철판이 하나 숨겨져있더래요. 그 사람은 결국 그 양철판을 꺼내보았죠." 그녀는 다시 한 번 깔깔대며 웃었다. 금이빨 장식이 반짝이며 빛을 발했다. "알고 보니 그건 200년이나 묵은 음란물이었어요. 어떤 여자가 셰틀랜드 조랑말과 교미하는 장면을 묘사한 거였지 뭐예요. 그것도 무려 여덟 가지 색깔로 채색되어 있더라니까요. 세상에, 무려 5000달러는 나가는 물건이었어요. 아주 많은 돈까지는 아니지만, 덕분에 우리는 아주 재미있었죠. 물론 그걸 판매한 사람은 그런 게 거기 있는지도 몰랐을 거예요."

"그렇군요." 제이슨이 말했다.

"당신은 코담뱃갑에는 아무런 관심이 없는 것 같네요." 앨리스는 여전히 미소를 지으며 말했다.

"나는― 나도 보고 싶네요." 그는 이렇게 말했다. 곧이어 그가 덧붙였다. "앨리스, 당신은 나에 대해서 알고 있죠. 내가 누군지 당신은 안다고요. '그런데 어째서 다른 사람들은 나를 전혀 모르는 거죠?'"

"왜냐하면 그들은 한 번도 거기 가본 적이 없으니까요."

"'거기' 라뇨?"

앨리스는 관자놀이를 문지르고 혀가 꼬부라지며 멍한 표정으로 정면을 응시하는 것이, 마치 뭔가 생각에 몰두하는 듯한 모습이었다. 그의 말을 거의 듣지도 못하는 듯했다. "왜, 있잖아요." 그녀의 목소리는 어쩐지 지루하고도 약간 짜증스러운 듯했다. "이런, 세상에, 당신은 거기서 무려 42년 동안이나 살았잖아요. 당신이 이미 알고 있는 그 장소에 관해서 내가 뭐라고 더 설명할 수 있겠어요?" 그녀는 고개를 들어서 그를 흘끗 바라보더니, 곧이어 두툼한 입술을 장난기 어린 모습으로 일그러뜨렸다. 그녀는 그를 바라보며 씩 웃었다.

"그럼 나는 어떻게 해서 여기 오게 된 거죠?" 그가 물었다.

"당신은一" 그녀는 머뭇거렸다. "당신한테 말해도 될지 판단이 잘 안 서네요."

그는 큰 목소리로 말했다. "'왜 판단이 안 선다는 거죠?'"

"때가 되면 알게 되도록 그냥 내버려두자고요." 그녀는 한 손을 저어 보였다. "때가 되면 알게 될 거예요, 때가 되면. 이것 보세요, 정말. 당신은 이미 너무 많은 고생을 겪었어요. 오늘 하루만 해도, 자칫하면 강제노동수용소인지 뭔지로 끌려갈 뻔 했잖아요. 이게 모두 그 멍청한 맥널티랑 내 사랑하는 오라버니 덕분이죠. 우리 오빠가 바로 치안감이니까요." 그녀의 얼굴은 혐오감으로 점차 일그러졌지만, 곧이어 그녀는 도발적인 미소를 다시 한 번 떠올렸다. 특유의 나른하고, 금니를 번쩍이고, 사람을 유혹하는 미소를.

제이슨이 말했다. "지금 내가 있는 곳이 어딘지 알고 싶어요."

"당신은 지금 내 집에 있는 내 서재에 들어와 있어요. 당신은 아주 안전해요. 당신에게 붙어있던 벌레도 모두 떼어버렸고요. 게다가 어느 누구도 감히 이리로 쳐들어오지는 못할 거예요. 그거 알아요?" 그녀는 의자에서 벌떡 일어나, 마치 유연한 동물처럼 똑바로 섰다. 그는 깜짝 놀란 나머지 자기도 모르게 움찔하며 뒤로 물러났다. "전화로 해본 적 있어요?" 그녀는 눈을 반짝이고 열성을 보이며 물었다.

"뭘 해봤냐는 거죠?"

"통신망요." 앨리스가 말했다. "전화 통신망 몰라요?"

"네." 그가 시인했다. 하지만 들어본 적은 있었다.

"그곳에서 당신의—모든 사람의—성적인 측면은 전기적으로 연결되어있고 증폭되어있어요. 당신이 견딜 수 있는 최대치로요. 그건 중독성이 있죠. 전기적으로 강화되어있으니까요. 사람들, 그러니까 일부 사람들은 거기 너무 깊숙이 빠져드는 바람에 차마 벗어나지를 못해요. 그들의 삶 전부가 전화 통신망의 설정을 따라 매주—아, 빌어먹을, 심지어 매일!—돌아가고 있는 거예요. 그건 일반 화상전화이고 신용카드로 사용할 수 있기 때문에, 당신이 그걸 쓰는 동안 당장은 공짜인 거예요. 스폰서 쪽에서는 한 달에 한 번씩 당신한테 요금을 청구해요. 요금을 내지 않으면 그쪽에서 당신 전화를 통신망에서 끊어버리죠."

"그러면 도대체 몇 명이나." 그가 물었다. "지금 거기에 엮여 들어있는 거죠?"

"수천 명쯤 되겠죠."

"한 번에 말이에요?"

앨리스가 고개를 끄덕였다. "그들 중 대부분은 이미 이삼 년째 그러고 있어요. 그리고 그들은 그러다 보니 신체적으로—그리고 정신적으로도—쇠약해진 다음이에요. 오르가슴을 느끼는 두뇌의 일부분이 점차적으로 죽어버리기 때문이죠. 하지만 그걸 하는 사람들을 비난할 수는 없어요. 지구상에서 가장 뛰어나고 가장 섬세한 정신의 소유자들도 일부분 거기 관여되어있으니까요. 그들에게는 이것이야말로 성스럽고도 거룩한 교제나 다름없어요. 하지만 통신망 사용자는 당신도 딱 보자마자 알 수 있죠. 그들은 퇴폐적이고, 나이 먹고, 뚱뚱하고, 나른한 모습이거든요. 나른해 보이는 건 십중팔구 전화선을 '통한' 난교 때문인 거죠, 물론."

"그러면 당신도 그걸 하나요?" 그녀는 퇴폐적이고, 나이 먹고, 뚱뚱하고, 나른한 모습으로는 보이지 않았다.

"가끔 한 번씩은 하죠. 하지만 거기 완전히 몰두하지는 않아요. 늘 때맞춰 접속을 끊고 통신망에서 나와버리죠. 당신도 한번 해볼래요?"

"아니요." 그가 말했다.

"좋아요." 앨리스는 합리적이고도 태연하게 대답했다. "그럼 뭘 하고 싶어요? 우리한테는 릴케와 브레히트 작품의 행간 번역 디스크 컬렉션도 괜찮은 것들이 있어요. 언젠가는 펠릭스가 퇴근하면서 시벨리우스의 교향곡 일곱 가지를 담은 4채널 스테레오 세트를 가져왔죠. 아주 좋았어요. 엠마는 개구리 다리 요리를 저녁으로 준비할 거고…… 펠릭스는 개구리 다리랑 달팽이 요리를 모두 좋아하죠. 평소에는 대개 프랑스 요리랑 바스크 요리를 하는 식당에서 식사를 하지만, 오늘 밤에는—"

"내가 알고 싶은 건 이거예요." 제이슨이 상대방의 말을 끊었다. "지금 내가 있는 곳이 어디냐는 거죠."

"당신은 그냥 행복하게 있지는 못하겠어요?"

그는 자리에서 일어났다. 힘겹게. 그리고 그녀를 똑바로 마주 보며 섰다. 아무 말도 없이.

20

메스칼린의 약효가 격렬하게 나타나기 시작했다. 방 안에 여러 가지 색깔이 떠오르더니, 원근 감각이 변화한 까닭에 천장이 백 킬로미터나 멀리 있는 것처럼 느껴졌다. 앨리스를 바라보자, 그녀의 머리카락이 마치 살아있는 것만 같아서…… 마치 메두사의 머리 같군. 그는 생각했다. 그리고 두려움을 느꼈다.

그를 깡그리 무시한 채 앨리스가 말을 이었다. "펠릭스는 특히 바스크 요리를 좋아해요. 하지만 그쪽 사람들은 워낙 버터를 많이 넣기 때문에, 그는 유문경련증을 앓게 되었죠. 그는 《위어드 테일스》* 컬렉션도 좋은 걸로 갖고 있어요. 또 야구도 좋아하죠. 그리고— 어디 보자." 그녀는 이리저리 오가면서 뭔가

---

* 공포 및 환상 소설을 연재한 미국의 펄프 잡지로. 최초의 시리즈는 1923년부터 1954년까지 간행되었다. — 원주

생각하는 동안 자기 입술을 손가락으로 톡톡 두들겼다. "그는 오컬트에도 관심을 갖고 있어요. 혹시 당신은―"

"뭔가가 느껴져요." 제이슨이 말했다.

"뭘 느낀다는 거예요?"

제이슨이 말했다. "여기서 벗어날 수가 없어요."

"메스칼린 때문이에요. 그냥 편하게 있어요."

"나는―" 그는 생각에 잠겼다. 어마어마한 무게가 그의 두뇌를 짓누르는 것 같았지만, 그 무게 전체에 걸쳐서 수많은 빛줄기가, 마치 득도得道의 순간과도 같은 통찰이 여기저기서 번쩍였다.

"내가 수집한 것들은 옆방에 있어요." 앨리스가 말했다. "정확히 말하자면 거기가 바로 자료실이죠. 여기는 서재고요. 펠릭스의 법률 관계 책들은 자료실에 전부 놓아두었고…… 그 사람이 경찰 치안감인 동시에 변호사라는 거 알고 있었어요? 그리고 그 사람은 예전에 몇 가지 좋은 일도 하기는 했죠. 그건 나도 인정하지 않을 수가 없어요. 예전에 그 사람이 무슨 일을 했는지 알아요?"

그는 차마 대답조차 할 수 없었다. 서있는 게 고작이었다. 멍한 상태에서 그녀의 말소리를 알아듣기는 했지만, 차마 의미까지는 알아듣지 못했다. 그 말뜻까지는.

"그때 펠릭스는 1년 동안 지구의 모든 강제노동수용소 가운데 4분의 1을 담당하는 직위를 맡고 있었어요. 그때 그가 발견한 사실이 하나 있었죠. 바로 몇 년 전에 통과된 어느 잘 알려지지 않은 법률에 관한 거였는데, 그때만 해도 강제노동수용소는 오히려 죽음의 수용소에 더 가까운 상황이었거든요. 그 안에는 흑인도 상당히 많았어요. 여하간에 그가 발견한 사실이 뭐냐 하면, 문제의 법률에 따르면 수용소는 오로지 제2차 내전 기간 동안에만 운영이 허락된다는 것이었죠. 당시에 그의 권한으로 말하자면, 공익을 위해 필요하다고 본인이 생각할 경우에는 어떤 수용소라도 문을 닫게 할 수 있었고, 심지어 모든 수용소를 폐쇄할 수도 있었죠. 그런데 수용소에 갇혀있던 흑인이며 학생이며 하는 사람들은 여러 해 동안 고된 육체노동에 종사한 까닭에 더럽게도 힘이 세고 튼튼했어요. 캠퍼스 구역 지하에 살고 있는 쇠약하고 창백하고 끈적끈적한 학생 아이들과는 차원이 달랐다는 거예요. 그래서 그는 조사를 거듭한 끝에 잘 알려지지 않은 법률을 또 한 가지 발견했죠. 수익을 내지 못하는 수용소는 '반드시' 문을 닫아야만—또는 닫았어야만—한다는 거였어요. 그래서 펠릭스는 수용소 유치자들에게 지급되는 봉급의 액수를—물론 애초부터 아주 적었지만—조정했어요. 결국 그가 한 일은 봉급을 올려주고, 장부에 손실 내역이 적히게 만들고, 그걸로 끝이었죠. 그렇게 해서 그는 수용소 문을 닫게 만들었어요." 그녀는 웃었다.

그는 뭔가 말을 하고 싶었지만 차마 그렇게 할 수가 없었다. 그의 내부에서 정신은 마치 망가진 고무공처럼 잔뜩 휘저어진 상태였다. 가라앉았다가 떠올랐다가, 느려졌다가 빨라졌다가, 희미해졌다가 갑자기 환하게 번쩍였다가 했다. 빛줄기가 그를 관통하고 지나갔으며, 그의 몸 곳곳을 꿰뚫어버렸다.

"하지만 펠릭스가 한 일 중에서도 제일 큰일은." 앨리스가 말했다. "불타버린 캠퍼스 지하에 있는 학생 키부츠하고 관련된 거였어요. 그들 중 상당수는 식량과 물을 얻으려고 안달이 나 있었죠. 거기가 어땠는지는 당신도 잘 알 거예요. 학생들은 그걸 일종의 도시로 만들려고 시도했죠. 일용품을 구하러 나서서 절도와 약탈을 자행했고요. 경찰은 학생들 사이에 요원을 상당수 두고서 동요를 일으켜 경찰과 마지막 총격전을 벌이게 했고…… 그거야말로 경찰과 방위군이 기다려 마지않은 일이었죠. 무슨 말인지 알죠Do you see?"

"보여요I see." 그가 말했다. "모자가."

"하지만 펠릭스는 어떠한 종류의 총격전도 결단코 피하고 싶어 했어요. 하지만 그러려면 학생들에게 일용품을 전달해주어야만 했죠. 무슨 말인지 알죠?"

"모자가 빨간색이에요." 제이슨이 말했다. "당신 귀처럼요."

"경찰 위계질서 상 치안정감이라는 그의 지위 때문에 펠릭스는 학생 키부츠 각각의 상태에 관한 정보원의 보고서를 접할 수 있었어요. 그는 어떤 곳이 운영에 실패하고, 또 어떤 곳이 성공하고 있는지를 알 수 있었죠. 그가 해야 하는 일은 수많은 보고서에 기반해 궁극적으로 중요한 사실들을 추론해내는 거였어요. 즉 어떤 키부츠가 계속 살아남고, 또 어떤 키부츠가 그렇지 못할 것인지를 알아내는 거였죠. 곤란을 겪는 곳들을 그가 골라내면, 다른 경찰 고위 간부들이 그를 만나서 그런 곳들을 더 빨리 끝장내기 위해 어떤 압력을 가해야 할지를 결정했죠. 경찰 끄나풀에 의한 패배주의적 선동, 그리고 식량과 물 공급 방해 공작 같은 것이었죠. 도움을 얻기 위해 캠퍼스 지역 밖으로 공세를 펼치려는 필사적인—사실은 가망 없는—시도도 있었죠. 가령 컬럼비아 대학에서는 언젠가 해리 S. 트루먼 노동수용소를 점령하려는 계획을 세웠어요. 그곳 수용자들을 해방시키고 무장시키겠다는 거였죠. 그렇게 되자 펠릭스조차도 '저지하라!' 라는 명령을 내렸어요. 하지만 조사를 받은 키부츠 각각에 대한 전술을 결정하는 것은 어쨌거나 펠릭스의 임무였어요. 상당수, 정말이지 상당수의 경우에 그는 절대로 아무런 대응도 하지 말라는 지시를 내렸죠. 물론 그 때문에 강경주의자들은 그를 비난하면서, 그를 그 직위에서 물러나게 하라고 요구했어요." 앨리스는 잠시 말을 멈추었다. "당시에 그는 이미 치안정감이었는데 말이에요. 당신도 이건 분명히 알아두어야만 해요."

"당신의 붉은색은." 제이슨이 새어나오는 발음으로 말했다. "끈내주내요."

"나도 알아요." 앨리스의 입가가 축 늘어졌다. "그나저나 그 흥분 좀 가라앉힐 수 없어요? 지금 나는 당신한테 중요한 이야기를 하고 있다고요. 펠릭스는 '강등' 당한 거예요. 원래 치안정감이었다가 그보다 한 계급 아래인 치안감으로요. 키부츠에서도 학생들이 목욕을 하고, 식사를 하고, 치료를 받고, 간이침대에서 잠을 자도록, 기회 있을 때마다 그가 배려해주었다는 이유로 말이에요. 그가 자기 관할하에 있는 강제노동수용소에 했던 것과 마찬가지로요. 그래서 이제 그는 겨우 치안감일 뿐이에요. 하지만 그들은 그를 가만 내버려두었죠. 그들이 그에게 할 수 있는 일은 모조리 했건만, 그는 여전히 고위 간부 직위를 유지하고 있는 거예요."

"하지만 당신네 둘이 벌인 근친상간은요." 제이슨이 말했다. "그게 만약?" 그는 잠시 말을 멈추었다. 자기가 하려던 말의 나머지가 기억나지 않았다. "그러니까 만약." 그는 이렇게 말했다. 그러자 마치 이 말이 전부인 것처럼 느껴졌다. 그는 작열하는 분노를 느꼈다. 자신의 생각을 그녀에게 전달했다는 사실에서 자라나 타오르던 분노를. "만약." 그는 다시 말했다. 그러자 그의 마음속에서 타오르던 분노는 행복한 분노와 함께 광포해지고 말았다. 그는 버럭 외마디 소리를 질렀다.

"그러니까 '만약' 펠릭스와 나 사이에 아들이 하나 있다는 걸 치안정감들이 알면 어쩌냐, 그 뜻이에요? 그들이 어떻게 하겠느냐고요?"

"그들이 어떻게든 하겠죠." 제이슨이 말했다. "음악 좀 들을 수 없을까요? 아니면 차라리 나한테 좀—" 그는 말을 하다가 멈추었다. 더 이상은 머릿속에 아무것도 들어오지 않았다. "이런." 그가 말했다. "우리 어머니가 여기 계시지는 않을 거예요. 죽음."

앨리스는 깊이 숨을 들이쉬었다가 다시 한숨을 내쉬었다. "알았어요, 제이슨." 그녀가 말했다. "당신한테 이야기하는 건 일단 포기할게요. 당신 머리가 제대로 돌아오기 전까지는요."

"말해요." 그가 말했다.

"내가 모은 본디지 만화 보여줄까요?"

"그게." 그가 물었다. "뭔데요?"

"그림이에요. 판에 박은 듯한. 여자를 묶어놓고, 남자가—"

"여기 좀 누워도 될까요?" 그가 말했다. "다리가 말을 안 들어요. 오른쪽 다리는 아예 달 있는 데까지 뻗어버린 것 같네요. 달리 말하자면—" 그는 곰곰이 생각했다. "—다리가 부러져서 위로 솟아오른 것 같아요."

"이리 와요." 그녀는 그를 이끌고 한 걸음 한 걸음 서재에서 나와 거실로 돌아왔다. "소파에 좀 누워있어요." 그녀가 그에게 말했다. 고통과 곤란 속에서 그는 시키는 대로 했다. "가서 토라진 좀 가져올게요. 신경안정제라서 메스칼린을 중화시켜줄 거예요."

"완전히 엉망진창이에요." 그가 말했다.

"어디 보자…… 내가 그걸 도대체 어디에다가 뒀더라? 하긴 나야 그걸 쓸 일이 거의 없으니까. 하지만 이런 상황에 대비해서 잘 두긴 했는데…… 빌어먹을. 당신은 겨우 메스칼린 캡슐 하나 먹고 맛이 '가' 버린 거예요? 나는 한 번에 다섯 개도 먹는다고요."

"하지만 당신은 덩치가 크잖아요." 제이슨이 말했다.

"금방 돌아올게요. 위층에 가서 찾아봐야겠어요." 앨리스가 성큼성큼 걸어서 아주 멀리 떨어진 곳에 있는 문으로 향했다.

오래, 아주 오랫동안 그는 그녀가 점점 작아지는 모습을 지켜보고 있었다. 도대체 어떻게 해서 그녀는 저렇게 움직일 수 있을까? 그녀가 거의 무에 가깝게 작아지는 모습은 정말이지 믿을 수가 없었다. 결국 그녀의 모습은 아주 사라져버렸다. 그 광경을 본 그는 어마어마한 두려움에 사로잡혔다. 자기가 아무런 도움도 받지 못하고 혼자 남겨졌음을 알았기 때문이다. 누가 나를 도와줄까? 그는 속으로 물었다. 이 우표며 컵이며 코담뱃갑이며 본디지 만화며 전화 통신망이며 개구리 다리가 있는 곳에서 벗어나 그 퀴블 있는 데로 가서 그걸 타고 여기서 빠져나가 내가 아는 곳으로 돌아가서 만약 경찰이 놓아주었다면 루스 레이와 함께 떠나거나 아니면 하다못해 캐시 넬슨에게라도 돌아가야 해 이 여자는 견딜 수가 없어 이 여자 오빠란 사람도 마찬가지였는데 두 사람이 근친상간 그런데 플로리다에 있는 아이 이름이 뭐라고 했지?

그는 비틀거리며 자리에서 일어난 다음, 마치 백만 개나 되는 순수한 염색제가 엎질러진 듯한 모습의 카펫을 가로질러 더듬더듬 걸어갔다. 그가 걸음을 내디딜 때마다 육중한 구둣발에 염색제가 짓밟혔다. 그러다가 마침내 그는 불안하게 흔들리는 방의 맨 끝에 있는 현관문과 맞닥뜨렸다.

햇빛이 비쳤다. 그는 밖으로 나와있었다.

퀴블.

그는 비틀거리며 그쪽으로 향했다.

조종석에 올라탄 그는 수많은 손잡이며 운전대며 페달이며 단추를 바라보며 어리둥절했다. "왜 움직이지 않는 거지?" 그는 큰 소리로 말했다. "어서 가라고!" 그는 이렇게 말하며 운전석에서 앞뒤로 몸을 흔들었다. "그 여자가 나를 놓아주지 않는 건가?" 그는 퀴블에 대고 물었다.

열쇠. 물론 열쇠가 없다면 시동을 걸고 날아갈 수가 없을 터였다.

뒷좌석에는 그녀의 코트가 놓여있었다. 아까 분명히 보았다. 그리고 우편행낭처럼 생긴 그녀의 지갑도 있었다. 바로 거기에 열쇠가 있으리라. 바로 거기에.

그의 음반 두 장도 있었다. 하나는 〈태버너와 블루 블루 블루스〉였다. 그리고 또 하나는 그의 음반 중에서도 최고 걸작인 〈오늘 밤, 태버너와 함께 즐거운 시간을〉이었다. 그는 손을 더 듬어 어찌어찌 음반 두 장 '모두'를 집어서 옆자리의 텅 빈 조수석에 올려놓았다. 여기 바로 증거가 있어. 그는 생각했다. 증거가 바로 이 음반 속에 있고, 바로 이 집 안에 있어. 그녀와 함께 있어. 증거를 찾으려면 바로 여기서 찾아야만 해. 찾아야만 해. 여기 말고는 다른 어디에도 없어. 심지어 치안감 펠릭스─ 그 사람 이름이 뭐더라? 하여간 그 사람도 찾을 수 없을 거야. 그 사람은 모르고 있으니까. 나만큼은 모르니까.

커다란 음반 두 장을 손에 들고, 그는 다시 집으로 달려갔다. 그의 주위 풍경이 물결치듯 흘러갔다. 유연하면서도 키가 큰, 마치 나무처럼 생긴 유기체들이 새파란 하늘에서 불쑥불쑥 튀어나왔다. 그 유기체들은 물과 빛을 흡수했고, 하늘의 색조를 먹어 들어갔으며…… 그는 대문에 도착해서 거기다가 몸을 쿵 하고 부딪쳤다. 하지만 문은 꼼짝도 하지 않았다. 단추.

하지만 단추는 없었다.

차근차근. 손가락으로 조금씩. 마치 어둠 속에서 하듯이. 그래. 그는 생각했다. 나는 지금 어둠 속에 있는 거야. 그는 너무 커다란 음반 두 장을 땅에 내려놓고, 대문 옆에 있는 벽에 기대어 서서, 마치 고무처럼 느껴지는 벽의 표면을 천천히 쓰다듬었다. 아무것도 없었다. 아무것도.

단추가 만져졌다.

그는 단추를 누르고, 음반을 집어 들고, 대문 앞에 서있었다. 놀라우리만치 느린 속도로 대문이 열렸다. 마치 열리기 싫다는 듯 요란한 소음을 내면서.

갈색 제복 차림의 남자가 총을 꺼내들고 나타났다. 제이슨이 말했다. "가져올 물건이 있어서 방금 퀴블에 다녀오는 겁니다."

"그야 아무 문제 없습니다, 선생님." 갈색 제복 차림의 남자가 말했다. "선생님께서 나가시는 것을 제가 보았고, 이렇게 다시 돌아오셨으니 말입니다."

"그나저나 그 여자는 미친 겁니까?" 제이슨이 그에게 물었다.

"그건 제 입장에서 답변할 수 있는 문제가 아닙니다, 선생님." 갈색 제복 차림의 남자는 이렇게 말하더니, 챙이 달린 모자를 만지작거리며 돌아가버렸다.

현관문은 여전히 활짝 열려있는 채였다. 그는 문을 지나고 벽돌 계단을 내려가 다시 한 번 거실에 들어섰다. 그곳은 여전히 과격하게 불규칙한 모습이었으며, 천장은 백만 킬로미터 위에 있었다. "앨리스!" 그가 불렀다. 혹시 그녀가 거실에 있을까? 그는 조심스레 사방을 둘러보았다. 아까 버튼을 찾으려고 했을 때처럼 이 방의 구석구석을 돌아다녀보았다. 거실 한쪽에 있는 홈 바에 수제 호두나무 약장부터 해서…… 소파며 의자. 벽에 걸린 그림. 그림 속의 얼굴 가운데 하나가 그를 비웃었지만 그는 신경 쓰지 않았다. 저건 어차피 벽을 떠날 수 없을 테니까. 4채널 스테레오 전축…….

내 음반. 그걸 틀어보자.

그는 턴테이블 뚜껑을 들어 올리려 했지만 열리지가 않았다. 어째서? 그는 물었다. 잠겨있나? 아니, 잡아당겨서 여는 방식이었다. 그는 턴테이블 뚜껑을 잡아당겨 열었다. 끔찍한 소음이 났다. 마치 그가 열다가 망가트린 것처럼. 톤 암. 스핀들. 그는 자기 음반 가운데 하나를 재킷에서 꺼내 스핀들 위에 올려놓았다. 이건 충분히 할 수 있지. 그가 말했다. 곧이어 그는 앰프를 켜고, 메뉴를 '전축'으로 맞춰놓았다. 음반 교체기를 가동시키는 스위치. 그걸 켰다. 톤 암이 위로 번쩍 들렸다. 턴테이블이 돌기 시작했다. 괴로우리만치 느리게. 도대체 뭐가 문제일까? 속도 설정이 잘못되었나? 아니었다. 그는 확인해보았다. 33과 3분의 1이었다. 스핀들의 작동 속도가 점점 더 빨라지면서, 교체기에서 음반이 아래로 떨어졌다.

바늘이 홈에 닿으면서 요란한 잡음이 났다. 먼지 때문에 지직거리고 타닥거리는 소리였다. 오래된 4채널 스테레오 음반에서는 흔히 있는 현상이었다. 대개는 함부로 사용해서 손상된 음반의 경우에 그랬다. 그걸 방지하려면 훅 하고 입으로 불어 주면 그만일 텐데.

배경 잡음이 들렸다. 지직거리는 소리가 계속되었다.

하지만 음악은 나오지 않았다.

그는 톤 암을 들어 올려 더 안쪽의 트랙에 내려놓아보았다. 바늘이 표면을 긁으면서 또다시 요란한 잡음이 울려 퍼졌다. 그는 몸을 움찔하면서 소리를 줄이려고 음량 조절 버튼을 찾아 보았다. 하지만 여전히 음악은 나오지 않았다. 그가 노래하는 소리는 전혀 들리지 않았다.

그를 사로잡았던 메스칼린의 위력이 이제 점차 가시기 시작 했다. 냉정하고도 날카롭게 맨 정신으로 돌아오는 기분이 들었 다. 또 다른 음반은 어떨까. 그는 재빨리 그 음반을 재킷에서 꺼내 스핀들에 올려놓고 원래 있던 음반을 들어냈다.

바늘이 플라스틱 표면을 스치는 소리가 들렸다. 배경 잡음이 며 특유의 지직거리고 타닥거리는 소리가 들렸다. 하지만 여전 히 음악은 나오지 않았다.

음반은 양쪽 모두 텅 비어있었던 것이다.

제3부

내 적들은 안심하지 못하리라,
동정은 사라졌으니
내 지친 나날엔 눈물과 한숨과 신음뿐
모든 즐거움을 빼앗겼으니[*]

* 다울런드의 마드리갈 〈눈물〉의 세 번째 연. —원주

21

"앨리스!" 제이슨 태버너가 큰 목소리로 불렀다. 대답이 없었다. 메스칼린 때문일까? 그는 속으로 물어보았다. 그는 비틀거리며 전축 앞을 떠나서, 아까 앨리스가 들어간 문을 향해 걸어갔다. 긴 복도가 나왔다. 바닥에는 두툼한 울 카펫이 깔려있었다. 복도 끝에는 검은 철제 난간이 달린 계단이 하나 나왔다. 2층으로 이어지는 계단이었다.

그는 최대한 빨리 복도를 지나서 계단으로 다가갔다. 그리고 한 걸음 한 걸음 계단을 오르기 시작했다.

2층이 나왔다. 거실의 한쪽에는 골동품인 헤플화이트 테이블이 놓여있고, 그 위에는 《박스》잡지가 잔뜩 쌓여있었다. 이상하게도 그 모습이 그의 눈길을 사로잡았다. 펠릭스일까, 아니면 앨리스일까. 아니면 두 사람 모두일까? 《박스》처럼 저급하고 대량으로 발행되는 외설 잡지를 보는 사람은 과연 누구인 걸까? 거실을 지나가는 동안 그는—분명히 메스칼린의 효과 때문이겠지만—이런저런 사소한 세부 사항을 볼 수 있었다. 화장실. 아마 거기 가면 그녀를 찾을 수 있으리라.

"앨리스." 그는 굳은 목소리로 말했다. 이마에 맺힌 땀방울이 그의 코와 뺨으로 흘러내렸다. 겨드랑이에서는 김이 치솟고 물기가 어렸다. 갖가지 감정이 폭포수처럼 그의 몸을 훑고 지나갔다. "빌어먹을." 그가 그녀에게 말했다. 비록 그녀의 모습을 직접 볼 수는 없었지만. "저 음반에는 음악이 전혀 들어있지 않아요. 내가 없다고요. 저건 가짜예요. 안 그런가요?" 아니면 메스칼린 때문일까? 그는 속으로 물었다. "어떻게 된 영문인지 알아야겠어요!" 그가 말했다. "저 음반이 정상이라면, 어디 진짜로 한번 틀어봐요. 혹시 전축이 고장 난 건가요, 그런가요? 전축 바늘이나, 아니면 다른 어떤 부분이 망가져서 그런 건가요?" 실제로 그런 일이 일어나기도 하지. 그는 생각했다. 어쩌면 바늘이 미끄러져서 홈을 제대로 못 읽었기 때문인지도 몰라.

문 하나가 반쯤 열려있었다. 그는 문을 활짝 열었다. 침실이었다. 침대가 잔뜩 어질러져있었다. 바닥에는 매트리스가 놓여있었고, 그 위에는 슬리핑백이 하나 펼쳐져있었다. 남성용품이 한 무더기 쌓여있었다. 면도용 크림, 방취제, 면도칼, 남성용 로션, 빗…… 손님이 있었던 모양이군. 그는 생각했다. 여기 왔다가 지금은 떠난 모양이지.

"여기 아무도 없어요?" 그가 소리를 질렀다.

침묵이 흘렀다.

거실 저편에 화장실이 보였다. 약간 열려있는 문 사이로, 아주 오래된 욕조가 눈에 띄었다. 욕조의 받침대는 사자의 다리 모양으로 되어있었고, 색깔도 칠해져있었다. 곳곳에 골동품이로군. 그는 생각했다. 하다못해 욕조까지도 말이야. 그는 흠칫 멈춰 서기를 반복하며 거실을 성큼성큼 지나갔고, 여러 개의 문을 지나서 화장실 문에 이르렀다. 그리고 문을 활짝 열었다.

바닥에는 사람의 해골이 하나 놓여있었다.

반들거리는 검정색 바지, 가죽 셔츠, 쇠사슬 허리띠에 단철 허리띠. 발뼈 옆에는 하이힐이 한 켤레 나뒹굴고 있었다. 두개 골에는 머리카락이 몇 움큼 달려있었지만, 몸의 다른 부분은 전혀 남아있지 않은 상태였다. 눈알도 모두 사라지고 없었다. 살도 사라지고 없었다. 해골 그 자체도 이미 누렇게 변색된 다음이었다.

"맙소사." 제이슨은 이렇게 말하며 고개를 돌렸다. 눈앞이 흐려지면서 갑자기 중력이 바뀌는 듯한 느낌이 들었다. 그 압력 변화로 중이中耳에 뻥 뚫리는 느낌이 전해졌다. 그가 있는 방이 마치 여기저기에 부딪쳐 튀는 것처럼, 조용한 상태에서 영구적인 공 운동을 하는 것처럼 느껴졌다. 마치 아이들이 타는 대회전 관람차에서 사람들이 흘러나오는 것처럼.

그는 두 눈을 감은 채 벽을 붙들고 가만히 서있었다. 그러다가 마침내 다시 그쪽을 바라보았다.

그녀가 죽어버렸어. 그는 생각했다. 하지만 도대체 언제? 지금으로부터 십만 년 전에? 아니면 불과 몇 분 전에?

메스칼린 때문일까? 내가 아까 먹은 것? '이게 과연 현실일까?'

이건 현실이었다.

그는 몸을 굽혀서 술이 달린 가죽 셔츠를 만져보았다. 가죽은 여전히 부드럽고 유연했다. 전혀 썩지 않았다. 시간은 그녀의 옷을 전혀 건드리지 않았던 것이다. 여기에는 뭔가 의미가 있었지만, 그의 입장에서는 이해할 길이 없었다. 오로지 그녀만 변한 거야. 그는 생각했다. 이 집의 다른 모든 것은 아까하고 똑같이 남아있는데. 그러니 이건 메스칼린이 내 몸에 끼친 영향 때문은 아닌 거야. 물론 나도 완전히 확신할 수는 없지만. 그는 생각했다.

아래층으로 가자. 여기서 나가야만 해.

그는 서둘러 복도로 다시 달려 나왔다. 아직 다리에 온전한 감각이 돌아오지 않은 상태였기 때문에, 그는 뭔가 특이한 종류의 유인원처럼 엉거주춤한 상태로 뛰어갔다. 검정색 철제 난간을 붙잡은 채 한 번에 두세 계단씩 내려갔고, 비틀거리고 넘어질 뻔하면서 간신히 몸을 바로잡고 계단 아래에 도착했다. 가슴속에서는 심장이 쿵쾅거리고, 그의 폐는 과로한 나머지 마치 풀무처럼 부풀었다가 쪼그라들었다가 했다.

그는 순식간에 거실을 지나서 현관으로 향했다. 이유가 무엇인지는 정확히 몰랐지만 어쩐지 중요하다는 생각이 들어, 그는 전축에 올려놓았던 두 장의 음반을 꺼내서 재킷에 도로 집어넣었다. 그걸 들고 현관문을 지나서 도로 대낮의 밝고 따뜻한 햇볕 아래로 나섰다.

"가시는 겁니까, 선생님?" 갈색 제복 차림의 경비원이 물었다. 현관 앞에서 숨을 헐떡이며 서있는 그의 모습을 눈치챈 것이었다.

"몸이 좀 안 좋아서요." 제이슨이 말했다.

"조리 잘 하셔야 되겠군요, 선생님. 제가 뭐라도 갖다 드릴까요?"

"퀴블 열쇠를 좀 주시면 좋겠는데요."

"버크먼 양께서는 열쇠를 항상 시동장치에 꽂아놓고 다니시는데요." 경비원이 말했다.

"아까 찾아봤는데 없더군요." 제이슨은 숨을 가쁘게 쉬며 말했다.

경비원이 말했다. "그러면 제가 버크먼 양께 가서 여쭤보도록 하죠."

"그건 안 됩니다." 제이슨이 말했다. 그러다가 문득 이런 생각이 들었다. 하지만 이 모든 일이 메스칼린 때문이라면 아무런 문제가 없을 거야. 그렇지 않을까?

"방금 '안 된다'고 하셨습니까?" 경비원이 말했다. 곧바로 그의 표정이 변했다. "여기 꼼짝 말고 계시지요." 그가 말했다. "퀴블 있는 데로는 한 걸음도 가지 마시고요." 경비원은 뒤로 돌아서더니 집 안으로 달려 들어갔다.

제이슨은 뛰기 시작했다. 잔디밭을 가로질러 정사각형 모양

312

의 아스팔트 착륙장에 주차된 퀴블을 향해서. 열쇠. 시동장치에 꽂아놓고 다닌다고? 없었다. 그녀의 지갑 안에 있을까? 그는 지갑을 들어서 그 안에 들어있는 물건을 모조리 시트에 쏟아놓았다. 오만 가지 물건이 다 있었지만, 열쇠는 없었다. 바로 그때였다. 거친 고함 소리가 그를 엄습했다.

저택 현관에서 경비원이 다시 나타났다. 그의 표정은 잔뜩 일그러져있었다. 그는 살짝 옆으로 돌아서서 사격 자세를 취하더니, 반사적으로 자기 총을 꺼내 양손으로 치켜들고 제이슨에게 발사했다. 하지만 총구가 흔들렸다. 경비원이 심하게 몸을 떨고 있는 까닭이었다.

퀴블에 있던 제이슨은 경비원이 있는 쪽과 반대쪽 문으로 다시 내린 다음, 울창하고 축축한 잔디밭을 비틀거리며 뛰어 지나가서 제일 가까운 떡갈나무로 향했다.

다시 한 번 경비원이 총을 발사했다. 다시 한 번 총알이 빗나갔다. 경비원이 욕하는 소리가 들려왔다. 경비원은 그가 있는 쪽으로 뛰어오기 시작했다. 그에게 더 가까이 다가오려는 것이었다. 하지만 곧이어 경비원은 뒤로 돌아서더니, 다시 집 안으로 들어가버렸다.

제이슨은 나무 있는 곳에 도착했다. 말라 죽은 덤불을 헤치고 지나가는 동안 나뭇가지가 그의 몸을 타닥타닥 때렸다. 어도비 벽돌로 쌓은 높은 담이 나왔고…… 아까 앨리스가 뭐라고 했었지? 담 꼭대기에 깨진 병 조각을 박아놓았다고 했던가? 담 아래를 따라 난 울창한 관목을 헤치고 어렵사리 나아가다 보니, 갑자기 그의 앞에 고장 난 목제 출입문이 하나 나타났다. 반쯤 열린 문 너머로는 다른 집들과 거리가 보였다.

지금 상황은 메스칼린 때문이 아니야. 그는 문득 깨달았다. 경비원도 그걸 분명히 본 거야. 거기 쓰러져있는 그녀의 모습을. 오래된 해골이 되어버렸음을. 마치 오래전에 죽은 것처럼.

거리 저편에서 한 여자가 팔 하나 가득 상자를 들고, 자기 플립플랩의 문을 열고 있었다.

제이슨은 길을 건너가면서 정신을 집중했다. 메스칼린의 찌꺼기를 몸속에서 몰아내려고 했다. "죄송합니다만." 그가 숨을 헐떡이며 말했다.

그 여자는 깜짝 놀라며 그를 바라보았다. 젊고 덩치가 큰 편이었지만, 적갈색 머리카락은 아름다웠다. "무슨 일이시죠?" 그녀는 불안한 표정으로 그를 위아래로 살펴보았다.

"제가 지금 약물을 좀 많이 해서 위급한 상태입니다." 제이슨은 최대한 차분한 목소리를 내려고 애썼다. "죄송합니다만 차로 병원까지 좀 데려다주실 수 있겠습니까?"

침묵이 흘렀다. 그녀는 눈을 크게 뜨고 계속해서 그를 바라보기만 했다. 그는 아무 말도 하지 않았다. 그냥 가만히 서서 숨을 헐떡이며 기다릴 뿐이었다. 예 또는 아니요. 아마도 둘 중 하나일 것이었다.

적갈색 머리카락에 덩치 큰 여자가 말했다. "저는— 저는 운전 솜씨가 썩 좋지는 않아요. 겨우 지난주에 면허를 땄거든요."

"그럼 제가 직접 운전하죠." 제이슨이 말했다.

"그럼 저는 같이 가지 않을 거예요." 그녀는 갈색 소포지로 어설프게 포장한 상자를 잔뜩 끌어안은 상태로 뒷걸음질 쳤다. 아마도 그걸 가지고 우체국에 가려던 참인 모양이었다.

"그럼 열쇠만 좀 빌려주시겠습니까?" 그는 이렇게 말하며 한 손을 내밀었다. 그리고 기다렸다.

"하지만 중간에 당신이 정신을 잃으면, 제 플립플랩은—"

"그럼 저랑 같이 가시든가요." 그가 말했다.

그녀는 그에게 열쇠를 건네주고는 플립플랩의 뒷좌석에 올라탔다. 제이슨은 안도한 나머지 심장박동이 정상으로 돌아오는 것을 느꼈다. 그는 운전석에 앉아서 시동장치에 열쇠를 꽂아 넣고 시동을 걸었다. 잠시 후에 플립플랩이 펄럭거리며 하늘로 떠올랐다. 시속 70킬로미터가 최대 속력이었다. 이건 정말이지 싸구려 기종의 플립플랩이로군. 어떤 이상한 이유 때문에 그는 이런 사실을 주목하지 않을 수 없었다. 포드 그레이하운드 기종이야. 절전형 플립플랩. 게다가 신품도 아니로군.

"혹시 많이 아프세요?" 옆에 앉아있던 덩치 큰 여자가 물었다. 뒷거울로 보이는 그녀의 얼굴에는 여전히 불안감이, 심지어 두려움이 떠올라있었다.

"아뇨." 그가 말했다.

"그런데 무슨 약물을 하신 거예요?"

"그 사람들이 그것까지 알려주지는 않더군요." 메스칼린은 이제 그의 몸에서 사실상 효과가 다 떨어진 상태였다. 식스 특유의 생리 구조 덕분에 그 약물과 싸울 체력이 있어서 천만다행이었다. 메스칼린의 약 기운이 도는 상태에서, 가뜩이나 느리게 움직이는 플립플랩을 운전하며, 한낮의 로스앤젤레스의 차량 대열에 끼어든다는 것은 생각조차 하기 싫었기 때문이다. 게다가 약 기운이 상당한 상태에서 그러는 걸 상상하니 화가 치밀었다. 그 여자는 '조금'이라고 말했지만, 실제로는 '상당한' 양이었다.

그 여자. 앨리스. 도대체 내 음반은 어째서 속이 텅 비어있었던 걸까? 그는 자문했다. 그 음반은— 도대체 어디서 나온 것일까? 그는 깜짝 놀라 주위를 살펴보았다. 다행히 음반은 그의 옆 좌석에 놓여있었다. 플립플랩에 올라타는 순간에 무의식적으로 음반도 거기 놓아두었던 것이다. 덕분에 음반은 무사했다. 다른 전축을 찾아내면 다시 한 번 틀어봐야겠어.

"여기서 제일 가까운 병원은요." 덩치 큰 여자가 말했다. "세인트 마틴스 병원이에요. 서티피프스랑 웹스터 교차로에 있어요. 작지만 괜찮은 데예요. 저도 예전에 손에 난 사마귀 때문에 거기 갔었거든요. 상당히 양심적이고 친절한 병원이에요."

"그럼 거기로 가죠." 제이슨이 말했다.

"혹시 상태가 더 나빠진 것 같아요, 아니면 더 좋아진 것 같아요?"

"더 좋아진 것 같네요."

"아까 버크먼 씨네 집에서 나오셨던 거예요?"

"그래요." 그가 고개를 끄덕였다.

여자가 말했다. "혹시 그 소문이 진짜인가요? 그 두 사람, 그

러니까 버크먼 씨랑 버크먼 양이 서로 남매 사이라는 게요? 그
러니까—"

"쌍둥이인 거죠." 그가 말했다.

"그건 저도 아는 거고요." 여자가 말했다. "그런데 왜 있잖아
요. 좀 이상한 게 말이에요. 두 사람이 같이 있는 걸 보면, 꼭
부부인 것처럼 행동하거든요. 입을 맞추기도 하고, 손을 잡기
도 하고요. 오빠 쪽에서는 동생을 깍듯이 대하는데, 가끔은 두
사람이 아주 심하게 다투기도 하는 모양이더라고요." 여자는
한동안 조용히 있다가, 이번에는 상체를 앞으로 숙이며 말했
다. "저는 메리 앤 도미니크라고 해요. 아저씨는 성함이 어떻게
되세요?"

"제이슨 태버너라고 합니다." 그가 그녀에게 말해주었다. 결
국 아무런 의미도 없는 거지만 말야. 결국에는. 마치 잠깐인 듯
한 시간이 지난 뒤에— 그 순간 여자의 목소리가 그의 생각을
방해하고 말았다.

"저는 도예가예요." 그는 수줍은 목소리로 말했다. "여기 들
어있는 건 제가 만든 도기들이에요. 캘리포니아 북부에 있는
여러 판매점으로 부치려고 우체국에 가져가던 참이죠. 가령 샌
프란시스코의 검프라든지, 버클리의 프레이저 같은 판매점으
로요."

"만드시는 작품이 아주 훌륭한 모양이죠?" 그가 물었다. 하
지만 이 상황에도 그의 정신, 그의 능력 대부분은 아까의 한순
간에 여전히 고정되어있었다. 그가 화장실 문을 열고 바닥에

놓여있는 그녀—그것—를 보았던 바로 그 순간에. 그래서 도미니크 양의 목소리는 거의 들릴락 말락 했다.

"나름대로 열심히는 하는 편이지만. 모르는 일이죠. 어쨌거나 팔리기는 하니까요."

"그러면 손힘이 세겠군요." 그가 말했다. 딱히 더 나은 말이 생각나지 않았기 때문이다. 그의 말은 여전히 반쯤 무의식적으로 튀어나왔다. 마치 머릿속에 들어있는 단편을 툭툭 내뱉듯이.

"고맙습니다." 메리 앤 도미니크가 말했다.

잠시 침묵이 흘렀다.

"그런데 병원은 벌써 지나쳤거든요." 메리 앤 도미니크가 말했다. "여기서 왼쪽으로 더 뒤에 있는데." 그녀가 처음에 느꼈던 두려움이 다시 목소리에 깃들었다. "정말 병원에 가려고 하시는 거예요. 아니면 혹시 다른 무슨—"

"겁낼 필요 없어요." 그가 말했다. 이번에는 그도 자기가 하는 말에 신경을 썼다. 최대한 친절하고도 안심시키는 어조를 내기 위해 최선을 다했던 것이다. "나는 도망친 학생도 아니고 강제노동수용소에서 탈출한 죄수도 아니니까요." 그는 고개를 돌려서 그녀를 똑바로 바라보았다. "다만 약간의 곤경에 처한 사람일 뿐이죠."

"그러면 아저씨는 아까 말한 것처럼 약물 때문에 위험한 상태는 아닌 거군요." 그녀의 목소리가 떨렸다. 마치 자기가 평생 동안 두려워해왔던 일이 결국 엄습했다고 생각하기라도 하는 모양이었다.

"일단 여기서 멈춰 서죠." 그가 말했다. "그래야만 당신 마음이 놓일 것 같으니까요. 나도 이 정도까지 멀리 왔으면 충분합니다. 제발 겁내지는 마요. 당신을 해칠 생각은 없으니까요." 하지만 여자는 굳은 상태로 가만히 앉아서 몸을 떨었다. 마치 뭔가를 기다리는 듯— 과연 뭘 기다리는 건지는 피차 몰랐지만.

어느 교차로, 아주 붐비는 교차로에서 그는 길가에 착륙해 얼른 문을 열었다. 하지만 그 순간, 충동적으로 그는 잠시 플립플랩 안에 가만히 앉아서 그 여자의 얼굴을 똑바로 바라보았다.

"얼른 내려주세요." 그녀가 떨리는 목소리로 말했다. "무례하게 굴 생각은 없지만, 솔직히 제가 너무 겁이 나서요. 캠퍼스에 둘러쳐진 바리케이드를 넘어오는 굶주린 학생들에 관한 소문은 아마 들으셨겠지만—"

"내 말 좀 들어봐요." 그가 날카로운 어조로 그녀의 이야기를 뚝 끊었다.

"알았어요." 그녀는 몸을 똑바로 추스르며 무릎에 둔 상자 위에 양손을 올려놓고 공손하게—그리고 두려운 듯—그의 말을 기다렸다.

제이슨이 말했다. "매사에 그렇게 쉽게 겁을 먹을 필요는 없어요. 그렇게 산다면 인생이 너무나도 힘들 테니까."

"알았어요." 그녀는 온순하게 고개를 끄덕이며 그의 말에 귀를 기울였다. 마치 강의실에 있는 대학생이라도 된 것처럼 그에게 주의를 집중했다.

"낯선 사람을 만나면 항상 이렇게 겁을 먹나요?" 그가 그녀에게 물었다.

"아마 그런 것 같아요." 다시 한 번 그녀가 고개를 끄덕였다. 이번에는 마치 그에게 야단이라도 맞은 것처럼 고개를 떨어트렸다. "어떤 면에서 두려움이라는 건 증오나 질투보다 더 많은 해악을 끼치게 마련이죠. 두려움을 품다보면 삶을 온전하게 만끽할 수가 없으니까요. 두려움 때문에 우리는 항상, 항상 뭔가를 억누르게 마련이죠."

"무슨 말씀이신지 저도 알 것 같아요." 메리 앤 도미니크가 말했다. "그러니까 1년 전쯤 일인데, 하루는 누가 저희 집 현관문을 마치 부숴버릴 것처럼 두들겨대는 거예요. 저는 화장실로 들어가서 문을 걸어 잠그고 마치 집 안에 사람이 없는 척했죠. 누가 지금 집 안으로 뚫고 들어오려 한다고 생각해서 그랬는데…… 나중에 알고 보니까 위층에 사는 여자가 싱크대의 개수대에 손이 끼어서 그랬다고 하더라고요. 개수대에다가 찌꺼기 분쇄기를 설치해놓고 쓰는데, 마침 칼이 그 안에 들어가는 바람에 그걸 꺼내려고 손을 집어넣었다가 그만 끼어버렸던 거죠. 그래서 그 집 꼬마가 우리 집으로 찾아와서는 도와달라고—"

"그러면 당신도 이제 내 말을 이해하는 거군요." 제이슨이 그녀의 말을 잘랐다.

"맞아요. 저도 아저씨가 말한 것처럼 살았으면 하는 마음이에요. 실제로 노력도 하고요. 하지만 여전히 이런 상태죠."

제이슨이 물었다. "나이가 어떻게 되죠?"

"서른둘이에요."

이 대답에 그는 깜짝 놀랐다. 그녀는 훨씬 더 젊어 보였기 때문이다. 아직 완전히 다 자라나지는 못한 게 분명했다. 그는 문득 그녀에게 동정심을 느꼈다. 그가 플립플랩을 차지하도록 허락하기까지의 과정이 얼마나 힘들었을까. 한 가지 측면에서는 그녀의 두려움이 옳았던 셈이다. 그는 본인이 주장하던 이유로는 사실상 도움이 필요 없었던 것이다.

그가 그녀에게 말했다. "그쪽은 아주 좋은 분 같군요."

"고맙습니다." 그녀는 순순히 대답했다. 겸손하게.

"저기 있는 커피숍 보이죠?" 그는 이렇게 말하며 손님이 붐비는 현대식 카페를 손으로 가리켰다. "일단 저리로 가죠. 잠깐 이야기 좀 하고 싶네요." 난 지금 누군가에게 이야기를 해야만 해. 어느 누구에게라도. 그는 생각했다. 그렇지 않으면 제아무리 식스라 하더라도 정말로 돌아버리고 말 거야.

"하지만." 그녀는 불안한 듯 이의를 제기했다. "최소한 2시 전에는 이 소포를 우체국에 갖다 줘야만 해요. 그래야만 베이 지역에서 오후 발송이 가능하니까요."

"그럼 일단 그 일부터 처리하도록 하죠." 그가 말했다. 시동 장치로 손을 뻗은 그는 열쇠를 뽑아서 도로 메리 앤 도미니크에게 건네주었다. "이번에는 당신이 운전해요. 원하는 만큼 천천히요."

"저— 태버너 씨." 그녀가 말했다. "저는 그냥 혼자 있고 싶은데요."

"아뇨." 그가 말했다. "당신은 혼자 있어서는 안 돼요. 그게 당신을 괴롭게 만드니까. 당신을 좀먹어 들어간다고요. 항상, 그러니까 매일같이, 당신은 어디서나 다른 사람들과 함께 있어야만 해요."

침묵이 흘렀다. 곧이어 메리 앤이 말했다. "우체국은 포티나인스랑 펄턴 교차로에 있어요. 죄송하지만 운전 좀 해주실래요? 지금은 너무 떨려서요."

그는 이것이야말로 대단한 도덕적 승리라도 되는 양 기쁜 마음이 들었다. 그는 열쇠를 도로 건네받았다. 잠시 후 두 사람은 포티나인스와 펄턴 교차로로 향했다.

22

얼마 뒤, 두 사람은 커피숍에 있는 칸막이 좌석에 앉아있었다. 깨끗하고도 매력적인 장소였고, 젊은 여자 종업원들이며 상당히 느긋해 보이는 손님들이 있었다. 주크박스에서는 루이스 팬더의 〈당신 코에 관한 추억〉이 요란하게 흘러나왔다. 제이슨은 커피만 시켰다. 도미니크 양은 과일 샐러드와 아이스티를 시켰다.

"지금 갖고 계시는 음반 두 장은 뭐예요?" 그녀가 물었다.

그는 음반을 그녀에게 건네주었다.

"어, 아저씨가 직접 만드신 건가봐요. 아저씨가 제이슨 태버너가 맞다면요, 그렇죠?"

"그래요." 이 사실만은 그도 확신하고 있었다. 최소한.

"그런데 아저씨 노래는 제가 아직 한 번도 못 들어본 것 같은데요." 메리 앤 도미니크가 말했다. "한번 들어보고 싶어요. 하지만 저는 원래 대중음악은 별로 안 좋아해서요. 저는 차라리 저 위대한 옛날 포크 가수들이 좋아요. 가령 버피 세인트 마리처럼요.* 이제는 버피처럼 노래할 수 있는 사람이 아무도 없어요."

"내가 보기에도 그래요." 그는 우울한 어조로 말했다. 그의 생각은 다시 그 집으로, 그 화장실로, 그 광분한 갈색 제복의 경비원으로부터 도망치던 때의 일로 돌아가있었다. '그건 메스칼린 때문이 아니었어.' 그는 다시 한 번 속으로 말했다. 왜냐하면 그 경비원도 분명히 그걸 봤으니까.

아니면 다른 '뭔가'를 봤겠지.

"어쩌면 그 사람도 내가 본 것까지는 못 봤을 수 있지." 그는 큰 목소리로 말했다. "그 사람은 단지 그 여자가 거기 누워있는 모습만 봤을지도 몰라. 어쩌면 그 여자는 그냥 쓰러져있었던 건지도 몰라. 어쩌면—" 그는 생각했다. 어쩌면 내가 다시 거기로 돌아가봐야 할지도 몰라.

"누가 뭘 못 봤다고요?" 메리 앤 도미니크가 이렇게 묻더니 갑자기 얼굴을 붉게 물들였다. "아저씨 신상에 대해 꼬치꼬치 물어보려는 건 아니에요. 다만 아까 아저씨가 뭔가 곤란을 겪고 있다고 하시기에 말이에요. 그리고 지금 제가 보기에는 어떤 문제가 아저씨 머릿속을 묵직하고도 커다랗게 짓누르고 있

---

* 버피 세인트 마리Buffy Sainte-Marie(1941년생)는 캐나다의 크리 족 인디언 출신 가수 겸 작곡가이다. ─ 원주

는 것 같거든요."

"확실하게 알아야만 해." 그가 중얼거렸다. "실제로 무슨 일이 일어난 건지. 단서는 모두 그 집 안에 있어." 그리고 이 두 장의 음반에 들어있지. 그는 생각했다.

앨리스 버크먼은 내 TV 프로그램에 대해서 알고 있었지. 그 여자는 내 음반에 관해서도 알고 있었어. 그녀는 어떤 음반이 크게 인기를 끌었는지도 알고 있었어. 심지어 이걸 갖고 있기도 했지. 하지만—

이 음반에는 음악이 전혀 들어있지 않아. 바늘이 고장 난 까닭인가. 빌어먹을— 하지만 무슨 소리라도, 제아무리 찌그러진 소리라도 나야만 정상이잖아. 그 오랜 시간 동안 음반이며 전축을 만져온 그가 그런 사실을 모를 리가 없었다.

"아저씨는 우울한 사람 같아요." 메리 앤 도미니크가 말했다. 그녀는 작은 천 지갑에서 안경을 꺼냈다. 그러더니 음반 재킷 뒷면에 나와있는 그의 약력 부분을 열심히 읽었다.

"지금까지 내가 겪은 일 때문에." 제이슨은 짧게 말했다. "이렇게 우울한 사람이 된 거죠."

"여기엔 아저씨가 TV 프로그램도 진행한다고 나오는데요."

"맞아요." 그가 고개를 끄덕였다. "화요일 밤 9시에 하는 거죠. NBC 방송에서요."

"그러면 아저씨는 진짜로 유명한 분이시네요. 그런데 이렇게 유명한 분하고 마주 보고 앉아서 이야기를 하면서도 진즉에 알아보지 못했다니. 지금 어떤 기분이실지 궁금하기도 한데— 그러니까 아까 아저씨가 이름을 말씀하실 때 제가 미처 못 알아봤잖아요. 그때 기분이 어떠셨어요?"

그는 어깨를 으쓱했다. 아이러니하게도 그는 유쾌한 기분이 들었다.

"그러면 저기 주크박스에도 아저씨 노래가 들어있을까요?" 그녀는 한쪽 구석에 놓인 휘황찬란한 색깔의 바빌로니안 고딕 구조물을 손으로 가리켰다.

"그럴 수도 있겠죠." 그가 대답했다. 정말 좋은 질문이었다.

"그럼 제가 가서 보고 올게요." 도미니크 양은 자기 주머니에서 반 퀸크 주화를 찾아내더니, 두 사람이 있던 칸막이 좌석에서 빠져나가 커피숍 저편에 있는 주크박스의 곡목에서 제목과 가수를 들여다보았다.

이제 저기서 돌아올 때쯤이면 그녀도 나를 보면서 이전보다는 덜 감격스러워하겠지. 제이슨이 생각했다. 단 하나라도 빠질 경우의 결과가 어떠할지 그는 잘 알고 있었다. 그가 모든 곳에, 즉 세계 전역의 모든 라디오와 전축과 주크박스와 악보 가게와 TV 화면에 모습을 드러내지 않는 한, 그녀에게 걸린 마법의 주문은 깨지고 말 터였다.

그녀는 생글생글 웃으며 돌아왔다. "〈어디서도, 아무것도, 잘못되지 않을 거야〉." 그녀는 이렇게 말하면서 도로 자리에 앉았다. 그제야 그는 그녀가 아까 가져갔던 반 퀸크 주화가 사라져버렸음을 깨달았다. "이 노래 다음에 나올 거예요."

곧바로 그는 자리에서 일어나 커피숍 저편에 놓인 주크박스로 다가갔다.

그녀의 말이 맞았다. B4 선집. 그의 가장 최근 히트곡인 〈어디서도, 아무것도, 잘못되지 않을 거야〉는 감상적인 노래였다. 이미 주크박스의 메커니즘이 그의 음반을 트는 절차에 돌입해 있었다.

잠시 후에 그의 목소리가 커피숍을 가득 채웠다. 4채널 스테레오 사운드 포인트와 에코 체임버 때문에 유난히 감미롭게 들렸다.

그는 머리가 띵한 상태로 다시 칸막이 좌석으로 돌아왔다.

"아저씨 목소리가 진짜 끝내주게 멋진데요." 노래가 끝나자 메리 앤이 말했다. 그녀의 평소 취향을 고려해보면 무척이나 예의를 갖춘 말이었다.

"고마워요." 그의 노래가 맞았다. 분명했다. 방금 '그' 음반의 홈은 비어있지 않았던 것이다.

"아저씨 노래, 진짜 멋있어요." 메리 앤이 흥분한 목소리로 말했다. 얼굴에는 미소가 가득했고, 안경 너머 눈은 반짝거렸다.

제이슨은 간단히 대답했다. "이 바닥에서 오래 놀았으니까요." 그녀는 정말 진심으로 말하는 모양이었다.

"제가 아저씨 이름을 모른다고 했을 때, 혹시 기분 나쁘셨어요?"

"아뇨." 그는 고개를 저었다. 여전히 머리가 띵한 느낌이었다. 내 이름을 모른다고 했던 사람이 이 여자 혼자만은 아니었지. 지난 이틀 동안의 일에서 잘 드러났듯이 말이야. 이틀? 겨

327

우 그것밖에는 안 되었단 말인가?

"저기— 뭐 좀 더 시켜도 될까요?" 메리 앤이 물었다. 그녀는 머뭇거리며 덧붙였다. "아까 소포를 보내느라 있는 돈을 다 써 버려서요. 그래서—"

"계산은 내가 할 테니까 마음껏 시켜요." 제이슨이 말했다.

"그럼 스트로베리 치즈케이크 어떠세요?"

"좋다마다요." 그가 말했다. 잠시나마 이 여자 덕분에 즐거워 졌다. 이 여자의 솔직함, 이 여자의 걱정…… 이 여자한테도 과 연 남자친구가 있기는 할까? 아마 없을 듯한데…… 항아리와 진흙과 갈색 포장지, 그리고 구형 포드 그레이하운드가 일으키 는 말썽 속에서 살아가고 있으니까. 게다가 배경음악으로는 쥬 디 콜린스나 조앤 바에즈 같은 훌륭한 옛날 가수들이 스테레오 로만 남긴 노래들을 깔아놓았고.

"혹시 헤더 하트는 들어본 적이 있나요?" 그가 물었다. 부드 럽게.

그녀가 이마를 찡그렸다. "어— 잘 기억이 안 나요. 혹시 포 크 가수인가요, 아니면—" 그녀는 기어들어가는 목소리로 말 했다. 슬픈 표정이었다. 마치 당연히 해야 할 일을 자기가 하지 못했음을, 모든 사람이 당연히 아는 사실을 자기만 알지 못함 을 깨달은 듯한 표정이었다. 그는 문득 그녀가 측은해졌다.

"발라드 가수예요." 제이슨이 말했다. "나처럼요."

"근데 아저씨 음반을 다시 한 번 들어도 돼요?"

그는 군말 없이 주크박스로 가서 자기 노래를 예약하고 돌아왔다.

이번에는 메리 앤이 그의 노래를 아까만큼 즐기지는 않는 것 같았다.

"왜 그래요?" 그가 물었다.

"아." 그녀가 말했다. "저는 지금껏 저 자신이 창의적이라고 생각해왔어요. 도기라든지, 뭐 이런저런 걸 만들고 하니까요. 하지만 솔직히 말해서 제가 만드는 것들이 정말 좋은지 아닌지 잘 모르겠어요. 어떻게 판단해야 할지 모르겠다고요. 남들이 저한테 하는 말로는—"

"남들이야 당신한테 무슨 말이든 하게 마련이죠. 가령 당신은 쓸모가 없다는 말부터, 당신이야말로 진정 가치 있는 사람이라는 말까지. 최악의 험담에서부터 최고의 칭찬까지요. 문제는 당신이 항상 여기 있는 사람들하고만 접촉하지—" 그는 소금통을 톡톡 두드렸다. "—여기 있는 사람들하고는 접촉하지 못한다는 거죠." 그는 과일 샐러드가 담긴 그릇을 두드렸다.

"하지만 사람들이 하는 말에도 뭔가—"

"진짜 전문가는 따로 있어요. 당신은 오히려 그런 사람들의 말에, 그런 사람들의 이론에 귀를 기울여야 해요. 그런 사람들은 항상 이론을 갖고 있으니까요. 그런 사람들은 길게 기사를 쓰고 당신의 작품에 대해서 논의하죠. 하다못해 당신이 19년 전에 만든 최초의 음반까지 거슬러 올라가서 말이에요. 게다가 TV 평론가들은—"

"하지만 눈에 띈다는 것은—" 다시 한 번, 짧게나마 그녀의 두 눈이 반짝거렸다.

"잠시 실례해야겠군요." 그는 다시 한 번 자리에서 일어났다. 더 이상은 기다릴 수가 없었다. "전화를 한 통 하고 와야겠어요. 혹시 못 돌아올지도 모르니까 한마디 해두자면—" 그는 한 손을 그녀의 한쪽 어깨에, 아마도 그녀가 직접 털실로 짜 입은 듯한 하얀 스웨터 위에 올려놓았다. "—만나서 반가웠어요."

그녀는 당황스러워하면서 특유의 맥없고 온순한 태도로 그가 멀어지는 모습을 바라보았다. 그는 북적이는 커피숍의 안쪽에 있는 공중전화 부스에 들어섰다.

공중전화 부스의 문을 닫은 다음, 그는 긴급 전화번호 목록에서 로스앤젤레스 경찰학교의 번호를 찾아내 동전을 집어넣고 다이얼을 돌렸다.

"치안감 펠릭스 버크먼 씨하고 통화를 하고 싶습니다만." 그가 말했다. 그의 목소리는 떨리고 있었다. 놀라운 일도 아니었다. 심리학적으로 나는 이미 한계에 도달한 거야. 문득 이런 생각이 들었다. 지금까지 벌어진 모든 일들…… 저 주크박스에 내 음반이 들어있는 걸 발견하기까지 있었던 일들— 그거야말로 내게는 너무 힘든 일이었어. 나는 한마디로 겁이 난 거야. 그리고 어디로 가야 할지도 모르겠고. 어쩌면 메스칼린이 아직 내 몸에서 완전히 씻겨나가지 않았는지도 모르겠군. 그는 생각했다. 하지만 나는 그 작은 플립플랩을 무사히 운전했잖아. 거기엔 뭔가 의미가 있지. 빌어먹을 약물 같으니. 그는 생각했다.

약 기운이 언제 오르는지는 확실히 알아도, 약 기운이 언제 빠지는지는 도무지 알 수가 없다니까. 물론 빠지기나 한다고 치면 말이야. 약은 사람을 영원히 망가트리고 말지. 아니면 망가트린다고 생각하게 만드는 것인지도 몰라. 확실히 알 수는 없지. 어쩌면 약 기운이 결코 몸에서 사라지지 않는 건지도 모르겠군. 그러면 저쪽에서는 나한테 말하겠지. '어이, 이봐, 자네 머리가 맛이 가버렸다고.' 그러면 나는 이렇게 말하는 거지. '어쩌면 그럴지도 모르겠네.' 하지만 확신할 수도 없고, 확신하지 않을 수도 없지. 왜냐하면 고작 캡슐 하나로 아주 가버릴 수가 있으니까. 누군가의 말마따나 '어이, 이걸 하면 아주 가버릴 수도 있는 거야.'

"전화 바꿨습니다, 비슨입니다." 어떤 여자의 목소리가 들려왔다. "저는 버크먼 씨의 비서입니다. 무슨 일로 그러십니까?"

"페기 비슨 씨군요." 그가 말했다. 불안정한 숨을 깊이 들이마신 다음, 그는 이어서 말했다. "저, 제임스 태버너입니다."

"아, 예. 태버너 씨. 그런데 무슨 일이십니까? 혹시 뭐 두고 가신 것이라도 있으신가요?"

제이슨이 말했다. "버크먼 치안감하고 직접 이야기를 하고 싶은데요."

"죄송합니다만 버크먼 씨께서는—"

"앨리스에 관한 문제라고 전해주시죠." 제이슨이 말했다.

잠시 침묵이 흘렀다. 곧이어 그녀가 말했다. "잠시만 기다려보세요, 태버너 씨." 페기 비슨이 말했다. "제가 일단 버크먼 씨께 연락을 해보고, 지금 통화가 가능하신지 알아보죠."

딸깍딸깍. 잠잠해졌다. 한동안 침묵이 흘렀다. 다시 누군가 가 전화를 들었다.

"태버너 씨?" 버크먼 치안감이 아니었다. "저는 허버트 메임 이라고 합니다. 버크먼 씨의 비서실장입니다. 방금 비슨 양으 로부터 전해 듣기로는, 당신께서 버크먼 씨의 동생 분이신 앨 리스 버크먼 양에 관해서 이야기하고 싶어 하신다더군요. 죄송 합니다만 제가 먼저 한 가지 질문을 드려야 할 것 같습니다. 어 떤 계기로 해서 버크먼 양과 알게 되셨는지—"

제이슨은 전화를 끊어버렸다. 그리고 마치 앞이 안 보이는 사람처럼 힘없이 비틀거리며 칸막이 좌석으로 돌아왔다. 메리 앤 도미니크는 여전히 자리에 앉아서 스트로베리 치즈케이크 를 먹고 있었다.

"결국 돌아오셨네요." 그녀가 쾌활하게 말했다.

"어때요." 그가 물었다. "치즈케이크는?"

"맛이 약간 진하긴 하네요." 그녀가 덧붙였다. "그래도 맛있 어요."

그는 굳은 표정으로 다시 자리에 앉았다. 그는 이미 펠릭스 버크먼에게 연락을 하기 위해 최선을 다한 셈이었다. 앨리스에 관해서 그 사람에게 이야기를 해주려고. 하지만— 그가 과연 무슨 말을 할 수 있었겠는가? 만물은 무익하고, 그의 노력과 의도는 한없이 덧없다…… 훨씬 더 약해져버렸군. 그는 생각 했다. 그녀가 내게 준 것 때문이야. 그 메스칼린 캡슐 때문에.

'만약 그게 다 메스칼린 때문이라고 한다면 말이야.'

그렇다면 또 한 가지 새로운 가능성이 제시되는 셈이었다. 그로선 앨리스가 그에게 메스칼린을 주었다는 증거나 단서를 전혀 갖고 있지 못했다. 어쩌면 다른 어떤 물질일 수도 있었다. 가령 무엇 때문에 메스칼린을 스위스에서 수입해야만 했던 것일까? 그건 도무지 이치에 닿지 않았다. 이야기만 듣고 보면 자연산이 아니라 합성품인 것 같았다. 즉 실험실에서 나온 물건이라는 뜻이었다. 어쩌면 새로운 다중 성분의 컬트 약물인지도 모른다. 아니면 경찰 실험실에서 훔친 어떤 물건인지도.

〈어디서도, 아무것도, 잘못되지 않을 거야〉가 들어있는 음반. 어쩌면 그 약물 때문에 그가 그 노래를 들을 수 있었는지도 모른다. 주크박스의 곡목을 볼 수 있었던 것도 마찬가지 이유에서일 수 있다. 하지만 메리 앤 도미니크도 그 노래를 듣지 않았던가. 사실은 그녀가 먼저 그 노래를 발견하지 않았던가.

하지만 두 개의 텅 빈 음반은. 그건 또 뭐란 말인가?

그가 가만히 앉아서 생각에 잠긴 사이, 티셔츠에 청바지 차림의 십대 남자아이 하나가 그에게 다가와서 중얼거렸다. "저기, 아저씨 혹시 제이슨 태버너 아니에요? 맞죠?" 남자아이는 볼펜과 종이를 내밀었다. "사인 좀 해주실래요, 아저씨?"

그 남자아이 뒤에는 붉은 머리에 예쁜 얼굴을 한 십대 히피 여자아이가 하나 있었다. 브래지어도 하지 않은, 흰 반바지 차림의 그 여자아이는 신이 나는 듯 미소를 지으며 말했다. "우리는 화요일 밤마다 아저씨 프로그램을 꼭 봐요. 아저씨 정말 멋

있어요. 실물로 보니깐 화면에 나오는 거랑 진짜 똑같이 생기셨네요. 물론 실물 쪽이 약간 좀, 그러니까 더 까무잡잡해 보이지만요." 여자아이의 멋진 가슴이 출렁거렸다.

제이슨은 멍한 상태였지만, 습관대로 선뜻 자기 이름을 종이에 적어 주었다. "고맙다, 얘들아." 그는 아이들에게 이렇게 말했다. 이미 그의 칸막이 좌석 옆에는 아이들이 모두 네 명이나 모여있었다.

네 명의 아이들은 자기들끼리 뭐라고 재잘거리며 가버렸다. 이제는 근처의 다른 칸막이 좌석에 있던 손님들도 제이슨을 바라보면서 흥미롭다는 듯 서로 이야기를 나누고 있었다. 평소와 마찬가지로. 그는 속으로 이렇게 말했다. 이전에도 이런 식이었지. '내 현실이 조금씩 돌아오고 있어.' 그는 차마 억제할 수 없을 정도로, 그야말로 어마어마하게 의기양양한 기분이 되었다. 이것이야말로 그가 예전에 알던 세상이었다. 이것이야말로 그의 진정한 삶의 방식이었다. 잠시 동안 잃어버린 상태였지만, 이제는 드디어 ─ 마침내. 그는 생각했다. 다시 돌아오기 시작한 거야!

헤더 하트. 그는 생각했다. 이제는 그녀에게 전화를 걸 수 있어. 그리고 그녀에게로 갈 수 있어. 이제는 나를 지저분한 광팬 따위로 생각하지 않겠지.

어쩌면 나는 그 약물을 복용한 상태로만 존재할 수 있는 건지도 몰라. 그 약물. 도대체 뭔지는 모르겠지만, 앨리스가 나한테 줬던 것 말이야.

그렇다면 나의 경력은. 그는 생각했다. 지난 20년의 세월은 결국 그 약물이 낳은 소급적인 환상에 불과한 것일까.

결국 그렇게 된 것이로군. 제이슨 태버너가 생각했다. '그 약물의 효력이 떨어져버렸던 거야.' 그녀가—또는 다른 누군가가—내게 그 약물을 더 이상 공급하지 못하게 되자, 나는 그만 환각에서 깨어나 현실로 돌아온 거지. 바로 그 허름하고 다 쓰러져가는 호텔 방, 깨진 유리에 빈대가 득실대는 매트리스 위에서 말이야. 그리고 그 상태로 계속 남아있었던 거지. 앨리스가 나한테 또 한 번 약물을 제공하기 전까지 말이야.

그는 생각했다. 그녀가 나에 관해서, 나의 화요일 밤 TV 쇼에 관해서 알고 있었던 것도 이상한 일은 아니로군. 그녀는 약물을 통해서 그걸 만들어냈던 거야. 이 두 개의 음반도— 환각을 강화하기 위해서 그녀가 만들어낸 소품인 거고.

이런 세상에. 그는 생각했다. 정말 그런 건가?

그렇다면 그 돈은. 그는 생각했다. 내가 호텔 방에서 깨어났을 때, 내 주머니에는 돈다발이 들어있었잖아. 반사적으로 가슴을 더듬어보았더니, 뭔가 두툼한 것의 존재가 느껴졌다. 돈은 아직 거기 있었다. 내가 만약 현실에서는 겨우 와츠 지구의 그 싸구려 호텔에나 처박혀있어야 하는 신세였다면, 도대체 어떻게 해서 이런 돈이 있었던 거지?

게다가 나에 관한 정보가 경찰 파일이라든지, 또는 세계 전역의 다른 데이터 뱅크에도 들어있어야 정상이었을 텐데. 비록 유명한 연예인으로 등록되어있지는 않더라도, 최소한 아무짝에도 쓸모없는 인물로는 등록되어있어야 하잖아. 오로지 약병에서만 쾌락을 발견하는 초라한 건달로 말이야. 도대체 얼마나 오랫동안 이랬던 걸까. 어쩌면 나는 여러 해 동안 약물을 해왔을지도 몰라.

앨리스가 그랬지. 그는 기억을 떠올렸다. 나는 예전에도 그 집에 가본 적이 있다고.

아마도 그건 사실일 거야. 그는 이렇게 결론을 내렸다. 그 약물을 얻으러 갔던 거겠지.

어쩌면 나는 캡슐 하나를 이용해서 인기와 금전과 권력을 지닌 합성품의 삶을 살아가는 수많은 사람들 가운데 하나인지도 몰라. 그런 한편으로 실제의 나는 빈대가 득실거리는 허름하고 낡은 호텔방에서 살아가지. 우범지대에서. 나는 낙오자이며 이름도 없는 존재야. 제로(0)나 다름없어. 하지만 그런 한편으로 나는 꿈을 꾸고 있지.

"뭔가 깊은 생각에 잠기신 것 같네요." 메리 앤이 말했다. 그녀는 치즈케이크를 다 먹어치운 다음이었다. 이제는 만족스러워 보였다. 그리고 행복해 보였다.

"저기요." 그가 쉰 목소리로 물었다. "저 주크박스에 내 음반이 정말로 있던가요?"

그녀는 무슨 말인지 이해할 수 없다는 듯 눈을 크게 떴다. "그게 무슨 말씀이세요? 방금 우리도 들었잖아요. 그리고 그 뭐더라, 선곡표를 보여주는 거요, 그게 저기 있잖아요. 주크박스가 실수를 할 리는 없으니까요."

그는 동전을 하나 꺼냈다. "그럼 가서 다시 한 번 틀어봐요. 세 번 연이어 나오게끔요."

그녀는 순순히 자리에서 일어나 복도로 나가더니, 곧장 주크박스로 서둘러 걸어갔다. 길고 예쁜 머리카락이 넓은 어깨 위에 출렁거렸다. 잠시 후 그는 노래를 들었다. 자기가 불러서 크게 히트한 노래를. 칸막이 좌석이며, 카운터에 앉아있던 사람들도 고개를 끄덕이고 미소를 지으며 그를 알아보았다는 듯 눈길을 주었다. 그들은 이게 누구의 노래인지 알고 있었다. 그들은 바로 그의 팬들이었다.

노래가 끝나자 커피숍 손님들이 드문드문 박수를 쳤다. 반사적으로 활짝 미소를 지으며 그는 사람들이 보내는 호응과 인정에 대해 반응을 보였다.

"분명히 거기 있다는 거군." 노래가 다시 시작되자 그가 말했다. 그는 주먹을 불끈 쥐었다. 그리고 메리 앤 도미니크와 자기 사이에 놓인 플라스틱 테이블을 쾅 하고 세게 내리쳤다. "빌어먹을, '분명히 거기 있어.'"

그를 도와주고 싶다는 깊고도 직관적이고 여성적인 열망에서 비롯된 오해로 메리 앤이 덧붙였다. "저도 지금 여기 있어요."

"나는 지금 다 쓰러져가는 호텔방에 틀어박혀서, 거기 있는 침대에 누워 꿈을 꾸고 있는 게 아니야." 그가 쉰 목소리로 말했다.

"그야 당연히 아니죠. 물론이에요." 그녀의 목소리는 부드러우면서도 어딘가 불안하게 들렸다. 그녀는 분명히 그를 걱정하고 있었다. 그의 놀란 모습 때문이었다.

"다시 한 번, 나는 진짜가 된 거야." 그가 말했다. "하지만 이런 일이 이미 한 번 일어났다면, 그것도 이틀 동안이나—" 이렇게 왔다 갔다 하는 일, 들어왔다 나갔다 하는 일은—

"이젠 그만 나가보는 게 좋겠네요." 메리 앤이 염려스러운 듯 말했다.

그녀의 말에 그는 비로소 정신이 들었다. "미안해요." 그가 말했다. 그녀를 안심시키고 싶었다.

"다른 사람들이 우리 이야기를 듣고 있기에 드린 말씀이에요."

"저 사람들하고는 아무 상관 없는 이야기예요." 그가 말했다. "듣고 싶으면 얼마든지 들으라죠. 당신이 자기 문제와 근심거리를 어떻게 감당하는지를 보고 싶으면 얼마든지 보라고 해요. 심지어 당신이 세계적으로 유명한 스타라고 해도 말이에요." 하지만 그는 자리에서 일어났다. "이제 어디로 가고 싶어요?" 그가 그녀에게 물었다. "아파트로 돌아갈 건가요?" 결국 아까 온 곳으로 되돌아간다는 의미였다. 하지만 그는 이런 위험을 감수할 수 있을 만큼 충분히 낙관적이 되었다.

"제 아파트로요?" 그녀는 머뭇거리며 말했다.

"왜요, 내가 당신을 해치기라도 할까봐서요?" 그가 말했다.

잠시 동안 그녀는 자리에 앉은 채로 생각에 잠겼다. "아— 아뇨." 그녀가 마침내 대답했다.

"혹시 전축 있어요?" 그가 물었다. "당신 아파트에요?"

"있어요. 아주 좋은 건 아니에요. 그냥 일반적인 스테레오예요. 그럭저럭 작동은 돼요."

"좋아요." 그가 이렇게 말하며 그녀를 데리고 복도를 지나 계산대로 향했다. "그럼 갑시다."

23

메리 앤 도미니크는 자기 아파트의 벽과 천장을 직접 장식해 놓고 있었다. 아름답고, 강렬하고, 풍부한 색깔이었다. 그는 주위를 둘러보고 그만 감명을 받았다. 거실에 있는 몇 개의 미술품은 강력한 아름다움을 뿜어냈다. 도자기들이었다. 그는 이 가운데에서 예쁜 파란색의 유약 입힌 꽃병을 하나 집어 들고 유심히 살펴보았다.

"제가 만든 거예요." 메리 앤이 말했다.

"이 꽃병." 그가 말했다. "내가 진행하는 쇼에 나올 거예요."

메리 앤은 깜짝 놀라서 그를 바라보았다.

"머지않아 내가 직접 이 꽃병을 가지고 출연할 테니까요. 그러니까—" 그는 머릿속으로 그 모습을 그려보았다. "—내가 노래를 부르면서 이 꽃병에서 나오는 것으로 묘사를 하면 돼요.

마치 꽃병 안에 사는 정령처럼 말이죠." 그는 파란색의 꽃병을 한 손으로 높이 치켜들고 이리저리 돌렸다. "어디서도, 아무것도, 잘못되지 않을 거야." 그가 말했다. "그러면 당신의 경력도 껑충 뛰어오를 거예요."

"죄송하지만 그걸 양손으로 잡으시는 게 낫지 않을까요." 메리 앤이 불안한 듯 말했다.

"〈어디서도, 아무것도, 잘못되지 않을 거야〉. 이 노래가 우리에게 더 많은 명성을 가져다줄—" 꽃병이 그의 손가락 사이에서 미끄러져 바닥으로 떨어졌다. 메리 앤이 재빨리 앞으로 뛰어나왔지만, 이미 늦은 다음이었다. 꽃병은 세 조각으로 깨져서 제이슨의 발치에 뒹굴었다. 유약을 바르지 않은 가장자리는 희끄무레하고 울퉁불퉁하고 미적 가치라고는 전혀 없었다.

긴 침묵이 이어졌다.

"제가 도로 붙이면 돼요." 메리 앤이 말했다.

그로선 무슨 말을 해야 할지 생각조차 나지 않았다.

"지금까지 살면서 제가 겪은 일 가운데 가장 부끄러웠던 건." 메리 앤이 말했다. "언젠가 우리 엄마 때문에 겪은 일이었어요. 사실 우리 엄마는 브라이트 질환이라는 점진적인 신장 질환이 있었거든요. 엄마는 제가 어렸을 때부터 그것 때문에 항상 병원에 드나들었고, 툭하면 당신이 그 병으로 죽을 거라고, 정말 그렇게 되면 너도 아쉽지 않겠느냐고—마치 그게 제 잘못이라도 되는 것처럼—이야기를 했어요. 그래서 저는 정말로 엄마 말을 믿었죠. 언젠가는 엄마가 죽을 거라고요. 하지만

341

제가 다 자라서 집을 떠나올 때까지도 엄마는 여전히 살아있었죠. 그래서 저는 엄마를 어느 정도 잊고 지내게 되었어요. 저만의 삶이며 저만의 할 일이 있었으니까요. 그래서 저는 엄마의 그 빌어먹을 신장 상태에 관해서도 자연스레 잊고 살았죠. 그러던 어느 날 엄마가 저를 찾아왔어요. 여기가 아니라 제가 먼저 살던 아파트에요. 엄마는 저를 정말로 괴롭혔어요. 옆에 앉아서는 당신의 통증이며 불만을 구구절절 늘어놓기에…… 제가 나중에는 그랬죠. '저녁 준비 하려면 밖에 나가서 뭐라도 사와야겠어요.' 그래서 저는 가게로 갔죠. 엄마도 천천히 저를 따라왔는데, 거기 가는 길에 엄마가 말씀하시길, 이제는 엄마의 신장이 양쪽 모두 갈 데까지 가는 바람에 아예 떼어내야 한다고 했대요. 엄마는 병원에 가서 수술을 받고 대신 인공 신장을 장착했는데, 그건 제대로 작동하지 않을 거라고 하더라고요. 그래서 엄마가 저한테 그 이야기를 해주는 거였어요. 어떻게 그 일이 현실이 되었는지를 말이에요. 엄마는 마침내 진짜로 죽게 되는 거였어요. 당신께서 늘 말씀하셨던 것처럼…… 바로 그때, 고개를 들어보니 저는 슈퍼마켓의 육류 코너에 와있었어요. 제가 무척 좋아하는 멋진 직원이 다가와서는 인사를 건네며 말하더군요. '오늘은 뭘 사러 오셨어요, 손님?' 그래서 저는 이렇게 말했죠. '오늘 저녁에는 키드니 파이*로 할까 해요.' 정말이지 부끄러웠죠. '아주 큰 키드니 파이로요.' 제가 말했죠. '보슬보슬하고 부드럽고 뜨겁고 즙이 많은 걸로요.'

---

* 소나 양의 신장(콩팥)을 재료로 한 음식이다.

'그럼 몇 개나 드릴까요?' 그가 묻더군요. 엄마는 섬뜩한 표정으로 저를 바라보고 있었어요. 어떻게 해야만 이 궁지에서 빠져나올 수 있을지 금방 생각이 안 나더라고요. 저는 결국 키드니 파이를 하나 샀어요. 하지만 그러기 위해서는 조제식품 코너로 다시 가야만 했죠. 잉글랜드에서 만든 통조림이 나와있더군요. 가격은 4달러였어요. 맛은 아주 좋았고요."

"꽃병 값은 내가 물어줄게요." 제이슨이 말했다. "얼마 정도면 되겠어요?"

그녀는 머뭇거리며 말했다. "제가 거래처에 넘길 때에는 도매가로 넘겨요. 하지만 아저씨한테는 소매가로 받아야 할 것 같아요. 왜냐하면 아저씨는 도매상이 아니니까요. 그러니까―"

그는 돈을 꺼냈다. "소매가로는." 그가 말했다.

"20달러예요."

"그나저나 우리는 이것 말고 또 다른 방식으로 당신하고 일할 수도 있어요." 그가 말했다. "우리에게 필요한 것은 카메라 앵글뿐이에요. 가령 이건 어때요. 청중에게 아주 값비싼 골동품 꽃병을 보여주는 거예요. 가령 5세기 중국에서 만든 물건이라고 말이에요. 그리고 미술관의 전문가가 제복 차림으로 나와서 그게 진품이라고 확인해주는 거예요. 그러고 나면 당신이 돌림판을 가지고 나와요. 시청자의 눈앞에서 꽃병 만드는 과정을 보여주는 거죠. 그렇게 해서 당신의 꽃병이 그 골동품보다 더 낫다는 걸 보여주는 거예요."

"그렇지는 않을 거예요. 고대 중국의 도자기는―"

"우리는 시청자에게 보여줄 거예요. 우리는 시청자가 믿게 만들 거라고요. 시청자가 어떤지 나는 잘 알아요. 그 삼천만 명의 사람들은 내 반응으로부터 단서를 얻을 거예요. 내 얼굴을 당겨 찍어 반응을 보여줄 테니까요."

나지막한 목소리로 메리 앤이 말했다. "저는 TV 카메라가 저를 찍고 있는 무대에는 올라갈 수가 없어요. 저는 워낙— 뚱뚱하잖아요. 사람들이 아마 웃을 거예요."

"당신은 확실히 대중에게 노출될 거라고요. 판매도 늘어날 테고요. 미술관이며 상점마다 당신의 이름이며 작품이 알려질 거예요. 목공예 분야에서도 구매자들이 찾아올 거고요."

메리 앤은 나지막이 말했다. "그냥 저를 내버려두시면 좋겠어요. 제발요. 저는 아주 행복해요. 제가 만드는 도기가 제법 괜찮다는 건 저도 알아요. 제 작품을 좋아하는 괜찮은 거래처들도 있고요. 만사를 꼭 그렇게 수천만 명 규모로 해야만 맛인가요? 제가 원하는 대로 이 소박한 삶을 그냥 살아가면 안 돼요?" 그녀는 그를 노려보았다. 그녀의 목소리는 거의 들리지 않을 정도였다. "솔직히 아저씨가 그런 노출과 명성 덕분에 무슨 좋은 결과를 얻었는지 잘 모르겠네요. 아까 커피숍에서 아저씨가 저한테 그랬죠. '저 주크박스에 내 음반이 정말로 있던가요?' 아저씨는 자기 음반이 거기 없을까봐 두려웠던 거예요. 아저씨는 오히려 저보다도 훨씬 더 불안한 거라고요."

"그 이야기가 나왔으니 말인데." 제이슨이 말했다. "지금 내가 갖고 있는 두 장의 음반을 당신 전축에서 한번 틀어보고 싶군요. 떠나기 전에 말이에요."

"제가 직접 틀어드릴게요." 메리 앤이 말했다. "저희 집 전축은 조작하기가 좀 까다롭거든요." 그녀는 두 장의 음반을, 그리고 20달러를 건네받았다. 제이슨은 그 자리에, 깨진 꽃병 조각 옆에 가만히 서있었다.

기다리고 있자니 그의 귀에 친숙한 음악이 들려왔다. 그의 음반 중 가장 많이 팔린 음반이었다. 이 음반의 홈도 더 이상은 텅 비어있지가 않았다.

"그 음반은 당신이 가져요." 그가 말했다. "이만 가볼게요." 이제 더 이상은 음반을 갖고 있을 이유가 없지. 그는 생각했다. 필요하다면 어느 음반 가게에 들어가서 사면 그만이니까.

"이건 사실 제가 좋아하는 종류의 음악이 아니라서…… 갖고 있어도 그렇게 자주 틀 것 같지는 않은데요."

"어쨌거나 그냥 갖고 있어요." 그가 말했다.

메리 앤이 말했다. "그럼 20달러나 받았으니까, 대신 꽃병을 하나 더 드릴게요. 잠시만요." 그녀는 서둘러 어디론가 갔다. 종이 부스럭거리는 소리와 이리저리 움직이는 소리가 들렸다. 잠시 후에 그녀는 푸른색의 유약 입힌 꽃병을 또 하나 들고 나타났다. 이번 것은 아까보다 더 뛰어나 보였다. 순간 그는 이것이야말로 그녀가 자신의 최고 작품이라고 간주하는 것 가운데 하나임을 직관적으로 깨달았다.

"고마워요." 그가 말했다.

"잘 싸서 상자에 넣어드릴게요. 그래야 아까 저것처럼 깨지지 않을 테니까요." 포장을 하는 그녀의 모습에서는 열성과 신중함이 뒤섞인 태도가 드러났다. "저는 무척이나 짜릿했어요." 그녀는 잘 묶은 상자를 그에게 건네주며 말했다. "아저씨처럼 유명한 분하고 같이 점심 식사를 한 게요. 아저씨를 만나게 되어서 무척이나 기쁘고, 앞으로도 오랫동안 오늘 일을 기억할 거예요. 아저씨가 겪고 계신 곤란이란 것도 잘 해결되기를 빌게요. 그러니까, 아저씨가 지금 걱정하시는 문제가 알고 보니 별일 아닌 것으로 밝혀지면 좋겠어요."

제이슨 태버너는 코트 안주머니로 손을 넣어서 자신의 이니셜이 새겨진 가죽 명함집을 꺼냈다. 그 안에서 돋을새김으로 꾸며진 화려한 명함을 하나 꺼내 메리 앤에게 건네주었다. "언제라도 스튜디오로 전화해서 나를 바꿔달라고 해요. 당신이 마음을 바꿔서 우리 프로그램에 출연하고 싶으면 말이에요. 당신은 우리 프로그램에 딱 어울릴 거예요. 그리고— 이건 내 개인 전화번호예요."

"안녕히 가세요." 그녀는 현관문을 열어주며 말했다.

"잘 있어요." 그는 잠시 말을 멈추었다. 뭔가를 더 말하고 싶었지만, 더 이상은 할 말이 없었다. "우리는 실패했어요." 그가 잠시 후에 말했다. "우리는 완전히 실패했어요. 우리 둘 다요."

그녀는 눈을 깜박였다. "그게 무슨 말이에요?"

"부디 건강하기를." 그는 이렇게 말하고 그녀의 아파트에서 걸어 나갔다. 늦은 오후의 보도 위로, 한낮의 뜨거운 태양 아래로.

24

앨리스 버크먼의 시체 옆에 무릎을 꿇고 앉아있던 경찰 소속 검시관이 말했다. "지금 시점에서 확실하게 말씀드릴 수 있는 것은, 피해자가 유독성, 또는 반半유독성 약물을 과다 복용한 까닭에 사망했다는 것뿐입니다. 그 약물이 정확히 무엇인지를 알아내는 건 앞으로 24시간 이내에 가능할 겁니다."

펠릭스 버크먼이 말했다. "결국 이런 일이 벌어지고 말았군." 놀랍게도 그는 별로 슬프지가 않았다. 앨리스가 2층 화장실에서 죽은 채 발견되었다는 경비원 팀 챈서의 연락을 받았을 때에는 오히려 어느 정도 깊은 안도감을 느끼기도 했다.

"제 생각에는 태버너라는 작자가 동생 분께 분명히 무슨 짓을 한 것 같습니다." 챈서는 거듭해서 이렇게 말하며 버크먼의 관심을 끌려고 했다. "그 작자는 이상한 행동을 하더군요. 뭔가

347

가 잘못되었다는 생각이 들었습니다. 그 작자에게 총을 두 발이나 쏘았습니다만, 결국 도망치고 말더군요. 만약 그 작자가 이번 사건의 범인이 아니라고 한다면, 오히려 제가 그 작자를 맞히지 못한 게 다행일 수도 있겠지요. 하지만 어쩌면 그 작자가 동생 분께 약물을 복용하게 하고 뭔가 죄의식을 느껴 도망쳤는지도 모르겠습니다. 그럴 수도 있지 않겠습니까?"

"어느 누군가가 앨리스에게 약물을 복용하게 했을 리는 없지." 버크먼이 날카로운 어조로 말했다. 그는 화장실을 나와 거실로 들어섰다. 회색 제복의 경찰관 두 명이 차렷 자세로 서서 다음 지시를 기다리고 있었다. "그 아이라면 태버너나 다른 사람들이 굳이 권할 필요도 없이 알아서 복용했을 테니까." 그는 갑자기 물리적으로 고통을 느꼈다. 세상에. 그는 생각했다. 이 사건이 바니에게는 어떤 영향을 끼칠까? 그것이야말로 걱정스러운 부분이었다. 어째서인지는 그로서도 분명히 알 수 없었지만, 둘 사이에서 낳은 아이는 아버지보다 어머니를 더 좋아했다. 음. 버크먼이 생각했다. 다른 사람의 취향을 설명할 수는 없는 법이지.

하지만 그는, 그 자신은— 그는 그녀를 사랑했다. 그 아이는 매우 재능이 뛰어났지. 그는 생각했다. 그건 아쉬울 거야. 그 아이는 상당한 존재감을 뿜어냈으니까.

그리고 그의 삶에서 상당한 부분을 차지하고 있었으니까. 좋든 싫든 간에.

창백한 안색의 허브 메임이 계단을 한꺼번에 두 개씩 딛고 올라와서 버크먼을 바라보았다. "소식 듣고 최대한 빨리 달려오는 길입니다." 허브는 이렇게 말하며 한 손을 버크먼에게 내밀었다. 두 사람은 악수를 나누었다. "어떻게 된 일입니까?" 허브가 말했다. 그는 목소리를 잔뜩 낮추었다. "혹시 뭔가를 과다복용한 겁니까?"

"그런 모양이네." 버크먼이 말했다.

"그나저나 앞서 태버너한테서 전화가 걸려와 제가 대신 받았습니다." 허브가 말했다. "버크먼 씨와 직접 이야기를 하고 싶어 하더군요. 앨리스와 관계가 있는 일이라면서요."

버크먼이 말했다. "아마도 앨리스의 사망 사실을 내게 알려주고 싶었던 모양이지. 그때 마침 그자도 여기 와있었을 테니까."

"어째서죠? 어떻게 그자가 그녀를 아는 거죠?"

"그건 나도 모르네." 버크먼이 말했다. 하지만 그 순간만은 그 남자가 별로 중요해 보이지 않았다. 그가 생각하기에는 태버너를 탓할 이유가 전혀 없었으니…… 적어도 앨리스의 기질과 습관을 고려해본다면, 아마도 그녀가 먼저 그를 이곳까지 끌어들였을 터였다. 태버너가 경찰학교 건물을 빠져나왔을 때, 그녀가 그를 불러 세워서 자신의 개조형 퀴블에 태웠으리라. 그래서 이 집으로 데려왔겠지. 어쨌거나 태버너는 식스였으니까. 그리고 앨리스는 식스를 좋아했고. 남자는 물론이고 여자까지도.

그중에서도 특히 여자를.

"어쩌면 함께 난교 파티라도 즐겼을지 모르지." 버크먼이 말했다.

"겨우 두 사람이서요? 아니면 다른 사람들도 여기 함께 있었다는 말씀이십니까?"

"다른 사람은 아무도 없었네. 그랬다면 챈서 그 친구도 알았을 거야. 두 사람은 아마도 전화를 이용한 난교를 즐겼을 테지. 내가 하려는 말이 바로 그거야. 앨리스 그 아이는 그 빌어먹을 놈의 전화 난교를 하다가 두뇌를 홀라당 태워먹기 직전까지 간 적이 워낙 많았으니까 말이야. 새로운 스폰서가 누구인지 추적할 수 있으면 좋겠군. 우리가 빌과 캐럴과 프레드와 질, 그 변태들을 모조리 쏴버리고 나서 그 일을 인계받은 자가 누군지 말이야." 그의 손이 부들부들 떨렸다. 그는 담배에 불을 붙이고 얼른 입에 물었다. "그러고 보니 앨리스가 언젠가 한 말이 생각나는군. 의외로 재미있는 이야기였어. 난교를 벌인 것에 관해 이야기하다 말고, 뭔가 정식 초대장을 발송하면 어떻게 될까 궁금해하더군. 그 아이가 이렇게 말하더군. '그게 낫겠어. 안그러면 모든 사람들이 한꺼번에 오지는 않을 것 아냐.'" 그는 허허 웃었다.

"이전에도 말씀하신 적이 있습니다." 허브가 말했다.

"그 아이는 이제 정말 죽었어. 차갑게, 딱딱하게 굳어버렸지." 버크먼은 가까운 곳에 있는 재떨이에 담배를 비벼서 껐다. "내 아내가." 그가 허브 메임에게 말했다. "그 아이는 내 아내였지."

허브는 고개를 저으며 저만치 차렷 자세로 서있는 회색 옷차림의 경찰관 두 명을 슬며시 손으로 가리켰다.

"그래서 뭐?" 버크먼이 말했다. "그러면 저 친구들은 〈발퀴레〉의 대본도 읽어본 적이 없다는 건가?" 그는 손을 떨면서 담배를 한 대 더 꺼내 불을 붙였다. "지크문트와 지클린데. Schwester und Braut. 누이이자 신부. 빌어먹을 놈의 훈딩 같으니."* 그는 담배를 카펫 위에 떨어트렸다. 거기 선 채로 그는 담뱃불이 울에 옮겨 붙어서 피어오르는 연기를 바라보고 있었다. 그러다가 구두 뒷굽으로 담뱃불을 비벼서 껐다.

"좀 앉아계시죠." 허브가 말했다. "아니면 누워계시든가요. 몰골이 말이 아닙니다."

"끔찍한 일이지." 버크먼이 말했다. "진짜로 그렇다네. 나는 그 아이의 많은 부분을 싫어했어. 하지만 세상에 — 그 아이는 정말로 생기가 넘쳤다네. 그 아이는 항상 뭔가 새로운 것을 시도했지. 그러다가 결국 죽음에 이른 거야. 아마도 그 아이와 마녀 같은 친구 녀석들이 뭔가 새로운 약물을 그 끔찍스러운 지하 실험실에서 만들어냈겠지. 필름 현상액이나 하수구 청소제, 아니면 더 끔찍한 뭔가가 들어있는 걸."

"제 생각에는 우리가 태버너와 이야기를 해봐야 할 것 같습니다." 허브가 말했다.

"좋아. 그자를 잡아들이게. 우리가 그자에게 초소형 발신기

---

* 리하르트 바그너의 오페라 〈발퀴레〉(1856)에서는 어릴 때 헤어진 쌍둥이 남매 지크문트와 지클린데(훈딩의 아내)가 성인이 되어 우연히 재회하고 사랑에 빠진다. 아내의 부정을 알게 된 남편 훈딩은 지크문트를 살해하고 나서 본인도 죽어버리고, 홀몸이 된 지클린데는 훗날 아들 지크프리트를 낳는다.

를 심어놓았으니까, 안 그런가?"

"지금은 그렇지가 않습니다. 우리가 그에게 심어놓은 장치들은 그가 경찰학교 건물을 나서면서부터 작동이 중지되었습니다. 아마 씨앗 탄두 정도는 예외로 지금까지도 작동하겠지요. 하지만 당장 그걸 활성화시켜야 할 이유는 없으리라고 봅니다."

버크먼이 말했다. "태버너는 아주 영리한 개자식이로군. 아니면 누군가로부터 도움을 받았거나. 누군가로부터, 또는 그와 함께 일하는 자들로부터 말이야. 씨앗 탄두를 폭파시키려고 굳이 애쓰지 말게. 어떤 친절한 동료가 이미 그의 피부에서 빼내 버렸을 게 분명하니까." 아니면 앨리스가 직접 했을지도 모르지. 그는 추측했다. 참으로 도움이 되는 누이동생이로군. 번번이 이렇게 경찰을 도와주니까. 잘하는 짓이군.

"잠시 이 집에서 나가계시는 편이 낫겠습니다." 허브가 말했다. "감식반에서 절차를 진행하는 동안에 말입니다."

"그러면 나 좀 경찰학교까지 태워다주게." 버크먼이 말했다. "지금은 직접 운전을 할 수가 없을 것 같군. 몸이 너무 떨려서 말이야." 그는 얼굴에서 뭔가를 느꼈다. 손으로 더듬어보니 턱이 젖어있었다. "지금 내 얼굴에 이게 뭔가?" 그는 깜짝 놀라며 물었다.

"지금 울고 계십니다." 허브가 말했다.

"일단 나 좀 경찰학교까지 데려다주게. 그러면 내가 마무리할 일을 끝낸 다음 자네에게 넘겨줄 테니까." 버크먼이 말했다. "그런 다음에는 다시 이곳으로 돌아와있어야겠어." 어쩌면 태버너가 그 아이에게 뭘 주었을지도 모르지. 그는 속으로 말했다. 하지만 태버너는 아무것도 아니었다. 그 아이가 스스로 저지른 짓이었다. 하지만…….

"가시죠." 허브는 이렇게 말하며 상사의 팔을 붙잡고 계단 쪽으로 데려갔다.

계단을 내려가면서 버크먼이 말했다. "솔직히 말해서, 자네 언제 상상이라도 해본 적이 있나? 내가 이렇게 우는 모습을 보리라고?"

"없습니다." 허브가 말했다. "하지만 충분히 이해할 만한 일입니다. 두 분께서는 서로 매우 가까우셨으니까요."

"자네라면 그렇게 말할 수 있겠지." 버크먼은 갑자기 격한 분노를 느꼈다. "빌어먹을 년 같으니." 그가 말했다. "결국에 가서는 이렇게 되고 말 거라고 누누이 이야기를 했는데. 그 아이의 친구 가운데 어떤 놈들이 그걸 만들어 그 아이한테 주고 기니피그로 써먹었을 거야."

"집무실에 가시더라도 일에 너무 몰두하지는 마십시오." 거실을 지나 바깥으로 나가는 동안 허브가 말했다. 집 밖에는 퀴블 두 대가 주차되어있었다. "그냥 저한테 넘겨주실 수 있을 만큼만 대강 마무리하시면 됩니다."

"아까 내가 그러겠다고 말하지 않았나." 버크먼이 말했다. "내 말은 아무도 안 듣는 모양이군. 빌어먹을 것들 같으니."

허브는 상관의 등을 그냥 한 번 툭 치고는 아무 말도 하지 않았다. 두 사람은 입을 다문 채 잔디밭을 지나 걸어갔다.

경찰학교 건물로 돌아오는 길에 허브는 쿼블의 조종석에 앉아서 이렇게 말했다. "제 코트 안에 담배가 있습니다." 쿼블에 올라탄 이래로 줄곧 침묵이 흐르던 가운데 그가 처음으로 입을 열어서 한 말이었다.

"고맙네." 버크먼이 말했다. 자신의 일주일치 배급량은 이미 다 피워버린 다음이었다.

"그나저나 한 가지 문제를 상의 드리고 싶습니다." 허브가 말했다. "마음 같아선 좀 더 기다렸다가 말씀드리고 싶습니다만, 그럴 수가 없는 일이어서 말입니다."

"일단 집무실에 들어갈 때까지 기다렸다가 상의하면 안 되겠나?"

허브가 말했다. "우리가 일단 돌아가고 보면, 거기에는 다른 정책 결정권자 직급의 인원들이 있을 겁니다. 그리고 다른 사람들도요. 가령 제 부하 직원들도 있고 말입니다."

"나는 아무것도 할 말이―"

"제 말 좀 들어보세요." 허브가 말했다. "앨리스에 관한 일 말입니다. 버크먼 씨와 그녀의 결혼에 관한 일. 친여동생과의 결혼 말입니다."

"내 근친상간 말인가." 버크먼이 냉소적으로 대답했다.

"치안정감 가운데 일부는 이미 그 사실을 알고 있을 수도 있습니다. 앨리스가 너무 많은 사람들에게 떠들고 다녔으니까요. 그녀가 어떻게 하고 다녔는지는 버크먼 씨도 아실 겁니다."

"무척이나 자랑스러워했었지." 버크먼이 이렇게 말하면서 어렵사리 담배에 불을 붙였다. 그는 자기가 울고 있었다는 사실에 대한 놀라운 발견으로부터 여전히 벗어나지 못하고 있었다. 나는 정말로 그 아이를 사랑했던 것이 분명해. 그는 속으로 말했다. 그런데도 내가 그 아이에게 느낀 것은 오로지 두려움과 혐오뿐인 것만 같았지. 그리고 성욕과. 우리가 실제로 일을 벌이기 전에, 얼마나 오랜 세월 서로 의논을 했던가. 그는 생각했다. 줄곧 의논해왔었지. "나는 자네 말고 다른 누구에게도 그 이야기를 한 적이 없다네." 그가 허브에게 말했다.

"하지만 앨리스는 달랐습니다."

"좋아. 그래, 그러면 치안정감 가운데 몇 사람은 알고 있다고 치세. 그리고 치안총감, 그 양반도 알고 있다고 치고 말이야."

"치안정감 가운데 버크먼 씨와 의견을 달리하는 분들이 있지 않습니까." 허브가 말했다. "게다가 그—" 그는 잠시 말을 머뭇거렸다. "근친상간에 대해서 알고 있는 사람이라면, 결국 그녀가 자살을 하고 말았다고 이야기하겠지요. 부끄러움을 이기지 못해서 그랬다고 말입니다. 충분히 그럴 가능성이 있음을 직시하셔야 합니다. 어쩌면 치안정감 쪽에서 이 사실을 언론에 흘릴 수도 있고요."

"자네는 그렇게 생각하나?" 버크먼이 말했다. 그래. 그는 생각했다. 충분히 그럴듯한 이야기가 되겠군. 경찰 치안감이 자기 누이와 결혼했고, 거기서 낳은 아이를 플로리다로 보냈다 이거지. 치안감과 그의 누이는 플로리다에 가서 아들과 함께 지낼 때면 서로 부부로 행세했지. 그리고 그 아들은, 한마디로 변태적인 유전적 기질의 산물이라 하겠고.

"이제는 좀 현실을 직시하시라고 말씀드리는 겁니다." 허브가 말했다. "제 생각에는 지금이야말로 그때인 것 같습니다. 비록 앨리스가 사망한 직후이다보니 지금이 아주 이상적인 때라고는 말할 수 없지만—"

"검시관도 우리 쪽 사람 아닌가." 버크먼이 말했다. "우리 조직, 그러니까 경찰학교에 속한 사람이라는 거네." 그는 허브가 지금 무슨 말을 하려는 건지 도무지 이해가 되지 않았다. "그러니 반중독성 약물을 과다 복용했기 때문이라고 보고하겠지. 이미 그 친구가 우리에게 말한 것처럼 말이야."

"하지만 의도적으로 과다 복용한 거라면 어쩌시겠습니까." 허브가 말했다. "자살을 할 수 있을 만큼의 분량으로요."

"그럼 자네는 내가 뭘 어떻게 하길 바라나?"

허브가 말했다. "검시관에게 압력을 넣는 겁니다. 명령하는 거죠. 검시를 통해서 타살 판정을 내리라고 말입니다."

그제야 그는 무슨 말인지 이해했다. 나중에, 그러니까 슬픔을 어느 정도 극복하고 나면, 그 역시 스스로 이런 생각을 해냈을 터였다. 허브 메임의 말이 맞았다. 이제는 현실을 직시해야만 했다. 경찰학교 건물이며 부하들이 있는 곳에 도착하기 전에 그래야만 했다.

"그래야만 우리도 그렇게 말할 수 있을 게 아닙니까." 허브가 말했다. "그러니까—"

"그러니까 경찰 조직 내부에서 캠퍼스와 수용소에 관한 내 정책에 반대하는 일부 세력이 내 누이를 살해함으로써 일종의 보복을 가한 셈이라고 말이지." 버크먼은 굳은 목소리로 말했다. 자기가 이미 그런 생각까지 하고 있다는 사실을 자각하자 순간적으로 오싹한 기분이 들었다. 하지만—

"그거랑 비슷하게 말입니다." 허브가 말했다. "누군가를 구체적으로 지목하지는 않는 겁니다. 그러니까 치안정감에 관해서는 입도 뻥긋 않는 거지요. 다만 암시만 하는 겁니다. '그들'이 누군가를 시켜서 그렇게 했으리라고 말입니다. 아니면 그 일을 하는 대가로 승진하고자 눈이 벌게진 어느 하급직 경찰에게 명령했을 거라고요. 제 의견이 맞다고 생각하지 않으십니까? 우리도 최대한 신속하게 행동해야 합니다. 곧바로 그 사실을 발표해야 합니다. 경찰학교에 돌아가면 곧바로 치안정감이며 치안총감에게도 그 사실을 서술한 메모를 보내셔야 한다는 겁니다."

이 끔찍한 개인적 비극을 자기에게 유리하게 이용해야만 하는 것이로군. 버크먼은 문득 깨달았다. 내 누이의 우발적인 사망 사건에 편승해야 해. 물론 그게 '정말' 우발적인 건지는 알 수 없지만.

"어쩌면 자네 말이 옳을지도 모르겠군." 버크먼이 말했다. 어쩌면 그를 어마어마하게 증오하는 홀바인 치안정감이 직접 사주했을지도 몰랐다.

"그건 아닙니다." 허브가 말했다. "진짜까지는 아닙니다. 하지만 일단 수사를 시작해보는 겁니다. 그리고 혐의에 딱 들어

맞는 누군가에게 반드시 죄를 덮어씌워야 합니다. 반드시 재판을 열어야 합니다."

"알았네." 버크먼은 멍하니 대답했다. 갖가지 기만이 총동원되는 셈이었다. 결국에 가서는 누군가가 처형될 것이었고, 언론에다가는 '고위층'이, 즉 그 지위를 고려하면 차마 누구도 건드릴 수 없는 인물이 개입했다는 여러 가지 은밀한 암시를 흘려보내는 것이다. 그러면 결국 치안총감 역시 이 비극에 관해서 공식적으로 유감을 표하고, 이 사건에 대해 책임을 져야 할 사람을 찾아서 처벌해야 한다는 바람을 드러낼 터였다.

"이런 말씀을 이렇게 빨리 드리게 되어서 무척이나 죄송스럽습니다." 허브가 말했다. "하지만 그들은 버크먼 씨를 이미 치안정감에서 치안감으로 한 계급 강등시키지 않았습니까. 만약 근친상간 이야기가 공개적으로 나돌면, 그들은 결국 버크먼 씨께 은퇴를 종용할 수도 있을 겁니다. 물론 우리가 선수를 치고 나간다 하더라도, 그들은 결국 근친상간 이야기를 언론에 퍼트리겠지요. 부디 그에 관해서 보도가 잘 나가기만을 바랄 수밖에요."

"나는 가능한 선에서 모든 일을 했다네." 버크먼이 말했다.

"그렇다면 우리는 누구에게 덮어씌워야 할까요?" 허브가 물었다.

"홀바인 치안정감하고 애커스 치안정감." 이 두 사람을 향한 그의 증오는 그를 향한 이 두 사람의 증오 못지않았다. 그들은 지금으로부터 5년 전에 스탠퍼드 캠퍼스에서 1만 명 이상의 학생을 학살한 바 있었다. 그것이야말로 제2차 내전의 막바지에서 벌어진 유혈이 낭자한—그리고 불필요한—잔혹 행위였으며, 그야말로 잔혹 행위 중의 잔혹 행위였다.

허브가 말했다. "그 일을 계획한 사람이 누군지 여쭤보는 게 아닙니다. 배후야 분명하죠. 방금 말씀하신 것처럼 홀바인과 애커스, 그리고 다른 사람들 아니겠습니까. 저는 다만 앨리스에게 약물을 실제로 주입한 사람이 누구이겠느냐는 겁니다."

"어떤 조무래기 녀석이겠지." 버크먼이 말했다. "강제노동수용소 가운데 한 곳에 있는 어떤 정치범일 거야." 그건 사실 별로 중요하지가 않았다. 백만 명이나 되는 수용소 입소자, 또는 죽어가는 키부츠에서 탈출한 학생 가운데 하나라면 누구라도 그럴 수 있을 테니까.

"저는 그보다 좀 더 나은 위치에 있는 사람에게 덮어씌워야 한다고 봅니다." 허브가 말했다.

"어째서?" 버크먼은 상대방의 생각을 아직 제대로 따라잡지 못하고 있었다. "항상 그런 식으로 일을 해왔지 않나. 조직에서는 항상 전혀 이름도 없고, 중요하지도 않은 녀석을 선택해—"

"차라리 앨리스의 친구 가운데 한 명을 고르는 게 낫겠습니다. 그녀와 동급이 '될 수도 있는' 누군가를 말입니다. 사실은 유명한 사람을 고르는 것도 나쁘지 않을 겁니다. 이 지역에서 연기 분야에서 활동하는 사람을 하나 고르는 것도 괜찮을 테고요. 그녀는 원래 유명인사 따먹기로 이름을 날리지 않았습니까."

"왜 하필이면 유명한 사람이어야 하지?"

"홀바인과 애커스를 그 개자식들하고 엮어버려야 하니까요. 평소에 앨리스와 가깝게 지내며 전화 난교를 즐기던 그 지독하고 변태적인 개자식들하고 말입니다." 이제 허브는 진정으로 화가 나있는 듯한 말투였다. 버크먼은 깜짝 놀라서 그를 흘끗 바라보았다. "진짜로 그녀를 죽인 건 바로 그놈들이죠. 그녀의 괴짜 친구들 말입니다. 그중에서도 제일 지위가 높은 녀석을 하나 골라내세요. 그러고 나면 치안정감들 가운데 하나에게 덮어씌울 수가 있는 셈입니다. 그로 인해 벌어질 스캔들을 생각해보세요. 홀바인이 전화 통신망 일에 관여하고 있다니."

버크먼은 담배를 또 한 개비 꺼내서 불을 붙였다. 그러면서 생각했다. 결국 나는 스캔들에서도 그들을 능가해야 한다는 이야기로군. 그는 문득 깨달았다. 내 이야기가 그들의 이야기보다도 훨씬 더 섬뜩한 것이어야만 해.

그러려면 뭔가 그럴듯한 이야기를 만들어야 했다.

25

로스앤젤레스 경찰학교의 자기 집무실에서 펠릭스 버크먼은 책상 위에 놓인 여러 가지 메모와 편지와 문서를 정리하고 있었다. 허브 메임이 살펴보아야 할 것을 기계적으로 골라내고, 나중까지 기다릴 수 있는 것은 내버려뒀다. 그는 건성으로 빨리 빨리 일을 해치웠다. 그가 이런저런 문서를 살펴보는 사이, 허브는 자기 집무실에 들어가서 버크먼이 누이의 죽음에 관해 공개적으로 발표할 최초의 비공식 성명서를 직접 작성했다.

두 사람 모두 잠시 뒤에 각자의 일을 마무리하고 버크먼의 주 집무실에서 다시 만났다. 이곳은 그가 중요한 활동을 하는 공간이었다. 바로 그 커다란 떡갈나무 책상 앞에서.

책상 앞에 앉은 그는 허브가 건네준 초안을 읽어보았다. "그런데 우리가 이 일을 반드시 해야 하는 건가?" 그는 초안을 다

읽고 나서 이렇게 물었다.

"그렇습니다." 허브가 말했다. "버크먼 씨께서 지금 이렇게 슬픔으로 멍한 상태가 아니라면, 버크먼 씨 역시 이 사실을 맨 처음 깨달으셨을 겁니다. 버크먼 씨는 어떤 문제가 생길 때마다 항상 이런 식으로 명료하게 파악해오셨기 때문에 결국 정책 결정권자의 지위까지 올라오신 겁니다. 그런 능력이 없었다면 그들은 이미 5년 전에 버크먼 씨를 훈련소 담당 총경으로 강등시켜버렸을 겁니다."

"그러면 배포하도록 하게." 버크먼이 말했다. "아니, 잠깐." 그는 다시 손짓해서 허브를 돌아오게 했다. "자네는 검시관의 말을 인용했지. 그렇지만 검시관의 조사가 이렇게 빨리 완료되지는 않았다는 사실을 언론에서 눈치채지 않을까?"

"그럴까봐 제가 사망 시각을 앞당겨놓았습니다. 그러니까 어제 이미 사망한 것으로 명기해두었습니다. 바로 그 이유 때문이죠."

"과연 그렇게까지 할 필요가 있겠나?"

허브는 한마디로 일축했다. "우리 측 성명서가 맨 먼저 발표되어야만 합니다. 그들의 성명서보다 빨리 말입니다. 물론 그들은 검시관의 조사가 완료될 때까지 기다리지도 않을 겁니다."

"좋아." 버크먼이 말했다. "그럼 배포하게."

페기 비슨이 그의 집무실로 들어왔다. 대외비인 경찰 회람문 몇 개와 노란 파일을 하나 들고 있었다. "버크먼 씨." 그녀가 말했다. "지금 같은 상황에서 굳이 번거롭게 해드리고 싶지는 않습니다만, 여기—"

"나중에 살펴보도록 하지." 버크먼이 말했다. 물론 살펴보기만 할 거야. 그는 속으로 말했다. 그러고 나면 나는 집으로 갈 테니까.

페기가 말했다. "버크먼 씨께서 이전부터 이 파일을 찾고 계셨던 것 같아서요. 맥널티 경감도 마찬가지였고요. 방금 파일이 도착했습니다. 십 분쯤 전에, 데이터 센트럴에서요." 그녀는 파일을 그의 책상에 있는 깔판 위에 내려놓았다. "제이슨 태버너의 파일입니다."

버크먼은 깜짝 놀라서 말했다. "하지만 제이슨 태버너의 파일은 없다고 하지 않았나."

"전에는 누군가가 어떻게든 그걸 빼내버렸던 게 분명합니다." 페기가 말했다. "그런데 지금은 유선으로 검색이 가능합니다. 그러니 저쪽에서 어찌어찌해서 도로 집어넣은 모양입니다. 저쪽에서는 아무런 추가 설명이 없었습니다. 데이터 센트럴에서는 단지—"

"알았으니 나가보게. 내가 직접 살펴볼 테니까." 버크먼이 말했다.

페기 비슨은 아무 말도 없이 집무실에서 나가며 문을 닫았다.

"저 친구한테 말이 좀 지나쳤던 것 같군." 버크먼이 허브 메임에게 말했다.

"지금 상황에서는 충분히 이해할 만한 일입니다."

제이슨 태버너의 파일을 펼친 버크먼은 반짝이는 가로세로 20×12센티미터짜리 홍보용 사진을 발견했다. 거기 클립으로 끼워져있는 메모에는 이렇게 적혀있었다. 'NBC 화요일 밤 9시 〈제이슨 태버너 쇼〉 판권 소유.'

"이런, 맙소사." 버크먼이 말했다. 이건 무슨 도깨비의 장난인가. 그는 생각했다. 아주 우리를 들었다 놓았다 하고 있군.

허브도 상체를 굽히고는 그걸 들여다보았다. 두 사람은 멍하니 말도 없이 그 홍보용 사진을 바라보고만 있었다. 마침내 허브가 말했다. "그 파일 안에 또 뭐가 있는지 살펴보시죠."

버크먼은 사진과 메모를 옆에 치워놓고, 파일의 맨 첫 페이지를 읽었다.

"시청자가 몇 명이랍니까?" 허브가 물었다.

"3000만 명이라는군." 버크먼이 말했다. 그는 서류를 읽으면서 수화기를 들어 올렸다. "폐기." 그가 말했다. "여기 LA의 NBC-TV 지사를 연결해주게. KNBC이든지 뭐든지 간에 말이야. 중역 가운데 한 사람이랑 연결해주게. 직위가 높을수록 좋아. 우리가 누군지 분명히 밝히고."

"알겠습니다, 버크먼 씨."

잠시 후에 뭔가 고위직에 있는 듯한 사람의 얼굴이 전화 스크린에 나타나더니, 버크먼의 귀에 그의 목소리가 들려왔다. "안녕하십니까, 치안감님. 저희가 무슨 일을 도와드리면 되겠습니까?"

"혹시 〈제이슨 태버너 쇼〉라는 프로그램을 방영합니까?" 버크먼이 말했다.

"벌써 3년째 매주 화요일마다 방영하고 있습니다. 방영 시간은 밤 9시 정각입니다."

"그 프로그램을 '3년째' 방영하고 있단 말입니까?"

"그렇습니다, 치안감님."

버크먼은 전화를 끊어버렸다.

"그렇다면 태버너가 와츠에서 했던 일은 도대체 뭐란 겁니까?" 허브 메임이 말했다. "위조된 ID 카드를 구입한 건요?"

버크먼이 말했다. "우리는 하다못해 그자의 출생 기록조차도 찾을 수 없었어. 현존하는 모든 데이터 뱅크를 뒤져보았고, 모든 신문 파일을 뒤져보았는데도 말이야. NBC에서 매주 화요일 밤 9시마다 방영한다는 〈제이슨 태버너 쇼〉 이야기를 자네도 들어본 적이 있나?"

"아뇨." 허브는 조심스럽게, 머뭇거리며 대답했다.

"확실한 건가?"

"우리는 태버너에 관해서 많은 이야기를 나누었습니다만—"

"나는 한 번도 들어본 적이 없네." 버크먼이 말했다. "나는 매일 두 시간씩은 꼭 TV를 시청하는 사람이지. 밤 8시부터 10시까지 말이야." 그는 파일의 첫 페이지를 내던지고 그다음 페이지를 살펴보았다. 바닥에 떨어진 서류를 허브가 도로 주워 올렸다.

두 번째 페이지의 내용은 이러했다. 제이슨 태버너가 지난 수년 동안 취입한 음반의 목록이었다. 제목과 고유번호, 그리고 제작일이 나와있었다. 버크먼은 멍한 눈으로 목록을 살펴보았다. 맨 처음 나온 음반은 무려 19년 전의 것이었다.

허브가 말했다. "그자가 우리한테 그렇게 말하지 않았습니까. 자기가 가수라고요. 그리고 그자의 ID 카드 가운데 하나에는 음악인 조합에 가입되어있다고 나와있었죠. 그러니 적어도 그 부분은 사실인 모양입니다."

"이건 모두 사실이야." 버크먼이 사나운 목소리로 말했다. 그는 세 번째 페이지로 넘어갔다. 거기에는 제이슨 태버너의 재산 가치, 그의 수입 출처와 액수가 나와있었다. "나보다도 돈을 더 많이 버는군." 버크먼이 말했다. "경찰 치안감보다도 더 많이 말이야. 자네와 내 수입을 합친 것보다도 많군."

"이리로 끌고 왔을 때에도 그자의 수중에는 현금이 많았습니다. 그리고 그자는 캐시 넬슨에게도 돈을 더럽게 많이 주지 않았습니까. 기억하시죠?"

"그래, 캐시가 맥널티에게 그렇게 말했었지. 맥널티의 보고서에서 본 기억이 나는군." 버크먼은 생각에 잠겼다. 그러면서 무의식적으로 복사된 페이지의 모서리를 접어놓았다. 그러다가 그는 동작을 멈추었다. 갑자기.

"무슨 일이십니까?" 허브가 말했다.

"이건 결국 사본이 아닌가. 결국 데이터 센트럴에 있는 파일 원본은 아니야. 다만 사본일 뿐이지."

허브가 말했다. "하지만 사본을 만들려면 원본을 꺼내야 하지 않습니까."

"그 과정에서 오 초의 지연이 발생하지." 버크먼이 말했다.

"저는 모르겠습니다." 허브가 말했다. "저보고 설명하라고 하진 마시죠. 그 과정이 얼마나 걸리는지는 저도 모르니까요."

"물론 자네야 모르겠지. 우리 모두 다 몰라. 우리는 일이 그렇게 처리되는 걸 백만 번이나 보아왔다네. 하루 종일 지속되곤 하지."

"그렇다면 컴퓨터가 오작동한 거로군요."

버크먼이 말했다. "좋아. 그자는 정치적으로 어딘가에 가입한 적은 없군. 완전히 깨끗해. 그자로선 잘된 일이군." 그는 파일을 더 뒤적여보았다. "한동안은 신디케이트하고 모종의 갈등이 있었군. 총기를 휴대하고 있지만 이미 허가를 얻은 거고. 2년 전에 어느 시청자로부터 고발을 당한 적이 있는데, 그 사람은 기억상실에 관한 농담이 본인을 조롱한 거라고 주장했다는군. 디모인에 사는 아티머스 프랭크스라는 사람인데. 결국 태버너의 변호사가 승소했고." 그는 서류 여기저기를 읽어보았다. 딱히 뭔가를 찾는다기보다는 다만 놀라워할 뿐이었다. "그의 45번째 음반인 〈어디서도, 아무것도, 잘못되지 않을 거야〉는 가장 최근작이기도 한데, 무려 200만 장이 팔렸다고 하는군. 자네 혹시 이 음반 들어본 적이 있나?"

"전 잘 모르겠습니다." 허브가 말했다.

버크먼은 한동안 그를 빤히 바라보다가 말했다. "나는 한 번도 들어본 적이 없네. 그게 바로 자네와 나의 차이로군, 메임. 자네는 확신을 갖지 못하는군. 나는 확신하지만."

"방금 하신 말씀이 맞습니다." 허브가 말했다. "하지만 저는 진짜로 잘 모르겠습니다. 지금 이 시점에서는 말입니다. 저는 이 상황이 무척이나 혼란스럽고, 게다가 우리한테는 다른 일이 있지 않습니까. 지금은 앨리스와 검시관의 보고서에 관해 생각 해야 할 때입니다. 최대한 빨리 그 친구한테 이야기를 해야 합 니다. 아마 그 친구는 아직 댁에 있을 겁니다. 제가 전화를 걸 테니, 버크먼 씨께서는—"

"태버너." 버크먼이 말했다. "앨리스가 사망했을 때, 그자가 거기 같이 있었지."

"예, 우리가 알기로는 그렇습니다. 챈서가 그렇게 말했으니 까요. 버크먼 씨께서는 그 일이 중요하지 않다고 말씀하셨죠. 하지만 저는 단지 기록을 남기기 위해서라도 그자를 끌고 와서 이야기를 나눠보아야 한다고 생각합니다. 그자가 무슨 말을 하 는지 들어보자는 겁니다."

"혹시 앨리스가 그자를 오늘이 아니라 더 먼저 알았을 가능 성이 있을까?" 버크먼이 말했다. 그리고 이렇게 생각했다. '그 래, 그 아이는 항상 식스를 좋아했지. 특히 연예계에 있는 사람 들을 말이야. 가령 헤더 하트 같은. 그 아이와 하트라는 여자는 재작년쯤에 3개월간 연애를 했지만…… 나로선 거의 이야기를 들은 게 없지. 두 사람은 최대한 소문을 내지 않는 데에 성공했 어. 그때야말로 앨리스가 자기 입을 꾹 다물고 있었던 유일한 시기였으니까.

바로 그때, 그는 제이슨 태버너의 파일에서 헤더 하트에 관한 언급을 발견했다. 그녀에 관해 생각하면서 그의 눈이 그 대목에 꽂혔다. 알고 보니 헤더 하트는 지금까지 1년가량 태버너의 애인 노릇을 하고 있었다.

"따지고 보면." 버크먼이 말했다. "두 사람 모두 식스니까."

"태버너 말고 또 누가 있습니까?"

"헤더 하트. 가수 말이네. 이 파일은 최신 내용을 담고 있군. 여기에 따르면 헤더 하트는 이번 주에 제이슨 태버너의 쇼에 출연했어. 특별 손님 자격으로 말이야." 버크먼은 파일을 허브에게 넘겨주고 자기 코트 주머니를 뒤져 담배를 찾았다.

"여기 있습니다." 허브는 자기 담뱃갑을 건네주었다.

버크먼은 턱을 문지르고는 말했다. "그러면 그 하트라는 여자도 데려오게. 태버너와 함께 말이야."

"알겠습니다." 허브는 고개를 끄덕이면서 평소처럼 자신의 조끼주머니용 패드에다가 메모를 했다.

"제이슨 태버너의 짓이야." 버크먼은 마치 혼잣말처럼 나지막이 말했다. "앨리스를 죽인 건. 헤더 하트에게 질투가 나서 그런 거지. 두 여자의 관계를 알아냈기 때문에."

허브 메임은 눈을 깜박였다.

"그렇게 하면 딱이지 않나?" 버크먼은 허브 메임을 뚫어져라 바라보았다.

"좋습니다." 허브 메임이 잠시 후에야 말했다.

"동기. 기회. 목격자는 챈서. 그 친구라면 증언을 할 수 있을 거야. 태버너가 걱정스러운 모습으로 집에서 달려 나왔고, 또

한 앨리스의 퀴블 열쇠를 손에 넣으려 했다고. 그래서 챈서가 수상하다고 생각한 나머지 집 안으로 들어가 무슨 일인지 살펴보는 사이, 태버너가 뛰어서 도망쳐버렸다고. 챈서가 총을 쏘면서 멈추라고 말해도 듣지 않고 말이야."

허브는 고개를 끄덕였다. 아무 말도 없이.

"그렇게 된 거지." 버크먼이 말했다.

"그럼 그자를 곧바로 끌고 올까요?"

"가능한 한 빨리."

"모든 검문소에 지시를 내리도록 하겠습니다. APB(전국 지명수배)도 발령하고요. 만약 그자가 아직까지 로스앤젤레스에 있다면, 헬리콥터에서 EEG 기록 투사기를 이용해 찾아낼 수 있을 겁니다. 패턴을 맞춰보는 거죠. 뉴욕에서 벌써부터 시작한 새로운 기법입니다. 이번 일을 위해 뉴욕 경찰 소속 헬리콥터를 동원할 수도 있을 겁니다."

버크먼이 말했다. "좋아."

"그렇다면 태버너가 앨리스의 난교에 관계하고 있었다고 말해야 할까요?"

"난교 따위는 없었어." 버크먼이 말했다.

"하지만 홀바인이며, 그 양반 편에 서있는 사람들은 앞으로 분명히—"

"그건 그 친구들이 알아서 증명하도록 내버려두게." 버크먼이 말했다. "바로 이곳 캘리포니아에 있는 법정에서 말이야. 우리가 사법 관할권을 가진 곳에서."

허브가 말했다. "그런데 어째서 태버너입니까?"

"누군가는 반드시 있어야 하니까." 버크먼은 반쯤 혼잣말로 중얼거렸다. 그는 커다란 골동품 떡갈나무 책상의 표면에 놓인 자기 손가락을 꼬았다. 그리고 손가락에 갑자기 힘을 주었다. 있는 힘을 모조리 동원해서 한 손가락을 다른 손가락에 바짝 밀어붙였다. "항상 그렇지, 항상." 그가 말했다. "누군가가 있어야 하는 거야. 그리고 태버너로 말하자면 뭔가 중요한 인물 아닌가. 앨리스가 딱 좋아했을 법하지. 사실은 그가 애초에 우리 집에 와있었던 이유도 바로 그래서이고. 그자야말로 앨리스가 좋아할 만한 유형의 유명인사니까. 게다가—" 그는 고개를 들어 쳐다보았다. "— 안 될 것 없지 않나? 그자라면 아주 딱일 거야." 그래, 안 될 것 없지 않나? 그는 생각했다. 그리고 자기 앞에 놓인 책상 위의 손가락에 점점 더 세게, 그리고 더 세게 힘을 주었다.

26

보도를 따라 걸어가면서 메리 앤의 아파트와 점차 멀어지는 가운데, 제이슨 태버너는 속으로 이렇게 말했다. 내 운도 바뀌었군. 이제는 모든 것이 되돌아왔어. 내가 잃어버렸던 모든 것이. 정말이지 감사할 일이로군!

나야말로 이 빌어먹을 놈의 세상에서 가장 행복한 남자야. 그는 속으로 말했다. 오늘이야말로 내 일생에서 가장 끝내주는 날이야. 그는 생각했다. 우리는 무언가를 잃어버리기 전까지는 결코 알 수가 없지. 갑자기 그걸 더 이상 가질 수 없게 되기 전까지는 말이야. 나는 이틀 동안이나 그걸 잃어버린 채로 지냈고, 이제 그게 돌아옴으로써 알게 된 거야.

메리 앤이 만든 도기가 들어있는 상자를 움켜쥔 채, 그는 차도로 내려가서 한 손을 들고 지나가던 택시를 하나 잡았다.

"어디로 모실까요, 손님?" 택시 문이 열리면서 이런 질문이 나왔다.

피로로 숨을 헐떡이면서 그는 안으로 들어가 직접 문을 닫았다. "노든 레인 803번지." 그가 말했다. "비벌리힐스의." 헤더 하트의 주소였다. 이제 그는 드디어 그녀에게 돌아갈 수 있었다. 이제 그는 실제의 모습 그대로였다. 저 끔찍했던 지난 이틀 동안에 그녀가 생각했던 그의 모습은 더 이상 아니었다.

택시가 하늘로 솟아오르자 그는 기분 좋게 등을 뒤로 기대었다. 메리 앤의 아파트에서보다 훨씬 더 지친 느낌이었다. 워낙 많은 일이 벌어졌으니까. 앨리스 버크먼은 어떻게 되었을까? 그는 궁금했다. 버크먼 치안감과 다시 한 번 접촉하려 시도해 보아야 할까? 하지만 이제는 그도 아마 알고 있을 거야. 게다가 나는 그 문제에서는 한발 물러나야만 해. TV와 음반 업계의 스타인 나로선 그런 섬뜩한 문제에 얽혀 들지 않는 편이 나을 테니까. 선정적인 언론에서는 그런 냄새를 맡기만 하면 언제라도 달려들 기세지. 그는 생각했다.

하지만 나는 그녀에게 뭔가 빚을 지고 있는 셈이야. 그는 계속 생각했다. 그녀는 내가 경찰학교 건물에서 나오기 전에 경찰이 심어놓았던 전자장치를 모두 뜯어내주었으니까.

하지만 그들은 당장 나를 찾아다니지는 않을 거야. 나는 ID를 되찾았으니까. 나는 이미 전 세계에 알려져있으니까. 3000만 명의 시청자가 내 물리적이고 법적인 존재를 증언해줄 테니까. 이제는 무작위 검문소를 두려워할 필요가 전혀 없어. 그는 속으로 말했다. 그리고 졸음이 밀려온 나머지 눈을 감았다.

"도착했습니다, 손님." 갑자기 택시에서 이런 말이 들려왔다. 번쩍 눈을 떠보니 그는 똑바로 앉아있었다. 벌써? 밖을 내다보자 헤더의 웨스트코스트 은신처가 있는 아파트 건물이 보였다.

"아, 그래." 그는 이렇게 말하며 코트를 뒤져서 지폐를 꺼냈다. "고맙네." 그가 택시 요금을 지불하자, 나갈 수 있도록 문이 열렸다. 다시 한 번 기분이 좋아진 그가 말했다. "내가 만약 요금을 안 냈다면 문을 안 열어주었겠지?"

택시에서는 아무런 답변도 없었다. 이 질문에 대한 답변은 프로그래밍되어있지 않았기 때문이다. 하지만 굳이 신경 쓸 필요가 있겠는가? 일단 돈을 받았으면 그만이니까.

그는 보도로 올라선 다음, 삼나무가 우거진 길을 지나 건물의 로비로 들어갔다. 이 10층짜리 고급 구조물은 압축 공기를 분사하는 방식으로 지면에서 몇 피트쯤 공중에 떠있었다. 이렇게 떠있음으로써 거주민은 마치 엄마 품에 안긴 아기처럼, 계속해서 천천히 흔들리는 듯한 느낌을 받게 되었다. 그는 이 느낌이 항상 좋았다. 이스트코스트에서는 이런 방식이 인기를 얻지 못했지만, 이곳 웨스트코스트에서는 이 값비싼 유행이 한창이었다.

그녀의 아파트 현관 초인종을 누른 다음, 그는 꽃병을 담은 판지 상자를 위로 추켜올린 오른손 손가락 끝으로 떠받쳤다. 이러지 않는 편이 나을 것 같은데. 그는 생각했다. 어쩌면 아까처럼 떨어트릴지 모르니까. 또 하나를 박살내는 거지. 하지만 이번에는 떨어트리지 않을 거야. 내 손은 이제 떨리지 않으니까.

이 빌어먹을 놈의 꽃병은 헤더에게 줘야지. 그는 생각했다. 그녀의 원숙한 취향을 알기에 내가 일부러 그녀를 위해 고른 선물처럼 말이야.

헤더의 아파트에 해당하는 확인용 스크린이 켜지더니 웬 여자의 얼굴이 나타나서 그를 살펴보았다. 헤더의 집 가정부인 수지였다.

"어머나, 태버너 씨." 수지는 이렇게 말하며 곧바로 출입문을 열어주었다. 건물의 출입문에 설치된 갖가지 방범장치는 아파트 내부에서 가동시킬 수 있었다. "어서 들어오세요. 헤더 양은 나가서 없지만, 그래도—"

"기다리도록 하지." 그가 말했다. 그러고는 건물 로비를 지나서 엘리베이터에 탄 다음, 위로 올라가는 버튼을 누르고 기다렸다.

잠시 후, 수지가 헤더의 아파트 현관 앞에 나와서 문을 붙들고 서 있었다. 까무잡잡한 피부, 예쁜 얼굴과 작은 체구의 그녀는 평소와 마찬가지로 인사를 건넸다. 온화하게. 그리고 친근하게.

"안녕." 제이슨은 이렇게 말하며 집 안으로 들어섰다.

"아까 말씀드린 것처럼요." 수지가 말했다. "헤더 양은 쇼핑을 하러 나갔어요. 아마 8시까지는 돌아올 거예요. 오늘은 자유시간이 제법 많아서 최대한 잘 활용하고 싶다고 하더라고요. 이번 주 후반에는 RCA하고 중요한 녹음 일정이 잡혀있대요."

"나야 바쁠 것 없어." 그는 허물없는 태도로 대답했다. 거실로 들어선 그는 판지 상자를 커피 테이블 한가운데에 내려놓았다. 여기 두면 헤더도 분명히 볼 수 있겠지. "나는 4채널 스테레오나 듣다가 잠이나 잘 거니까." 그가 말했다. "그래도 괜찮겠지?"

"뭐 언제는 안 그러셨나요?" 수지가 말했다. "마침 저도 이제 나가봐야 해요. 4시 15분에 치과에 예약을 해놓았는데, 여기서 할리우드 반대편까지 가야 되거든요."

그는 한 팔로 그녀를 끌어안고 그녀의 탄탄한 오른쪽 젖가슴을 손으로 움켜쥐었다.

"오늘은 많이 흥분하신 모양이네요." 수지가 웃으며 말했다.

"그럼 어디 즐겨보실까." 그가 말했다.

"너무 키가 크셔서 제 상대로는 안 돼요." 수지는 이렇게 말하더니, 그가 초인종을 눌렀을 때 하던 일을 하러 어디론가 가버렸다.

전축 옆에서 그는 여기서 최근에 틀었던 음반들이 뭐가 있는지 뒤적여보았다. 딱히 마음에 드는 것이 없었으므로 그는 아예 허리를 굽히고 그녀가 모아놓은 음반들의 제목이 적힌 등을 천천히 살펴보았다. 그중에서 그는 그녀의 음반 몇 장을, 그리고 자기 음반 두 장을 골라냈다. 그러고는 음반 교체기에다가 모조리 올려놓고 작동을 시켰다. 톤 암이 내려가더니 그가 제일 좋아하는 그녀의 음반 〈하트의 마음〉의 음악 소리가 흘러나와 넓은 거실에 메아리쳤다. 자연스러운 4채널 스테레오의 어쿠스틱 음색을 아름답게 증대시켜주는 휘장이 거실 곳곳에 멋지게 늘어져있었다.

그는 소파 위에 누워서 신발을 벗고 편안하게 있었다. 이 음반을 녹음할 때에 그녀는 정말 끝내줬지. 그는 속으로 이렇게 말하면서 자기도 모르게 중얼중얼 소리를 내기까지 했다. 이렇게 지치고 피곤한 건 정말 평생에 처음 있는 일이로군. 그는 문득 깨달았다. 메스칼린 때문에 그런 효과가 나는 거야. 일주일은 너끈히 잠만 잘 수도 있겠어. 어쩌면 정말 그럴지도 모르고. 헤더의 목소리와 내 목소리를 들으면서 말이야. 왜 우리는 한 번도 같이 음반을 낸 적은 없었던 걸까? 그는 속으로 물었다. 좋은 생각인데 말이야. 잘 팔릴 거야. 음. 그는 눈을 감았다. 지금까지 팔린 것보다도 두 배는 더. 그러면 앨은 RCA에서 우리의 계약 조건을 더 끌어올려주겠지. 하지만 나는 리프라이즈 음반사와 계약이 되어있는데. 음. 어떻게 정리할 수 있겠지. 일이 잘 되어가고 있어. 모든 게. 하지만. 그는 생각했다. 그럴 만한 가치는 있지.

눈을 감은 채 그가 말했다. "이제는 제이슨 태버너의 음악이로군." 교체기에서 다음 음반이 아래로 떨어진 것이다. 벌써? 그는 속으로 말했다. 그리고 일어나 앉아서 시계를 살펴보았다. 〈하트의 마음〉을 거의 듣지도 않고 졸았던 것이다. 그는 다시 누워서 두 눈을 감았다. 내 목소리를 들으면서 잠을 잔다니. 그는 생각했다. 그의 목소리는 2트랙의 기타와 현악기 소리와 곁들여져 그의 주위에서 울려 퍼졌다.

377

어두웠다. 그는 두 눈을 뜨고 다시 일어나 앉았다. 상당한 시간이 흐른 다음인 것 같았다.

주위는 조용했다. 교체기에 올려놓았던 몇 시간 분량의 음반이 모두 재생된 모양이었다. 지금 몇 시쯤 되었을까?

그는 어둠 속을 더듬어서 자기 눈에 익숙한 램프를 하나 찾아낸 다음, 스위치를 켰다.

그의 시계는 10시 30분을 가리키고 있었다. 춥고도 배가 고팠다. 헤더는 어디 있지? 그녀의 행방을 궁금해하면서 그는 자기 신발을 더듬어 찾았다. 발은 차갑고 축축하고, 배는 텅 비었지. 잘하면—

바로 그때 현관문이 활짝 열렸다. 헤더가 케루바 코트 차림으로 한 손에는 《LA 타임스》 한 부를 들고 서있었다. 그녀의 얼굴에는 어둡고도 굳은 표정이 떠올라있었기에 마치 데스마스크처럼 보였다.

"무슨 일이야?" 그는 깜짝 놀라 물었다.

그에게 다가온 헤더는 신문을 내밀었다. 아무 말도 없이.

아무 말도 없이, 그는 신문을 받았다. 그리고 읽어보았다.

TV 출연 연예인
경찰 치안감 누이 사망사건에 연루되다

"당신이 앨리스 버크먼을 죽였어?" 헤더가 초조한 목소리로 물었다.

"아니." 그는 이렇게 대답하고 계속 기사를 읽어 내려갔다.

로스앤젤레스 경찰청 측은, 유명한 TV 출연 연예인이며 본
인의 이름을 붙인 한 시간짜리 버라이어티 쇼의 진행자이
기도 한 제이슨 태버너가 신중히 계획된 살인 복수극에 깊
이 관여된 것으로 보인다고 금일 경찰학교에서 공식 발표
했다. 올해 42세인 태버너의 행방은 현재—

그는 읽기를 중단하고 신문을 마구 구겨버렸다. "빌어먹을."
그가 말했다. 숨을 훅 들이마신 다음, 그는 부르르 몸을 떨었
다. 격하게.

"여기에는 그 여자 나이가 서른둘로 나왔더라고." 헤더가 말
했다. "하지만 내가 알기로 그녀는 지금—그러니까 생전에—
서른넷이었어."

"나는 직접 봤어." 제이슨이 말했다. "그 여자 집에 있었으니
까."

헤더가 말했다. "당신이 그 여자랑 아는 사이인 줄은 전혀 몰
랐는데."

"만난 지 얼마 안 됐어. 바로 오늘 처음 만났으니까."

"오늘? 겨우 오늘? 설마 그럴까."

"사실이야. 버크먼 치안감이 경찰학교 건물에서 나를 직접
심문했고, 내가 거기서 나오자마자 그녀가 나를 붙잡아 세웠
어. 경찰에서는 내 몸에 갖가지 전자추적장치를 심어놓았지.

심지어 그중에는—"

"그건 오로지 학생들한테나 하는 조치인데." 헤더가 말했다.

그가 말을 마무리했다. "그래서 앨리스가 그 장치를 모두 떼어내주었지. 그러더니 나를 자기 집으로 초대했어."

"그런데 그 여자가 죽었다는 거군."

"그래." 그가 고개를 끄덕였다. "그 여자의 시체는 이미 누런 해골로 변해있었어. 나는 그걸 보고 너무 겁이 났지. 빌어먹을. 겁이 났다는 말이 맞아. 그래서 최대한 빨리 거기서 나와버린 거야. 당신 같으면 그러지 않았겠어?"

"그런데 어째서 당신은 그 여자가 해골로 변한 걸 봤다는 거지? 두 사람이 똑같은 양을 복용한 게 아니었어? 그녀는 항상 그러거든. 그래서 나는 당연히 당신도 그랬을 거라고 생각했지."

"메스칼린." 제이슨이 말했다. "그 여자 말로는 그거라고 했어. 하지만 내 생각에는 다른 거였던 것 같아." 그게 뭔지 알 수만 있다면 소원이 없겠어. 그는 속으로 말했다. 그는 여전히 두려움으로 가슴이 얼어붙어있었다. 지금 이것도 혹시 그 약물 때문에 생겨난 환각일까? 해골이 된 그 여자의 모습과 마찬가지로? 나는 과연 여기 살고 있는 것일까, 아니면 그 싸구려 호텔 방에 들어가있는 걸까? 그는 생각했다. 이런, 세상에. '이제는 어떻게 해야 하지?'

"자수하는 게 좋을 것 같아." 헤더가 말했다.

"그들은 나에게 덮어씌우지 못할 거야." 그가 말했다. 하지만 그는 이미 너무 많은 것을 알고 있었다. 지난 이틀 동안에 그는 이 사회를 지배하는 경찰에 관해 상당히 많은 사실을 알아냈던 것이다. 제2차 내전의 유산이지. 그는 생각했다. 돼지에서 경찰로. 단 한 번의 쉬운 도약.

"당신이 한 일이 아니라고 치면, 저쪽에서도 당신을 기소하지는 않을 거야. 경찰은 공정하니까. 방위군이 당신을 쫓는 것과는 상황이 다를 거라고."

그는 구겨서 내던진 신문을 다시 펼치고, 거기 나온 기사를 좀 더 읽었다.

─중에, 또는 수면 중에 버크먼 양은 태버너가 마련한 유
독성 혼합물을 과다 복용한 것으로 여겨지고 있으며─

"신문에서는 살인이 벌어진 게 어제라고 보도했던데." 헤더가 말했다. "당신 어제는 어디 있었지? 내가 아파트로 전화해도 받지를 않던데. 그런데 당신이 방금 한 말에 따르면─"

"그 일이 일어난 건 어제가 아니야. 오늘 아침 일찍이지." 만사가 점점 더 기괴스럽게 돌아가고 있었다. 그는 자신이 무게가 전혀 나가지 않는 사람 같은, 마치 이 아파트와 함께 바닥조차도 없는 망각의 하늘 위를 둥둥 떠다니는 것 같은 기분이 들었다. "그들은 날짜를 일부러 빠르게 조작해버린 거야. 예전에 내가 진행하는 쇼에 경찰 실험실의 전문가가 나온 적이 있지. 프로그램이 끝나고 나서 그 사람이 하는 말이─"

"시끄러워." 헤더가 날카로운 어조로 말했다.

그는 이야기를 하다 멈추었다. 그리고 자리에서 일어났다. 무력감을 느끼며. 가만히 기다렸다.

"그 기사에는 나에 관한 이야기도 쓰여있었어." 헤더가 이를 악물고서 말했다. "뒤쪽 면을 봐봐."

그는 순순히 뒷면을 펼쳤다. 기사는 이렇게 이어졌다.

또 경찰 측에서 내놓은 가설에 따르면, TV 및 음반 쪽에서 연예인으로 활발한 활동을 하고 있는 헤더 하트와 버크먼 양 사이의 관계가 밝혀지면서 태버너가 복수심에 불탄 나머지 이번 사건을—

제이슨이 말했다. "당신이 앨리스와 무슨 관계가 있다는 거지? 그녀를 어떻게 알고—"

"당신은 그 여자를 전혀 모른다고 그랬지. 겨우 오늘 처음 만났다고 말이야."

"그 여자는 뭔가 좀 이상했어. 솔직히 나도 그 여자가 레즈비언이라는 생각은 했지. 혹시 당신하고 그 여자가 성적인 관계를 갖고 있었던 건가?" 그는 언성이 높아지는 걸 느꼈다. 차마 억제할 수가 없었다. "지금 저 기사에서 암시하고 있는 게 그런 거지. 그게 사실이야?"

그녀가 손을 들어서 그의 얼굴을 세게 때렸다. 그는 자기도 모르게 뒤로 물러서면서 양손을 들어 방어 자세를 취했다. 그는 이제껏 그런 식으로 뺨을 맞아본 적이 없다는 사실을 문득 깨달았다. 더럽게도 아프군. 귀가 먹먹해졌다.

"좋아." 헤더가 숨을 씩씩거렸다. "어디 날 때려보든가."

그는 팔을 치켜들고 주먹을 쥐었지만, 곧이어 힘없이 팔을 내리고 주먹을 풀었다. "그럴 수는 없어." 그가 말했다. "마음 같아선 때리고 싶지만 말이야. 운 좋은 줄 알라고."

"내가 보기에도 그런 것 같네. 당신이 그녀를 죽였다고 치면, 물론 나까지도 죽일 수 있겠지. 어차피 더 잃을 것도 없잖아? 그들은 결국 당신을 가스실로 보낼 텐데."

제이슨이 말했다. "당신은 내 말을 안 믿는군. 하지만 내가 한 짓이 아니라니까."

"그건 문제가 되지 않아. 그들은 당신이 했다고 생각하니까. 설령 당신이 이번 일에서 무사히 벗어난다 하더라도, 당신의 그 잘난 경력은 이제 이걸로 끝이야. 내 경력도 마찬가지고. 우리는 끝난 거라고. 무슨 말인지 알아듣겠어? 당신이 지금 무슨 짓을 했는지 아느냐고?" 그녀는 이제 그를 향해서 소리를 지르고 있었다. 겁에 질린 나머지 그는 그녀에게 다가갔다. 하지만 그녀의 목소리가 점점 더 커지자 그는 다시 뒤로 물러서고 말았다. 너무나도 혼란스러웠다.

"일단 내가 버크면 치안감하고 직접 이야기를 해보지." 그가 말했다. "어쩌면 혹시―"

"그 여자 '오빠' 하고 말이야? 그 사람한테 탄원이라도 하겠다고?" 헤더가 그에게 성큼성큼 다가섰다. 그녀의 손가락은 마치 짐승의 발톱처럼 꿈틀거리고 있었다. "그 사람은 이번 살인 사건을 조사하는 위원회의 우두머리야. 검시관이 살인이 분명 하다는 보고서를 올리기만 하면, 버크먼 치안감은 직접 이 사 건의 지휘를 맡겠다고 성명을 발표할 거라고. 당신은 기사도 제대로 다 읽지 않은 거야? 나는 집으로 오면서 그걸 무려 열 번도 넘게 읽었어. 벨 에어에서 신문을 얻었지. 거기서 나를 위 해 벨기에에서 특별히 주문해준 새로운 베일을 산 다음에 말이 야. 마침내 도착했더군. 그런데 보라고. 이제 그게 대수야?"

그는 그녀에게 다가가 양팔로 끌어안았다. 그녀는 뻣뻣한 몸 짓으로 그를 뿌리쳤다.

"나는 절대 자수하지는 않을 거야." 그가 말했다.

"그럼 원하는 대로 하든가." 그녀의 목소리는 퉁명스러운 속 삭임으로 가라앉아있었다. "나는 상관 안 할 거니까. 내 앞에서 사라져버려. 더 이상은 당신과 얽히고 싶지 않아. 차라리 둘 다 죽는 게 나았을 거야. 당신하고 그 여자하고 말이야. 그 비쩍 마른 년— 처음부터 끝까지 나한테는 골칫거리밖에 안 되었지. 나중에 가서는 내가 그년의 몸뚱이를 아예 내동댕이칠 수밖에 없었어. 아주 찰거머리처럼 나한테 달라붙었으니까."

"그럼 그 여자가 침대에서는 끝내줬던 모양이지?" 그가 말했 다. 그러고는 그의 눈을 향해 재빨리 날아오는 헤더의 손을 피 해서 얼른 뒤로 물러났다.

한동안 두 사람 모두 아무 말도 하지 않았다. 두 사람은 매우 가까이 서있었다. 제이슨은 그녀의 숨소리를, 그리고 자기 숨

소리를 들을 수 있었다. 빠르고도 요란한 공기의 동요를. 들이
마시고 내쉬고, 들이마시고 내쉬고. 그는 두 눈을 감았다.

　"당신은 당신이 하고 싶은 대로 해." 헤더가 마침내 말했다.
"나는 경찰학교에 진술하러 갈 테니까."

　"그들이 당신까지도 찾고 있는 거야?" 그가 말했다.

　"당신은 그 기사를 다 읽지도 않은 거야? 고작 '그것' 조차도
제대로 못 하는 거야? 그들은 내 증언을 듣고 싶어 해. 나와 앨
리스의 관계를 당신이 어떻게 생각했는지에 관해서 듣고 싶어
한다고. 그러니 이제는 당신과 내가 잤다는 사실을 온 세상이
다 알게 된 셈이지. 이런, 세상에."

　"나는 당신과 그 여자의 관계에 대해서는 전혀 몰랐어."

　"그럼 나도 그들에게 그렇게 말해줄게. 그럼 당신은 언제―"
그녀는 잠시 머뭇거렸다가 말을 이었다. "―언제 알았는데?"

　"이 신문을 보고 알았지." 그가 말했다. "방금."

　"그렇다면 어제, 그러니까 그 여자가 죽을 때에는 그 사실을
전혀 몰랐단 말이야?"

　여기까지 오자 그는 포기해버리고 말았다. 희망이 없군. 그
는 속으로 말했다. 마치 고무로 만들어진 세상에서 살아가는
것 같아. 모든 것이 도로 튀어나오고 마는군. 한번 손으로 만지
거나, 또는 눈으로 쳐다보기만 해도 그 모습이 바뀌어버리는
거야.

　"좋아, 그러면 오늘이라고 해." 헤더가 말했다. "당신이 그렇
게 믿는다고 치면. 하지만 아마 당신은 알고 있었을 거야. 누군

가 그걸 알고 있었다면 그건 바로 당신이었겠지."

"잘 있어." 그가 말했다. 자리에 앉은 그는 소파 아래 있던 신발을 집어서 신은 다음, 신발 끈을 묶고 자리에서 일어났다. 그러고 나서 커피 테이블 위에 올려놓은 판지 상자를 들어 올렸다. "당신 거야." 그는 이렇게 말하며 상자를 그녀에게 던졌다. 헤더는 상자를 받으려 했다. 그러나 상자는 그녀의 가슴에 부딪혔다가 바닥에 떨어져버렸다.

"이게 뭔데?" 그녀가 물었다.

"지금은 나도 잊어버렸어." 그가 말했다.

헤더는 한쪽 무릎을 꿇고 앉아서 상자를 집어 들고 열어보더니, 그 안에서 구겨진 신문지와 함께 파란색의 유약 입힌 꽃병을 꺼냈다. 다행히 깨지지는 않은 상태였다. "아." 그녀는 나지막이 말했다. 자리에서 일어난 그녀는 꽃병을 살펴보았다. 그리고 불빛에 가까이 가져가 들여다보았다. "믿을 수 없을 정도로 아름다워." 그녀가 말했다. "고마워."

제이슨이 말했다. "나는 그 여자를 죽이지 않았어."

헤더는 그의 곁에서 멀어지더니 높은 장식품 선반 위에 그 꽃병을 올려놓았다. 그녀는 아무 말도 없었다.

"내가 뭘 할 수 있을까." 그가 말했다. "떠나는 것 말고." 그는 가만히 기다려보았지만, 그녀는 아무 말도 하지 않았다. "이제는 말도 못 하는 거야?" 그가 재촉했다.

"그들에게 전화해." 헤더가 말했다. "당신이 여기 있다고 말하는 거야."

그는 수화기를 집어 들고 다이얼을 돌려서 교환원을 불렀다. "로스앤젤레스 경찰학교로 연결해주세요." 그가 교환원에게 말했다. "펠릭스 버크먼 치안감을 바꿔달라고 해요. 전화 거는 사람은 제이슨 태버너라고 하고요." 교환원은 아무 말이 없었다. "여보세요?" 그가 말했다.

"그런 전화는 직접 거실 수도 있는데요, 선생님."

"당신이 대신 해주었으면 좋겠군요." 제이슨이 말했다.

"하지만 선생님—"

"부탁입니다." 그가 말했다.

　로스앤젤레스 경찰청의 차석 검시관 필 웨스터버그가 자신의 상관인 치안감 펠릭스 버크먼에게 말했다. "그 약물은 이렇게 설명하는 것이 최선이라고 봅니다. 버크먼 씨께서도 이 약물에 관해서는 전혀 들어본 적이 없으실 겁니다. 왜냐하면 아직 시판되지도 않는 것이니까요. 동생 분께서는 분명히 경찰학교의 특수활동연구실에서 이 약물을 훔쳐낸 것이 분명합니다." 그는 종이 위에 스케치를 했다. "시간 구속은 두뇌의 기능입니다. 이것은 지각과 정위定位의 구조화라고 할 수 있습니다."

　"그런데 그게 어째서 내 누이를 죽였다는 거지?" 버크먼이 물었다. 밤이 늦다 보니 그의 머리도 맑지는 않았다. 이날 하루가 얼른 끝났으면 하는 마음이었다. 사람이고 일이고 간에 모두 눈앞에서 사라져버렸으면 싶었다. "과다 복용인가?" 그가 물었다.

"현재로서는 KR-3의 과다 복용이 어느 정도에 해당하는지를 우리로서도 판정할 방법이 없습니다. 왜냐하면 현재 샌버나디노 강제노동수용소에서 수감자 가운데 자원자들을 대상으로 실험하는 중이니까요. 하지만 지금까지 확인된 바를 근거로—" 웨스터버그는 계속해서 스케치를 해나갔다. "—설명해드리겠습니다. 시간 구속은 두뇌의 기능이며, 두뇌가 입력을 받아들이는 한에는 계속됩니다. 지금까지 우리가 아는 바에 따르면, 두뇌가 공간까지도 마찬가지로 구속하지 않을 경우에는 제대로 기능을 하지 못합니다만…… 어째서 그런지는 우리도 아직 모릅니다. 어쩌면 현실을 안정화시키려는 본능과 관계가 있을지도 모르지요. 즉 연쇄를 이전과 이후라는 방식으로—이것이 바로 시간입니다—아울러 그보다 더 중요하게는 공간 점유라는 방식으로 정렬하려는 것입니다. 말하자면 어떤 3차원 물체와 그 물체의 그림 간의 관계인 겁니다."

그는 자기가 그린 스케치를 버크먼에게 보여주었다. 버크먼에게는 아무런 의미가 없는 그림이었다. 그는 멍한 표정으로 그 그림을 바라보면서 그저 이런 생각만 하고 있었다. 이런 한밤중 늦게 과연 어딜 가야만 이 두통을 가라앉힐 다본*을 좀 얻을 수 있을까? 혹시 앨리스가 갖고 있지 않을까? 그 아이는 워낙 많은 약을 쌓아두고 있었으니까.

웨스터버그가 말을 이었다. "이제 말씀드릴 공간의 한 가지

---

* 진통제의 상표명.

측면은, 어떤 특정한 공간 단위가 여타의 특정한 공간 단위를 모조리 배제한다는 것입니다. 즉 어떤 물체가 '거기'에 있을 경우, 그 물체는 결코 '여기'에 있을 수가 없습니다. 이는 시간에서도 마찬가지여서, 어떤 사건이 기준 시점 '이전'에 벌어졌을 경우, 그 사건이 '이후'에 벌어지지는 못하는 법입니다."

버크먼이 말했다. "그나저나 설명을 내일까지 좀 미룰 수는 없겠나? 애초에 자네가 한 말에 따르면, 이 사건에 관여된 정확한 유독 성분에 관한 보고서를 작성하려면 24시간이 걸리는 게 아니었나. 내게는 24시간 쪽이 만족스러운데 말이야."

"하지만 버크먼 씨께서 분석을 서둘러야 한다고 지시하지 않으셨습니까." 웨스터버그가 말했다. "부검을 곧바로 시작하기를 원하신다면서 말입니다. 오늘 오후 2시 10분이었습니다. 제가 이 사건에 공식적으로 관여하게 된 게 말입니다."

"내가 그랬던가?" 버크먼이 말했다. 맞아. 그는 생각했다. 내가 그랬었지. 치안정감들이 나름대로의 이야기를 만들어내기 전이어야 하니까. "그러면 그림은 그리지 말고 설명하게." 그가 말했다. "눈이 아프군. 그냥 말로만 설명하게."

"방금 말씀드린 공간의 배제성은 오로지 지각을 다루는 두뇌의 기능에 불과합니다. 두뇌는 데이터를 상호 제약하는 공간 단위의 형태로 규정합니다. 그런 공간 단위가 수백만 개에 달하죠. 사실 이론상으로는 수백조 개도 가능합니다. 하지만 그 자체만 놓고 보면, 공간은 배제적이지 않습니다. 그 자체만 놓고 보면 공간은 사실 전혀 존재하지 않으니까요."

"무슨 의미지?"

웨스터버그는 스케치를 하려다가 억지로 참고 이렇게 말했다. "KR-3 같은 약물은 공간의 단위 하나를 여타의 단위에서 배제하는 두뇌의 능력을 파괴합니다. 그래서 두뇌가 지각을 처리하려 시도하는 과정에서 '이곳' 대 '저곳'의 구분이 사라져 버립니다. 그러니까 약물 복용자는 어떤 물체가 '거기'에서 이미 사라져버렸는지, 아니면 여전히 '거기'에 있는지를 구분할 수 없게 되는 것입니다. 이런 일이 벌어질 경우, 두뇌는 더 이상 대체적인 공간적 벡터를 배제하지 못합니다. 결국 공간적 변이의 전 영역이 열려버리는 겁니다. 하나의 물체가 과연 존재하는지 여부를, 또 다른 하나의 물체가 잠재적이고 비공간적인 가능성에 불과한지 여부를, 두뇌는 더 이상 구분하지 못합니다. 그 결과로 서로 경쟁 관계인 여러 개의 공간적 통로들이 한꺼번에 열리게 되고, 제멋대로인 지각 체계가 그 통로들로 들어서면, 창조의 과정 중에 있는 약물 복용자의 두뇌 앞에는 완전히 새로운 우주가 나타나는 것입니다."

"이해가 되는군." 버크먼이 말했다. 하지만 사실 그는 이해하지도 못했고, 관심을 두지도 않았다. 나는 그저 집에 가고 싶을 뿐이야. 그는 생각했다. 그리고 다 잊어버리고 싶을 뿐이라고.

"그점이 아주 중요합니다." 웨스터버그가 진지한 어조로 말했다. "KR-3은 중대한 돌파구입니다. 그 약물의 영향을 받은 사람은 부득이 현실이 아닌 우주를 지각하게 되죠. 본인이 원하건 원하지 않건 간에 말입니다. 제가 말씀드린 것처럼, 이론상으로는 수조 개나 되는 가능성이 갑자기 현실이 되어버리는 겁니다. 우연이 개입되면서, 그 사람의 지각 체계는 그 앞에 제시된 모든 가능성 중에서 한 가지 가능성을 선택합니다. '반드시' 선택해야만 합니다. 왜냐하면 지각 체계가 한 가지 가능성을 선택하지 않을 경우, 서로 경쟁하는 우주가 결국 중첩되어 공간의 개념 자체가 사라져버릴 테니까요. 제 말이 이해되십니까?"

거기서 조금 떨어진 곳의 자기 책상 앞에 앉아있던 허브 메임이 말했다. "결국 이 양반의 말은 두뇌가 자기한테서 제일 가까운 공간적 우주를 파악한다는 것입니다."

"그렇죠." 웨스터버그가 말했다. "KR-3에 관한 실험실의 기밀 보고서를 읽으신 거군요. 안 그렇습니까, 메임 씨?"

"불과 한 시간쯤 전에야 처음 읽었죠." 허브 메임이 말했다. "내용 대부분은 너무 전문적이어서 선뜻 파악이 되지 않더군요. 하지만 그 효과가 일시적이라는 것은 분명히 이해했습니다. 결국에 가서는 두뇌도 이전에 지각했던 실제 시공간에 있는 대상과의 접촉을 재정립하게 되니까요."

"맞습니다." 웨스터버그는 이렇게 말하며 고개를 끄덕였다. "하지만 그 약물이 효력을 발휘하는 동안에, 주체가 존재하거나 또는 존재한다고 생각하는 것은—"

"아무 차이가 없죠." 허브가 말했다. "그 두 가지 사이에는 말입니다. 그 약물이 작용하는 방식이 바로 그러하니까요. 즉 그 둘 사이의 차이를 없애버리는 거죠."

"그렇습니다." 웨스터버그가 말했다. "하지만 그 주체에게는 그를 에워싼 현실화된 환경 자체가 자신이 경험했던 이전의 환경과는 전혀 달라 보이겠지요. 결국 그는 마치 새로운 세계에 들어온 것처럼 행동하는 겁니다. 변화된 국면들이 있는 세계에…… 그 변화의 정도는 그가 이전에 지각했던 시공간 세계와 그가 부득이하게 들어가서 활동해야만 하는 새로운 세계 사이의 이른바 '거리'가 얼마나 먼지에 따라서 결정됩니다."

"난 이만 퇴근하겠네." 버크먼이 말했다. "더 이상은 이런 이야기를 도무지 견딜 수가 없군." 그는 자리에서 일어났다. "고맙네, 웨스터버그." 그는 이렇게 말하며 자기도 모르게 한 손을 차석 검시관에게 내밀었다. 두 사람은 악수를 했다. "요약 보고서를 작성해주게나." 그는 허브 메임에게 말했다. "그러면 내일 아침에 살펴볼 테니까." 그는 자리를 떠났다. 평소에 늘 갖고 다니던 회색 톱코트를 팔에 걸치고.

"그러면 태버너에게 무슨 일이 일어난 것인지 이해하시겠습니까?" 허브가 말했다.

버크먼은 걸음을 멈추고 말했다. "아니."

"그는 자기가 존재하지 않는 우주로 건너갔던 겁니다. 그리고 우리도 그와 함께 그곳으로 건너갔던 거고요. 왜냐하면 우리는 그의 지각 체계의 대상이었으니까요. 그러다가 그 약물의 효과가 떨어지자, 그는 다시 원래의 우주로 돌아온 겁니다. 그를 다시 이곳에 돌아오게 만든 원인은 그가 복용한, 또는 복용하지 않은 뭔가가 아니라, 다만 그녀의 죽음입니다. 그렇게 해서 그의 파일도 데이터 센트럴에서 우리한테 전해질 수 있었던 것이죠."

"잘들 있게." 버크먼은 말했다. 그는 집무실에서 나가 크고도 조용한 방을 가로질러 걸어갔다. 한 점의 흠도 없는 금속제 책상은 모두 똑같은 모양이었으며, 일과가 끝나면서 깨끗하게 정리되어있었다. 심지어 맥널티의 책상도 마찬가지였다. 곧이어 버크먼은 상승통로를 이용해서 옥상으로 올라갔다.

차갑고도 깨끗한 밤공기 때문에 그의 두통은 더욱 심해졌다. 그는 두 눈을 감고 이를 악물었다. 순간 이런 생각이 들었다. 차라리 필 웨스터버그한테서 진통제라도 하나 얻어올 걸 그랬군. 경찰학교의 약국에는 아마 쉰 가지도 넘는 진통제가 있을 테고, 웨스터버그가 그 열쇠를 갖고 있을 텐데.

그는 하강통로를 이용해서 14층으로 다시 내려가 자기 집무실로 들어갔다. 그곳에서는 여전히 웨스터버그와 허브 메임이 자리에 앉아서 뭔가를 의논하고 있었다.

버크먼을 본 허브가 말했다. "아까 제가 말씀드린 한 가지에 대해서 설명을 드리고 싶은데요. 그러니까 우리가 그자의 지각체계의 대상이 된 이유에 대해서 말입니다."

"우리는 그렇게 된 적이 없어."

허브가 말했다. "우리는 그렇게 되기도 했고, 또 그렇게 안되기도 했습니다. KR-3을 복용한 사람은 태버너가 아니었습니다. 바로 앨리스였죠. 태버너는 나머지 우리와 마찬가지로 그녀의 지각 체계 속의 데이터 가운데 하나가 되어있다가, 그녀가 대체적인 좌표 구조물로 옮겨감으로써 그리로 끌려나왔던 겁니다. 그녀는 자신의 소원을 성취시켜줄 연예인으로서 태버너에게 매우 깊은 애착을 품고 있었던 것이 분명합니다. 그리고 자기 머릿속에서 한동안 그를 실존 인물로 알고 있다는 환상을 펼쳤던 것입니다. 비록 그녀가 약물을 복용함으로써 이를 성취한 것은 사실입니다만, 그와 우리는 동시에 우리의 우주에 남아있는 겁니다. 우리는 지금 두 가지 공간의 통로를 동시에 점유하고 있습니다. 하나는 현실, 또 하나는 현실이 아닌 현실이죠. 이 가운데 하나는 진짜입니다. 그리고 또 하나는 수많은 잠재적 가능성 가운데 하나로, KR-3에 의해서 일시적으로 공간화된 것에 불과합니다. 어디까지나 일시적이라는 거죠. 겨우 이틀 동안만 말입니다."

"그 정도만 해도 충분히 긴 시간이었던 겁니다." 웨스터버그가 말했다. "그 일에 관계된 두뇌에 어마어마한 물리적 해악을 끼치는 데에는 말입니다. 동생 분의 두뇌는 말입니다, 버크먼 씨. 그건 어떤 유독 물질 때문에 파괴된 것이 아니라, 고도의 지속적인 과부하 때문에 파괴된 것일 가능성이 높습니다. 궁극적인 사인은 아마도 대뇌 피질 조직에 가해진 회복 불가능한 손상으로 밝혀지지 않을까 싶습니다. 즉 정상적인 신경의 감퇴가 가속화되다보니…… 그녀의 두뇌는 불과 이틀 사이에 급격히 노쇠해서 사망에 이르렀던 겁니다."

"미안하지만 다본을 좀 얻어다 줄 수 있겠나?" 버크먼이 웨스터버그에게 말했다.

"약국이 문을 닫았습니다만." 웨스터버그가 말했다.

"하지만 열쇠는 자네가 갖고 있지 않나."

웨스터버그가 말했다. "약사가 근무 중이 아닐 경우에는 제가 함부로 열쇠를 이용할 수 없도록 되어있습니다."

"예외로 치시죠." 허브가 날카롭게 말했다. "이번 한 번은요."

웨스터버그는 열쇠 꾸러미를 뒤적이며 어디론가 걸어갔다.

"약사가 아직 근무 중이라면." 버크먼이 잠시 후에 말했다. "당연히 열쇠를 찾을 필요도 없었겠지."

"지구 전체가." 허브가 말했다. "결국 관료주의에 의해 지배되는 것 아닙니까." 그는 버크먼을 주시했다. "지금은 너무 편찮으셔서 더 이상 이 문제를 논의하실 수 없을 겁니다. 저 친구가 다본을 가져오면 곧바로 퇴근하시죠."

"나는 몸이 아픈 게 아니네." 버크먼이 말했다. "다만 기분이 좋지 않을 뿐이야."

"여하간 여기 계시지는 않는 게 좋을 겁니다. 마무리는 제가 하겠습니다. 일단 돌아가셨다가 나중에 다시 오시죠."

"나야말로 졸지에 짐승이 된 기분이로군." 버크먼이 말했다. "마치 실험실의 생쥐처럼 말이야."

그의 커다란 떡갈나무 책상 위에 놓인 전화가 울렸다.

"혹시 치안정감 가운데 한 사람이 건 전화일 가능성이 있을까?" 버크먼이 말했다. "오늘 밤에는 그 양반들이랑 이야기하고 싶지가 않은데. 통화는 나중에라도 할 수 있겠지."

허브가 전화를 받았다. 그리고 귀를 기울였다. 곧이어 그는 한 손으로 송수화기를 가리고 말했다. "태버너의 전화입니다. 제이슨 태버너요."

"내가 직접 이야기하지." 버크먼은 허브에게서 송수화기를 건네받고는 말했다. "여보세요. 태버너. 늦은 시간이군."

그의 귀에는 태버너의 목소리가 딱딱하게 들려왔다. "자수하고 싶습니다. 지금 헤더 하트의 아파트에 있어요. 그녀와 함께 여기서 기다리고 있습니다."

허브 메임에게 버크먼이 말했다. "그자가 자수하고 싶다는군."

"이리로 직접 오라고 하시죠." 허브가 말했다.

"이리로 직접 오시지." 버크먼이 전화에 대고 말했다. "그런데 어째서 자수를 하겠다는 거지?" 그가 말했다. "결국 우리는 네놈을 죽여버리고 말 텐데, 이 더러운 살인자에 개자식아. 네놈도 그 사실을 알고 있을 텐데. 왜 도망치지 않는 거지?"

"어디로 말입니까?" 태버너가 날카로운 목소리로 물었다.

"대학 캠퍼스 가운데 한 곳이지. 컬럼비아로 가라고. 거기는 제법 안정된 곳이니까. 한동안은 물과 식량도 있을 테고."

태버너가 말했다. "나는 더 이상 쫓기며 살고 싶지는 않습니다."

"산다는 건 결국 쫓기며 사는 거야." 버크먼이 이를 갈며 말했다. "좋아, 태버너." 그가 말했다. "당장 이리로 오도록 해. 그러면 네놈을 입건해줄 테니까. 그 하트란 여자도 같이 데려오시지. 그래야 그 여자의 증언도 기록해둘 수 있으니까." 이 빌어먹을 놈의 멍청이. 그는 생각했다. 자수를 하다니. "네놈을 붙잡기만 하면 불알을 완전히 발라낼 테니 그렇게 알아. 이 멍청한 개자식아." 그의 목소리가 떨리고 있었다.

"나는 다만 상황을 정확히 설명하고 싶은 겁니다." 태버너의 목소리가 버크먼의 귀에 어렴풋이 울려 퍼졌다.

"네놈이 여기 나타나기만 해봐라." 버크먼이 말했다. "네놈을 내 총으로 직접 쏴죽일 테니까. 어디 한번 저항해보시지. 이 변태 자식아. 우리가 네놈을 뭐라고 부르든지 무슨 상관이야. 우리야 부르고 싶은 대로 부를 테니까. 뭐든지 간에." 그는 전화를 끊었다. "그놈이 죽고 싶어서 이리로 오겠다는군." 그가 허브 메임에게 말했다.

"그자는 버크먼 씨께서 찍으신 겁니다. 혹시 원하신다면 풀어주셔도 그만입니다. 혐의를 벗겨주셔도 되고요. 음반 취입이며 그 멍청한 TV 쇼를 도로 하라고 보내주실 수도 있습니다."

"아니." 버크먼은 고개를 저었다.

웨스터버그가 두 개의 분홍색 캡슐과 종이컵에 담긴 물을 들고 나타났다. "다본 조제약입니다." 그는 이렇게 말하며 버크먼에게 약과 물을 내밀었다.

"고맙네." 버크먼은 약을 삼키고 물을 마신 다음, 종이컵을 구겨서 문서 절단기에 던져 넣었다. 문서 절단기의 날이 조용히 돌아가더니 다시 멈추었다. 침묵이 깔렸다.

"얼른 들어가시죠." 허브가 버크먼에게 말했다. "아니면 차라리 어디 모텔에 가시든가요. 하룻밤 보낼 만한 괜찮은 모텔이 시내에 있습니다. 내일은 늦게까지 주무세요. 치안정감들한테 전화가 오면 제가 잘 처리할 테니까요."

"내가 직접 태버너라는 자를 만나야 해."

"아뇨, 그러시면 안 됩니다. 그자는 제가 입건하겠습니다. 아니면 당직 경사가 입건해도 그만이고요. 다른 여느 범죄자와 똑같이 말입니다."

"허브." 버크먼이 말했다. "나는 그자를 죽일 생각이라네. 방금 전화에 대고 말한 것처럼 말이야." 그는 책상에 가서 아래쪽 서랍의 자물쇠를 열고, 삼나무 상자를 하나 꺼내 책상에 올려놓았다. 그는 상자를 열고 그 안에서 단발 데린저 22구경 권총을 꺼냈다. 끝이 움푹 들어간 총알을 하나 재고, 반半안전장치를 하고, 총구를 천장으로 향하게 들었다. 안전을 위해서였다. 습관처럼.

"제가 좀 봐도 될까요." 허브가 말했다.

버크먼은 총을 그에게 건네주었다. "콜트에서 만든 거라네." 그가 말했다. "콜트에서 금형과 특허를 취득했지. 언제였는지는 나도 잊어버렸군."

"상당히 좋은 총이로군요." 허브는 손으로 총의 무게를 가늠해보면서 말했다. "아주 괜찮은 권총입니다." 그는 권총을 돌려줬다. "하지만 22구경 탄은 너무 작습니다. 그걸로 사람을 죽이려면 상대방의 양미간을 정확히 맞히셔야 할 겁니다. 즉 그자가 버크먼 씨 바로 앞에 서있어야 한다는 거죠." 그는 한 손을 버크먼의 어깨에 올렸다. "차라리 38구경 특수형이나 45구경을 쓰시죠." 그가 말했다. "됐죠? 그 정도면 되겠습니까?"

"자네는 이 총의 원래 주인이 누군지 아나?" 버크먼이 말했다. "앨리스라네. 그 아이는 이걸 굳이 여기다가 보관했지. 이걸 집에다 보관해놓고 있으면 언젠가 나와 말다툼을 하다가 꺼내서 쏴버릴지도 모른다고 말이야. 아니면 한밤중에 자기가 우울증에 빠질—빠졌을—때에 그럴지도 모른다면서. 하지만 이건 단순한 여성용 권총이 아니야. 데린저에서는 여성용 권총도 만들었지만, 이건 그런 종류가 아니라는 거야."

"혹시 버크먼 씨께서 직접 그녀에게 사주신 겁니까?"

"아니." 버크먼이 말했다. "그 아이가 와츠 지구의 어느 전당포에서 찾아낸 거지. 25달러나 주고 직접 산 거야. 상태를 고려해보면 그리 나쁜 가격은 아니지." 그는 허브의 얼굴을 흘끗 바라보았다. "우리는 진짜로 그자를 죽여버려야 해. 우리가 먼저 그자를 십자가에 매달지 않으면, 결국 치안정감들이 나를 십자가에 매달아버릴 테니까. 나는 반드시 정책 결정권자로 남아있어야만 해."

"이 문제는 제가 알아서 하겠습니다." 허브가 말했다.

"좋아." 버크먼이 말했다. "그럼 나는 들어가보겠네." 그는 권총을 도로 상자에 넣었다. 붉은 벨벳 쿠션 위에 무기를 올려놓고 상자를 닫더니, 곧이어 상자를 다시 열어서 22구경 총알을 약실에서 빼냈다. 허브 메임과 필 웨스터버그는 그 모습을 가만 지켜보고 있었다. "이 모델은 총신을 옆으로 돌려서 장전하게 되어있더군." 버크먼이 말했다. "흔치 않은 사례지."*

"순찰차라도 얻어 타고 퇴근하시는 게 좋을 것 같은데요." 허브가 말했다. "지금 느끼시는 기분이며 오늘 겪으신 일을 보면 아무래도 운전은 무리일 것 같습니다."

"운전 정도는 끄떡없네." 버크먼이 말했다. "언제라도 운전쯤이야 할 수 있지. 내가 지금 제대로 할 수 없는 것은 바로 내 앞에 서있는 사람에게 22구경 총알을 박아 넣는 것뿐이야. 누가 나 대신에 반드시 해주어야 하네."

"조심해서 들어가십시오." 허브가 나지막이 말했다.

"잘들 있게." 버크먼은 두 사람을 남겨두고 경찰학교 내부의 수많은 사무실이며 텅 빈 방을 지나 다시 한 번 상승통로에 도착했다. 다본은 이미 두통을 줄여주었다. 그는 고마운 마음이 들었다. 이제는 밤공기도 문제없이 들이마실 수 있겠군. 그는 생각했다. 고통 없이 말이야.

바로 그때 상승통로의 문이 열렸다. 그 안에는 제이슨 태버너가 서있었다. 곁에는 매력적인 외모의 여성이 한 명 있었다. 두 사람은 겁에 질리고 창백한 얼굴이었다. 키가 크고, 잘생기고, 불안에 떠는 두 사람. 누가 봐도 식스였다. 패배한 식스.

"당신들을 체포하겠소." 버크먼이 말했다. "당신들의 권리를 말해드리지. 당신들이 하는 말은 무엇이든지 당신들에게 불리한 증거가 될 수 있소. 당신들은 변호사를 선임할 권리가 있으며, 변호사를 선임할 여력이 되지 않을 경우에는 국선 변호사

---

* 데린저 같은 소형 권총은 대개 총신 뒷부분을 위로 올려서 탄환을 장전한다.

가 지명될 거요. 당신들은 배심제 재판을 받을 권리가 있으며, 이를 거부할 경우에는 로스앤젤레스 시와 카운티의 경찰학교에서 지명한 판사의 재판을 받을 권리가 있소. 방금 내가 한 말을 이해하셨나?"

"나는 상황을 설명하러 여기 온 겁니다." 제이슨 태버너가 말했다.

"당신들에 대한 조사는 내 부하들이 담당할 거요." 버크먼이 말했다. "저기 있는 파란색 사무실로 가시오. 예전에 당신이 들어가보았던 곳으로 말이오." 그는 손을 들어서 그쪽을 가리켰다. "저기 있는 사람 보입니까? 싱글 단추 양복 상의에 노란 넥타이를 한 남자 말이오."

"일단 내가 상황을 설명해도 되겠습니까?" 제이슨 태버너가 말했다. "그녀가 죽었을 때에 내가 그 집에 있었던 것은 인정합니다. 하지만 나는 그녀의 죽음과 아무런 관계가 없습니다. 내가 위층에 올라가보았더니, 그녀는 이미 화장실에서 죽어있었습니다. 그녀는 내게 토라진을 갖다 주겠다고 했었죠. 자기가 앞서 나한테 준 메스칼린에 중화 작용을 한다면서요."

"이 사람이 봤을 때 그 여자는 해골이 되어있었대요." 여자— 분명히 헤더 하트인 듯한—가 말했다. "메스칼린 때문에 그렇게 보였던 거죠. 그 당시에 이 사람이 강력한 환각성 화학 물질의 영향하에 있었다는 걸 근거로 해서 쉽게 혐의를 벗을 수 있지 않나요? 그게 법적으로는 이 사람의 혐의를 벗겨주지 않나요? 이 사람은 자기가 한 일에 대해 책임질 수 있는 상태가 아니었어요. 그리고 저는 이번 사건과는 아무런 관련이 없고요.
저는 오늘 저녁 신문을 읽기 전까지만 해도 그 여자가 죽었다
는 걸 전혀 몰랐어요."

"일부 국가에선 그렇게 하기도 합니다만." 버크먼이 말했다.

"하지만 여기는 아니란 거군요." 여자가 피곤한 듯 말했다.
비로소 이해했다는 듯.

그의 사무실에 있던 허브 메임이 밖으로 나와서 상황을 통제
하고 이렇게 말했다. "이 사람들은 제가 입건하고 증언을 받도
록 하겠습니다, 버크먼 씨. 아까 말씀드린 것처럼 이제는 그만
퇴근하시기 바랍니다."

"고맙네." 버크먼이 말했다. "그나저나 내 톱코트 어디 갔
지?" 그는 주위를 둘러보았다. "이런, 건물 안이 춥군." 그가 말
했다. "밤에는 난방을 끄다보니." 그는 태버너와 하트라는 여자
에게 설명했다. "미안하게 되었소."

"조심해서 들어가십시오." 허브가 그에게 말했다.

버크먼은 상승통로에 들어가서 버튼을 눌러 문을 닫았다. 그
는 아직 톱코트를 갖고 있지 않았다. 어쩌면 순찰차를 타는 게
나을지도 모르겠군. 그는 속으로 말했다. 재학 중인 경찰학교
의 열성 생도 중에 하나를 시켜서 집까지 대신 운전을 시키든
가, 아니면 허브가 말한 것처럼 시내의 괜찮은 모텔 가운데 한
곳에 투숙하든가. 아니면 공항 옆에 새로 생긴 방음 호텔 가운
데 하나로 갈 수도 있겠지. 하지만 그렇게 하면 내 퀴블이 여기
로 돌아와야 하고, 그러면 내일 아침에는 내가 타고 나올 차가

없는 셈인데.

옥상의 찬 공기와 어둠 때문에 그는 움찔하고 말았다. 다본을 먹어도 도움이 되지 않는군. 그는 생각했다. 완전히 도움이 되지는 않아. 여전히 두통이 느껴지니까.

그는 퀴블 문을 열고, 그 안에 올라타고 나서 문을 닫았다. 이 안은 바깥보다 더 춥군. 그는 생각했다. 이런. 그는 시동을 걸고 히터를 켰다. 바닥의 통풍구에서 차가운 바람이 밀려 나왔다. 그는 몸을 떨었다. 일단 집에 도착하면 기분이 좀 더 나아지겠지. 그는 생각했다. 손목시계를 들여다보니 새벽 2시 30분이었다. 이렇게 추운 것도 무리는 아니로군.

내가 왜 굳이 태버너를 찍었을까? 그는 속으로 물어보았다. 지구상에 살아가는 60억 명 중에서 왜 유독…… 이 한 사람인 걸까. 이제껏 누구에게 해를 끼친 적도 없고, 아무 짓도 하지 않은 사람인데. 단지 그의 파일이 당국자들의 눈길을 끈 것 외에는 말이야. 바로 그거였지. 그는 문득 깨달았다. 제이슨 태버너가 먼저 우리의 눈길을 끌었던 거야. 흔히들 말하듯이, 일단 한번 당국자의 눈길을 끌게 되면, 이후로는 그들의 뇌리에서 완전히 잊히기가 불가능하지.

하지만 나는 그를 풀어줄 수도 있어. 그는 생각했다. 허브가 지적한 것처럼 말이야.

아니. 다시 한 번 '아니'라고 해야 해. 주사위는 처음부터 이미 던져졌으니까. 우리 중 누가 감히 거기에 손을 대기 전부터. 태버너. 그는 생각했다. 당신은 처음부터 죽을 운명이었던 거야. 당신이 처음으로 행동에 나섰을 때부터 줄곧.

우리는 각자의 역할을 연기하는 거지. 버크먼이 말했다. 우리는 저마다 자리를 차지하고 있어. 어떤 사람은 무명으로 남고, 어떤 사람은 유명하게. 어떤 사람은 일반적이고, 어떤 사람은 특이하게. 어떤 사람은 이국적이고, 어떤 사람은 기묘하게. 어떤 사람은 눈에 띄고, 어떤 사람은 희미하거나 전혀 보이지 않게 말이야. 제이슨 태버너의 역할은 결국에 가서는 크고 눈에 띄는 것이었으며, 결국에 가서는 결정을 내려야 하는 것이었지. 만약 그가 애초에 시작할 때의 상태로 계속 머물러있을 수 있었다면 어땠을까. 적절한 ID 카드조차 없이, 허름하고 다 무너져가는 빈민가의 호텔에 살고 있는 무명의 인물로. 만약 그가 계속 그런 상태로 남아있었다면, 그는 무사히 빠져나갔을 수도 있고…… 아니면 최악의 경우에는 강제노동수용소에 들어갔을 수도 있지. 하지만 태버너는 그렇게 하기로 선택하지는 않았어.

그의 몸속에 들어있는 어떤 비합리적인 의지 때문에, 그는 나타나기로, 눈에 띄기로, 세상에 '알려지기로' 작정한 거야. 좋아, 제이슨 태버너. 버크먼은 생각했다. 당신은 세상에 알려졌지. 다시 한 번. 당신이 이전에 그랬던 것처럼. 하지만 이제는 세상에 더 잘 알려졌어. 새로운 방식으로 알려졌지. 더 높은 목표에 봉사하는 방식으로 말이야. 그 목표에 관해서 당신은 전혀 알지 못하지. 하지만 이해하지는 못해도 반드시 받아들여야 해. 당신이 무덤으로 가는 동안, 당신은 여전히 입을 벌리고 이런

405

질문을 던지겠지. "내가 도대체 뭘 했다고?" 당신은 그런 식으로 땅에 묻힐 거야. 여전히 입을 벌린 채로 말이야.

나로서도 그걸 당신에게 설명해줄 수는 없어. 버크먼은 생각했다. 다만 이렇게 말하겠지. 부디 당국자들의 시선을 끌지 마시오. 우리가 관심을 갖게 만들지 마시오. 우리가 당신에 관해 더 많은 것을 알고 싶어 하게 만들지 마시오.

언젠가는 당신의 이야기가 대중에게도 알려지겠지. 당신이 어떤 방식으로, 어떤 형태로 몰락하게 되었는지 모조리 말이야. 가까운 미래에는 그 일이 더 이상 문제가 되지도 않을 거야. 더 이상 강제노동수용소도 없고, 캠퍼스를 포위한 경찰도 없겠지. 반자동 소총과 방독면을 쓰고 있어서 마치 코도 눈도 커다란 두더지처럼 보이는, 무슨 유해한 하등동물처럼 보이는 경찰도 말이야. 언젠가는 검시 보고서가 나돌고, 당신이 사실은 아무런 해도 끼치지 않았다는 사실이 알려질지도 몰라. 사실 당신은 아무것도 하지 않았다는, 그러나 눈에 띄었을 뿐이라는 사실이 말이야.

진짜이며 궁극적인 진실은 아무리 대단한 명성과 대중적 인기를 손에 쥐었어도 당신은 기껏해야 소모품이라는 것이지. 그는 생각했다. 하지만 나는 그렇지 않아. 이것이 바로 우리 둘 사이의 차이점이지. 따라서 당신은 가버리고, 나는 남는 거야.

그의 비행선이 공중으로, 한밤중의 별들 사이로 떠올랐다. 그는 나지막이 콧노래를 부르며 전방을 바라보았다. 앞으로 펼쳐질 시간을, 자기 집에 존재하는 세계, 음악과 사색과 사랑의 세계를, 책과 장식 담뱃갑과 희귀 우표를 내다보았다. 그가 운전하는 동안 주위에서 불어오는 바람 때문에, 한밤의 하늘에는 한동안 구름 한 점 없었다.

결코 사라지지 않을 것들에는 아름다움이 깃들어있지. 그는 속으로 이렇게 선언했다. 나는 그런 아름다움을 보존할 거야. 나는 그런 아름다움을 간직하는 사람 가운데 하나이니까. 나는 그 맹세를 지킬 거야. 결국에는 그것이야말로 정말 중요한 거니까.

그는 곡조도 없이 콧노래를 흥얼거렸다. 마침내 그는 미약한 열기를 느꼈다. 경찰의 표준형 모델 퀴블의 히터가 그의 발밑에서 드디어 가동되기 시작했던 것이다.

그의 코에서 흘러내린 액체가 코트 천 위로 뚝뚝 떨어졌다. 이런, 세상에. 그는 공포에 질린 채 생각했다. 내가 또다시 울고 있군. 그는 한 손을 치켜들어 자기 눈가의 진한 액체를 문질러 닦았다. 누구를 위해서일까? 그는 속으로 물었다. 앨리스? 태버너? 하트라는 그 여자? 아니면 그들 모두를 위해서?

아니야. 그는 생각했다. 이건 반사작용일 뿐이야. 피로와 걱정에서 비롯된 거야. 아무 의미도 없다고. 왜 남자가 울어야 할까? 그는 궁금한 생각이 들었다. 여자와는 달라. 그것 때문은 아니야. 감상 때문만은 아니라고. 남자가 우는 것은 뭔가를 상실했기 때문이야. 살아있는 뭔가를. 남자는 아픈 동물 때문에 울 수 있지. 결코 살아날 수 없다는 걸 알기 때문에. 아이의 죽음. 남자는 그 때문에도 울 수 있어. 하지만 단순히 뭔가 슬프기 때문에 울지는 않아.

남자는. 그는 생각했다. 미래나 과거를 놓고 우는 게 아니라, 오로지 현재를 놓고 우는 거야. 그렇다면 지금은 무엇이 현재인 걸까? 저 뒤의 경찰학교 건물에서 그들은 제이슨 태버너를 입건했고, 그는 그들에게 자기 이야기를 하고 있을 터였다. 다른 모든 사람과 마찬가지로 그 역시 나름의 설명을 할 수 있을 테고, 그의 증언은 그에게 혐의가 없다는 사실을 밝혀줄 것이었다. 제이슨 태버너. 내가 이 차를 타고 날아가는 동안 그는 그 일을 하고 있겠지.

운전대를 돌려서 그는 자기 퀴블이 길게 호를 그리게 만들었으며, 마침내 기체를 180도 회전시켰다. 그는 차를 지금껏 온 길로 되돌렸다. 속도를 높이지도 않고, 그렇다고 떨어트리지도 않고. 그는 단지 반대 방향으로 날아가고 있을 뿐이었다. 다시 경찰학교 방면으로.

그런데도 그는 여전히 울고 있었다. 그의 눈물은 시간이 갈수록 더 진해지고, 빨라지고, 깊어졌다. 나는 지금 잘못된 방향으로 가고 있어. 그는 생각했다. 허브의 말이 맞아. 나는 거기서 벗어나야만 해. 거기서 내가 할 수 있는 일은 기껏해야 내가 더 이상 제어할 수 없는 일을 목격하는 것뿐이야. 나는 그림 속의 인물이나 마찬가지야. 마치 프레스코 화처럼. 오로지 2차원에서만 거주할 수 있지. 나와 제이슨 태버너는 옛날 아이들의 그림에 나타난 사람 모습과 같아. 먼지 속에 사라져버리는 거지.

그는 발로 액셀러레이터를 누르고 퀴블의 운전대를 잡아당겼다. 퀴블이 털털거리는 소리를 냈다. 엔진이 오작동을 일으킨 모양이었다. 자동 초크는 여전히 닫힌 상태로군. 그는 속으로 말했다. 한동안 공회전을 시켜놓을 걸 그랬어. 아직 엔진이 차갑군. 다시 한 번 그는 방향을 바꾸었다.

머리가 아픈 데다가 피로로 지친 상태에서, 그는 마침내 퀴블의 자동안내장치의 삽입구에 자기 집으로 가는 경로가 적힌 카드를 집어넣고, 자동조종 모드를 실행시켰다. 나는 쉬어야만 해. 그는 속으로 말했다. 이어서 손을 뻗어 자기 머리 위의 수면 회로를 작동시켰다. 회로가 웅웅거리는 소리를 내자 그는 두 눈을 감았다.

비록 인위적으로 끌어낸 것이긴 하지만, 평소와 마찬가지로 눈을 감자마자 잠이 몰려왔다. 그는 잠 속으로 빙글빙글 돌면서 내려가는 듯한 기분이었고, 그래서 기뻤다. 하지만 곧이어, 거의 즉시, 수면장치의 제어를 뚫고 꿈이 하나 나타났다. 그는 분명 꿈을 원치 않았다. 하지만 그는 꿈을 멈출 수가 없었다.

갈색의, 바짝 마른 어느 시골 풍경이 나타났다. 때는 여름이었다. 그가 어린 시절을 보낸 장소였다. 그는 말을 타고 있었으며, 왼쪽으로는 여러 마리의 다른 말들이 천천히 다가오고 있었다. 그 말들 위에는 빛나는 예복 차림의 남자들이 여럿 앉아 있었다. 예복은 저마다 색깔이 달랐다. 그들이 쓰고 있는 뾰족한 투구가 햇빛을 반사해서 번쩍였다. 동작이 느리고 근엄한 표정의 기사들은 그의 곁을 지나갔고, 그들이 지나가는 사이에 그는 이들 가운데 한 사람의 얼굴을 알아보았다. 고대의 대리

석상 같은 얼굴, 마치 폭포수같이 물결치는 흰 수염을 기른 아주 늙은 남자였다. 그의 코는 얼마나 두드러져 보이는지 몰랐다. 용모는 또 어찌나 고귀한지. 워낙 지치고, 워낙 진지하고, 워낙 보통 사람을 뛰어넘는 모습이었다. 분명히 그 남자는 왕이었다.

펠릭스 버크먼은 그들이 지나가게 내버려두었다. 그가 먼저 그들에게 말을 걸지도 않았고, 그들 쪽에서 그에게 말을 걸지도 않았다. 그들은 모두 방금 그가 나온 집을 향해서 앞으로 나아가고 있었다. 그 집 안에는 한 남자가 스스로를 봉인하고 들어가있었다. 제이슨 태버너라는 남자 혼자서, 침묵과 어둠 속에, 창문도 없는 곳에, 지금부터 영원까지 홀로 있을 것이었다. 앉은 채로, 다만 존재할 뿐, 활동력이 없는 상태로 있을 것이었다. 펠릭스 버크먼은 계속해서 앞으로, 탁 트인 시골로 나아갔다. 그때 바로 뒤에서 끔찍한 비명 소리가 한 번 울려 퍼졌다. 그들이 태버너를 죽여버린 것이었다. 그들이 들어오는 모습을 보자, 자기를 에워싼 어둠 속에서 그들을 감지하자, 그들이 무엇을 하려는 의도인지를 알자, 태버너는 비명을 질렀다.

펠릭스 버크먼은 마음속에서 절대적이고도 전적으로 쓸쓸한 슬픔을 느꼈다. 하지만 꿈속에서 그는 뒤로 돌아가지도, 뒤를 돌아보지도 못했다. 그가 할 수 있는 일은 전혀 없었다. 어느 누구도 그 색색의 예복을 입은 사람들로 이루어진 자경단을 저지하지 못했다. 그들을 향해 안 된다고 말할 수도 없었다. 어쨌거나 이제는 끝난 일이었다. 태버너는 죽었다.

그의 요동치고 혼란스러운 두뇌에서 발생한 어떤 전송 신호가 미세한 전극을 통해서 수면 회로에까지 전달된 모양이었다. 전압 차단기가 딸깍하고 열리더니, 딱딱하고도 귀에 거슬리는 소리를 내면서 버크먼을 잠에서, 그리고 그 꿈에서 깨어나게 했다.

세상에. 그는 부르르 몸을 떨었다. 얼마나 추운지 모르겠군. 그는 너무나도 공허하고 외로운 느낌이 들었다.

그의 마음속에는 어마어마한, 울고 싶은 슬픔이 남아있었다. 그의 꿈에서 남은 것이 가슴속에 굽이쳐 흘러 여전히 그를 괴롭히고 있었다. 착륙해야 되겠어. 누군가를 찾아봐야겠어. 누군가와 이야기해야겠어. 혼자 있을 수는 없어. 잠깐 동안이라도 누군가와—

자동 조종 모드를 해제한 다음, 그는 퀴블을 몰아서 저 아래 환히 켜져있는 형광등 불빛을 향해 나아갔다. 밤새도록 영업하는 주유소였다.

얼마 뒤에 그는 주유소의 주유기 앞에 마치 충돌하듯이 내려 앉았다. 그곳에 주차된 또 한 대의 퀴블 옆까지 굴러갔지만, 그 퀴블은 텅 비고 방치된 상태였다. 그 안에 사람은 없었다.

밝은 빛 속에서 중년의 흑인이 한 명 나타났다. 톱코트 차림에 깔끔하고 화려한 넥타이를 맸으며, 얼굴은 귀족적이었고 굴곡의 윤곽이 뚜렷했다. 흑인은 기름이 배어있는 시멘트 바닥 위를 성큼성큼 걸어왔다. 앞으로 팔짱을 끼고, 얼굴에는 표정이 전혀 없었다. 그는 자기 퀴블의 주유를 마무리하기 위해 로

411

보트릭스 조수를 기다리는 게 틀림없었다. 흑인은 인내심이 없지도, 그렇다고 체념한 모습도 아니었다. 그는 단순히 존재할 뿐이었다. 초연함과 고립과 광휘 속에서. 강인한 신체로, 똑바로 서서. 그는 아무것도 볼 수 없었다. 그가 관심을 갖고 볼 만한 것이 전혀 없었기 때문이다.

펠릭스 버크먼은 자기 퀴블을 주차한 뒤, 시동을 끄고 문의 걸쇠와 자물쇠를 작동시켜 열고는 밤의 추위 속으로 뻣뻣하게 걸어 나왔다. 그는 흑인 쪽으로 다가갔다.

흑인은 그를 바라보지도 않았다. 계속 거리를 유지하고 있었다. 그는 조용히, 초연하게 움직였다. 말도 하지 않았다.

펠릭스 버크먼은 차갑고 떨리는 손을 자기 코트 주머니에 집어넣었다. 볼펜이 손이 잡히자 그걸 꺼내고, 주머니를 뒤져서 종잇조각을 찾았다. 어떤 종이든지 좋았다. 메모 패드에서 떼어낸 낱장이라도. 종이를 찾아낸 그는 흑인의 퀴블 엔진 뚜껑 위에 그것을 올려놓았다. 주유소에 켜진 흰색의 환한 불빛 속에서 버크먼은 종이 위에다가 화살에 꿰뚫린 하트를 그렸다. 추위로 몸을 떨면서 그는 이쪽으로 다가오는 흑인을 향해 돌아서서, 자기가 종이에 그린 그림을 상대방에게 내밀었다.

깜짝 놀란 나머지 상대방의 눈이 반짝하고 순간적으로 빛났다. 흑인은 끙 하는 신음 소리를 내면서, 그 종이를 건네받고 불빛에 비추어 들여다보았다. 버크먼은 가만히 기다렸다. 흑인은 종이를 뒤집어 보았지만 뒤에는 아무것도 없음을 깨닫자 다시 화살에 꿰뚫린 하트를 유심히 살펴보았다. 그는 얼굴을 찡

412

그리더니 어깨를 으쓱하면서 그 종이를 버크먼에게 돌려주고
는 걸어가버렸다. 다시 한 번 팔짱을 끼고, 커다란 등은 치안감
쪽으로 향한 채. 종잇조각이 펄럭이며 날아가서 어디론가 사라
져버렸다.

　펠릭스 버크먼은 아무 말도 없이 자기 퀴블로 돌아가서 문을
들어 올려 열고 운전석에 올라탔다. 그는 시동을 걸고, 문을 쾅
닫고, 밤하늘로 날아올랐다. 상승 경고등이 그의 앞뒤에서 깜
박였다. 곧이어 전구가 자동으로 꺼지더니, 그는 수평으로 된
공중 도로를 따라 날고 있었다. 그의 머릿속에는 아무 생각도
없었다.

　다시 한 번 눈물이 흘렀다.

　갑자기 그는 운전대를 세게 꺾었다. 퀴블은 격하게 튀고 흔
들리다가 다시 안정을 되찾고는 호를 그리며 하강했다. 잠시
후에 그는 다시 한 번 착륙하여 주유소에 주차된 텅 빈 퀴블,
이리저리 오가는 흑인, 주유기가 있는 곳에 멈춰 섰다. 버크먼
은 차의 브레이크를 밟고 시동을 끈 후 뻣뻣한 몸짓으로 걸어
나왔다.

　흑인이 그를 바라보고 있었다.

　버크먼은 흑인에게 다가갔다. 흑인은 뒤로 물러나지 않았다.
그냥 원래 있던 곳에 서있었다. 버크먼은 상대방에게 다가가자
양팔을 내밀어 흑인을 붙들었고, 그를 양팔로 감싸 끌어안았
다. 흑인은 끙 하는 소리를 냈다. 깜짝 놀란 듯. 그리고 못마땅
한 듯. 양쪽 모두 아무 말이 없었다. 잠시 그 상태로 있다가 버

크먼은 흑인을 놔주고 뒤로 돌아서 비틀거리며 자기 퀴블 쪽으로 걸어갔다.

"잠깐만요." 흑인이 말했다.

버크먼은 뒤로 돌아서 상대방을 마주 보았다.

흑인은 머뭇머뭇 몸을 떨면서 서있다가 이렇게 말했다. "혹시 벤투라*까지 어떻게 가는지 아십니까? 30번 공중 도로를 타면 되나요?" 그는 잠시 기다렸다. 버크먼은 아무 말이 없었다. "여기서 북쪽으로 80킬로미터쯤 된다고 하던데요." 흑인이 말했다. 아직까지도 버크먼은 아무 말이 없었다. "혹시 이 근처 지도 갖고 계신가요?" 흑인이 물었다.

"아뇨." 버크먼이 말했다. "미안합니다."

"그럼 주유소에 물어봐야 되겠군요." 흑인이 이렇게 말하며 약간 미소를 지었다. 수줍은 듯. "저기 — 만나서 반가웠습니다. 성함이 어떻게 되시죠?" 흑인은 좀 오래 기다려야만 했다. "말씀하시기 싫으신가요?"

"전 이름이 없어요." 버크먼이 말했다. "지금 당장은요." 지금 이 상황에서는 차마 이름을 생각해낼 수조차 없었다.

"혹시 공무원이거나, 뭐 그런 일을 하시는 분인가요? 가령 영접관이라든지요? 아니면 LA 상공회의소에서 일하시나요? 그쪽 사람들하고 만나봤었는데, 제법 괜찮더군요."

"아뇨." 버크먼이 말했다. "그냥 평범한 사람입니다. 당신처럼요."

---

* 로스앤젤레스 서부의 카운티 및 도시 이름.

"음, 그래도 저는 이름이 있죠." 흑인이 말했다. 그는 코트 안 주머니로 자연스럽게 손을 넣더니, 작고 **빳빳한** 명함을 한 장 꺼내서 버크먼에게 내밀었다. "제 이름은 몽고메리 L. 홉킨스 라고 합니다. 명함 한번 보세요. 인쇄가 정말 잘되지 않았어요? 저는 이렇게 추켜올린 듯한 글씨체가 좋더군요. 천 장에 50달 러가 들었어요. 특별 할인을 받았거든요. 1회 한정으로 처음 거 래하는 사람한테 주는 혜택이었죠." 명함 위에는 멋지고 큼직 한 돋을새김 검정색 글자가 박혀있었다. "제가 운영하는 회사 에서는 아날로그 방식의 저렴한 바이오피드백 헤드폰을 만들 죠. 소매가로는 백 달러 이하에 팔리고요."

"나중에 한번 방문해주시죠." 버크먼이 말했다.

"전화 주세요." 흑인이 말했다. 느리고도 확고하게, 하지만 약간 큰 목소리로. "여기 말이죠. 이 동전 투입식 로봇 주유소 말이에요. 여기야말로 한밤중에는 일종의 진정제 노릇을 해요. 나중에 언젠가 우리끼리 더 자세히 이야기할 때가 있겠죠. 더 편안한 장소에서 말이에요. 저는 지금 당신이 어떤 기분인지 공감하고 이해해요. 이런 장소가 당신에게는 실망을 안겨줄 수 도 있겠죠. 저는 공장에서 퇴근할 때마다 주유를 하기 때문에, 이렇게 늦은 시간에 여기 들르는 일은 별로 없어요. 다만 이런 저런 이유 때문에 한밤중에 나가봐야 할 때가 종종 있어서요. 그래요. 저는 당신이 무척이나 의기소침해있다는 걸 알 수 있 어요. 그러니까, 크게 낙담했다는 걸요. 그렇기 때문에 당신은 그 쪽지를 저한테 건네주었던 거겠죠. 처음에는 그게 뭔지 몰랐지만 이제는 알겠네요. 그러다가 당신은 아까 한 것처럼 저를 잠깐 끌어안았죠. 마치 어린아이가 하는 것처럼. 지금까지 살면서 그런 종류의 영감, 또는 충동이라 할 만한 것을 가끔 느낀 적이 있어요. 제 나이는 이제 마흔일곱이죠. 저는 이해해요. 당신은 한밤중에 혼자 있기가 싫었던 거예요. 지금처럼 계절에 어울리지 않게 쌀쌀한 날씨에는 더더욱 말이에요. 그래요, 저도 전적으로 동의해요. 그리고 당신은 지금 무슨 말을 해야 할지 잘 모를 테죠. 왜냐하면 당신은 결론을 내리지 못한 채로 비합리적인 충동에서 갑자기 어떤 일을 했으니까요. 하지만 괜찮아요. 저도 이해해요. 그 문제에 대해서는 털끝만치도 걱정할 필요가 없어요. 나중에 우리 집에 한번 들르세요. 마음에 들 거예요. 아주 멋진 곳이니까. 제 집사람이며 아이들하고도 인사하시고요. 우리 식구는 모두 세 명이거든요."

"그렇게 하죠." 버크먼이 말했다. "당신 명함을 잘 간직할게요." 그는 지갑을 꺼내서 명함을 그 안에 집어넣었다. "고맙습니다."

"제 퀴블은 주유가 다 끝났네요." 흑인이 말했다. "마침 기름이 떨어진 참이었거든요." 그는 잠시 머뭇거리다가 퀴블 쪽으로 걸음을 옮겼다. 그러더니 다시 돌아와 한 손을 내밀었다. 버크먼은 잠시 악수를 나누었다. "조심해 가세요." 흑인이 말했다.

버크먼은 상대방이 걸어가는 모습을 지켜보았다. 흑인은 주유소에 요금을 지불한 다음, 약간 낡은 퀴블에 올라타고 시동을 걸더니 어둠 속으로 솟아올랐다. 버크먼의 머리 위로 지나가면서 흑인은 운전대를 잡고 있던 오른손을 들어서 흔들며 인사했다.

조심해 가시길. 버크먼은 이렇게 생각하며 추위로 차가워진 손가락을 조용히 흔들었다. 곧이어 그는 자기 퀴블에 다시 올라탔다. 잠시 머뭇거렸다. 멍한 느낌이었다. 기다렸다. 더 이상 아무것도 눈에 띄지 않자 그는 갑자기 문을 쾅 닫고 시동을 걸었다. 잠시 후에 그는 다시 하늘로 솟아올라있었다.

흘러라, 내 눈물. 그는 생각했다. 역사상 최초의 추상음악 작품. 1600년에 나온 존 다울런드의 두 번째 류트 곡집에 수록된 노래지. 집에 도착하면 신제품 대형 4채널 스테레오 전축으로 한번 들어봐야지. 거기서 그 노래를 들으면 앨리스와 다른 모든 사람들이 생각날 거야. 그곳에는 교향곡도 있고 난롯불도 있어서 아주 따뜻할 거야.

직접 가서 우리 아들도 데려와야지. 내일 아침 일찍 플로리다로 가서 바니를 데려오는 거야. 이제부터는 그 아이를 내 곁에 두겠어. 우리 둘이서 함께 사는 거지. 결과야 어떻든지 간에 상관없이. 하지만 당장은 아무런 결과도 없을 거야. 모두 끝났으니까. 이제 안전해. 영원히.

그의 퀴블이 밤하늘을 가로질러 꾸물거리며 날아갔다. 마치 부상을 당하고 반쯤은 분해되어버린 곤충처럼. 그를 집으로 데려갔다.

제4부

들어라! 너 그림자여. 어둠 속에 거하며,

빛을 경멸하기를 배우는구나

지옥에서 행복하고 또 행복하며

세상의 경멸을 느끼지 못하는구나[*]

---

[*] 다울런드의 마드리갈 〈눈물〉의 다섯 번째이자 마지막 연. 저자가 이 작품에 사용한 제사 가운데에는 네 번째 연이 빠져있다. ─원주

앨리스 버크먼에 대한 1급 살인 혐의로 기소된 제이슨 태버너의 재판은 수수께끼 같은 역풍을 맞아 결국 무죄 판결로 끝나고 말았다. 한편으로는 NBC와 변호사 빌 울퍼의 탁월한 법률적 도움 때문이었고, 또 한편으로는 태버너가 사실상 아무런 범죄도 저지르지 않았다는 사실 때문이었다. 검시관의 최초 발견 내용은 결국 번복되었다. 그로 인해 기존의 검시관은 퇴직하고 더 젊은 후임자가 임명되었다. 제이슨 태버너가 진행하는 쇼의 시청률은 재판 기간 동안에만 해도 최저로 떨어졌지만, 무죄 판결과 함께 다시 상승하기 시작했다. 급기야 태버너는 이제 3000만 명이 아니라 3500만 명의 시청자를 얻게 되었다.

펠릭스 버크먼과 그의 누이인 앨리스가 한때 소유하고 거주했던 저택은 이후 몇 년 동안 갖가지 법적 상태를 거쳐갔다. 앨리스는 자신의 지분을 미주리 주 리즈서미트에 본부를 둔 '카리브론의 아들들'이라는 레즈비언 단체에 기부한다는 유언을 남겼고, 이 단체에서는 저택을 자기네들의 성자 몇 명을 위한 피정소로 삼고자 했다. 2003년 3월에 버크먼은 이 저택에 대한 자기 지분을 '카리브론의 아들들'에게 매각했으며, 그 대금을 받아서 자신이 소유한 여러 가지 컬렉션을 가지고 보르네오로 이주했다. 그곳은 생활비가 저렴하고 경찰도 붙임성이 있었다.

다중 공간 포섭형 약물인 KR-3에 대한 실험은 1992년 말에 그 유독성을 이유로 중지되었다. 하지만 몇 년에 걸쳐서 경찰은 강제노동수용소 수감자를 대상으로 이 약물에 대한 비밀 실험을 수행했다. 하지만 끝내는 보편적이고 광범위한 위험이 끼여있다는 이유로, 치안총감이 그 프로젝트의 중지를 지시했다.

그로부터 1년 뒤에 캐시 넬슨은 맥널티가 말한 것처럼 자기 남편 잭이 이미 오래전에 사망했다는 사실을 알게—그리고 받아들이게—되었다. 이 사실을 인지한 까닭에 그녀는 심각한 정신분열 증상을 보여 결국 다시 입원했으며, 이번에는 모닝사이드보다도 시설이 못한 병원에서 죽을 때까지 살아야 했다.

루스 레이는 51번째이자 마지막으로 결혼을 했다. 이 결혼의 배우자는 뉴저지 남부에 사는 나이 지긋하고 부유하며 배가 불뚝 나온 무기 수입상으로, 법의 경계선을 간신히 넘지 않는 선에서 활동하는 인물이었다. 1994년 봄, 그녀는 신제품 신경안정제 프레노진과 알코올을 과다 복용하여 사망했다. 이 약품은 중앙신경계를 진정시키는 동시에 미주신경을 억제했다. 사망 당시에 그녀의 체중은 42킬로그램이었으니, 이는 심각한—그리고 만성적인—심리적 문제의 결과였다. 그녀의 사망이 사고인지 아니면 의도적 자살인지는 단언하기가 불가능했다. 여하간 그녀가 복용한 약품은 비교적 신제품이었다. 그녀의 남편 제이크 몽고는 아내의 사망 당시에 많은 빚을 지고 있었으며, 아내가 죽은 뒤에 겨우 1년밖에는 더 살지 못했다. 제이슨 태버너는 그녀의 장례식에 참석했으며, 묘지에 가서는 루스의 친구라는 페이 크랭카이트라는 여자를 만났다. 두 사람은 그때부터 2년간 업무 관계로 지냈다. 제이슨은 그녀를 통해서 루스 레이가 정기적으로 전화 통신망 섹스를 즐기곤 했다는 사실을 알아냈다. 이 사실을 알고 나자 그는 베가스에서 처음 만났을 때에 그녀가 보여준 행동의 이유를 더 잘 이해할 수 있었다.

냉소적으로 변하고 나이가 들어버린 헤더 하트는 점차 가수로서의 경력을 포기하고 대중의 시야에서 완전히 사라져버렸다. 제이슨 태버너는 그녀를 찾아내려고 몇 번이나 시도한 끝에 결국 단념했으며, 그 딱한 결말에도 불구하고 이것이야말로 자신의 삶에는 더 잘된 일이라고 생각하고 잊어버렸다.

그는 메리 앤 도미니크가 도자기 그릇을 만들어서 유명한 국제 대회에서 수상했다는 소식을 듣기도 했지만, 굳이 그녀에게 연락을 취하려 하지는 않았다. 하지만 모니카 버프는 1998년 말에 그의 삶에 다시 나타났다. 여전히 단정치는 못했지만, 어딘가 지저분한 식으로나마 여전히 매력적이었다. 제이슨은 몇 번인가 그녀와 데이트를 즐기고 나서 걷어차버렸다. 몇 달 동안이나 그녀는 야릇하고도 긴 편지를 써 보냈는데, 거기에는 여러 가지 단어에서 끌어낸 일종의 암호가 가득 차 있었다. 하지만 그 편지도 결국에는 오지 않게 되었고, 그는 이 사실에 무척 기뻐했다.

커다란 대학 캠퍼스의 폐허에 자리 잡고 있었던 과밀 지구에서는 학생들이 나름대로의 원칙에 의거한 삶을 이어나가려던 어설픈 시도를 결국 포기했으며, 자발적으로―대개의 경우―강제노동수용소에 들어갔다. 그리하여 제2차 내전의 찌꺼기는 점차적으로 가시기 시작했고, 2004년에 이르러 컬럼비아 대학이 일종의 시범 케이스로 재건되어 안전하고도 정신 멀쩡한 학생들이 입학하여 경찰 인가를 받은 강의를 수강했다.

말년에 이르러 경찰 치안감 펠릭스 버크먼은 보르네오에 있는 저택에 살면서 지구 전역의 경찰 기구를 폭로하는 내용의 자서전을 집필했다. 이 책은 머지않아 지구상의 주요 도시에서 불법적으로 널리 유통되었다. 그로 인해서 버크먼 치안감은 2017년에 암살자의 총에 맞아 사망했다. 암살자의 정체는 끝내 확인되지 않았으며, 용의자로 체포된 사람도 없었다. 그의 저서인 『법질서의 심성』은 그의 사후에도 한동안 계속 은밀하게 유통되었지만, 나중에 가서는 그마저도 잊혀버리고 말았다. 강제노동수용소도 점차 수가 줄기 시작해서 나중에는 완전히 없어졌다. 경찰 기구도 수십 년이 흐르는 동안 점차 무능해지면서 어느 누구에게 위협을 가할 정도의 위세는 떨치지 못하게 되었고, 2136년에 이르러 경찰 치안정감의 계급이 사라졌다.

앨리스 버크먼이 갑작스레 끝난 짧은 생애 동안에 수집한 본디지 만화 가운데 일부는 이제는 사라진 대중문화의 유물을 선보이는 박물관으로 가게 되었으며, 그 분야의 전문지인《라이브러리언스 저널 쿼털리》에서는 그녀를 20세기 S-M 예술 분야 컬렉션의 최고 권위자로 공식 인정하게 되었다. 펠릭스 버크먼이 그녀에게 건네주었던 1달러짜리 흑백 트랜스 미시시피 우표는 1999년의 경매에서 폴란드 바르샤바의 한 매매업자에게 판매되었다. 이후 그 물건은 흐릿하기 짝이 없는 우표 수집의 세계에서 모습을 감추었고, 두 번 다시 나타나지 않았다.

펠릭스와 앨리스 버크먼의 아들인 바니 버크먼은 성인이 되어서도 힘든 시기를 보내다가 뉴욕 경찰에 들어갔으며, 경력 2년차에 부유한 흑인들이 살았던 어느 공동주택에서 강도사건 신고를 받고 출동했다가 안전도 표준에 미달하는 화재 대피용 비상구에서 추락해 부상을 입고 말았다. 불과 23세에 허리 아래가 마비되어버린 그는 이때부터 옛날 TV 광고에 관심을 갖게 되었으며, 머지않아 그 분야의 가장 오래되고 가장 인기 있는 물품들로 이루어진 훌륭한 컬렉션을 보유하고 구입과 판매와 매매로 쏠쏠한 재미를 보았다. 그는 오래 살았지만, 아버지에 관해서는 어렴풋한 기억밖에는 없었고, 어머니에 관해서는 전혀 기억이 없었다. 그래도 바니 버크먼은 거의 불평을 하지 않았으며, 이후로도 계속 황금기 물품 중에서도 특히 자기 전문 분야인 옛날 알카 셀처 제산제 광고물에 푹 빠져 지냈다.

펠릭스 버크먼이 책상 서랍 속에 보관했던 22구경 데린저 권총은 로스앤젤레스 경찰학교의 누군가가 훔쳐갔고, 그 이후로 영영 모습을 감추었다. 이때쯤엔 납탄 무기는 수집가의 소장품을 제외하면 사실상 사라진 상태였기 때문에, 이 총의 행방을 추적하던 경찰학교 물품 목록 담당자는 지금쯤 이 물건이 어느 하급 경찰 공무원의 독신자 숙소에서 장식품 노릇을 하고 있으리라고 정확히 추측한 나머지 더 이상의 추적을 단념해버렸다.

2047년, 이미 오래전에 연예계에서 은퇴한 제이슨 태버너는 폐쇄형 양로원에서 비산통非疝痛 섬유증으로 사망했다. 따분함에 지친 부자들이 뭔가 미심적은 일에 몰두하고자 사적으로 건설해 유지하는 몇 곳의 화성 식민지에 갔던 지구인이 주로 걸리는 병이었다. 디모인에 있는 침실 다섯 개짜리 그의 집에는 대부분 이런저런 기념품이 가득 들어차있었으며, 그중에는 프록시마로 가는 상업용 셔틀 서비스에 자금을 지원하려 시도했던—그리고 실패했던—어느 기업의 주식도 상당수 남아있었다. 그의 사망은 널리 알려지지 않았으며, 다만 대도시 신문에만 짧은 부고가 실렸고 TV 뉴스에서는 그냥 넘어갔다. 메리 앤 도미니크만은 이 사실을 알았다. 팔십대였지만 그녀는 제이슨 태버너를 여전히 유명인사로 간주했고, 그와의 만남이 그녀의 길고도 성공적인 삶에서는 중요한 전환점이었기 때문이었다.

메리 앤 도미니크가 만들고 제이슨 태버너가 헤더 하트에게 선물하려했던 바로 그 파란색 꽃병은 어느 현대 도기 컬렉션으로 들어갔다. 그 꽃병은 지금까지도 그곳에 있으며, 무척이나 귀중하게 보관된다. 실제로 도자기에 안목이 있는 많은 사람이 공개적으로, 그리고 진심으로 이 작품을 소중히 여기고 사랑했다.

약물이라는 매개를 통한 또 다른 현실의 인식

필립 K. 딕(이하 PKD로 통칭)에게 1970년은 아마 그때까지의 삶 중에서도 최악의 해가 아닐 수 없었으리라. 소설가 경력 면에서는 『안드로이드는 전기양의 꿈을 꾸는가?』(1968), 『유빅』(1969) 같은 대표작을 연이어 간행해서 비평 면에서 좋은 평가를 받고 SF 작가로서 어느 정도 입지를 굳혀가던 중이었다. 하지만 그의 사생활은 무척이나 불행하고 복잡했다. 물론 이런 문제는 상당 부분 자초한 것이었으며, 그 핵심에는 바로 약물 남용 문제가 있었다.

사실 PKD의 사생활은 몇 해 전부터 갖가지 문제가 누적되고 있었다. 1966년에는 네 번째 아내 낸시와 결혼해서 딸을 얻었지만, 여전히 계속되는 빈곤 때문에 얼마 후에는 무료 급식을 신청해야 하는 처지가 되었다. 가까운 사람들도 연이어 세상을 떠났다. 1967년에는 장모인 매런 해켓이 자살했고, 1969년에는 친구이며 스승인 제임스 파이크 주교가 사망했다. 이런 상황에서 PKD는 강박적으로 약물을 복용했고, 급기야 이를 못 견딘 아내가 딸을 데리고 가출해서 이혼 소송을 제기한다.

아내의 가출로 완전히 자포자기한 PKD는 자기 집을 히피와 폭주족과 약물 중독자 친구들의 아지트로 개방했고, 그로 인해 가뜩이나 무질서했던 삶은 나날이 악화일로를 걷는다. 결국 그는 1971년 봄에 정신병원에 입원해서 치료를 받았고, 1년 여의 공백기가 지난 뒤에야 이전에 써두었던 신작 원고를 마무리하는 작업에 들어간다. 만약에 대비해 입원 직전에 변호사에게 맡겨두었던 그 원고가 바로 PKD의 대표작 가운데 하나로 손꼽히는 『흘러라 내 눈물, 경관은 말했다』(1974)였다.

1. 줄거리

주인공 제이슨 태버너는 인기 가수이자 TV 쇼 프로그램의 진행자로, 우생학 실험의 결과물인 '식스'이다. 1988년 가을의 어느 날, 그는 방송을 마치고 돌아가다가 뜻하지 않았던 봉변을 당한다. 한때 그의 애인 노릇을 했지만 실력 부족으로 연예계에서 외면당한 신인 가수가 앙심을 품고 그의 가슴팍에 외계 기생 생물을 들이밀었던 것이다. 제이슨은 침착하게 기생 생물을 몸에서 떼어내지만, 이미 그 생물의 일부가 몸속으로 파고든 까닭에 그만 실신하고 만다.

제이슨이 정신을 차려보니, 그는 어느 허름한 호텔방에 누워있었다. 자기 에이전트와 변호사에게 전화를 걸었지만 양쪽 모두 그를 모른다고 잡아뗀다. 신분증조차도 모두 잃어버린 상황에서 자기 정체를 입증하려는 그의 노력은 계속 수포로 돌아간다. 심지어 그는 출생 신고조차도 안 되어있어서 공식적으로는 '존재하지 않는 사람'이 되어있었다. 군대와 경찰이 막강한 영향력을 행사하며 반정부 인사를 강제수용소에 집어넣는 공포 정치 하에서 불안을 느낀 제이슨은 신분증을 위조하기로 작정한다.

호텔 직원의 소개로 만난 신분증 위조업자인 캐시 넬슨은 사실 경찰의 끄나풀이었지만, 제이슨에게 매력을 느끼고 밀고하지 않겠다고 약속한다. 제이슨은 그녀의 혼란스러운 말과 행동에 염증을 느끼지만, 위조 신분증을 가지고 경찰의 검문을 무사히 통과하자 비로소 그녀를 믿게 된다. 캐시를 감독하던 맥널티 경감으로부터 의심을 받아 경찰서로 끌려갔다가 구사일생으로 훈방된 직후, 제이슨은 안정적인 거처를 마련하기 위해 한때 사귀었던 루스 레이라는 여성을 다시 유혹한다.

한편 경찰 조직의 서열 3위인 치안감 펠릭스 버크먼은 우연히 맥널티의 보고서를 읽고 '존재하지 않는 남자'에게 흥미를 느끼고, 루스의 집에서 체포되어 압송된 제이슨에게 의외로 친절한 태도를 보이며 심문을 가한다. 치안감은 상대방이 뭔가 더 커다란 조직, 또는 음모의 일부라고 전제하고 그의 신상 정보가 모두 사라지게 된 이유를 캐묻지만, 제이슨은 자신도 영문을 알 수 없다고 맞선다. 이에 버크먼은 제이슨을 일단 훈방하는 대신, 비밀리에 그의 몸속에 발신기와 폭탄을 장치한다.

경찰에서 풀려난 제이슨의 앞을 앨리스 버크먼이라는 여성이 가로막는다. 그녀는 약물중독자이며, 페티시스트이며, 무엇보다도 치안감 펠릭스 버크먼의 여동생인 '동시에' 아내였다. 앨리스는 제이슨의 몸에서 발신기와 폭탄을 제거하고 자기 집(인 동시에 치안감의 집)으로 데려간다. 놀랍게도 앨리스는 제이슨이 원래 인기 가수이며 방송 진행자라는 사실을 알고 있었고, 심지어 그의 음반까지도 갖고 있었다. 그러나 앨리스가 없는 사이에 제이슨이 틀어본 음반은 아무 소리도 나오지 않는 모조품으로 판명된다.

앨리스가 건넨 메스칼린의 약효에서 간신히 벗어난 제이슨은 잠시 자리를 비운 그녀를 찾아 집 안을 헤맨다. 그러나 그녀는 이미 죽어서 백골만 남아있었고 그는 당황한 나머지 그곳에서 도망친다. 우연히 만난 도예가 메리 앤 도미니크의 도움으로 시내에 돌아온 제이슨은 자기 존재가 점차 예전 상태로 돌아간다는 것을 깨닫는다. 사람들이 그를 알아보고 말을 걸고, 카페에서 그의 노래가 울려 퍼진다. 용기백배한 제이슨은 한때 남들과 마찬가지로 자기를 모른다고 잡아뗐던 애인 헤더 하트의 집으로 향한다.

앨리스의 사망 사실을 통보받은 버크먼 치안감은 이 사건을 자신에게 유리하게 이용하려 궁리한 끝에, 이 사건은 경찰 조직 내에 있는 그의 라이벌들이 꾸민 음모이며 제이슨은 그 하수인이라는 언론 보도를 내보낸다. 제이슨은 결백을 주장하며 경찰에 자수하지만, 치안감은 그의 항변을 외면하고 피로에 지친 몸으로 퇴근한다. 집으로 돌아가던 중에 버크먼은 눈물을 참지 못하고 어느 무인 주유소에 들러 처음 보는 흑인 남자를 끌어안는다. 그리고 이 낯선 사람으로부터 위로를 받는다.

경찰 조사 과정에서 앨리스의 사망 원인은 KR-3이라는 신종 약물로 인한 두뇌의 과부하 때문인 것으로 밝혀진다. 아울러 제이슨이 졸지에 '존재하지 않는 사람'이 되었다가 다시 과거와 같은 유명인사가 된 것도 약물을 복용한 앨리스의 시공간 인식 능력이 변화되면서 빚어진 결과임이 밝혀진다. 결국 제이슨은 무죄 방면되고 다시 예전과 같은 가수 겸 방송인의 생활로 돌아간다. 이어서 여러 해 뒤에 등장인물 각자가 맞이한 최후를 보여주면서 소설은 막을 내린다.

2. PKD의 약물 남용과 현실 인식

이 책의 배경은 군대와 경찰이 사실상 전 세계를 지배하는 경찰 국가이며, 이곳에서 모든 사람은 기본적 인권이 제한받는다. 인기 가수로 온갖 특혜를 누리던 주인공은 갑작스레 '존재하지 않는 사람'이 되어버리고, 경찰의 추적을 당하는 상황에서 자신이 '실존'한다는 것을 증명하기 위해 분투한다. PKD 특유의 '정체성 탐구'라는 소재의 멋진 변주인 이 줄거리는 사실상 닉슨 정권 시기(1969~1974)에 있었던 여러 가지 탄압과 음모에 대한 저자의 불안감이 반영된 것이라는 해석이 유력하다.

이런 불안감은 PKD의 약물 남용에도 직간접적인 영향을 끼쳤을 것이다. 20대 중반에 각종 공포증과 우울증을 겪으며 복용한 진정제에서 비롯된 그의 약물 남용은 이후 다양한 방식으로 지속되었다. 대개는 의사의 처방을 통해서 구한 약물을 이용했지만, 가끔은 길거리의 마약상이나 지인을 통해 구하는 경우도 있었다. LSD 같은 강도 높은 약물을 복용하는 경우는 드물었으며, 오히려 각성제 종류를 즐겼다.(이런 사실은 자전적 내용이 많은 『발리스』(1981)에도 잘 나와있다).

PKD가 약물에 그토록 집착한 까닭은 무엇일까? 가장 큰 원인이야 대부분의 약물 남용 동기와 마찬가지로 직접적 쾌감 때문이겠지만, 또 한편으로는 약물을 통한 특이 체험이 그의 호기심을 끌었을지도 모른다. 일부 샤먼의 경우에서 알 수 있듯이 약물은 변성의식상태를 유도함으로써 '또 다른 현실'로 들어가는 문 역할을 한다. 따라서 PKD의 약물 남용 습관은 한 가지가 아닌 여러 가지 현실의 문턱을 넘보던 그의 평소 태도와도 일맥상통한다고 (따라서 나름대로 정당화의 핑계를 제공한다고) 하겠다.

실제로 약물 남용은 PKD의 여러 작품에서도 종종 중요한 요소로 등장한다. 특히 『파머 엘드리치의 세 개의 성흔』(1965)은 등장인물이 신종 약물인 '츄-Z'를 이용하여 또 다른 현실로 진입한다는 설정이며, 이 약물의 제조 및 공급 당사자가 급기야 신적인 존재로까지 격상되는 상황 묘사가 『흘러라 내 눈물』의 내용과도 적잖은 유사성을 지닌다. 일부에서는 2-3-74라는 약자로 지칭되는 신비 체험조차도 약물 남용의 직간접적 결과라고 폄하하기도 하지만 PKD는 이런 가능성을 일축했다.

물론 PKD의 약물 남용을 창작의 원천이라고 두둔하는 것은 지나치겠지만, 이런 자학적인 습관조차도 그의 작품 전체를 관통하는 "인간이란 무엇인가?"와 "현실이란 무엇인가?"라는 두 가지 주제와 연결된다는 사실은 흥미롭게 느껴진다. 가령 『흘러라 내 눈물』에서 신종 약물을 통한 현실의 변화라는 소재는 1970년 5월에 있었던 PKD의 메스칼린 복용 체험과 직접적인 연관이 있다. 그는 훗날 이때의 경험을 다음과 같이 회고했다.

"애시드(LSD)로는 단 한 번도 진정한 통찰을 경험하지 못했지만, 메스칼린으로는 매우 강력한 감정에 압도되었던 것 같다. 나는 다른 사람들을 향한 압도적인 사랑을 느꼈고, 이 감정을 그 소설〔〈흘러라 내 눈물〉〕에도 집어넣었다. 그 작품은 여러 종류의 사랑을 탐구하며, 마지막에는 차마 내가 알지 못하는 궁극적인 종류의 사랑의 등장으로 끝난다. 나는 이렇게 말하련다. '현실이란 무엇인가?'라는 질문에 내놓을 답변은 이러하다. 바로 이와 같은 종류의 압도적인 사랑인 것이다." *

1970년 9월의 편지에서 PKD는 "낯선 사람들의 신비로운 사랑의 일종"에 관해 언급한다. "나로선 이전까지만 해도 그런 게 있다는 생각조차 못했던 것이다. 그 신성한 사랑이란, 내게는 완전히 새로운 것이다. 그것이 나를 채우자, 나는 어느 누구도 미워하지 않게 되었다." 어쩌면 그가 얻은 "신성한 사랑"에 대한 계시는 70년대 중반에 그가 몰두하게 된 신비 체험의 전조일 수도 있다. 그런 점에서도 『흘러라 내 눈물』은 PKD의 작품 세계에서 중대한 전환점을 예고한 작품이라 할 수 있다.

3. 사랑에 대한 탐구, 그리고 남은 이야기

비록 PKD 본인은 『흘러라 내 눈물』의 중요한 소재 가운데 하나가 '사랑'이라고 보았지만, 실제로 이 작품에 묘사된 사랑은 어딘가 뒤틀린 데가 없지 않다. 우선 주인공인 제이슨 태버너는 만나는 여성 모두를 매혹시킬 정도의 매력남이지만, 그에게 사랑이란 육

* 출전은 로런스 서틴, 『성스러운 침입들: 필립 K. 딕의 생애』, 1989, 165쪽

432

체적이고 감각적인 쾌락 이상의 것이 아니다.(헤더 하트와 루스 레이도 상황은 마찬가지이다). 펠릭스와 앨리스 버크먼 남매의 사랑은 근친상간이라는 금지된 사랑이지만, 그렇다고 해서 상호적인 것은 아니고 가학성과 피학성이 공존하는 듯한 야릇한 사랑이다.

PKD가 말한 "궁극적인 종류의 사랑", 또는 "신성한 사랑"이란 아마도 결말 부분에서 슬픔에 잠긴 펠릭스 버크먼이 우연히 만난 흑인 남성 몽고메리 홉킨스를 포용하는 장면을 가리킬 것이다. 타인의 슬픔에 대한 공감을 보여주는 이 장면은 이 책에서도 가장 흥미로운 부분이지만, 또 한편으로는 가장 어리둥절한 부분이기도 하다. 보기에 따라서는 상당히 작위적이라는 느낌도 없지 않은데, 이 작품의 구성이 전반적으로 별로 매끄럽지 않다는 지적은 출간 당시부터 꾸준히 나온 바 있다.

휴고 상과 네뷸러 상 후보에 올랐으며, 존 W. 캠벨 기념상을 수상한 『흘러라 내 눈물』이 PKD의 대표작 가운데 하나라는 사실에 감히 이의를 달 사람은 없을 것이다. 하지만 이 작품의 줄거리나 인물 묘사 중에서는 그 명성에 어울리지 않는 '빈틈'도 적지 않다는 것이 중론이다. 《뉴욕 타임스 북 리뷰》의 서평에서도 "이 악몽의 심리학적 분지分枝를 솜씨 좋게 탐사한다"고 격찬하면서도, 작품 속 사건에 대한 결말의 설득력 없는 정당화는 "예술가적 오산이며, 자칫 탁월할 뻔했던 소설의 중대한 결점"이라고 지적했다.

몇 가지 설정을 돌이켜보면 PKD의 후기 작품 몇 가지와 마찬가지로 어딘가 성급하게 마무리되었다는 인상이 느껴지는 것도 사실이다. 가령 KR-3라는 신종 약물의 작용 메커니즘을 보자. 이 약물은 복용자의 시공간 감각을 변화시켜서 다중 현실을 가능하게 하고, 복용자가 인식한 대상(가령 제이슨)이 여러 현실 사이를 넘나들게 해준다. PKD의 다른 작품에서도 현실을 변화시키는 초능력자가 등장하기는 하지만, 약물을 이용한 개인의 시공간 감각 변화가 새로운 세계를 창조한다는 설정은 조금 무리해 보인다.

제이슨 태버너에 대해서도 모호한 부분이 있다. 그는 우생학 연구의 산물인 '식스'이기 때문에 정신 및 신체 능력은 물론이고 외모도 일반인과는 다르다고 나온다.(헤더 하트도 마찬가지이다). 하지만 '식스'에 관해서는 더 이상의 설명이 나오지 않는다. 물론 이 모두는 단순히 '맥거핀'에 불과할 수도 있고, 아니면 결국 실현되지는 않았던 다른 작품들에 대한 아이디어의 복선일 수도 있다. 또 어쩌면 보르헤스가 지적한 '투명인간'의 딜레마(환상적인 설정이 사실적으로 묘사될수록 가중되는 어려움)의 사례일 수도 있다.

그럼에도 불구하고 『흘러라 내 눈물』이 인상적인 작품이라는 데에는 이의의 여지가 없다. 이처럼 여러 가지 '빈틈'이 두드러지는 것도 그만큼 두고두고 곱씹어볼 수밖에 없는 매력이 있다는 반증일 것이다. 비록 인간적으로는 여러 가지 단점이 있지만 항상 압도적인 매력을 발휘하는 제이슨 태버너와 마찬가지로, 이 소설 역시 여러 가지 빈틈에도 불구하고 독자를 매료시키는 힘을 지니고 있는 것이다. 어쩌면 PKD의 작품에 우리가 매료되는 까닭도 바로 그런 이야기의 힘 때문은 아닐까.

박중서

1928   필립 킨드리드 딕. 12월 16일 일리노이 주 시카고의 자택에
서 쌍둥이 누이인 제인 샬럿 딕과 함께 예정일보다 6주 일찍
태어났다. 아버지 조셉 에드거 딕은 제1차 세계대전에 참전
했다가 제대 후 농무부에서 일했다. 어머니 도로시 킨드리드
딕은 공문서를 검열하는 비서였으며, 만성 신부전증을 앓고
있어서 쌍둥이들에게 수유를 하기가 힘들었고 의사의 도움
도 제대로 받지 못했다. 그래서 쌍둥이들은 둘 다 발육 상태
가 좋지 않았다.

1929   1월 26일, 심각한 탈수 증세와 영양실조에 시달리던 갓난애
들을 서둘러 병원으로 데려갔지만 누이는 병원으로 가던 중
사망했다. 그는 체중 5파운드*가 될 때까지 인큐베이터 신세
를 지게 된다(쌍둥이 누이의 죽음에 괴로워하던 그는 훗날
이렇게 기술했다. "누이는 살기 위해, 나는 누이를 살리기 위
해 발버둥을 친다, 영원히……. 그녀는 내게는 전부나 다름
없다. 나는 늘 내 누이와 헤어지는 동시에 함께해야 하는 저
주를 받았다"). 아버지에게 샌프란시스코로 전근해도 좋다
는 농무부의 허락이 떨어졌다. 가족은 콜로라도 주 포트 모
건으로 휴가를 떠났고, 그는 어머니 도로시와 함께 현지 친
척의 집에 머물며 아버지의 전근 절차가 끝나기를 기다렸다.
누이는 포트 모건 공동묘지에 묻혔다. 가족은 캘리포니아의
베이지역에 있는 소살리토로 이사했고, 퍼닌슐러**로 옮겼

---

* 2.3킬로그램
** 샌프란시스코 반도.

다가 마지막에는 앨러미다에 자리를 잡았다.

1930   아버지가 네바다 주 리노에 위치한 국가부흥청(NRA) 서부
지부 국장으로 승진한다. 가족은 버클리에 정착했고, 아버지
는 주중에는 리노에 머물며 직장과 가정을 오갔다.

1931   캘리포니아 대학의 아동 복지 연구소가 운영하는 실험적인
탁아소에 다녔다. 기억력과 언어능력 및 손의 협응력 테스트
에서 높은 점수를 받았다. 음악적 재능이 뛰어나다는 칭찬도
듣게 되었다.

1933-34   어머니가 이혼을 요구하면서 부모가 별거에 들어간다. 그는
어머니와 외갓집에서 외조부모 및 매리언 이모와 함께 살게
되었다. 어머니가 정규직을 얻으면서 집에 남겨지게 된 그는
'미마Meemaw'라는 애칭으로 부르던 외할머니의 자상한 보
살핌을 받으며 진보적인 성격이 강한 브루스태틀록 스쿨 부
설 유치원을 다녔다. 매리언 이모는 신경쇠약으로 가끔 병원
에 입원하기도 했지만 그를 무척 귀여워했다.

1935-37   부모의 이혼 절차가 마무리되면서 어머니를 따라서 워싱턴
D.C.로 이사했다. 아버지는 재혼했다. 이 시기부터 천식과
심계 항진증을 앓기 시작했다. 기숙학교로 보내라는 의사의
권유를 받고 행동장애를 가진 아동들을 위한 컨트리데이 스
쿨로 보내졌다. 그곳에서 처음으로 구토 공포증을 경험하며,
사람들 앞에서는 음식을 삼키지도, 먹지도 못하게 되었다. 6
개월 뒤 귀가 조치를 받고 처음으로 심리치료사를 만난다.
프렌즈 퀘이커 데이 스쿨을 다니다가 2학년 때 공립학교로
전학했다. 학교에서는 소외감 때문에 힘들어했고 이것은 곧
잘 무단결석으로 이어졌다("그 후에는 내가 혐오하는 학교에

가는 일을 제외하면 딱히 하는 일이 없는 시기가 오래 계속 되었다. 기껏해야 수집한 우표들을 만지작거리거나…… 구 슬치기, 딱지치기, 볼로배트bolo bats, 당시 갓 출판되기 시 작한 코믹북 읽기 같은 남자아이들의 놀이를 하는 정도였 다……"). 자연스럽게 우러나오는 마음의 평화와 감정 이입 을 체험한 것도 이 시기였다. 그는 훗날 인터뷰에서 이 경험 을 어린 시절의 '사토리'*라고 표현했다. 어머니의 격려를 받 고 처음으로 글쓰기를 시작한 것도 이 무렵이었다.

1938 어머니와 함께 버클리로 돌아갔다. 3년 동안 만나지 못했던 아버지를 찾아갔다. 새로 전학한 공립학교에서 자신을 '짐 딕'이라고 소개하지만 곧 다시 필립이라는 이름을 사용했 다. 지역 소식과 연재만화를 실은 개인 신문인《더 데일리 딕 The Daily Dick》을 만들었다.

1940-43 고전 음악과 오페라에 열중하기 시작했고, 평생 그 열정을 가슴에 품고 살았다. 『어린 왕자』와 『호빗』, 『곰돌이 푸』 및 『오즈』 시리즈를 읽었다. 《어스타운딩》《어메이징》《언노운》 등의 SF 잡지를 발견하고 열심히 모으기 시작했다. 이 잡지 들의 내용을 본떠 그림을 그리고 글을 썼다. 독학으로 타자 치는 법을 익혔고, 라디오 방송으로 접한 제2차 세계대전 소 식을 들으며 친구들과 전황에 대해 곧잘 토론을 벌였다. 두 번째 개인 신문인《진실The Truth》을 만들면서 연재만화의 주인공으로 '미래 인간Future-Human'을 등장시켰다("자신 의 초超 과학기술을 인류의 복지를 위해 사용하고, 미래의 암 흑가에 맞서는 인물"이었다). 지금은 소실된 첫 번째 소설 『소인국으로의 귀환Return to Liliput』을 완성했다. 《버클리

---

* Satori. 일어로 '깨달음'을 의미함.

가제트》지에 정기적으로 단편소설과 시를 기고했다. 가필드 공립 중학교와 오하이 시에 위치한 기숙사제 사립 고등학교인 캘리포니아 예비 학교를 다녔다. 정서장애를 극복하기는 여전히 어려웠지만, 급우들에게 정신의학과 심리 테스트에 관한 해박한 지식을 피력하기도 했다(1974년에 딸 로라에게 보낸 편지에서 그는 이렇게 쓰고 있다. "어떤 의미에서는, 학교에 적응을 잘하면 잘할수록 나중에 현실 세계에 적응할 수 있는 확률은 도리어 낮아진다고 할 수 있어. 그러니까 네가 학교에 제대로 적응을 못하면 못할수록, 나중에 학교에서 자유로워진 뒤에 마주치는 현실에 더 잘 대처할 확률이 높아진다고도 할 수 있겠지. 그런 날이 정말로 온다면 말이야. 아마 나는 군대에서 말하는 '안 좋은 태도'를 갖고 있는지도 모르겠구나. 제대로 하든지, 아니면 포기하든지 양자택일하라는 뜻인데, 나는 언제나 그만두는 쪽을 택했어"). 광장공포증과 공황장애로 인한 발작이 더 심해졌다.

1944-47 버클리 고등학교에 입학했다. 독일어를 배우고 칼 구스타프 융의 저서를 읽기 시작했다. 곧잘 현기증 발작을 일으켜 앓아눕곤 했다. 샌프란시스코의 랭글리 포터 클리닉에서 매주 융학파의 심리분석가에게 치료를 받았지만 결국은 그 분석가를 철두철미하게 경멸하기에 이르렀다. 유니버시티 라디오에 판매원으로 취직했으나, 나중에 아트 뮤직으로 옮겼다. 두 곳 모두 음반, 악보, 전자기기 등을 판매하고 수리도 해주는 음악 상점이었다. 이 두 가게의 소유주인 허브 홀리스는 카리스마 넘치는 까다로운 인물이었는데, 딕에게는 멘토이자 아버지 같은 존재가 되었다(홀리스는 훗날 딕의 소설에 자주 등장하는 전제적이지만 따스한 마음을 가진 '보스'의 모델이 된다). 홀리스 밑에서 일하는 동안 딕의 불안장애는 많이 나아졌지만, 학교에만 가면 악화되는 통에 마지막 1년 과정은

집에서 개인 교습을 받으며 마쳐야 했다. 같은 해 가을이 되자 집에서 나와 로버트 던컨, 잭 스파이서, 필립 라만티어 같은 작가들과 함께 창고를 개조한 공동주택으로 이사를 갔다. 대부분 동성애자로, 작가 특유의 보헤미안적 삶을 즐기던 룸메이트들은 딕의 독자적인 지적 성장의 원천이 되었다. 딕은 버클리 대학에 잠시 다니며 철학을 전공했지만 의무적으로 참가해야 하는 ROTC 훈련을 혐오했다. 광장공포증은 더욱 악화되었고, 11월에는 결국 자퇴를 하고 말았다. 훗날 그는 ROTC 훈련 도중 소총 분해결합을 거부했다는 이유로 퇴학당했다고 주장했다.

1948–49　아트 뮤직의 매니저는 여성 경험이 전무하다는 것을 알고 가게의 지하방에서 젊은 여성과 잠자리를 함께 할 수 있는 기회를 마련해준다. 재닛 말린과 알게 되고, 서둘러 결혼해 버클리의 아파트로 이사한다. 갈등으로 점철되었던 6개월 동안의 서투른 결혼 생활은 연말이 되기 전에 이혼으로 끝이 난다. 아버지와 다시 재회하고, 지금은 소실된 장편 『어스셰이커The Earthshaker』를 간간이 집필하기 시작했다.

1950　6월에 두 번째 아내인 클리오 애퍼스털리디스와 결혼한다. 버클리의 프란시스코 거리에 작은 집을 장만했고, 마지막으로 아버지를 만났다. 작문 교사이자 범죄소설과 SF 분야에서 편집자와 평론가로 활동하던 앤서니 바우처(앤서니 화이트)와 조우했고 그의 영향을 받아 다수의 SF 단편을 쓰기 시작했다(훗날 딕은 바우처를 평하며 "성숙한 어른, 그것도 분별 있고 교육받은 어른도 SF를 즐길 수 있다는 사실을 깨닫게 해준 인물"이라고 회고하기도 했다). 당시 딕은 지독한 가난에 허덕였다(훗날 출간된 단편집 『골든 맨The Golden Man』의 1980년도 판 서문에서 딕은 이렇게 술회했다. "럭

439

키 도그 애완동물상점에서 파는 말고기는 동물 사료로 팔던 것이었다. 그러나 클리오와 나는 그걸 먹었다. 정말 궁핍했다……").

1951–52 《판타지 앤드 사이언스 픽션》지에 처음으로 팔린 단편 「루그 Roog」로 데뷔한다. 홀리스에 대한 신의를 저버렸다는 이유로 아트 뮤직에서 해고당했다. 잡지 《플래닛 스토리즈》에 단편 「워브가 저기 누워있다Beyond Lies the Wub」를 게재하고, 스콧 메러디스 출판 에이전시와 전속 계약을 맺는다. 최초의 사실주의적 소설인 『거리에서 들리는 목소리Voices from the Street』(2007)와 『메리와 거인Marry and the Giant』(1987)을 집필했지만 생전에는 출간되지 못했다(훗날 딕은 이렇게 술회했다. "나는 1951년 11월에 처음으로 단편을 팔았고, 이것들은 1952년에 처음으로 잡지에 실렸다. 고등학교를 졸업할 무렵에는 꾸준히 글을 쓰면서 잇달아 장편을 탈고했지만 물론 하나도 팔리지 않았다. 나는 버클리에 살고 있었고, 주위 환경은 문학을 하기에 안성맞춤이었다. 주류 문학을 하는 소설가들은 얼마든지 있었고, 베이지역에 사는 지극히 유망한 전위적 시인들과도 교류했다. 모두들 나더러 글을 쓰라고 권했지만, 꼭 그걸 팔아야 한다고 격려한 사람은 아무도 없었다. 그러나 나는 책을 팔고 싶었고, SF 소설도 쓰고 싶었다. 나의 궁극적인 꿈은 주류 문학적 소설과 SF **양쪽**을 쓰는 것이었다").

1953–54 최초의 SF 장편인 『태양계 제비뽑기Solar Lottery』(1955)와 『존스가 만든 세계The World Jones Made』(1956)를 판타지 소설 『우주 꼭두각시The Cosmic Puppets』(1957) 및 리얼리즘 소설인 『함께 모여라Gather Yourselves Together』(1994)와 함께 에이전시에 팔았다. 음반 가게인 '터퍼와 리드'에서

잠시 일하던 중 공황장애와 광장공포증이 재발했고, 폐소공포증까지 겪었다. 공포증과 우울증 치료제로 처방받은 암페타민을 복용하기 시작했다. 수십 편의 단편을 썼고 그중 대다수를 잡지에 파는 데 성공했다. 딕은 가장 다작을 하는 SF 작가 중 한 사람이 되었다(1953년 한 해 동안에만 무려 30편의 작품이 펄프 잡지*에 실렸다). FBI 수사관 두 명이 방문해서 점잖게 그를 심문한다. 이 사건을 계기로 그는 평생 동안 감시당하고 있다는 생각을 품게 되었다. SF 작가로 이름을 알리는 것에 대한 모호한 저항감과, 사람들 앞에 나서기를 두려워하는 광장공포증에 시달리면서도 난생 처음으로 SF 컨벤션에 참가해서 A. E. 밴 보그트를 만났다. 보그트의 소설은 딕의 초기 SF 소설들에 큰 영향을 미쳤다. 단편 고료와 아내가 이런저런 시간제 일을 해서 번 돈으로 주택 융자금을 갚고, 짧은 기간이나마 재정적인 안정을 누렸다. 매리언 이모가 세상을 떠나자 딕의 어머니는 매리언의 남편인 조 허드너와 결혼하고, 조카인 여덟 살배기 쌍둥이를 입양했다.

1955   장편 데뷔작인 『태양계 제비뽑기』가 에이스 북스에서 페이퍼백 단행본으로 출간되었다. 첫 번째 단편집 『한 줌의 암흑 A Handful of Darkness』도 리치 & 코원 출판사에 의해 영국에서 간행된다. 딕은 같은 해 『농담을 한 사내 The Man Who Japed』(1956)와 『하늘의 눈Eye in the Sky』(1957)을 집필했다.

1956–57   주류 문단의 인정을 받기 위한 노력의 일환으로 일반 소설인 『조지 스타브로스의 시간A Time for George Stavros』(소실됨) 『언덕 위의 순례자Pilgrim on the Hill』(소실됨), 『시스비 홀트

---

* pulp magazine. 갱지를 사용한 선정적인 싸구려 잡지.

의 깨진 거품 The Broken Bubble of Thisbe Holt』(1988), 『좁은 땅에서 빈둥거리며Puttering About in a Small Land』(1985)를 집필했다. 클리오와 두 번의 자동차 여행을 하면서 동쪽으로는 아칸소 지방까지 둘러보았다. 『한 줌의 암흑』증보판인 『변동 인간 외外The Variable Man and Other Stories』가 에이스 북스에서 페이퍼백 단행본으로 출간되었다. 스콧 메러디스 출판 에이전시와 잠시 결별했지만 곧 재계약했다.

1958 딕은 처음으로 자신의 사실주의적 모티프를 SF 소설에 접목했고, 그 결과물인 『어긋난 시간Time Out of Joint』이 리핀코트 출판사에서 출간되었다. 그의 소설 중에서는 최초의 하드커버였으며, SF 소설이 아니라 스릴러를 의미하는 '위협에 관한 소설Novel of Menace'로 홍보되었다. 일반 소설인 『밀튼 럼키의 구역에서In Milton Lumky Territory』(1985)와 『니콜라스와 히그Nicholas and the Higs』(소실됨)를 집필했다. 단편인 「포스터, 넌 죽었어Foster, You're Dead」가 소비에트 연방에서 무단으로 잡지에 실린 것을 알게 되었다. 이를 계기로 소련 과학자 알렉산드르 톱치예프와 편지로 아인슈타인의 상대성 이론에 관해 의견을 주고받았고, 이 편지들은 CIA에게 노출되었다(딕은 1970년대에 정보자유법에 의거해 공개 요청을 보낸 뒤에야 이 사실을 알았다). 9월에 클리오와 마린 카운티의 포인트 러예스 스테이션으로 이사했다. 10월에 앤 루빈스타인이라는 미망인을 만나 격정적인 사랑에 빠졌고, 12월에는 클리오에게 이혼을 요구했다.

1959 클리오는 이혼 후 포인트 러예스 스테이션을 떠나 버클리로 돌아갔다. 딕은 앤과 함께 살며 그녀의 세 딸(헤티, 제인, 텐디)의 의붓아버지가 되었다. 이들은 가금류와 양을 키우며 아이들의 양육비 명목으로 세인트루이스에 사는 앤의 전남

편 가족들이 보내준 돈으로 생계를 꾸려갔다. 앤의 정신과 의사에게서 상담을 받기 시작했는데, 이는 1971년까지 간헐적으로 이어졌다. 만우절에 멕시코의 엔세나다에서 앤과 결혼했다. 돈을 벌기 위해 초기 중편 중 2편을 장편 SF로 개작했다. 이것들은 1960년에 각각 『미래 의사Dr. Futurity』와 『불카누스의 망치Vulcan's Hammer』라는 제목으로 에이스 북스의 '더블 시리즈'*로 출간되었다. 일반 소설인 『허풍선이 과학자의 고백Confessions of a Crap Artist』(1975)을 집필했다. 이 소설은 클리오와의 이혼, 그리고 앤과의 연애에서 대부분의 소재를 얻었으며, 커노프사와 하코트사 양쪽에서 출간될 뻔했지만 결국 성사되지는 못했다. 그러나 그 과정에서 딕의 작가적 능력에 주목한 하코트 출판사는 차기 일반 소설의 선불금을 지불했다. 앤이 임신을 했고, 딕은 암페타민의 일종인 서모자이드린을 계속 복용했다.

1960   2월 25일에 첫아이인 로라 아처 딕이 태어났다. 하코트 출판사에서 일반 소설을 내고자 하는 희망은 결국 이루어지지 못했다. 편집자가 휴가를 간 사이에 출판사가 합병을 하면서, 딕이 쓴 『모두 똑같은 이를 가진 사내 The Man Whose Teeth Were All Exactly Alike』(1984)와 『조지 스타브로스의 시간』을 개작한 작품인 『오클랜드의 험프티 덤프티Humpty Dumpty in Oakland』(1986)의 출간을 제대로 추진하지 못했기 때문이었다. 가을이 되자 앤이 또 임신을 했지만 경제적으로 더 궁핍해지는 것을 두려워했던 앤은 딕의 반대에도 불구하고 아이를 낙태했다.

1961   앤의 수공예 보석상에서 잠깐 일을 했다. 변화를 다룬 중국

---

* Ace Double. 두 작가의 각기 다른 작품을 앞뒤로 뒤집어 묶은 페이퍼백 시리즈.

의 고전인 『역경I Ching』을 발견하고, 향후 20년 동안 그 점괘를 참고하며 살아갔다. 딕은 자신이 '움막'이라고 부르던 곳에 틀어박혔다. 타자기와 전축, 그리고 책들이 있는 이 오두막에서 그는 『높은 성의 사내The Man in the High Castle』의 집필에 착수했다. 플롯의 일부는 『역경』의 점괘를 참조했다.

1962   『높은 성의 사내』는 퍼트넘 출판사에서 스릴러물로 출간되었고 호평을 받았지만 판매는 부진했다. 그러자 퍼트넘 출판사는 사이언스 픽션 북클럽에 판권을 팔았다. 딕은 장편 『당신을 합성해드립니다We Can Build You』를 집필했는데, 이는 1969년에서 1970년 사이에 《어메이징》지에 「A. 링컨, 시뮬라크럼A. Lincoln, Simulacrum」이란 제목으로 연재되었다. 같은 해에 집필한 『화성의 타임슬립Martian Time-Slip』은 1963년 잡지 《월드 오브 투모로우》에 '우리는 모두 화성인All We Marsmen'이란 제목으로 연재되었다(훗날 딕은 이렇게 회고했다. "『높은 성의 사내』와 『화성의 타임슬립』을 통해 나는 실험적인 주류 소설과 SF 사이의 간극을 줄였다고 생각한다. 어느 날 갑자기 작가로서 하고 싶었던 일을 다 할 수 있는 길을 찾은 기분이었다").

1963   7월에 스콧 메러디스 출판 에이전시에서 팔리지 않는다는 이유로 10여 편 이상의 주류 소설을 돌려보냈다. 돈이 궁해진 나머지 그는 앤의 집을 담보로 레코드 가게를 시작할 것을 고려했다. 9월에는 『높은 성의 사내』가 SF 문학상 중 최고의 권위를 자랑하는 휴고상 최우수 장편상을 받았다. 그러나 결혼 생활은 악화일로를 걸었다. 딕은 친구들에게 아내가 자기를 죽이려 한다고 주장했다. 오랫동안 부부 싸움을 하다가 앤을 로스 정신병원으로 보냈고, 앤은 랭글리 포터 클리닉에서 2

주간 치료를 받는 데 동의했다. 결혼이 깨지는 것을 막기 위해 두 사람은 미국 성공회 예배에 참석하기 시작했다. 딕은 이곳에서 세례를 받았다. 딕의 팬이었던 매런 해켓은 친구의 주선으로 딕을 만났다. 그녀와 그녀의 의붓딸들도 성공회 신도였다. 딕은 암페타민을 연료 삼아 『닥터 블러드머니, 혹은 폭탄이 터진 뒤 우리는 어떻게 살아남았나Dr. Bloodmoney, or How We Got Along After the Bomb』(1965), 『타이탄의 게임 플레이어The Game-Players of the Titan』(1963년, 에이스 북스에서 출간), 『시뮬라크라The Simulacra』(1964), 『작년을 기다리며Now Wait for Last Year』(1966)를 탈고했고, 『알파성의 씨족들Clans of the Alphane Moon』(1964)과 『우주의 균열The Crack in Space』(1966)을 쓰기 시작했다. 집필실이 있는 오두막으로 걸어가면서 그는 하늘에서 기괴한 가면을 쓴 인간 얼굴의 환영幻影을 보았다. 훗날 그는 이 체험을 장편 『파머 엘드리치의 세 개의 성흔The Three Stigmata of Palmer Eldritch』(1965)에 녹여내었다.

1964   버클리를 방문하는 일이 잦아졌다. 『파머 엘드리치의 세 개의 성흔』을 탈고한 후 3월에 출판 에이전시에 넘겼다. 3월 9일 이혼 소송을 제기하고 잠시 어머니 집에서 살았다. 베이 지역의 활기찬 SF 팬덤에 합류해서 폴 앤더슨, 매리언 짐머 브래들리, 론 굴라트와 레이 넬슨 같은 작가들을 만났다. 『높은 성의 사내』의 속편을 쓰기 시작했다가 포기했다. 『우주의 균열The Crack In Space』, 『잽건The Zap Gun』(같은 해 『프로젝트 플로셰어Project Plowshare』라는 제목으로 잡지에 연재되었고 1967년에 출간됨), 『끝에서 두 번째의 진실The Penultimate Truth』을 탈고했으며, 『텔레포트 되지 않은 사내The Unteleported Man』(1966)를 쓰기 시작했다. SF 작가 아브람 데이비슨의 아내로 당시 그와 별거 중이었

445

던 그래니아 데이비슨(훗날 '그래니아 데이비스'로 소설 출
간)과 연애편지를 교환했다. 7월에는 운전 도중 차가 전복
되는 바람에 큰 부상을 입고 심각한 우울증을 겪으면서 집
필 의욕을 상실했다. 오클랜드에서 열린 세계 SF 컨벤션에
참석했다. 마약이 횡행했던 집회였다. 친구인 잭과 마고 뉴
컴 부부가 오클랜드에 있는 딕의 자택을 방문했다. 12월이
되자 그는 매런 해킷의 의붓딸인 21살의 낸시 해킷에게 구
애를 시작했다("네가 나를 위해 우리 집으로 들어왔으면 좋
겠어. 안 그런다면 나는 머리가 돌아버려서 점점 더 약을 찾
게 될 거고…… 결국 아무런 글도 쓸 수 없을 거야. 나에겐
자극과 영감을 줄 수 있는 네가 필요해.")

1965   3월에 낸시 해킷과 함께 살기 시작했다. 가정 생활을 시작하
며 다시 집필을 하기 시작했고 고질적인 광장공포증 역시 부
활했다. 딕은 LSD를 두 번 복용하고 불편한 환영을 경험했다
("나는 '그'를 맥동하고, 격렬하고, 마구 진동하는 존재로서
지각했다. 복수심에 불타는 위압적인 존재, 마치 형이상학적
인 IRS*요원처럼 회계 감사를 요구하는 존재라고나 할까"). 팬
진**인 《라이트하우스》에 실린 에세이 「마약, 환영 그리고 실
체에 대한 탐색Drugs, Hallucinations, and the Quest for
Reality」에서 그는 다음과 같이 술회했다. "사람들은 환각에
매달릴 필요가 없다. 착란으로 몸을 망치는 길은 하나만 있
는 것이 아니므로." 『텔레포트 되지 않은 사내』를 완성하고,
캘리포니아의 미국 성공회 주교인 제임스 파이크***와 돈독
한 우정을 쌓았다. 파이크가 비서로 채용한 낸시의 의붓어
머니인 매런 해킷은 파이크의 숨겨진 정부情婦였다. 딕은 파

---

* Internal Revenue Service. 미 국세청.
** fanzine. 팬이 발행하는 잡지.
*** James A. Pike(1913~1969).

이크와의 대화를 통해 신학적 고찰과 초기 크리스트교의 기원에 관한 연구에 심취하기 시작했다. 낸시와 함께 산 라파엘로 이사했다. 레이 넬슨과 공동으로 『가니메데 혁명The Ganymede Takeover』(1967)을 썼고, 『거꾸로 도는 세계 Counter-Clock World』(1967)의 집필을 시작했다.

1966 『거꾸로 도는 세계』를 탈고하고 『안드로이드는 전기 양의 꿈을 꾸는가?Do Androids Dream of Electric Sheep?』(1968)와 『유빅Ubik』(1969), 아동 SF인 『농부 행성의 글리멍The Glimmung of Plowman's Planet』(1988년에 영국에서 『닉과 글리멍Nick and the Glimmung』이라는 제목으로 출간됨)을 썼다. 7월에 낸시와 결혼했다. 딕은 회의적이었지만, 파이크 주교와 매런 해킷, 낸시와 함께 영매가 주최하는 세앙스*에 참석했다. 이 모임의 목적은 자살한 파이크의 아들인 짐과 접촉하기 위한 것이었다. 『작년을 기다리며』와 『텔레포트 되지 않은 사내』, 『우주의 균열』이 출간되었다.

1967 3월 15일에 둘째 딸 이솔더(이사) 프레이어 딕이 태어났다. 텔레비전 드라마 〈침략자The Invaders〉의 구성 원고를 썼지만 팔리지 않았다. 『거꾸로 도는 세계』, 『잽건』, 『가니메데 혁명』이 페이퍼백으로 출간되었다. 6월에 낸시의 의붓어머니 매런 해킷이 자살했다. IRS가 딕에게 체납된 세금과 벌금 및 이자의 납부를 요구하면서 이미 심각했던 가계 재정난이 한층 더 악화되었다. 단편 「부조父祖의 신앙Faith of Our Fathers」이 할런 엘리슨이 편집한 SF 앤솔러지 『위험한 비전 Dangeros Visions』에 실렸다. 서문에서 엘리슨은 딕이 LSD에 의한 환각 상태에서 이 단편을 썼다고 주장했지만, 이것은

---

* séance. 교령회. 죽은 사람들의 영혼과 통교하려는 사람을 중심으로 한 모임.

딕의 고의적인 오도誤導에 의한 것이었다.

1968　　잡지《램파츠》2월호에 실린 '작가와 편집자에 의한 전쟁세 반대운동' 청원서에 서명하면서 IRS와의 갈등이 심화되었다. 낸시와 함께 '마약 SF 컨벤션Drug Con'이라는 이명異名을 얻은 베이컨*에 참가했다. 그곳에서 로저 젤라즈니를 처음으로 만났다. 젤라즈니와는 훗날 장편 『분노의 신Deus Irae』(1976)을 공동 집필하게 된다. 『안드로이드는 전기 양의 꿈을 꾸는가?』의 초판이 하드커버로 출간되었다. 이 작품의 영화 판권도 팔렸다. 『은하의 도기 수리공Galactic Pot-Healer』(1969)과 『죽음의 미로A Maze of Death』(1970)를 집필했다. 딕의 오랜 멘토였던 앤서니 바우처가 사망한다. 활자화되지는 않았지만 다음과 같은 자기소개 글을 썼다. "……기혼자이며, 두 딸과 젊고 신경질적인 아내와 함께 살고 있다……. 처음에는 스카를라티**, 다음에는 제퍼슨 에어플레인***, 그다음에는 〈신들의 황혼Götterdämmerung〉에 귀를 기울이며 대부분의 시간을 보내며, 이것들을 어떻게든 한데 엮어보려고 시도하고 있다. 각종 공포증에 시달리고 있다……. 채권자들에게 엄청난 빚을 지고 있지만 갚을 돈이 없다. 경고. 이 작자에게 돈을 빌려주지 말 것. 돈뿐만 아니라 당신의 약까지 훔치려 들 것이다."

1969　　『프로릭스 8에서 온 친구들 Our Friends from Frolix 8』(1970)을 썼다. 『은하의 도기 수리공』이 페이퍼백으로, 『유빅』이 하드커버로 출간되었다. 몬트리올의 한 호텔에서 거행된 존 레논과 요코 오노의 평화를 위한 '침대 시위bed-in'에 참석한

---

* BayCon. 샌프란시스코 베이지역에서 개최되는 SF, 판타지 컨벤션.
** Giuseppe Domenico Scarlatti(1685~1757). 이탈리아 작곡가.
*** Jefferson Airplane. 1965년 결성된 미국의 사이케델릭 록 그룹.

티모시 리어리*의 전화를 받았다. 리어리는 레논과 오노에게 수화기를 넘겼고, 이들은『파머 엘드리치의 세 개의 성흔』에 감탄했다고 말하며 영화화하고 싶다는 희망을 전했다. 저널리스트인 폴 윌리엄스의 방문을 받았다. 처방받은 약물, 특히 리탈린의 복용량이 크게 늘면서 결혼 생활에도 금이 가기 시작했다. 암페타민을 강박적으로 섭취한 나머지, 췌장염과 초기 신부전증 증세로 응급실 신세를 진다. 예수가 역사 인물로서 존재했다는 증거를 찾기 위해 이스라엘로 탐사 여행을 떠났던 파이크 주교가 9월에 유대 사막에서 사망했다.

1970 『흘러라 내 눈물, 경관은 말했다Flow My Tears, the Policeman Said』(1974)를 쓰기 시작했다. 평소의 집필 습관과는 달리 3월과 8월 사이에 여러 번 고쳐 썼다. 낸시의 동생 마이클 해켓이 아내와의 이혼 소송 중에 딕의 집으로 와서 눌러앉았다. 딕은 환각제인 메스칼린을 복용한 후 찬란한 사랑의 비전[幻影]을 체험했고, 『흘러라 내 눈물, 경관은 말했다』에 이를 투영했다. 7월에는 당국에 푸드 스탬프**를 신청했다. 중단편집『보존 기계 The Preserving Machine』가 출간되었고, 『프로릭스 8에서 온 친구들』이 페이퍼백 단행본으로, 『죽음의 미로』가 하드커버로 출간되었다. 9월에 낸시가 딸인 이사를 데리고 집을 떠나면서 다량의 약물—거리에서 구입한 불법 마약까지 포함한—과 암페타민의 기운을 빌린 밤샘 토론, 편집증, 보헤미안적 너저분함으로 점철된 친구들과의 공동 생활 시대를 시작했다. 글은 거의 쓰지 않았고, 『흘러라 내 눈물, 경관은 말했다』를 가끔 개고하는 정도였다. 10월에는 톰 슈미트가 합류했다(11월에 쓴 편지에서 딕은 이렇게

---

* Timothy Leary(1920~1996) 미국의 심리학자. LSD와 카운터컬처 옹호자로 유명하다.
** food stamp. 저소득자용 식량 배급권.

술회하고 있다. "다들 각성제를 복용하고 있고, 다들 죽을 거
야……. 하지만 앞으로 몇 년은 더 살겠지. 사는 동안은 지
금 모습 그대로 살 거야. 어리석게, 맹목적으로. 토론하고,
함께 시간을 보내고, 농담을 나누고, 서로 의지하면서 말이
야").

1971   『흘러라 내 눈물, 경관은 말했다』의 미완성 원고를 엉망진창
이 된 일상으로부터 지키기 위해서 변호사에게 맡겼다. 젊은
히피와 폭주족, 중독자들이 딕의 집에 드나들자 마이클 해켓
이 떠났다. 5월에 한 친구가 딕을 스탠포드 대학병원의 정신
과 병동에 입원시켰다. 8월이 되자 마린 제너럴 정신병원과
로스 정신과 클리닉 양쪽에서 치료를 받았다. 자신이 FBI나
CIA의 감시를 받고 있다고 주장하고, 총을 구입한 것도 이 시
기의 일이었다. 11월에는 도둑이 들어 집이 크게 부서졌다.
서류 캐비닛은 누군가에 의해 폭파되었고, 창문과 문은 박살
이 났으며, 개인 서신 및 재정 관련 서류들이 도난당했다(침
입자의 정체에 관해 딕은 오랫동안 숱한 추측을 했다. 정부
요원, 종교 광신도, 블랙 팬서*, 심지어는 자기 자신까지 의
심했다). 딕은 결국 이 집을 포기했다.

1972   2월에 캐나다 밴쿠버에서 열린 SF 컨벤션의 주빈으로 참가
했다. 그곳에서 연설한 「안드로이드와 인간」은 호평을 받았
고, 딕은 캐나다에 머무르겠다는 의사를 밝혔다. 그러나 얼
마 지나지 않아 밴쿠버에 환멸을 느끼고 또 다른 장소를 물
색했다. 오레곤 주 포틀랜드에 있는 어슐러 K. 르 귄에게 편
지를 써서 방문해도 될지 타진했다. 캘리포니아 주립대학 풀
러턴 캠퍼스의 윌리스 맥넬리 교수에게 풀러턴이 살 만한 곳

---

* Black Panther. 흑인 해방을 주장하는 미국의 극좌 과격파 조직.

인지 문의했다(이 시점부터 편지를 쓰는 일이 급격하게 늘어 났으며, 이 경향은 죽을 때까지 계속되었다. 르 귄 외에도 제임스 팁트리 주니어, 스타니스와프 렘, 존 브루너, 노먼 스핀래드, 토마스 디시, 브라이언 올디스, 로버트 실버버그, 시어도어 스터전과 필립 호세 파머 등의 동료 작가들과 정기적으로 편지를 주고받았다). 3월에 처음으로 자살 시도를 했다. 주로 헤로인 중독자들을 위한 시설인 X-컬레이 재활센터에 입원해서 공격적 집단 요법*에 참여했다. 몇 십 년 동안이나 처방을 받아 남용해오던 암페타민을 끊었다. 맥넬리 교수와 학생들이 오렌지 카운티로 그를 초청하는 편지를 보내왔다. 딕은 풀러턴에 정착해서 일련의 룸메이트들과 함께 살았다. 젊은 친구들이 많이 생겼는데, 그중에는 작가 지망생인 팀 파워스도 있었다. 맥넬리는 딕에게 객원 강사 자리를 알선하고 풀러턴 캠퍼스의 도서관에 다량의 딕 관련 서류를 보관했다. 개인 서신과 꿈에 관련된 글들을 모아『검은 머리의 소녀 The Dark-Haired Girl』작업을 했다(1988년에 증보판으로 출간되었다). 그해 출판된『필립 K. 딕 걸작선The Best of Philip K. Dick』의 작품 선정을 도왔다. 7월에는 18세의 레슬리(테사) 버스비를 만나 곧 동거에 들어갔다. 9월에는 로스앤젤레스 SF 컨벤션에 참가했다. 10월이 되자 낸시 해킷과의 이혼 소송을 마무리 짓기 위해 테사와 함께 마린 카운티로 여행을 떠났다. 낸시는 이사의 단독 양육권을 획득했다. 스타니스와프 렘과 편지를 주고받았고, 렘은『유빅』의 폴란드어 번역을 주선했다.『흘러라 내 눈물, 경관은 말했다』를 완성하고, 단편「시간비행사들을 위한 조촐한 선물A Little Something for Us Tempunauts」을 썼다.

---

* confrontational group therapy. 매우 공격적인 분위기를 통해 고의적으로 환자들을 압박하는 정신 요법의 일종. 주로 약물 중독자들의 치료에 쓰인다.

1973 다시 꾸준히 글을 쓰기 시작했다. 2월에서 4월까지『어둠 속의 스캐너A Scanner Darkly』(1977)를 썼다. BBC와 프랑스의 다큐멘터리 작가들과 인터뷰를 가졌다. 4월에 테사와 결혼했고, 7월 25일에 아들 크리스토퍼 케니스 딕이 태어났다. 당시 박사 과정을 밟고 있었던 장 피에르 고랭이 그를 방문해 프랑스 평론가들이 텔레비전에서 그를 노벨상 수상자로 추천했다는 사실을 알렸다. 런던의《데일리 텔레그래프》지와 인터뷰를 했다. 돈 문제와 건강 문제에 계속 시달렸다. 유나이트 아티스트 영화사에서『안드로이드는 전기 양의 꿈을 꾸는가?』의 영화 판권을 매입했다.

1974 2월에 하드커버로 출간된『흘러라 내 눈물, 경관은 말했다』는『높은 성의 사내』이래 가장 좋은 평을 받으며 휴고상과 네뷸러상 후보에 올랐고, 1975년도 존 W. 캠벨 기념상을 수상했다.《램파츠》청원서에 서명했던 딕은 혹시 당국으로부터 불이익을 받지는 않을지 우려하며 4월의 납세 기간이 오는 것을 두려워했다. 2월에 사랑니 발치 수술을 받으며 소듐 펜토탈*을 투여받았는데, 이때 일련의 강렬한 환영을 경험했다. 이 환영은 3월 내내 계속되면서 한층 강도를 더해갔고, 4월이 되자 간헐적으로 나타나다가 점점 약해졌다. 이때 받은 여러 계시는 각양각색의 선하고 악한 종교적, 정치적 영향―신, 그노시스파 기독교도들, 로마 제국, 파이크 주교, KGB 등을 포함하지만 이것이 전부는 아니었다―의 산물로 치부되었지만, 딕은 남은 생애 동안 그 의미를 해석하는 데 골몰하며 많은 시간을 보낸다. "내가『성스러운 침입The Divine Invasion』(1981)을 쓴 뒤로는 단 한 마디도 하지 않았다. 내게 들리는 계시는 구약성서에서 '신의 영혼'을 의미하는 루아Ruah의 목소리였다. 그것은 여성의 목소리로 말했고, 메

---

* sodium pentothal. 전신 및 국소 마취제의 상품명.

시아 예언에 관련된 얘기를 늘어놓는 경향이 있었다. 한동안 은 그것의 인도를 받았다. 고등학교 시절부터 가끔 그 목소 리를 듣곤 했다. 위기가 닥치면 뭔가 다시 내게 말해줄 것이 다……." 딕은 '2-3-74'라고 부르게 된 것에 관한 사변적인 해설을 쓰기 시작했다. 대부분 손으로 쓴 이 난삽한 원고는 8 천여 장에 달했다. 훗날 딕은 이 원고에 『주해서Exegesis』라 는 제목을 붙였다(전체 원고는 미출간 상태이며 읽으려는 사 람도 거의 없지만, 사후에 발췌본이 출간되었다). 메러디스 출판 에이전시와 결별했다가 일주일도 되지 않아 다시 계약 을 맺고 『흘러라 내 눈물, 하고 경관은 말했다』의 출판 계약 을 더블데이에서 DAW로 이전하는 데 동의했다. 심각한 고 혈압과 경미한 뇌졸중으로 의심되는 증세로 5일 동안 입원 했다. 프랑스 영화감독인 장 피에르 고랭이 다시 찾아와서 그가 각본을 쓰는 조건으로 『유빅』의 영화화 판권을 일괄 지 급하는 계약을 맺었다. 딕은 한 달 만에 『유빅』의 각본을 썼 다(영화화는 되지 않았지만, 각본은 1985년에 출간되었다). 〈블레이드 러너〉라는 제목으로 영화화된 『안드로이드는 전 기 양의 꿈을 꾸는가?』를 각색하던 시나리오 작가들의 방문 을 받았다. 《롤링스톤스》지의 폴 윌리엄스와 인터뷰를 했다. 1971년에 겪었던 주거 침입 사건에 관한 상세한 회고와 분석 이 주된 내용을 이뤘다.

1975   어깨 부상으로 수술을 받은 후 진행 중이던 장편 『발리시스 템A Valisystem A』에 관한 메모를 휴대용 녹음기로 녹음했 지만 2주 만에 다시 타이프라이터로 집필하기 시작했다(이 소설은 결국 사후 출간된 『앨버무스 자유 방송Radio Free Albemuth』(1985)과 1981년에 출간된 『발리스VALIS』 두 소 설로 분할되었다). 《뉴요커》지는 1월호와 2월호의 「토크 오 브 더 타운Talk of the Town」 란에 연속 인터뷰 기사를 싣고

딕을 "우리가 가장 좋아하는 SF 작가"라 칭했다. 1월과 2월에 마지막으로 타오르는 듯한 비전(啓示)을 체험했다. 그노시스주의, 조로아스터교, 불교에 관한 책들을 열독하고 밤마다 『주해서』를 집필했다. 장편 『허풍선이 과학자의 고백』을 출간했다. 이것은 딕이 쓴 초기의 사실주의적 작품 중에서 유일하게 생전에 출간된 것이다. 만화가인 아트 슈피겔만의 방문을 받았다. 딕은 옛 친구이자 영국 성공회의 사제 훈련을 받고 있던 도리스 소우터에게 점점 사랑을 느꼈다. 5월에 도리스가 암이라는 진단을 받았다. 할런 엘리슨과 사이가 틀어졌다. 공동 저자인 로저 젤라즈니와 함께 『분노의 신Deus Irae』을 완성했다. 외국어 판의 출간으로 생겨난 인세 수입이 비교적 많아졌다. 외국에서 들어온 인세 덕에 잠시 풍족한 삶을 누리며 중고 스포츠카와 브리태니커 백과사전을 구입했지만, 몇 달 지나지 않아 그의 우상이자 멘토인 로버트 하인라인에게 돈을 빌리는 신세가 되었다. 『어둠 속의 스캐너』의 수정 작업을 끝냈다. 11월에 《롤링스톤즈》에 실린 특집 기사에서 로큰롤 평론가인 폴 윌리엄스가 딕을 "우주 최고의 SF 마인드를 가진 인물"로 평했다.

1976   도리스 소우터에게 청혼했지만 거절당했다. 그녀는 딕의 집 안과 얽히고 싶어하지 않았다. 2월에 크리스토퍼가 탈장으로 입원했다. 2월 말 딕과 테사는 별거했다. 그러고 나서 몇 시간도 지나지 않아 딕은 여러 방법을 동시에 동원해 자살을 시도했다. 오렌지 카운티 메디컬 센터에 수용되었다가 곧 정신병동으로 보내져 14일 동안 감시를 받으며 격리되었다. 테사가 잠시 집으로 돌아왔지만 딕은 곧 그녀와의 관계를 청산하고 도리스와 함께 산타아나의 아파트로 이사를 갔다. 그곳에서 그는 남은 인생을 보냈다(도리스와는 플라토닉한 관계를 유지했다). 5월에 밴텀 출판사에서 복간을 목적으로 『파

머 엘드리치의 세 개의 성흔』, 『유빅』, 『죽음의 미로』 판권을
매입했고, '2-3-74'를 토대로 집필 중인 소설 『발리시스템
A』의 선금을 지불했다. 9월에 도리스는 그의 옆집으로 이사
하기로 결정했다. 다시 우울증이 도지면서 자살 충동에 대한
두려움 때문에 딕은 10월에 세인트 조셉 병원의 정신 병동에
입원했다. 연말에는 밴텀의 편집장이 『발리시스템 A』를 조
금 수정해줄 것을 요구했지만 딕이 원본 전체를 대폭 수정하
는 바람에 『발리스』라는 다른 소설이 탄생했다(1976년에 그
가 출판사에 보낸 『발리시스템 A』는 1985년에 『앨버무스 자
유 방송』으로 출간되었다). 『분노의 신』이 출간되었다.

1977 처음으로 혼자 사는 것에 적응하기 시작했다. 테사와 크리스
토퍼는 정기적으로 딕을 찾아왔다. 2월에 테사와의 이혼이 마
무리되었다. 『어둠 속의 스캐너』가 출간되었고, 팀 파워스와
의 우정은 절정에 달했다. 훗날 SF 작가로 입신하게 될 파워
스와 K. W. 지터, 제임스 블레이록과 정기적으로 저녁을 함
께 보냈다. 파워스와 지터에게 그가 본 '2-3-74' 비전에 관해
자세히 얘기하고 토론을 벌였다. 이 두 친구는 딕이 구상 중이
던 자서전적 색채가 짙은 장편 『발리스』의 등장인물들의 모델
이 된다. 『유빅』, 『파머 엘드리치의 세 개의 성흔』과 『죽음의
미로』가 복간되면서 《롤링스톤스》지의 격찬을 받았고, 딕은
동시대인들에 의해 매우 중요한 미국 작가로 인정받는다. 4월
에 32세의 사회사업가인 조안 심슨을 만나서 오렌지 카운티
에서 3주 동안 함께 지낸다. 그 후 심슨을 따라 소노마로 가서
여름 동안 잠시 머물렀다. 딕은 우울증으로 인한 격렬한 발작
에 시달렸다. 프랑스의 메스Metz 문학 축제에 주빈으로 초빙
받아 출국했다. 해외여행을 감행한 것은 공포증에 대한 승리
를 의미했다. 그곳에서 강연한 「만약 이 세상이 끔찍하다고
생각하면, 다른 세상들로 가보라」는 종교적 색채가 짙었던 데

455

다가 동시통역 문제가 겹쳐서 청중을 당혹케 했다. 귀국한 뒤에는 캘리포니아 북부에 뿌리를 내리고 사는 것을 거부한 탓에 심슨과 헤어졌다. 『주해서』의 집필을 계속했다. 단편 「도매가로 기억을 팝니다We Can Remember It For You Wholesale」의 영화 판권을 팔았다(이 작품은 훗날 〈토탈 리콜 Total Recall〉(1990)이라는 제목으로 개봉되었다).

1978   밴텀에서 나올 『발리스』의 수정 작업이 늦어졌다. 대신 『주해서』를 집필했다. 8월에 어머니가 세상을 떴다. 배다른 딸들인 로라와 이사가 처음으로 만났고 딕은 이 만남에 감격했다. 9월이 되자 '2-3-74' 체험을 담을 적절한 소설적 구조를 모색하면서 『주해서』에 이렇게 썼다. "나의 장편—및 단편들—은 지적—개념적—인 미로이다. 그리고 나는 우리가 놓인 상황을 파악하기 위해 지적인 미로에서 헤매고 있다……. 왜냐하면 현 상황 자체가 출구를 찾을 수 없는 미로이기 때문이다……." 메러디스 출판 에이전시의 새 담당자 러셀 갤런이 딕이 낸 장편들의 재간을 적극적으로 추진하고, 논픽션을 한 편 써보라고 권유한 덕분에 상당히 고무되었다. 이 권유가 계기가 되어 『발리스』를 위한 효율적인 접근 방법이 떠올랐다. 11월이 되자 2주에 걸쳐 『발리스』를 썼고, 갤런에게 이 책을 헌정했다.

1979   딸 로라와 이사가 여러 번 방문했다. 『어둠 속의 스캐너』가 프랑스의 메스 문학 축제에서 대상을 수상했다. 『주해서』 집필에 심혈을 기울였고, 자신의 가장 중요한 작품이 될지도 모른다는 언급을 했다. 러셀 갤런은 딕의 신작 단편들을 잡지 《플레이보이》나 《옴니》 같은 높은 고료를 주는 시장에 내놓았다. 갤런이 오렌지 카운티를 방문했을 때 마침내 두 사람은 직접 만났다. 그러나 딕이 평소 버릇대로 밤새도록 얘

기를 나누자 갤런은 녹초가 되었다. 임대 아파트 건물이 조합주택으로 개조되면서 딕은 자기가 살던 아파트를 매입했지만 옆집의 도리스 소우터는 자금을 마련하지 못하고 부득이 다른 곳으로 이사했다. 도리스가 떠나가자 딕은 크게 고뇌했다. 도리스에 대한 자신의 애착을 투영한 「공기의 사슬, 에테르의 그물Chains of Air, Webs of Aether」이라는 단편을 썼다. 단편 「두 번째 변종Second Variety」의 영화 판권이 팔렸다(1995년에 〈스크리머스Screamers〉라는 제목으로 개봉되었다).

1980 「공기의 사슬, 에테르의 그물」을 포함해 『발리스』의 속편으로 간주되는 『성스러운 침입』을 3월 말에 탈고했다. 『주해서』의 집필은 계속했지만 연말까지는 별다른 저술 활동을 하지 않았다. 몇몇 장편소설의 아우트라인을 구상했지만 결국 쓰지는 못했다. 더 이상 환영을 통해 영감을 받지 못할지도 모른다는 불안에 시달리다가 11월 말에 급작스러운 계시를 받았다. 이 계시를 통해 그는 『주해서』의 집필을 중단해야 한다는 결론을 내렸다. 5페이지에 달하는 결말부의 우화를 완성했고, 12월 2일에 '엔드End'라는 단어를 타이프로 친 다음 표제 페이지를 작성했다(이 페이지에는 『변증법: 신과 사탄, 그리고 예고되고 제시된 신의 최후의 승리/필립 K. 딕/주해서/Apologia Pro Mia Vita*』라고 쓰여있다). 열흘 뒤에 참지 못하고 강박적으로 『주해서』의 집필을 재개한다.

1981 2월에 『발리스』가 출간되었다. 깊은 우정을 쌓았던 르 귄과 크게 다투었지만 금세 화해했다. 에너지가 고갈되었다는 생각에 다이어트를 시작하고 체중을 많이 줄였다. 리들리 스콧

---

* 라틴어로 '나의 삶을 위한 변론'을 의미한다.

감독이 『안드로이드는 전기 양의 꿈을 꾸는가』를 햄프턴 팬처와 데이비드 피플스의 각본으로 영화화한 〈블레이드 러너〉의 제작에 착수했다. 영화화에 대한 딕의 반응은 환호와 경멸 사이를 오락가락했다. 투자자 측에서는 영화 대본을 소설화하기를 원했지만, 러셀 갤런은 딕이 쓴 원작 쪽이 영화와 함께 출간되어야 한다고 주장했다(결국 『안드로이드는 전기 양의 꿈을 꾸는가』는 영화와 같은 제목으로 1982년에 재간되었다). 사이먼 & 슈스터 출판사의 편집장이었던 데이비드 하트웰이 일반 소설과 SF 소설을 한 권씩 써달라는 제안을 했고, 딕은 이 제안을 받아들여 4월과 5월에 『티모시 아처의 환생The Transmigration of Timothy Archer』을 썼다. 이 책은 제임스 파이크 주교의 죽음을 둘러싸고 일어난 사건들을 소설화한 것으로, 1963년에 메러디스 에이전시에서 그가 쓴 주류 소설을 거부한 이래 처음으로 쓴 비非 SF였다. 딕은 6월에 갤런에게 보낸 편지에서 자신의 비 장르 작품들이 빛을 보지 못했던 것은 "나의 작가 인생에서는 비극—그것도 너무나도 오랫동안 계속된 비극—이었네"라고 술회했다. 두 달 후 SF 차기작인 『한낮의 올빼미The Owl in Daylight』를 구상하면서 그는 이렇게 썼다. "SF를 계속 쓸 작정이야. 그건 내 천직이니까……." 그러나 딕은 기력이 고갈되어 글을 쓸 수 없다는 사실을 알게 되었다. 9월 17일 밤에는 '타고르Tagore'라고 불리는 구세주의 환영을 보았다. 딕은 이 사람이 실존 인물이며 실론*에 살고 있다고 확신했고, 그에게서 지시를 받고 있다고 느꼈다. 다시 가정을 꾸릴 수 있을까 하는 희망에서 테사와의 재결합을 고려했다. 11월에는 〈블레이드 러너〉 초기 편집본의 특수 효과 영상 시사회에 초대받았다. 메스 문학 축제에도 재차 초빙을 받고 여행 계획을

---

* Ceylon. 현 스리랑카.

세우기 시작했다. 그랙 릭맨과 일련의 인터뷰를 하기 시작했고, 릭맨에게 자신의 공식 전기작가가 되어달라고 부탁했다. 『한낮의 올빼미』에 관한 (완전히 상이한) 두 개의 아우트라인을 작성했다.

1982   미래의 부처인 마이트레야*의 세상이 도래한다는 영국의 신비주의자 벤자민 크림의 예언에 심취한다. 릭맨의 인터뷰는 계속되었고, 딕은 영적인 문제에 대해 불안감과 피로감을 느끼고 있다고 토로했다. 도리스 소우터의 친구인 그웬 리가 대학 리포트를 쓰기 위해 딕을 인터뷰했다. 아마 그의 생애 마지막이었을 이 인터뷰에서 딕은 『한낮의 올빼미』의 세부적인 사항들에 대해 밝혔지만, 결국 쓰지 못했다. 2월 18일에 자신의 아파트에 홀로 있던 딕은 뇌졸중으로 쓰러져 의식을 잃었다. 이웃 사람들에 의해 발견되어 병원에서 의식을 되찾았지만 말을 할 수 없었고, 몸의 왼쪽이 마비되었다. 3월 2일 딕은 뇌졸중 발작 재발과 심부전으로 인해 병원에서 숨을 거뒀고, 콜로라도 주 포트 모건의 공동묘지에 잠들어있는 쌍둥이 누이 제인 곁에 나란히 묻혔다. 『티모시 아처의 환생』은 그의 사후에 출간되었으며, 5월에 개봉된 〈블레이드 러너〉는 딕에게 헌정되었다. '필립 K. 딕 상'이 제정되었다. 이는 미국에서 처음부터 페이퍼백 단행본 형태로 출간되는 뛰어난 SF 장편을 선정해서 매년 수여하는 상이다.

---

* 미륵보살. 불교의 보살.

● 필립 K. 딕 저작 목록

■ 장편소설

■ 단편집

1991	『The Minority Report』(Citadel Twilight판. 『The Collected Stories of Philip K. Dick, 4, The Days of Perky Pat』과 동일)
	『Second Variety』(Citadel Twilight판. 『The Collected Stories of Philip K. Dick, 3, The Father-Thing』에 단편 「Second Variety」추가)
1992	『The Eye of the Sibyl』(Citadel Twilight판. 『The Collected Stories of Philip K. Dick, 5, The Little Black Box』에서 단편 「We Can Remember It for You Wholesale」을 제외)
1997	『The Philip K. Dick Reader』(『Second Variety』의 단편 3편을 영화화된 단편 3편으로 대체)
2002	『Minority Report』(영국 Gollancz판)
	『Selected Stories of Philip K. Dick』
2003	『Paycheck』(2004년 출간. 영국 Gollancz판)
	『Paycheck and 24 Other Classic Stories by Philip K. Dick』(Citadel Twilight판. 『The Short Happy Life of the Brown Oxford』와 동일)
2006	『Vintage PKD』(장편 발췌. 단편, 에세이, 서간 포함)
2009	『The Early Work of Philip K. Dick, I: The Variable Man & Other Stories』
	『The Early Work of Philip K. Dick, II: Breakfast at Twilight & Other Stories』

■ 논픽션, 서간집

1988	『The Dark Haired Girl』(에세이, 시, 편지 모음)
1991	『The Selected Letters of Philip K. Dick』, 1974
1993	『The Selected Letters of Philip K. Dick』, 1975~1976
	『The Selected Letters of Philip K. Dick』, 1977~1979
1994	『The Selected Letters of Philip K. Dick』, 1972~1973
1996	『The Selected Letters of Philip K. Dick』, 1938~1971
2009	『The Selected Letters of Philip K. Dick』, 1980~1982

흘러라 내 눈물, 경관은 말했다

초판 1쇄 펴낸날 2012년 8월 31일

지은이 l 필립 K. 딕
옮긴이 l 박중서
펴낸이 l 양숙진

펴낸곳 l 폴라북스
등록번호 l 제22-3044호
주소 l 137-905 서울시 서초구 잠원동 41-10
전화 l 2017-0280
팩스 l 516-5433
홈페이지 l www.hdmh.co.kr

ISBN 978-89-93094-41-1 04840
세트 978-89-93094-31-2

* 폴라북스는 (주)현대문학의 새로운 종합출판 브랜드입니다.
* 책값은 뒤표지에 있습니다.